I0655416

M K WAUTHOZ

La Statue-Dragon

Tome 1

IL

À paraître dans la même série

Le Livre de Gwendegarde
Le Voleur d'Âmes
L'Apogée du Mal
Déesse Edox

Déjà paru du même auteur

La Mort pour Compagne

À paraître

La Mort pour Maîtresse
La Mort pour Divorce

ISBN : 978-2-9601346-1-2

© Matthieu Wauthoz, 2014
Tous droits réservés

Warbeline

Pays
Warkan

Grande Mer
Intérieure

•Kaban-Jam

•Aprenhende
Hypathe

Pays
d'Ebem

•Revac

Désert
des
Montagnes
Sacrées

•Tarotarc

Royaume
d'Horipan

•Tecona

•Rihd-Sor

Nogra'd

Terres

perdues

Royaumes du Sud

4

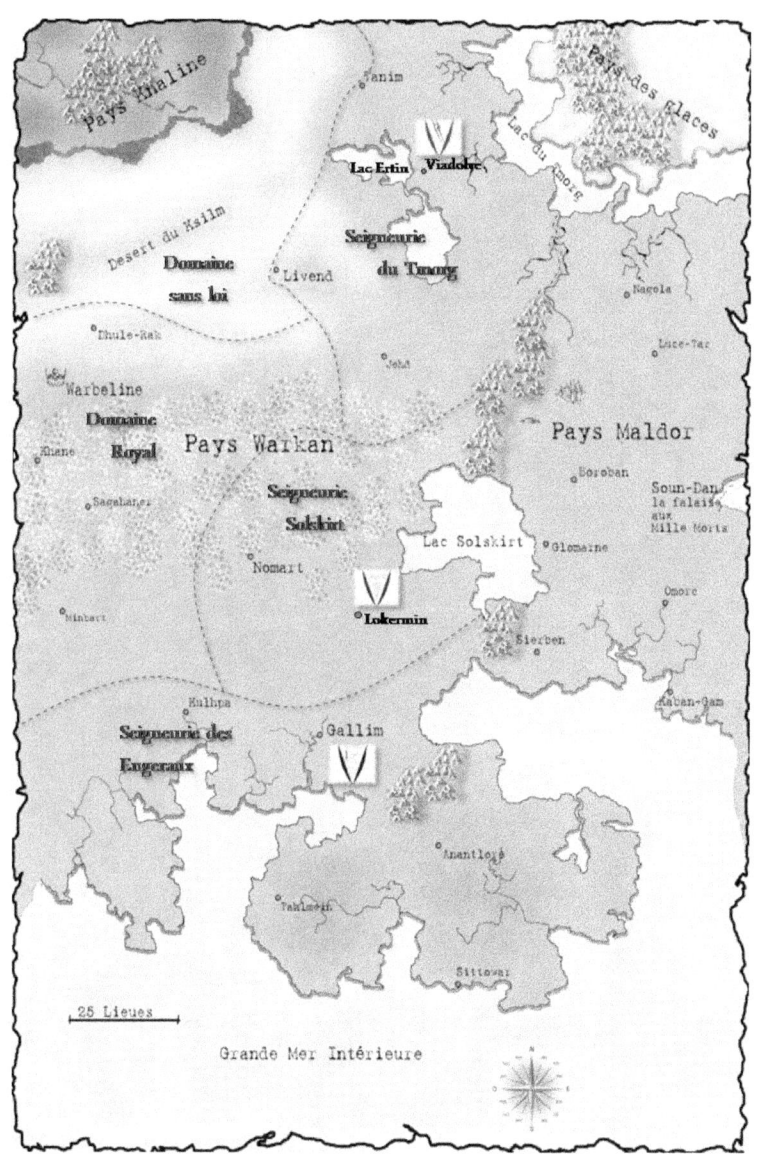

Pays Thaline

Pays des glaces

Janim

Lac Ertin   Viadolyc

Lac du Morg

Desert du Ksilm

Domaine
sans loi

Livend

Seigneurie
du Tmorg

Nagola

Thule-Rak

Luce-Tar

Johf

Warbeline

Domaine
Royal

Pays Warkan

Pays Maldor

Khane

Sagahanez

Seigneurie
Solskirt

Boroban

Soun-Dan,
la falaise
aux
Mille Morts

Nomart

Lac Solskirt

Glomaine

Minbert

Lokermin

Omore

Sierben

Kulhpa

Seigneurie des
Engeraux

Gallim

Raban-Dam

Anantloyn

Takinetin

Sittowar

25 Lieues

Grande Mer Intérieure

5

Les premières lignes de la saga « La Statue-Dragon » furent écrites il y a plus de dix ans. Aujourd'hui, cinq volumes la composent. Ce fut un travail colossal pour lui octroyer une profonde originalité. Même s'il s'agit d'héroïque-fantaisie, ce roman se détache fondamentalement des classiques du genre.

Je tiens sincèrement à remercier les personnes qui ont rendu tout ceci possible en m'encourageant et qui, par leurs critiques constructives, ont fait évoluer le monde que vous allez découvrir.

Finalement, je tiens à remercier tout particulièrement ma mère qui a fait évoluer mon écriture de manière considérable au fil de ces dix années. La patience dont elle a fait preuve est vraiment remarquable.

M K Wauthoz

Il regardait autour de lui et ne reconnaissait rien. Il venait de quitter un champ de bataille jonché de cadavres et de blessés hurlant, suppliant que quelqu'un vienne et abrège leurs souffrances. Les épées et les lances avaient transpercé leur chair une fois de plus. Et maintenant, il était là, flottant dans l'air, ou du moins … dans … quelque chose.

— *Que s'est-il passé ?* pensait-il. *C'est étrange. Il fait nuit. Combien de temps suis-je resté inconscient ? Je ne respire pas et pourtant il me semble que je suis vivant. Même mon cœur, je ne l'entends ni ne le sens plus battre. Serais-je mort ? Ce serait à ça que ressemble le Grand Passage ?*

Autour de lui, le silence était total. Le calme omniprésent de l'espace. Même les bruits de son corps avaient cessé. Son cœur voulait bien battre, mais il restait figé. Les secondes s'éternisaient comme des heures. Il ne savait pas ce qu'il faisait là, comment il y était arrivé, comment il allait en repartir, ce qui allait se passer, … il ne savait rien. C'était l'inconnu, le vide …

— *Suis-je mort ? Est-ce cela la vie après la mort ? Dialène serait déçu.*

En cet instant, il pensait à son ami qui lui avait si souvent prodigué de judicieux conseils. Dialène était homme de Dieu alors que lui Arkès était soldat. Malgré leurs nombreuses différences, ils se voyaient très souvent et discutaient parfois de longues heures. Mais pour l'instant, l'endroit où il se trouvait était plus déroutant que tout ce qu'il avait pu imaginer jusqu'ici.

Des images étranges lui venaient à l'esprit comme des

flashes aveuglants. Des images qu'il ne comprenait pas, remplies d'objets inconnus et de mondes dont il n'avait aucune idée. Elles lui procuraient un furieux mal de tête. Il observait le vide de l'espace et écoutait ce lourd silence. Finalement, après un long moment, une voix se fit entendre.

—Bonjour, Arkès.

Cette voix venant de nulle part, résonnant de tous côtés, ne lui parvenait d'aucune direction précise. Il se sentait mal à l'aise mais la voix rassurante diminuait sensiblement son oppression.

—Qui êtes-vous ? Comment suis-je arrivé ici ? Qu'est-ce qui s'est passé ? …

—Chaque chose en son temps. Sais-tu où tu es ?

—Euh … non.

—Te rappelles-tu quelque chose ?

—J'ai des images qui me parcourent la tête, mais je ne les comprends pas.

—Le processus a donc commencé.

—Quoi ? Qu'est-ce qui a commencé ? C'est quoi un processus ? interrogea-t-il nerveusement.

Il avait des milliers de questions à poser et la seule réponse que cette voix lui donnait ne répondait à aucune d'elles.

—Chaque chose en son temps, jeune Arkès, renchérit la voix.

Arkès s'impatientait, il voulait savoir.

—Qui êtes-vous ? demanda-t-il alors plus pressant.

Un silence pesa longuement tandis qu'il regardait de tous côtés afin de découvrir qui lui parlait.

—Je suis toi ! répondit la voix avec flegme.

Pourtant, cette voix n'était pas la sienne, c'était évident. Il décida dès lors de la provoquer.

—Tu es moi ? Sérieusement, au son de ta voix, j'aurais plutôt envie de dire que tu es …

—Une femme ! C'est exact …

Elle apparut soudainement devant lui, se matérialisant

dans le vide. De longs cheveux charbon, des courbes généreuses dans une longue robe rouge moulante. Il se disait que son physique correspondait à sa voix sensuelle et pourtant, il ne se sentait pas du tout rassuré.

—Mais, je ne suis pas une femme pourtant. Ce que tu dis n'a pas de sens.

De temps à autre, le visage de la femme, si doux et féminin, s'assombrissait et ce qu'Arkès y voyait ne le réconfortait pas … au contraire. Après un court instant, alors que le guerrier la regardait attentivement, elle poursuivit :

—En réalité, je n'existe que dans ta tête. Tu m'as créée de toutes pièces.

—Je, je… t'ai …, bégaya-t-il.

—Oui, en effet.

—Quel est ton nom ? parvint-il à murmurer.

—Un jour, tu me donneras un nom.

—Un jour JE te donnerai …, répéta-t-il sans terminer sa phrase. C'est le monde à l'envers, ça.

—Tu comprendras plus tard, mais pour l'heure, laissons cela. Il y aura beaucoup d'inconnues pour toi dans les mois voire les années à venir. Pour les comprendre, il te faudra subir un apprentissage dont la durée ne dépendra que de tes capacités.

—Un apprentissage ? Quel apprentissage ?

—Tu devras le découvrir par toi-même. Pour l'instant, laisse-moi t'expliquer ce qui va t'arriver et pourquoi.

Arkès s'agitait de plus en plus. Le jeune guerrier n'était pas habitué à entendre autant d'énigmes. La frontière qui séparait ses aptitudes à la réflexion de sa colère était très mince et déjà, il était en train de la traverser. Il ne la laissa pas poursuivre.

—Tu ne réponds à aucune de mes questions ! dit-il en haussant le ton. Qu'est-ce que tu cherches à la fin ? Tu ne me donnes pas ton nom et c'est moi qui serais sensé t'en donner un plus tard ? Ça ne veut rien dire du tout ! Je vais subir un long apprentissage et sa longueur ne dépendra que de moi mais je ne peux pas savoir lequel. Ça non plus ça n'a pas de sens ! finit-il par hurler.

Seul le silence lui répondit. Il commençait à penser qu'il n'en apprendrait peut-être pas plus et qu'il repartirait avec encore plus de questions … s'il repartait un jour. Finalement, la femme reprit la parole.

—Lorsque tu as été blessé à la bataille, lorsque cet homme te transperça le poumon de son arme, tu es presque passé de l'autre côté. Tu fus alors attiré par une voix et tu t'es traîné jusqu'à une statuette dissimulée au milieu des pierres …

Au fur et à mesure qu'elle parlait, Arkès recouvrait une partie de sa mémoire. Il baissa les yeux. Après un bref moment d'hésitation, il découvrit la chair meurtrie de son corps au niveau des côtes. Pourtant, il n'éprouvait aucune douleur. Malgré la plaie béante, le sang ne s'écoulait pas.

Des souvenirs lui revenaient peu à peu en mémoire.

Il participait à une bataille … une de plus.

La seigneurie des Engeraux bordait la Grande Mer intérieure. Ces terres particulièrement fertiles étaient très convoitées par les autres seigneurs du pays car elles assuraient une relative sérénité.

Quelques jours auparavant, son seigneur, sire Lacneol, avait rassemblé les soldats au pied de la motte castrale. A contrecœur, celui-ci leur annonça une nouvelle mobilisation obligeant une fois de plus les soldats à recruter et armer les villageois pour les emmener vers une mort plus que probable.

La bonté et l'honnêteté de sire Lacneol envers eux faisait répondre « présents » aux villageois sans la moindre réticence.

Au matin de la bataille, après plusieurs jours de marche ininterrompue, les troupes lourdement chargées s'étaient massées sur le bord est de la plaine de Tahlmein. Ils avaient bien choisi leur endroit. Une légère pente descendante leur permettrait de s'abattre lourdement sur leurs ennemis tandis que ces derniers se fatigueraient à grimper à leur rencontre.

La plupart des combattants présents n'étaient pas des soldats. Agriculteurs, forgerons, menuisiers, charpentiers, artisans, ils exerçaient des métiers très communs. Ils risquaient leur vie pour une cause qu'ils ne connaissaient même pas. La peur les serrait au ventre. Le silence n'était brisé que par le bruit métallique des armes et des épées choquant les armures par accident. Leurs armes, piques, fourches, bâtons, à l'inverse de celle des soldats du seigneur et des mercenaires, servaient habituellement à tout autre chose.

Seuls les soldats et les mercenaires n'étaient pas aussi nerveux. Ils s'entraînaient tous les jours en espérant connaître un jour un tel moment. Leur fébrilité prenait sa source dans l'impatience et non dans la peur. Ils rêvaient d'en découdre. Arkès se souvenait de cette sensation ressentie lors de sa première bataille au même endroit, deux ans plus tôt. Le regard perdu de ces soldats improvisés le faisait se sentir plus fort. Il éprouvait de la fierté à se retrouver là.

Face à eux, s'alignait une petite force d'invasion des Terres du Centre baptisées localement Outremonde, attirée par la prospérité qu'apportaient les Terres du Nord. Mesurant l'importance de l'armée warkanne, le roi ennemi avait déjà quitté les lieux, abandonnant son armée à son triste sort.

Anthelme-le-Blanc, roi warkan, se tenait en retrait des troupes, entouré de sa garde personnelle. Sûr de sa sécurité, il descendit de son cheval, immédiatement imité par son chef d'armée, Orkaf. Il observait avec humour la situation.

— Quel fou ! Qu'avait-il donc en tête en venant ici ?

Il marqua une courte pause que personne n'osa

interrompre.

» Sans doute pas grand-chose étant donné la vitesse à laquelle il a détalé, ironisa-t-il.

Un large sourire détendit ses lèvres.

La victoire était assurée, c'était évident.

Orkaf restait silencieux.

Soldat aguerri, son corps s'était sculpté au combat pour devenir massif et impressionnant. Loin des corps façonnés au burin, celui d'Orkaf dégageait une puissance perceptible. Avec sa fine barbe sombre coupée net, il était toujours d'une tenue impeccable, aussi bien dans ses obligations royales que dans ses entraînements ou les combats. Il se voulait un exemple pour ses hommes.

Bien malgré lui, il était devenu le chef d'armée du roi. Troisième fils d'un riche seigneur, il avait vu son frère aîné recevoir la seigneurie du Tmorg et son autre frère rentrer dans les Ordres à la mort de leur père. Lui, avait rejoint l'armée au service du roi. Le sort des trois enfants avait été scellé selon la coutume. Se montrant particulièrement doué et fin stratège, Orkaf fut très vite repéré par son suzerain. Des années plus tard, il était devenu le chef des armées du roi et élevé au rang de seigneur par Anthelme lui-même pour administrer le Domaine Royal. Cela l'avait mis, à plus d'un titre, en mauvaise posture.

Mais cette situation lui procura également une relative liberté face au roi et lui permit de faire part ouvertement de son opinion sans risquer la mort. Car avec Anthelme-le-Blanc, rien n'était moins sûr que de rester en vie après avoir répondu à une de ses questions quelle qu'elle fut.

—Ne pensez-vous pas que nous pourrions les laisser repartir ?

Le roi marqua sa surprise et fusilla Orkaf du regard. S'il pouvait sans risque manifester son opinion, ce n'était pas pour autant qu'il était écouté.

—Ne fais pas preuve de pitié, Orkaf. Eux n'en auront

pas s'ils reviennent plus nombreux. Je ne veux pas d'un chef d'armée qui ergote, alors tu dois te ressaisir ! Dois-je te faire remplacer ? dit sèchement Anthelme.

—Veuillez m'excuser, Majesté. Bien sûr que non, répondit Orkaf en s'inclinant subtilement.

—Nous devons montrer à tous qu'on ne peut nous envahir puis retourner tranquillement chez soi. Sans quoi, notre pays deviendra un lieu de promenade ouvert à tous. Le roi des Terres du Centre a commis une erreur. Il doit s'en souvenir pour ne pas la commettre à nouveau à l'avenir.

—Il en sera fait selon vos ordres.

—Dans ce cas, ce point est clos. Quel est ton groupe de soldats le plus efficace ? demanda le roi changeant de sujet.

—Pardon Majesté ? fit Orkaf surpris de la question.

Puis, il se souvint de la mission que le roi lui avait confiée quelques semaines auparavant. Ce dernier le regarda avec un léger sourire.

—Ce sont eux, répondit Orkaf en montrant un groupe d'hommes sur la gauche. Ils viennent de Gallim, de la Seigneurie des Engeraux. Leur réputation est excellente et ils sortent régulièrement vainqueurs des joutes inter-seigneuries.

Arkès se souvenait très bien de la main d'Orkaf pointée sur eux. Ayant entendu leur conversation, impatient de recevoir l'ordre de charger, il en avait ressenti un vif sentiment de fierté. Le roi regarda le groupe et acquiesça avec satisfaction.

—Très bien, déploie-les sur la gauche du champ de bataille, en bordure des rochers.

Orkaf, resta un instant silencieux, fixant le roi.

—Très bien, Majesté, confirma-t-il en s'inclinant.

Il disposa les troupes selon les souhaits du roi.

Avançant à cheval à la tête de ses troupes, Orkaf les

encouragea une dernière fois avant de faire front à l'ennemi. Il frappa les trois coups d'épées sur son plastron, aussitôt imités par l'ensemble des soldats, faisant trembler la plaine et les envahisseurs. Levant son arme vers le ciel, il poussa un long hurlement, signe de l'attaque, et talonna son cheval.

La masse des armées warkannes s'abattit sur les envahisseurs comme un raz-de-marée meurtrier. Malgré leur imposante supériorité, les soldats se battaient avec rage, ne présumant jamais de la force de leurs ennemis.

Arkès y mettait toute sa hargne et, déjà, une dizaine d'ennemis étaient tombés sous sa lame d'excellent guerrier lorsqu'il sentit la pointe d'une lance lui perforer le dos dans une douleur foudroyante. La seule idée qui lui vint alors à l'esprit fut « Toutes ces années d'entraînement ... anéanties en un instant. Quelle fatalité ! »

La chute, puis ... le noir.

Il avait déjà livré bataille dans le passé. Il avait vu ses ennemis ... et ses amis ... s'écrouler en grand nombre avec des blessures semblables. Il savait qu'il ne s'en sortirait pas. Son ennemi, fier de ce coup imparable, s'en alla embrocher quelqu'un d'autre, laissant Arkès pour mort.

Noyée dans le brouhaha des combats, une voix résonna soudain dans sa tête lui indiquant la direction d'une pierre. Perdant peu à peu ses esprits, hypnotisé par cette voix venue de nulle part, il se mit à ramper, lentement, certain également de se mettre à l'abri. La douleur était atroce. Il haletait. Un fin filet de sang s'écoulait entre ses lèvres. C'est alors qu'il découvrit, à peine dissimulée par deux grosses pierres, une statue en forme de monstre ailé, une sorte de dragon, et voulut la saisir.

Une intense lumière l'aveugla puis ce fut le vide et cet espace noir où tout semblait condamné à l'immobilité.

Laissant le temps à Arkès de se remémorer les évènements récents, la voix attendit. Puis ...

—Cette statue a le pouvoir de s'immiscer dans ton

subconscient et de matérialiser ta pensée la plus profonde. Elle agit sur les seules pensées que tu ne contrôles pas.

Il ne supportait pas l'idée de perdre le contrôle de quoi que ce soit. Jusqu'ici, il maîtrisait sa vie de guerrier. Cela lui convenait très bien d'autant qu'il était parmi les meilleurs. Maintenant, cela n'avait plus la moindre importance, il allait mourir, c'était inévitable avec une pareille blessure.

Soudain, l'espace noir dans lequel il flottait disparut, laissant place à un monde blanc immaculé. Il s'écrasa lourdement sur le sol ... ou du moins sur ... quelque chose car rien ne distinguait la terre du ciel, tout était blanc, presque aveuglant. Il se releva en hésitant, certain que la douleur allait le foudroyer ... mais il se redressa sans peine.

La « voix » se mit à déambuler autour de lui, sous la forme d'une jeune femme, lentement avec grâce et finesse. Lui ne bougeait pas, il la suivait du regard. Finalement il poursuivit.

— Et ma pensée la plus forte, c'est toi ?

— Non, bien sûr. Je ne suis qu'une représentation de ton subconscient créée par ton esprit. Je ne suis là que pour t'aider à découvrir ce que la statue va réaliser en toi.

— Et ce sera quoi ?

— Je ne peux malheureusement pas être plus claire, elle me l'interdit. Tu devras apprendre par toi-même, cela fait partie du don qu'elle t'offre. Pour réaliser ce don pleinement, tu devras découvrir la plupart de ses caractéristiques toi-même.

— Comment ...

— Sache seulement que tu connaîtras des choses dont tu n'as même pas idée. Des choses qui n'existent pas dans ton monde mais bien dans d'autres. Quand tu les verras, tu sauras ce qu'elles sont, même si tu ne sais pas nécessairement à quoi elles servent. Tes capacités physiques seront également différentes. Il t'appartiendra de les mettre en œuvre et surtout d'apprendre à les utiliser efficacement.

Il se sentait dépassé. Son esprit de guerrier n'était pas préparé à recevoir des informations aussi mystérieuses. Il ne comprenait rien à ce qui lui arrivait. Il était sensé mourir, il avait un poumon perforé. Comment savait-il d'ailleurs que c'était un poumon ? Il ne savait même pas ce que c'était. Il était désorienté. Et elle lui parlait de son futur comme si de rien n'était.

—Ooooh, arrête ! De quoi parles-tu ? C'est quoi ces connaissances, et qu'est-ce qui va m'arriver,... à part mourir !

—Tu ne vas pas mourir, pas tout de suite en tout cas, et tu peux même vivre longtemps. Je ne peux pas t'en dire plus.

Cette fois, la colère s'empara de lui.

—*Putain vérolée ! Elle m'énerve avec ses révélations qui n'en sont pas !* pensa-t-il.

Il finit par exploser.

—Comment ça !? Tu me parles de choses qui vont m'arriver ... sans m'en parler, ou bien ... tu me dis que je vais devenir un savant ou une brute, suivant ce que je fais de mes soi-disant nouvelles capacités et puis ... voilà, ... c'est tout.

—Personne n'a dit que tu serais un savant. Tout dépendra de ce que tu feras avec ce qui t'est donné. Ces nouvelles capacités de déduction doivent encore se dévoiler. C'est pourquoi je ne peux t'en dire plus. Le fait de découvrir par toi-même ce qui t'arrive te permettra de les développer au mieux et sinon, elles resteront latentes. Il ne me reste plus qu'une chose à te dire. Tu te doutes bien que tout ceci ne t'est pas offert sans contrepartie.

—Oui, en effet, c'est évident. Mais je ne demande rien moi !

Il devenait très agressif. Il venait de franchir une nouvelle étape. La colère faisait désormais place à un calme froid et effrayant. Il n'avait jamais franchi cette frontière refoulée au plus profond de son être et de ses sentiments. Il n'en avait jamais eu besoin et ne savait même pas qu'il était capable de cela. Les premiers effets du don que la Statue-Dragon lui offrait se faisaient déjà ressentir.

» Je veux récupérer ma vie d'avant, dit-il froidement. J'aime ma vie comme elle est. Je ne veux rien de plus. Je veux partir d'ici et retourner d'où je viens … et mourir si c'est ce qui doit m'arriver !

A ce moment, le visage de la femme changea. Tout son côté gauche devint monstrueux et effrayant. La partie gauche de ses lèvres et une partie de sa joue disparurent pour faire place à une tache de peau brûlée laissant apparaître une partie de sa mâchoire. Sa peau changea de couleur et devint terne et grisâtre. Ses bras entourèrent Arkès comme deux courants d'air puissants. Immobilisé, il put nettement sentir le froid qui l'envahissait. Et c'est une voix, non plus rassurante à présent, mais comme sortie d'outre-tombe qu'il entendit.

—Il-ne-s'agit-pas-d'une-proposition ! martela-t-elle. Tu n'as plus le choix. Le seul choix qu'il te restait avant d'arriver ici était de prendre ou non cette statue. Maintenant, le jeu est terminé.

—Laisse-moi tranquille ! Je ne demande rien.

—Ta contrepartie sera que tu ne pourras plus tuer personne. Si une personne devait mourir directement de ta main, tu mourrais avec elle.

—Mais, c'est impossible ! hurla-t-il à s'en briser les cordes vocales. Je te rappelle que je suis un guerrier. C'est mon travail de tuer !

La femme reprit d'une voix calme à faire peur.

—Personne n'a dit que ce serait facile.

Arkès sentait maintenant une chaleur intense monter en lui. La femme le libéra et ses yeux devinrent incandescents. C'est en pointant un doigt étincelant vers lui qu'elle ajouta :

—C'est le moment de ta transformation.

—Non, ne … AAAAAAhhh ! »

Une douleur incommensurable envahit tout son corps. Il se cambra vers l'arrière en une convulsion telle qu'il pensa s'être brisé les os. Sa musculature se modifia pour devenir plus dense. Durant une seconde qui sembla une éternité des images étranges encombrèrent son esprit. Il vit des flèches gigantesques dans le ciel laissant de longues traînées blanches derrière elles, des hommes crachant du feu de leurs mains et leurs ennemis qui tombaient les uns après les autres. Il se vit, lui, se battant contre des dizaines de personnes et malgré tout s'en sortir indemne. Il vit … il vit …

Des milliers d'images défilèrent qu'il ne pouvait comprendre.

Puis, … il revint à la réalité.

La femme était toujours là, et les ombres sur son visage s'évanouissaient.

Arkès transpirait abondamment. L'épreuve avait été éprouvante. Il n'arrivait pas à déterminer réellement si la sueur venait de la brève douleur ou des images qu'il avait vues et qui lui avaient procuré un fort sentiment d'incompréhension. Lorsqu'il ouvrit les yeux, sa blessure au poumon avait disparu.

Il était maintenant marqué d'un tatouage sur l'épaule droite. Noir et uniforme, il se prolongeait jusque sur ses côtes et sur tout le biceps en se terminant en pointes. Le seul motif visible était une étoile à quatre branches reliées entre elles par un cercle. Ce motif était la seule partie de peau restée vierge dans le tatouage. Trempé de sueur, il ne comprenait pas ce qui lui était arrivé.

— Mais qu'est-ce que tu m'as fait ? Et qu'est-ce qui est arrivé à mon bras ?

— Ce tatouage est la marque de la Statue-Dragon. Pour le reste, comme je te l'ai dit, tu devras le découvrir toi-même. (La voix se faisait plus lointaine) Maintenant, il ne te reste plus qu'à retourner d'où tu viens.

Il acquit subitement une assurance marquée face à la situation. Il jaugeait la femme, menaçant, le regard noir. Et c'est toujours haletant que ...

—Bien, laisse-moi récupérer deux minutes et je vais te refaire l'autre moitié du visage.

La voix de la femme s'évanouissait autour de lui au fur et à mesure qu'elle s'éloignait.

—Choisis ton chemin, jeune Arkès. Deux possibilités s'offrent à toi. La porte en métal ou la porte en bois. La première te ramène d'où tu viens, l'autre t'enverra dans une époque différente de ta vie.

—Je suis trop fatigué pour jouer avec toi ... va pour la rouge, dit-il pour la narguer.

—Tu ne devrais pas ironiser quand quelqu'un te donne un choix, tu le sais mieux que quiconque à présent. Au revoir Arkès, l'homme nouveau, nous nous reverrons bientôt.

A nouveau, il sentit une vive chaleur l'envahir suivie d'une douleur intense ... Trop fatigué, il perdit aussitôt connaissance.

— Dialène ! ... Dialène !

Il s'était réveillé dans l'église de son ami Dialène. Il regardait tout autour de lui, ne comprenant pas ce qui lui arrivait. Il était allongé, nu, sur les grandes dalles froides et humides de la nef de l'édifice. Que lui était-il arrivé ? Il y a quelques minutes, du moins c'est ce qu'il lui semblait, il était encore en train de livrer bataille pour son seigneur. Qui était cette femme ? Avait-il réellement été blessé ? Où était sa blessure ? Et ce tatouage sur son épaule ? Tout ceci aurait donc bien été réel. Les souvenirs et les images se bousculaient anarchiquement dans sa tête sans qu'il puisse y mettre de l'ordre. Tant de choses lui occupaient l'esprit qu'il en avait le tournis. Immobile, étendu sur le sol froid, les murs et le plafond lui semblaient animés d'une force démoniaque. Ce qui lui parut paradoxal dans une église.

Il mit un certain temps à pouvoir se lever. Le moindre mouvement lui était un effort insurmontable. Maints essais infructueux le virent s'écraser lourdement sur les dalles. Fatigué, le corps douloureux et la vision trouble, il arriva finalement à se redresser. Il titubait dans ce glacial édifice silencieux. Il devait rejoindre son ami. Peut-être aurait-il des réponses à lui fournir ?

Dialène et lui étaient amis de longue date et se vouaient un immense respect. Arkès n'était pas croyant et il pensait que c'était mieux ainsi, vu son métier de soldat. Tuer et ensuite prier ou pire, l'inverse, lui semblait contradictoire. Une divinité possédant un pouvoir absolu et ne l'utilisant pas pour éviter toutes ces guerres était aussi coupable, selon lui, que les auteurs de ces conflits. Son ami Dialène avait déjà essayé de lui expliquer que ce n'était pas aussi simple, mais aucun argument ne l'avait convaincu. Pourtant, les deux hommes s'entendaient bien et passaient généralement beaucoup de temps ensemble. Chacun, par respect pour l'autre, n'abordait plus ce sujet.

Arkès marchait lentement, péniblement, recherchant son ami.

— Dialène ?

— … Alène, répondit une voix qui résonna dans tout l'édifice.

— Quoi ? se demanda Arkès, n'ayant pas saisi l'ironie dans la réponse de son ami.

— Non rien, par ici, dans l'arrière-boutique.

L'arrière-boutique. C'était ainsi que Dialène nommait la sacristie pour qu'Arkès continue de venir le voir sans que ses sentiments d'athée soient mis au défi. Le paradoxe était qu'il se sentait en confiance dans ce lieu et les deux hommes s'y retrouvaient avec plaisir.

Arkès était épuisé, presque à bout de forces. Il gravit encore les quelques marches pour arriver dans l'arrière-boutique et souffla un « Aide-moi » à peine audible. Dialène accourut vers lui pour l'aider à marcher et le retint avant la chute.

L'homme d'église était de corpulence forte, ce qui lui permit de soutenir le poids de son ami. Son visage caché derrière de longs cheveux blancs et une barbe grisée par les années laissaient transparaître une sérénité et une bonté rassurantes.

Il ne comprit pas tout de suite ce qui se passait et se moqua de son ami.

— Je t'ai déjà dit de ne pas venir me voir quand tu as trop fait la fête avec tes amis et que tu as abusé de l'hydromel. Tu vas encore me demander pourquoi mener cette bataille après-demain et, comme d'habitude, je te dirai que tu n'as pas le choix. Tu la feras cette bataille ! En ces temps, les hommes ne pensent de toute façon qu'à cela.

— Elle a déjà eu lieu, j'ai été blessé, marmonna Arkès, j'ai pris la statue, la femme m'a dit que …

Dialène n'avait rien compris de ses divagations.

— Tu es encore dans un pire état que les autres fois et nu en plus cette fois. J'aime mieux ignorer ce que vous avez fait. Vous avez encore ennuyé la mère Lekrou ? La pauvre, ironisa-t-il.

Il se souvint brusquement des paroles d'Arkès et remarqua son tatouage.

» Qu'est-ce qui a déjà eu lieu, tu n'es blessé nulle part et à quelle femme as-tu pris une statue ?

— Non, tu ne comprends pas, … Je suis épuisé. (La voix d'Arkès se faisait plus faible, quasi inaudible) Je vais … dormir un peu …

Tout devint flou, puis noir.

Dialène, persuadé que l'ébriété était la cause de son état, tenta de le mettre un peu à l'aise en l'allongeant sur la table … comme les autres fois. Arkès était souvent venu voir le prêtre lorsqu'il avait des problèmes. Son confident et conseiller le connaissait tellement bien et savait les mots qui aidaient.

Il observa un instant le tatouage, y laissa glisser ses doigts pour en évaluer la texture. Il n'y décela aucune aspérité, comme si le dessin avait été dessiné sous la peau. Il n'avait jamais vu cela. Il prit un bol d'eau et, à l'aide d'une éponge, tenta de l'effacer, mais rien n'y fit. Il abandonna et décida de vaquer à ses occupations le temps qu'Arkès reprenne ses esprits pour en savoir un peu plus.

Des rêves étranges se bousculaient à nouveau dans la tête d'Arkès. Il vit des bâtisses plus hautes qu'une église et percées de nombreuses fenêtres. Il vit des grottes avec des hommes poilus se jetant sur un animal mort. Il vit un paysage dans un endroit où la terre et le ciel étaient rouges. Il s'agitait et transpirait abondamment dans son sommeil.

Puis, il se réveilla, seul dans la sacristie.

Il se rendit vite compte que quelque chose se passait, quelque chose d'inquiétant, au plus profond de lui-même. Une douce chaleur l'envahissait malgré sa nudité. Il s'assit sur le bord de la table et, se redressant, s'aperçut que son tatouage grandissait de plus en plus et recouvrait son corps.

Il tenta frénétiquement de l'en empêcher, de l'arracher, mais en vain, ne parvenant qu'à se blesser la peau. Son rythme cardiaque s'accéléra, son ventre se noua. Il paniqua et se leva pour retrouver Dialène et lui demander quoi faire. Encore faible et étourdi, il tituba et faillit tomber. Puis, retrouvant peu à peu ses esprits, il reprit sa marche. Tandis que le tatouage recouvrait son corps, il essaya encore de l'arracher … il se griffait le corps en vain. Un vif sentiment d'oppression s'empara de lui. Son cœur battait de plus en plus fort, il eut l'impression d'étouffer lorsque la matière noire vint recouvrir en partie son visage. Il ne comprenait pas ce qui lui arrivait.

Arrivé dans le chœur de l'église, le tatouage recouvrait presqu'entièrement son corps, de son nez à ses genoux où il s'arrêtait en pointes. En tâtonnant son corps, il remarqua cette matière étrange dont il était recouvert. Une sorte de «résine» extrêmement résistante, et pourtant souple, lui autorisait une totale liberté de mouvement. S'appuyant contre le mur, il redressa la tête et vit un homme encapuchonné maintenir fermement Dialène.

Quelques instants auparavant, Dialène avait pris la statue et la regardait, ressentant un léger picotement dans la main. Soudain, venant du narthex de l'église, il entendit une voix qui l'appelait. Il ignorait qui cela pouvait être et ne reconnut pas la voix, mais elle lui faisait froid dans le dos sans qu'il sut pourquoi. Il quitta la sacristie, tenant distraitement la statue en main et s'avança dans le chœur. C'est alors qu'il l'aperçut entrant dans la nef.

—Bonjour, que puis-je faire pour vous ? demanda-t-il poliment malgré le sentiment de malaise qui le gagnait peu à peu.

L'homme ne répondit pas. Le cœur de Dialène s'emballa. Sa tension grimpa en flèche le désorientant partiellement. Il sentait que quelque chose de terrible se produisait. Il ne se contrôlait plus du tout, comme si quelqu'un insinuait une peur atroce jusqu'au plus profond de lui.

L'homme porta lentement les mains à sa capuche et la retira délicatement pour dévoiler son visage. Dialène s'arrêta net, horrifié. Il savait à présent qui il était. Il tenta de courir pour rejoindre Arkès, mais il était trop lent, trop vieux.

Il fut vite rattrapé.

Désormais, l'homme tenait Dialène, une main à la gorge, une main dans le dos. C'est à ce moment qu'Arkès apparut. Il pencha le vieil homme en arrière afin de libérer son ventre et de l'offrir à la vue d'Arkès. L'homme d'église hurlait à s'arracher les cordes vocales. Férocement, l'homme plongea la main dans le ventre du vieillard et la ressortit dans une giclée de sang et de viscères. Les cris du vieil homme s'étouffèrent pour ne plus devenir qu'un râle d'agonie.

—Non ! Dialène ! hurla Arkès.

Il fonça sur le meurtrier de son ami. Sa vitesse était prodigieuse, bien supérieure à ce qu'il pouvait faire auparavant. Surpris, il se déstabilisa et lorsqu'il voulut sauter au cou de l'inconnu, ce dernier, dans un léger écart, attrapa sans mal Arkès à la gorge et le plaqua violemment contre une colonne de l'église. Le choc fut d'une telle violence que la pierre s'effrita en surface. De la poussière et du plâtre tombèrent du plafond de l'édifice sur les deux hommes. Le bruit sourd de l'impact résonna longtemps. L'homme le tenait fermement à quelques centimètres du sol sans pour autant sembler fournir le moindre effort.

—Du calme, jeune Arkès, dit-il d'une voix aussi posée que sinistre. Tu n'es pas encore de taille à m'affronter et j'aurai besoin de toi plus tard, quand tu seras plus fort. Nous nous reverrons, un jour, c'est promis.

—Qu'est-ce que vous avez tous à m'appeler jeune Arkès ? Qu'est-ce que tu veux ?

A ce moment, Arkès fixa l'homme et découvrit seulement son visage. Blême et fin, il dégageait une froideur intense. Ses cheveux blanc-neigeux gelaient Arkès sur place. Mais ce n'était rien en comparaison de ses yeux. L'iris de son regard pénétrant était tellement grand qu'il occultait la quasi-totalité du blanc de l'œil. Terne également, l'iris était traversé d'ombres rougeâtres qui dansaient comme des flammes. Leur pouvoir hypnotique était indéniable. Arkès avait l'impression de se noyer dans ses yeux et en éprouva une peur intense.

—Rien … pour l'instant, répondit calmement l'homme. Tu ferais mieux de t'occuper de ton ami. Je vais le tenir en vie le temps nécessaire pour lui de t'expliquer ce qui se passe. Tu devrais en profiter. Moi, je m'en vais et n'essaie pas de m'en empêcher, tu ne fais pas le poids. Au revoir.

Il lâcha Arkès qui s'écrasa lourdement sur le sol et disparut en chantonnant joyeusement dans la lumière aveuglante des grandes portes ouvertes, jonglant avec la statue.

La colonne s'était fendue tant l'impact avait été rude. Arkès ne sentait aucune blessure même si tout son corps le faisait souffrir. Il sentait chaque battement de son cœur jusque dans la moindre parcelle de sa chair. La « résine » noire qui le recouvrait avait absorbé le choc.

Il rampa jusqu'à son ami. A genoux, il le prit dans ses bras. Son ventre était ouvert et ses viscères s'étalaient jusque sur le sol. Il savait déjà qu'il serait impuissant face à une telle blessure. Il fut immédiatement envahi par un profond sentiment de tristesse et de colère. Il sentit son estomac se nouer. Son cœur se mit à battre plus fort que jamais frappant sa cage thoracique avec violence. De lourdes larmes coulèrent le long de ses joues. Il eut à peine la force de soulever son ami pour l'asseoir contre lui.

—Dialène, ne bouge pas, on ... on va te soigner, dit-il peu convaincant.

Il aurait voulu aider son ami et, même s'il savait que c'était la fin, il essayait malgré tout de le rassurer. C'était humain. Inutile, mais humain. Dialène, dans un effort démesuré, murmura :

—Arkès, je n'en ai plus pour longtemps, je l'ai créé.

—Tu as créé quoi ?

—Je crois en Dieu, mais ma peur du Diable est encore plus forte.

—Tu t'es dit qu'on allait s'ennuyer avec nos guerres que tu as voulu créer le Diable, tenta d'ironiser Arkès.

—Tais-toi ! Ce n'est pas drôle, articula l'agonisant à bout de souffle tellement la douleur était insupportable. C'est la statue ... la solution ... et il l'a emmenée. Va voir mes amis ... les kNalines, ... dans les montagnes ... Ils t'expliqueront et t'aideront ... et ils te donneront la force de le combattre.

—Tu vas venir avec moi, une fois que tes blessures iront mieux.

—Ça par contre, c'est drôle. Ne sois pas ridicule ...

Soudain, une voix résonna dans la tête d'Arkès.

—*Maintenant tu sais. J'ai tenu parole, je l'ai maintenu en vie suffisamment longtemps. Alors, si tu veux qu'il souffre encore un peu, ça ne me dérange pas de le garder en vie.*

—Tais-toi, je te retrouverai, gronda Arkès en levant les yeux vers le ciel comme si l'homme pouvait mieux l'entendre.

—Qu'il en soit ainsi ...

La tête de Dialène s'abandonna dans un râle et ses yeux se fermèrent une dernière fois. Arkès sentit les larmes le submerger et une vive colère s'insinua en lui. Il laissa échapper un cri puissant qui retentit dans l'église et jusqu'aux alentours. Son cœur s'était déchiré. Son ami, son guide, n'était plus. Plus jamais il ne serait là pour résoudre ses problèmes. Plus jamais il ne l'écouterait raconter ses histoires du temps jadis. Plus jamais il ne trouverait quelqu'un qui puisse le réconforter aussi bien que lui.

Un immense découragement l'envahit. Il était désemparé, comme abandonné au milieu de la nef assombrie.

Sa nouvelle carapace, car c'était bien de cela qu'il s'agissait, ce qui l'avait protégé du choc contre la colonne, se retirait progressivement pour ne plus laisser apparaître que le tatouage d'origine. La sensation de chaleur avait disparu et l'ambiance froide et humide de la grande église accentua encore sa solitude. Les larmes aux yeux, il se pencha sur son ami et l'étreignit.

« Adieu, vieil homme. »

Désorienté, plus rien n'ayant d'importance, Arkès se releva au bout de quelques minutes. Il ne savait que faire. Ses idées ne formaient qu'un brouhaha inconsistant duquel il n'arrivait pas à retirer la moindre décision. Machinalement, il sortit de l'église. Un peu d'air frais et la vue de la vallée de son village qu'il affectionnait tant remettraient peut-être un peu d'ordre dans ses pensées. Peut-être saurait-il alors que faire.

Lorsqu'il franchit les deux grandes portes ouvertes de l'église, il fut aussitôt ébloui par une lumière intense ... Pourtant, il faisait nuit ! Etait-il resté si longtemps auprès de son ami ? Il n'avait peut-être pas vu le temps passer. Non, c'était autre chose. Cette lumière ne ressemblait en rien à celle du soleil.

Lentement, il se protégea les yeux de son bras.

Soudain des volutes de fumée noire descendirent mollement telles des fantômes. Chaque nuage prit la forme d'un objet bien précis. Certains devinrent des hommes, d'autres d'étranges véhicules, d'autres encore d'immenses bâtiments. Arkès était déboussolé, c'était surnaturel. Finalement, quelques panaches de fumée se mirent à danser autour de lui, lui faisant presque perdre l'équilibre et formèrent un escalier qui conduisait de l'église à la rue. De la même manière, le reste du paysage se dessina en quelques secondes. Des rues sombres, d'étranges lumières clignotantes perçaient de temps à autre la puissante lumière blanche venant de la rue, d'étranges bruits métalliques parvinrent à ses oreilles.

— Police ! Ne bougez plus !

Il sursauta. La voix claquante surgit de derrière la lumière. Il ne comprenait pas. Fronçant les sourcils pour mieux distinguer son entourage malgré la lumière aveuglante, il vit des hommes vêtus d'habits bizarres. Ceux-ci l'encerclaient appuyés sur de drôles de chariots et tous tendaient ces fameuses mains qui pouvaient cracher du feu.

— Des pistolets … comment … ?

Il savait comment ça s'appelait, mais il ignorait d'où lui venait cette certitude. Son regard balayait frénétiquement les environs. Rien autour de lui n'était familier. Où était son village ? Il n'avait jamais vu de telles constructions, pas avec autant de fenêtres en tout cas, … sauf dans son rêve lorsqu'il se reposait dans la sacristie.

— Où suis-je ? Dans quel monde étrange ?

Il venait à peine de quitter un lieu totalement irréel pour entrer dans un autre. Il perdit momentanément pied, désorienté par tous ces étranges évènements. Puis, il eut un vif sentiment d'autodéfense. Il ne voulait pas se laisser faire mais après tout … Comme il n'était apparemment plus chez lui, se laisser emmener lui apporterait sans doute des réponses. Il n'avait plus le cœur à se battre. Les derniers évènements, aussi courts fussent-ils, l'avaient trop déconcerté.

Soudain, un claquement sec, comme une frappe d'armes. L'instant d'après, il était projeté en arrière de deux bons mètres, une douleur brutale dans la poitrine. Il n'avait pas eu le temps de s'en rendre compte … on venait de l'atteindre ! Il serait mort si son tatouage n'avait pas grandi instantanément pour venir faire écran à l'endroit de l'impact. Quelques secondes s'écoulèrent avant qu'il ne reprenne ses esprits. Son corps était de nouveau recouvert de cette substance noire, solide et souple. La chaleur l'envahissait à nouveau, cela lui fit du bien.

Du côté des policiers, c'était la débandade.

—Qui a tiré ? cria le sergent, maître des opérations.

—Ça vient du toit de l'immeuble, répondit l'un des policiers en pointant le doigt en l'air.

—Envoyez une équipe sur place et encerclez l'immeuble, que le tireur ne s'échappe pas ! Vous, là, ne bougez pas ! ordonna le sergent en direction d'Arkès.

Arkès se relevait. Il ne comprenait rien à ce qui se passait mais restait étrangement calme. Bizarrement, il ne ressentait aucune panique face à cette situation et heureusement car la confusion était déjà suffisante. Mais ce n'était malgré tout pas une bonne idée de rester ici. Il valait mieux découvrir par lui-même où il était. Il observa la situation, la … police ?, les … voitures ?

—*Je ne sais même pas ce que c'est*, pensa-t-il. *C'est complètement absurde. Je dois me réveiller. Mais en attendant, je ne peux pas rester ici, cet endroit me paraît trop dangereux.*

Malgré la confusion de son esprit, il arriva à se concentrer suffisamment pour choisir l'endroit où stationnaient le moins de véhicules et de policiers, sur sa gauche, et se mit à courir en direction d'une ruelle. De nouveau, il constata que sa vitesse était prodigieuse, plus de deux fois celle d'un homme. Cela le surprit à nouveau mais il reprit rapidement ses esprits afin d'échapper aux policiers.

—Halte, monsieur, halte, …, halte ou je tire !

La police évitait les bavures.

Face à cet homme nu sur qui un inconnu venait de tirer, le policier lança les trois sommations d'usage. Le temps de le dire, Arkès était déjà loin et les policiers qui ouvrirent le feu ne firent pas mouche. Arkès entendait siffler quelque chose autour de lui sans pourtant savoir ce que c'était. Il accéléra encore et sema facilement les quelques policiers lancés à sa poursuite. Ces derniers abandonnèrent rapidement.

—Mais qui c'est ce mec ? dit le sergent. Qu'est-ce que c'est que ce bordel ?

Ensuite, il se retourna vers ses hommes et hurla.

— Et retrouvez-moi ce tireur !

Arkès ne pouvait tenir une pareille vitesse bien longtemps. Après plusieurs centaines de mètres et des changements de direction dans des rues sombres, il stoppa sa course dans une ruelle étroite. Nu et fatigué, il s'assit … là … par terre. Désemparé, il ne sentait même pas la froidure du sol. Sa carapace s'était rétractée. Il se recroquevilla sur lui-même, les bras serrant ses genoux et la tête appuyée. Il resta là quelques minutes. Il aurait voulu faire le point de la situation, ou du moins essayer, mais le froid vif interdisait la moindre pensée à son esprit vide. Il lui fallait trouver des vêtements.

Il se leva et se mit à marcher. Les rues étaient quasiment désertes. Rien à voir, il s'en aperçut alors, avec les chemins qu'il connaissait. Ici, les rues étaient lisses et dures, entourées de ces bâtiments plus hauts que des églises et couverts de miroirs … comme dans ses rêves ! D'étranges sources de lumière de toutes les couleurs éclairaient les rues principales. Le mouvement des ombres aux clignotements des lumières donnait l'impression que tout bougeait, donnant vie aux murs. Arkès se sentait oppressé et mal à l'aise. Rien de ce qu'il voyait ne lui était familier … mais rien n'était vraiment inconnu non plus. C'était une sensation très bizarre et inquiétante.

Il marchait, frigorifié, évitant le regard des quelques âmes qui rôdaient encore dans les rues à cette heure tardive et regardaient sa nudité avec amusement ou répugnance. Des femmes lui adressaient même parfois des regards emplis de satisfaction avec un large sourire. Sa carapace aurait pu le réchauffer. Mais elle était trop récente et il ne pouvait pas encore la contrôler … si elle était contrôlable.

Il lui fallut un certain temps pour trouver un magasin de vêtements devant lequel il s'arrêta l'air hébété. Des gens étaient là, immobiles. Était-ce pour montrer les vêtements ? Peut-être que dans ce monde c'était normal, mais ça ne devait pas être facile pour eux de rester sans bouger si longtemps. La voix tremblante de froid, il demanda :

— Pouvez-vous m'aider en me donnant quelques vêtements ?

Mais il ne reçut aucune réponse et ses interlocuteurs ne firent pas le moindre mouvement. Il réitéra plusieurs fois sa question … sans succès.

Il n'avait jamais volé, car à Gallim, son village, chacun travaillait pour tout le monde et personne n'était laissé dans le besoin. Mais il avait très froid et rester nu en pleine rue attirait trop l'attention sur lui. Il tendit la main pour saisir un vêtement mais heurta douloureusement la vitre.

— Qu'est-ce que … ? laissa-t-il échapper en se tenant le poignet.

Il posa les mains sur la vitre regardant d'un air ahuri, tâtonnant machinalement.

— Quelle est donc cette sorcellerie ?

Cela n'avait pas l'air très solide. Il décida d'y jeter un grand coup de pied. La vitre vola en éclats suivi d'un bruit strident assourdissant. Il saisit prestement quelques vêtements, là par terre, en s'excusant auprès des quatre femmes aux reflets bizarres, qui manifestement n'avaient pas envie de bouger, et se mit à courir.

Quelques rues plus loin, à l'écart, il s'habilla et se sentit déjà beaucoup mieux. Il ne prêta pas trop attention à l'aspect incongru de ces vêtements trop petits pour lui. Ce n'était somme toute pas plus anormal que les derniers évènements.

Il s'assit contre un mur le souffle court et doucement il inspecta ses pieds dont la plante le faisait souffrir. De nombreux morceaux de verre s'y étaient logés. Patiemment, il en retira quelques-uns puis frotta ses pieds avec le bord du vêtement.

Plusieurs minutes plus tard, ses pieds ne suintant plus que légèrement, il se mit à réfléchir à voix haute.

— Bon, restons calme. Examinons la situation. Dialène est mort mais avant ça, il a pris soin de créer un homme d'une force surhumaine qu'il pense être le diable. Si je raconte ça, mon seigneur va me prendre pour un fou. J'ai un dessin sur moi qui peut grandir comme s'il était vivant et me protéger des blessures. Plutôt utile, encore faudrait-il que je puisse le contrôler. Je suis capable de courir plus vite que n'importe qui, je connais des choses que je ne connais pas et si je tue quelqu'un, je meurs.

Il se prit la tête entre les mains et appuya très fort.

— Ah, sang de reil, je suis bon à enfermer dans un asile …

Il s'arrêta immédiatement, surpris du terme qu'il venait d'employer sans en comprendre réellement la signification.

— C'est quoi un asile ? Pourquoi est-ce que je devrais y être enfermé ? … Aaah ! Qu'est-ce qui m'arrive ? … Je vais me réveiller, c'est un cauchemar. Je vais me retrouver au milieu de la bataille et mourir tranquillement.

L'espace d'un instant, c'est ce qu'il souhaita réellement. Les dernières heures avaient été trop étranges et trop stressantes. Il avait vu trop de choses qu'il ne comprenait pas, qu'il ne connaissait pas … et son ami s'était fait assassiné dans d'atroces circonstances.

Qu'allait-il bien pouvoir faire ? Il se retrouvait dans un monde étranger, entouré de choses qu'il n'avait jamais vues … et on avait déjà tenté de le tuer.

Il regarda autour de lui. Il ne connaissait pas les rues de béton, les immeubles vitrés, les néons de toutes les couleurs, les poubelles de métal. La panique le gagnait peu à peu. Chez lui, les rues étaient de terre, les maisons de bois, la lumière apportée la nuit par des chandelles ou la lune et ils n'exposaient pas les vêtements de la sorte. Son cœur battait à tout rompre. Son regard se perdait, passant d'un objet de la ruelle à un autre, éperdu.

— *Aidez-moi* ! pensa-t-il désespéré.

Soudain, son attention fut attirée par des voix au bout de la rue. Des ombres et des lumières bougeaient rapidement et bizarrement sur les murs. Il se leva pour fuir mais se rendit compte qu'il était dans un cul-de-sac. Les voix se rapprochaient. Bientôt, elles tourneraient le coin de la rue et l'apercevraient.

— Hé, toi, murmura-t-il en regardant son épaule. Tu ne crois pas que c'est le bon moment pour te réveiller. Là, j'ai un problème. Hé ! ... alors quoi, tu bouges !

Trop tard, les gens surgirent du coin de la rue et le virent aussitôt.

— Là, le voilà notre travesti ! Alors man, on cambriole un magasin de gonzesses pour s'habiller ? T'es une vraie folle tordue, toi !

Arkès n'avait pas compris la plupart des mots que l'homme venait de prononcer, mais étrangement, il comprit le sens général de la phrase.

— Mais tu ne devrais pas faire ça au shop de ma frangine et encore moins quand on est en train de boire un coup avec des potes dans le bouge d'en face.

Arkès les regardait à tour de rôle. Il n'avait pas peur, il avait déjà affronté bien plus d'ennemis lors de ses batailles mais les récents évènements lui brouillaient l'esprit et il n'arrivait pas à appréhender la situation avec l'enthousiasme dont il faisait preuve habituellement sur un champ de bataille. Peut-être était-ce dû au fait qu'il avait perdu la vie ... ou failli ... lors de la dernière bataille, il ne savait plus très bien.

— Oh, ne te tracasse pas, on n'en a pas à ton pognon, vu qu't'étais à poil avant le casse, tu ne dois pas avoir grand-chose. Non, on va juste récupérer les vêtements et ... s'amuser un peu avec toi. Pour une fois qu'on a quelqu'un sous la main dans une impasse sans flics, on va jouer un peu.

Arkès remarqua les petits couteaux dont ils étaient armés. En comparaison avec les épées qu'il connaissait et qu'il savait manier avec dextérité, c'était risible. Il reprit de l'assurance et les toisa.

— Laissez-moi tranquille, dit-il d'une voix grave. Je ne vous demande rien. Il est encore temps de bien terminer votre soirée.

— T'inquiète man, elle se terminera bien, dit l'homme goguenard en fonçant sur Arkès.

Il voulut lui porter un coup de couteau dans le ventre, mais Arkès fit un écart, saisit le poignet de l'homme et d'un rapide pivot le fit décoller du sol dans un bruit d'os brisés. Son assaillant s'écrasa sur le sol, tordu de douleur, après une volte dans les airs. Dans son élan, Arkès plaça un violent coup de pied dans le ventre du second qui atterrit deux mètres plus loin sur une poubelle, le souffle coupé.

Arkès fut surpris de la force avec laquelle il avait porté ce coup.

Le troisième voulut le frapper dans un mouvement descendant, la lame du couteau vers le bas. Arkès bloqua son bras et lui assainit un coup de poing sur le nez qui explosa dans une gerbe de sang. Il lui saisit le poignet, se retournant en passant le bras de son adversaire au-dessus de sa tête, et l'envoya valser quatre mètres plus loin dans le fond du cul-de-sac. Lorsqu'il retomba en hurlant, l'épaule démise, il n'eut plus envie de revenir à la charge.

Les deux derniers agresseurs, subjugués par une telle rapidité et une telle technique, le regardaient, pétrifiés. Arkès maintint son regard pénétrant sur eux, la tête toujours baissée. A part les cris de douleur des trois hommes à terre, rien ne bougeait et ce moment s'éternisait.

Arkès exigea les vêtements d'un de ses assaillants, se changea prudemment, puis autorisa les deux hommes à relever leurs amis et à partir.

Les cinq hommes se demanderont sans doute encore longtemps qui était ce travesti.

Enfin vêtu à la mode de l'endroit, il pouvait se balader dans les rues éclairées. Il regardait les vêtements qu'il portait. Peu pratiques, limitant les mouvements lors des combats, il ne comprenait pas que l'on puisse s'affubler de la sorte.

Il s'arrêta soudain alors qu'une pensée lui traversa

l'esprit. Il s'était battu, mais n'avait pas du tout réfléchi aux conséquences. Il ne pouvait tuer personne ou, en tout cas, il ne valait mieux pas au cas où la femme aurait dit vrai. Et il n'avait pas de raison de mettre ses paroles en doute puisque le reste s'était vérifié : il connaissait des choses qu'il n'avait jamais vues et il était physiquement plus rapide et plus fort. Il venait d'en avoir la preuve par sa course et cette bagarre. Finalement, ce n'était pas si mal. Il commença même à apprécier ses nouveaux dons. Il décida de continuer à marcher un peu. Peut-être finirait-il par trouver des réponses … et un moyen de rentrer chez lui.

Au fur et à mesure qu'il avançait, des gens l'interpelaient.

—Salut beau gosse, envie d'une petite gâterie ?

—Salut mon frère, tu veux un fix ?

Il ne comprenait pas grand-chose à ce charabia et préférait simplement ignorer leurs invitations. Il se baladait paisiblement et jouissait de ce moment de calme. Cela ne l'empêcha pas de repenser aux évènements des dernières heures.

Tout s'était enchaîné très vite depuis qu'il avait pris la statue en forme de dragon et aucun des incidents ne lui semblait réel. Avait-il rêvé sa discussion avec la femme, Dialène était-il réellement mort et ici … allait-il se réveiller ? Et s'il était mort au combat, ayant succombé à sa blessure mortelle. S'il n'était pas mort, où était-il ? Que devait-il faire ? Était-ce une sorte de test avant de mourir ? Lui qui n'avait jamais cru à la vie après la mort et à toutes ces fadaises que Dialène lui ressassait en permanence sur Dieu et le paradis. Tout cela semblait si irréel.

Puis, plus loin …

—Bonsoir, Monsieur. Entrez, je vous prie, un bon repas vous attend à l'intérieur.

—Ah, enfin quelqu'un qui parle normalement. Merci, j'en ai bien besoin.

Mais au moment où il voulut pénétrer dans la taverne,

une femme lui attrapa le bras sans ménagement.

— Pas là, t'as pas les moyens, viens plus loin, c'est moi qui offre.

Etrangement, Arkès ne ressentit aucune agression et suivit cette femme en veste de cuir noir. Il ne la connaissait évidemment pas, et pourtant un vif sentiment, qu'il ne put expliquer ni même dire s'il était positif ou non, l'envahit à son contact. Quelques mètre plus loin, elle lui lâcha le bras et vérifia par un coup d'œil qu'il continuait à la suivre. Arkès marchait sans poser de questions mais ralentit malgré tout l'allure. Il ne voyait pas la nécessité de marcher si vite.

Ils s'arrêtèrent dans un petit établissement. Quand Arkès entra, il fut gêné par la fumée et s'étonna qu'il soit possible d'avoir du brouillard dans un bâtiment alors qu'il n'y en avait pas à l'extérieur. Mais ce qui le dérangeait le plus, c'était cette odeur qui le prenait à la gorge et aux yeux. Il toussota en suivant la fille.

L'intérieur était sombre. Plus sombre même que la rue. Il regardait partout, rappelé régulièrement à l'ordre par cette femme qui le mena jusqu'à une table à l'écart. Il remarqua les murs lisses et ocre, rien à voir avec les rondins de bois ou le torchis des maisons qu'il connaissait. Ci et là, d'étranges sources de lumière perçaient l'obscurité. Une musique assourdissante lui agressait les oreilles sans qu'il ne vît aucun musicien. Cela mis à part, en voyant les gens boire, il se serait cru dans la taverne de Gallim, son village. Puis, il observa la table. Il caressa les matières pour confirmer sa surprise. Jamais on n'aurait construit aussi fragile chez lui. A la première bagarre, elles auraient volé en éclats plus facilement encore que les tables en bois qu'il connaissait.

La femme l'observait regarder tout autour de lui comme un enfant dans un magasin de jouets. Agacée, elle interrompit son manège.

— Arrête de faire le cinglé. Tu manges ? demanda-t-elle agressive alors que le serveur s'était présenté à leur table.

Encore désorienté, Arkès ne répondit pas.

— Alors, tu manges ? insista-t-elle.

— Euh, oui, volontiers, répondit-il finalement.

En réalité, il mourait de faim.

— Et tu veux quoi ? le pressa-t-elle.

Devant le silence hébété d'Arkès, elle perdit patience.

— Un steak chacun, lança-t-elle au serveur.

Arkès n'avait pas la moindre idée de ce que c'était, mais il était prêt à tout tellement il avait faim. Une fois le serveur éloigné et certaine que personne ne pouvait les entendre, la femme interrogea Arkès.

— Qui es-tu ?

— Mon nom est Arkès.

— Je m'en fous de ton nom. Je veux savoir d'où tu sors.

— Euh, je ne sais pas comment je suis venu ici. Et toi, qui es-tu ? J'ai l'impression de te connaître.

— Non, on ne se connaît pas et ce n'est pas important pour l'inst...

— Lynhéa ! la coupa-t-il.

— Quoi !? Comment tu connais mon nom ?

— Euh ... je ne sais pas.

— Comment ça tu n'en sais rien ! Et comment est-ce que tu fais ça ?

— Comment est-ce que je fais quoi ?

La femme imposait un rythme soutenu à la discussion et Arkès avait du mal à suivre.

— Eviter les balles, nom de Dieu, te fous pas de ma gueule !

— Eviter quoi, fous ... ?

Tant de mots se succédaient qu'il ne connaissait pas mais qui pourtant ne lui semblaient pas vraiment étrangers. Il n'arrivait pas à réfléchir. Il ne parvenait pas à saisir le sens des questions de cette femme. Pourtant elle continuait sur le même rythme soutenu.

— Allo ! Mais c'est pas vrai, on t'a lobotomisé ou quoi ?

— Lobo ... Je ne comprends rien. Ça va trop vite, dit Arkès en se prenant la tête dans les mains.

Il avait déjà mille choses étranges dans la tête avec les péripéties des dernières heures et cette inconnue, dont il connaissait pourtant le nom sans savoir comment, ajoutait encore à ses incertitudes. Il se sentait sur le point de perdre la raison … à moins qu'il ne l'ait déjà perdue en fait.

— Ça va, laisse tomber, on va faire différemment, dit-elle d'un air dépité.

— Attends ! Oui, les balles ! Tu veux dire … les balles de pistolet. Maintenant, je comprends. Désolé, mais tous ces mots, même si je les connais, sont nouveaux pour moi et donc, il me faut un peu de temps pour assimiler et comprendre toutes tes phrases.

Lynhéa le regardait d'un air méfiant, affalée dans le fond de sa chaise.

» Je sais, c'est bizarre, mais moi non plus je ne comprends pas tout ce qui m'arrive. Il y a quelques heures, j'étais encore sur un champ de bataille en train de faire la guerre …

Lynhéa n'en revenait pas. Qui était cet ahuri ?

» … à une époque qui semble passée depuis longtemps ici. Crénom, je ne sais même pas comment je sais qu'il s'agit d'une époque différente de la mienne ! Puis, je me suis retrouvé dans l'église de mon ami où il a été assassiné, la … police ? … a voulu m'arrêter et quelqu'un a voulu …

— Te tuer. Je sais.

— Ah bon, tu …

— Oui, c'était moi.

Arkès s'adossa, effondré, regardant la femme dans les yeux. Mais une fois de plus, ce n'était guère plus étrange que le reste. Il reprit rapidement ses esprits. Si cette femme devait le tuer, c'est qu'elle le connaissait et donc, il y avait peut-être une explication à tout ceci.

— Je t'écoute, dit-il.

— J'ai été engagée pour te tuer il y a trois semaines de cela. Il m'a dit : un homme sortira nu de l'église.

— Qui t'a dit cela ?

—Je ne le connais pas, un homme encapuchonné dans un grand manteau.

—Sans doute le même qui a tué Dialène, dit Arkès. Ça nous fait au moins un point commun.

—Si c'est bien le même homme, oui, cela nous fait en effet un point un commun, confirma Lynhéa avant de continuer son histoire. Je t'ai tiré dans le cœur avec un fusil de précision ... tu sais, un appareil pour tirer des balles, comme un pistolet mais en plus grand et plus précis, ironisa-t-elle comme si elle s'adressait à un enfant.

Arkès restait silencieux. Il la regardait droit dans les yeux, écoutant avec attention son récit. Il ressentait toujours cet étrange sentiment qui se précisait de plus en plus. Il avait l'impression qu'un lien les unissait sans pouvoir définir de quelle manière.

» Or, la balle s'est écrasée sur ton torse pour terminer sur le sol. Je suis revenue voir sur place après avoir faussé compagnie aux policiers qui me traquaient. La balle était là, complètement aplatie. (Elle montra la balle tenue entre ses doigts) T'étais nu ! C'est impossible !

Elle se cala à nouveau dans le fond de sa chaise et regarda Arkès fixement. Il ne bougeait pas et continuait à plonger ses yeux dans les siens, il réfléchissait. Elle se rendit alors compte de l'intensité du regard d'Arkès et se sentit mal à l'aise un court instant. Pour briser ce sentiment, elle continua.

» Ensuite, tu te mets à courir à une de ces vitesses ... mais bon Dieu, qui es-tu ?

—Je n'en sais plus rien, murmura-t-il pour lui-même en se redressant pour s'accouder à la table.

Il se prit la tête entre les mains.

» Je ne sais plus. Mais, et toi, pourquoi venir me voir si tu devais me tuer ?

—J'aime avoir des réponses.

—Moi aussi, mais je ne peux pas t'en donner. Tu vois ce dessin ? dit-il en ouvrant son vêtement.

—Un tatouage. Oui et … ?

—Quand quelque chose veut me blesser, il grandit apparemment pour me protéger. Je suis plus rapide et plus fort qu'avant, depuis que la femme … Mais … attends !

Il réalisa. Il était terrifié par ce qu'il venait de découvrir.

» Oh ! Sang de truie ! … Mais, c'est toi ! Un jour tu me donneras un nom, c'est ce qu'elle a dit … enfin, c'est ce que TU as dit, … enfin … Aah, je ne sais plus. Je ne sais pas. Faites que ça s'arrête !

Lynhéa ne bougeait pas, ébahie, ne sachant quoi dire. Elle voulait des réponses et se retrouvait avec encore plus de questions. Ce qu'il disait n'avait pas le moindre sens pour elle. Elle ne l'avait jamais vu avant ce soir, elle en était certaine. Pourtant, il connaissait son nom. Comment était-ce possible ?

Cet instant déclencha un jeu de questions-réponses entre les deux interlocuteurs. Arkès tentait de déterminer pourquoi la femme, créée par son subconscient, et qui l'avait sauvé, était maintenant là devant lui et voulait le tuer. Cette conversation à voix basse dura longtemps mais n'aboutit à rien, aucun des deux protagonistes n'ayant la moindre réponse à fournir à l'autre.

Cependant ils tombèrent d'accord sur un point. Ils voulaient des réponses à leurs innombrables questions mais surtout, ils recherchaient le même homme. Ce qui faisait que leurs destins semblaient liés bien qu'ils appartenaient à deux mondes totalement différents. Ils décidèrent dès lors de s'allier le temps de découvrir la vérité. Ils pensaient ainsi pouvoir cumuler leurs connaissances et trouver les réponses qui leur faisaient tant défaut.

Arkès lui expliqua tout depuis sa blessure jusqu'à l'église. Elle lui expliqua tout depuis son engagement pour le tuer, jusqu'à l'église.

Tout les ramenait à l'église.

Après un repas pris sans goût, l'esprit ailleurs, ils décidèrent de se mettre en route vers le seul point commun qu'ils s'étaient découvert.

Lynhéa le guidait silencieusement dans les dédales de la ville, s'arrêtant régulièrement au coin des rues pour observer et ainsi éviter la police. Malgré son esprit embrouillé, Arkès regardait tout autour de lui. Découvrant ce monde qui n'était pas le sien, il se sentait oppressé par ces masses d'habitations qui l'entouraient et regrettait les grands espaces qui caractérisaient le sien. Après quelques centaines de mètres, Lynhéa l'apostropha.

— Arrête de regarder partout. Tu vas attirer l'attention.

Il posa alors les yeux sur elle. A part les vêtements, elle était la même que dans son … rêve. Un visage fin et doux, de grands yeux couleur d'océan, de longs cheveux noirs brillants, une silhouette qu'il devinait agréable sous son manteau en cuir. Sa démarche assurée n'était pourtant pas très féminine. Une fois encore, le lien qu'il sentait entre eux mais qu'il n'arrivait toujours pas à définir, lui serra légèrement l'estomac.

Arrivés sur place, ils durent d'abord assommer le policier de faction. Lorsqu'ils pénétrèrent à l'intérieur de l'église, Arkès se sentit un peu perdu. Il n'y avait plus rien pour témoigner de ce qui s'y était passé. Dialène avait disparu, la colonne abîmée était intacte, pas une tache de sang, pas un morceau de plâtre sur le sol.

Pourtant, Lynhéa ne mettait en doute aucune des paroles de cet étranger. Ses propos étaient cohérents même s'ils paraissaient irréalistes et il ne lui donnait pas l'impression d'être un cinglé. De plus, certains de ses dires avaient été confirmés. Elle avait vu son tatouage grandir et recouvrir son corps. Elle l'avait vu aussi courir plus vite que quiconque.

— La seule explication, dit-elle, c'est qu'on n'est pas au même endroit. Ton ami n'est pas là.

— Si, c'est la même église, elle n'a pas changé, … mais ce n'est pas la même époque ! … Oui, c'est ça ! Tu me l'avais dit dans l'espace, enfin, je veux dire toi … ou l'autre.

Il avait du mal à rester cohérent dans ses paroles vu la situation.

» La mauvaise porte me renvoie à un autre moment de mon existence.

—Attends, ce n'est pas possible, l'interrompit la jeune femme, personne ne peut vivre aussi longtemps. Quand tu me parles de ton époque, on dirait le moyen-âge. Personne ne peut naître au moyen-âge et vivre encore aujourd'hui, donc, ce n'est pas un autre moment de ton existence.

Malgré cela, elle devait admettre que l'intérieur de l'église, même s'il était antique, aurait dû présenter des éléments plus modernes comme l'éclairage ou le chauffage. Or ici, il n'y avait rien à part des chandeliers. Ce conflit d'époque lui confirma que quelque chose ne tournait pas rond.

Bon nombre de théories germèrent encore dans leurs esprits déboussolés mais aucune ne les satisfaisait. Un élément venait toujours mettre leur raisonnement en défaut. Ils commençaient à se décourager lorsque …

—Mais c'est bien sûr, s'exclama Arkès. Ecoute ! Dialène dit avoir créé le Diable. On peut donc supposer qu'il a des pouvoirs extraordinaires. Oui, c'est ça !

Arkès criait dans l'église. Il revint en souriant vers Lynhéa.

» C'est lui. Il m'a envoyé dans une autre époque pour m'empêcher de le retrouver.

—Mais si c'est le cas, rétorqua Lynhéa, comment se fait-il que j'ai été engagée il y a trois semaines ? A ce moment, rien n'indiquait que tu viendrais ici.

Arkès sentait qu'il était sur la bonne voie, mais une nouvelle fois, un élément venait démonter son raisonnement. Pourtant, il ne s'avouait pas vaincu, sentant qu'il était près du but. Son ennemi, celui qui avait engagé Lynhéa, était bel et bien à l'origine de tout ceci. Il en était certain. Puis, quelques minutes plus tard :

—Et si tout ceci n'existait pas ! dit-il en se retournant

vers Lynhéa. Si tout ceci n'était qu'un rêve qu'il me fait subir, une illusion.

— Et donc, moi je n'existerais pas ! Ne sois pas ridicule. C'est encore plus dément comme théorie que tout ce que tu as pu sortir jusqu'ici.

Arkès s'approcha d'elle et la prit par les épaules. Lynhéa marqua un recul. Pour un tel geste, un autre homme se serait déjà retrouvé au tapis, mais bizarrement, avec lui, elle ne réagit pas. Elle ne sentait pas de répulsion pour lui et elle savait qu'il n'y avait aucune arrière-pensée dans son geste. Elle se contenta d'objecter.

— Qu'est-ce que tu fais ?

— Je veux sentir si tu existes réellement ou pas, dit Arkès en fermant les yeux pour mieux appréhender cette réalité.

— Non mais ! T'es vraiment pas bien, dit-elle en remuant les épaules.

Elle aurait voulu s'éloigner de lui mais elle n'en eut pas le temps. Une intense lumière envahit toute l'église et ils furent pris dans un souffle puissant. Tout se mit à trembler de plus en plus fort. Leur vision commença à se modifier … ou du moins était-ce la sensation qu'ils en avaient. On eut dit que tous les murs se tordaient comme s'ils fondaient sur place. Soudain une forte lumière, accompagnée d'un bruit sourd les aveugla puis les volutes de fumée qui avaient mis tous les éléments en place disparurent dans une lumière blanche aveuglante. Lentement, la lumière diminua jusqu'à devenir blafarde faisant place à la réalité.

Arkès voyait l'église reprendre forme, la vraie, celle d'où il était sorti quelques heures plus tôt. Dialène gisait à côté de lui et la colonne était fissurée. Tout était rentré dans l'ordre, il était revenu chez lui. Il avait donc bien eu raison. Il l'avait bien enfermé dans une illusion.

Ses pouvoirs sont réellement immenses, pensa-t-il.

Il était rentré chez lui.

Mais Lynhéa était encore là !

Sans attendre, **il** avait continué sa route à la sortie de l'église de Gallim, laissant Arkès et le corps sans vie de Dialène derrière lui. Il s'approchait à présent de Livend, un petit village un peu plus au nord de Gallim, en direction des montagnes.

C'était jour de marché et les rues étaient bondées car personne n'aurait raté l'évènement. En ce jour de beau temps, même les infirmes et les malades avaient été emmenés, chaudement emmitouflés dans des couvertures. La plupart d'entre eux étaient assis dans des fauteuils roulants fabriqués par la communauté.

Le marché était sommaire. De petites échoppes en bois massif sans aucune fioriture se dressaient de chaque côté de la rue principale. D'aspect rudimentaire, elles semblaient être là en permanence. Pourtant en y regardant de plus près, on remarquait le système de montage ingénieux qui permettait aux commerçants de les ériger en quelques heures, chaque pièce trouvant sa place dans le puzzle. Une journée suffisait au montage complet des boutiques, décorations comprises.

Sauf intempéries, le marché durait une semaine, et se répétait tous les deux mois, le temps nécessaire aux boutiquiers de se réapprovisionner. Une fois démontées, les échoppes placées sur de petites charrettes étaient remisées dans la grange commune de Livend.

Aujourd'hui, c'était le jour de l'ouverture des enchères.

Les habitants survoltés étaient impatients de concrétiser leurs deux mois de préparatifs. Ils se baladaient, saluaient amis et connaissances, achetaient les produits de première nécessité, s'attardaient devant les décorations aussi futiles qu'inutiles, heureux de rompre la monotonie de leur vie. Ce petit village d'habitude calme et paisible, bruissait du tumulte des cris des marchands et des rires de la foule stimulée par l'occasion.

Ceci faisait bien l'affaire de l'homme au manteau. En effet, il était nécessaire que tout le monde soit présent pour mener à bien ses projets. Il prit d'abord le temps d'observer ces gens à la petite vie médiocre, qui méritaient d'être élevés à un rang bien supérieur : celui de dévoués serviteurs. Les habitants ne se doutaient de rien et, par hospitalité naturelle, ceux qui croisaient cet homme aux noirs desseins lui lançaient un « Bonjour, étranger ! Soyez le bienvenu dans notre humble village. » Au bout d'un certain temps, lorsque l'homme eut suffisamment attendu, il répondit sèchement à l'un d'entre eux.

— C'est bien là votre problème. Pourquoi rester humble lorsqu'on peut s'élever beaucoup plus haut.

Le villageois fut stupéfait d'une réponse aussi peu amicale et horrifié lorsque l'homme abaissa son capuchon. Son visage, ses yeux et sa stature, imposante et solide, augmentaient encore le sentiment de peur. Soudain, ses yeux s'ouvrirent grands, et, fronçant les sourcils, il dit à voix basse presque inaudible.

— Bonjour à tous, puis-je avoir votre attention ?

Inaudible ? Mais pourtant, tout le monde l'entendit d'un bout à l'autre de la rue. Tous se retournèrent vers lui d'un air horrifié. Personne ne courut se mettre à l'abri et pourtant ce n'était pas l'envie qui manquait. Ils étaient pétrifiés, incapables de bouger. Leur corps venait de les abandonner et ils sentaient déjà leur esprit s'envoler.

— Vous êtes à moi !

L'homme gonfla ses épaules et tendit ses bras en croix. Il

ferma les yeux. Le ciel s'assombrit, un vent glacial envahit la place si chaleureuse quelques instants auparavant. Les villageois sentaient ce froid s'insinuer en eux et frissonnèrent. La panique les envahissait mais aucun ne pouvait bouger. Impossible de se défendre, impossible de fuir. Subitement, l'homme ouvrit les yeux et tous les villageois furent pris d'un spasme violent qui leur parcourut l'échine. Leurs yeux devinrent blancs, uniformes … leurs corps se relâchèrent.

Son travail était achevé.

A tous, il venait d'inculquer une haine profonde pour Arkès qu'il savait sur ses traces. Il regrettait que son premier piège n'ait pas fonctionné aussi bien qu'il l'eût espéré.

— Arkès, monologua-t-il alors, je ne suis pas arrivé à t'enfermer dans ce monde le temps nécessaire et tu vas maintenant me poursuivre. C'est très bien. Finalement, cela nous fera un peu plus de sport. Tu dois aller voir les kNalines, comme Dialène te l'a demandé et en ami discipliné c'est ce que tu vas faire. Je vais te laisser les rejoindre, car c'est nécessaire. Mais d'abord, tu passeras par ce village et tu y seras bien accueilli. (Il relut l'inscription au-dessus de la grande porte « Soyez le bienvenu dans notre humble village »). Tu pourras en effet goûter à leur sens particulier de l'hospitalité. Ils ne t'arrêteront pas, mais ils te ralentiront et cela me laissera le temps de rejoindre mon royaume et de le ramener à la surface pour, enfin, me réaliser pleinement.

Tous les villageois, comme si un ordre commun leur avait été donné, s'étaient dispersés. Ils disparurent dans l'ombre et, en un instant, cette place, si vivante il y a quelques minutes encore, devint déserte. Les seuls témoignages d'une activité fébrile étaient les quelques feux qui crépitant par-ci par-là entre les échoppes. Voués à l'extinction, ils ne seront plus actifs lorsqu'Arkès arrivera et c'est dans un village en apparence mort qu'il entrera.

L'homme remit son capuchon et continua son chemin vers le nord car sa route était encore longue. Ses pas calmes et lents étaient décidés et sa vitesse de progression supérieure à celle d'un homme ordinaire. Il donnait une impression de flottement, encore accentuée par le balancement de son long manteau. Tout cela rappelait les descriptions des légendes anciennes au sujet des fantômes. Et peut-être qu'un jour, l'aventure étrange advenue à ce village s'ajouterait aux contes narrés le soir par quelque grand-père volubile. Car une fois les témoins disparus, c'est la mémoire populaire qui s'emparerait des faits et les embellirait génération après génération.

Il fallut attendre que l'homme quitte le village pour que le soleil réapparaisse. Et à part le silence pesant, plus rien ne témoignait encore de son passage.

Arkès regardait Lynhéa tourner en rond en regardant fébrilement autour d'elle. Elle bataillait entre son refus d'imaginer qu'elle n'existait pas réellement et le fait que le raisonnement d'Arkès avait déclenché ... quelque chose tentant à prouver qu'il avait peut-être raison. C'était impensable. Elle existait ! Elle le sentait au plus profond d'elle-même. Pourtant, une question la taraudait toujours depuis que l'homme était venu la voir : pourquoi ne se souvenait-elle de rien avant son arrivée ? Elle n'avait pas parlé de ce point avec Arkès et aujourd'hui, refusant d'admettre sa théorie, elle le ferait encore moins.

— Je suis désolé, dit-il calmement.

— Désolé de quoi ! s'énerva-t-elle. Non, je refuse de croire que tout cela n'était qu'une illusion. Il doit y avoir une autre explication.

Arkès s'était approché de son ami mort et s'agenouilla à ses côtés.

— Pourtant, nous sommes bel et bien revenus chez moi. Regarde, la colonne est abîmée et ... Dialène est là.

Lynhéa courut vers la sortie de l'église et se figea à hauteur des portes. Plus de rues, plus d'immeubles. Même le policier assommé avait disparu. Il ne restait qu'un chemin de terre rudimentaire qui descendait vers la plaine où se dressait un village aux maisons de bois. Plus loin, elle aperçut des remparts de bois cerclant quelques maisons dont une plus importante et une butte sur laquelle avait été érigée une tour, la motte castrale. L'horizon s'ouvrait sur de vastes étendues verdoyantes. Elle tomba assise, le regard perdu.

— Je suis désolé, entendit-elle à nouveau derrière elle.

Arkès venait de la rejoindre. Et même s'il était heureux d'être de retour chez lui, il n'arrivait pas à se réjouir. Il s'assit à côté d'elle, silencieux, réfléchissant encore à la situation. Quelques minutes s'écoulèrent dans un profond silence.

— Qu'est-ce qui s'est passé ? demanda-t-elle, perdue.

— Je crois que ma dernière explication était la bonne.

— Comment peux-tu en être si sûr ?

On a cherché bon nombre d'explications. Aucune n'était valable et aucune n'a provoqué notre retour ici. De plus, j'ai le sentiment, sans pourtant pouvoir l'expliquer, que c'est la vérité.

— Et moi alors, qu'est-ce que je fais ici ?

— Je ne sais pas. Je n'arrive pas à l'expliquer. Peut-être le fait que je te tenais les épaules a fait que je t'ai emmenée avec moi.

— Si c'est vrai, je devrais m'en réjouir car je suis toujours en vie … si on peut dire. Or, je peux t'assurer que je suis loin de me sentir heureuse.

— Je m'en doute, dit tristement Arkès, mais quelle que soit l'explication, ce n'est qu'en retrouvant cet homme qui t'a engagée et qui a tué Dialène que nous trouverons la réponse. Si tu es toujours d'accord, nous continuerons à chercher ensemble.

Lynhéa prit un certain temps avant de répondre. Elle était encore désorientée et pourtant, il n'y avait pas d'autre solution pour découvrir la vérité.

— C'est d'accord.

— On ne doit pas rester ici, dit alors Arkès. Si les villageois apprennent ce qui est arrivé à Dialène, ils risquent de ne pas comprendre et le seigneur pourrait nous accuser. Nous devons réagir et aller voir les kNalines, comme Dialène me l'a demandé. C'est notre seule piste pour l'instant.

— Les … Nalines ?

— C'est ça. Un peuple qui vit dans les montagnes au-delà du désert du Ksilm.

— Et ces … Nalines, que vont-ils nous apprendre ?

— Je n'en ai pas la moindre idée mais je fais confiance à Dialène.

Lynhéa ne dit plus un mot et acquiesça discrètement de la tête. Arkès se leva. Même s'il ne comprenait pas encore tout ce qui lui arrivait, même si elle avait du mal à accepter que sa vie venait peut-être de commencer quelques heures auparavant, il leur fallait avancer.

A l'arrière de l'église juchée au sommet d'une colline, à l'abri des regards, Arkès donna avec tristesse les nombreux coups de pelle nécessaires. A cause de lui, Dialène n'aura même pas un enterrement digne de ce nom. Le moment où il déposa lentement le corps défait fut particulièrement douloureux. Il repensait aux nombreuses conversations qu'ils avaient eues ensemble. A de nombreuses reprises, ils avaient discuté du sens de la foi, de la religion et, parfois, des banalités de la vie elle-même. Leurs conversations lui manqueraient. C'est le cœur déchiré qu'il l'abandonna, car il ne pouvait s'attarder. Dialène lui avait confié une mission pour réparer son erreur et Arkès avait bien l'intention de l'accomplir. Un instant, il en oublia même tout ce qui lui était arrivé.

Lynhéa se tenait à l'écart. Ce n'était pas son problème. Elle surveillait la porte en réfléchissant à sa courte vie.

— *Serait-il possible qu'Arkès ait vu juste ? Je n'existerais pas réellement. Mais alors, comment se fait-il que je sois revenue avec lui ? J'aurais dû disparaître avec son illusion. Non, quelque chose ne tourne pas rond. Je dois retrouver mon contact, c'est ma seule priorité. Et lui, là, il va me ralentir à vouloir aller voir ses amis nali-je-sais-pas-quoi. Je dois continuer seule !*

Reculant doucement, sans faire de bruit, elle laissa Arkès à son œuvre et voulut s'éclipser. Une fois passé le coin de l'église, elle se mit à courir en direction des bois au nord du village. Là-bas, elle pourrait se cacher en attendant de trouver un moyen de mettre la main sur lui.

Entre deux coups de pelle, Arkès entendit des pas de course et redressa la tête. Lynhéa n'était plus là. D'un bond, il sortit du trou qu'il creusait et se mit à poursuivre la jeune femme. Du dessus de la colline où était perchée l'église, il l'aperçut. Courant à une vitesse incroyable, il ne lui fallut que quelques secondes pour la rattraper.

Il l'agrippa au vol et ils tombèrent en roulant sur le sol. Arkès se redressa immédiatement.

—Mais c'est quoi ton problème ? hurla Lynhéa. Je ne suis pas ta prisonnière, je suis libre d'aller où je veux.

— Ah oui ? Et où iras-tu ? Tu ne sais pas où il est.

—Je m'en fiche ! Laisse-moi passer, dit-elle en le repoussant.

Arkès la bloqua.

Avant qu'il n'ait le temps de réagir, elle lui saisit le poignet et, dans un rapide pivot, le fit décoller du sol. Il retomba lourdement, le souffle coupé tandis que Lynhéa reprenait sa course.

Il se releva le plus rapidement possible et courut à nouveau. Arrivé à sa hauteur, il lui fit un croche-pied qui la fit s'écraser sur le sol.

—Ne soit pas ridicule ! Seule, tu n'as aucune chance.

Elle se releva en fureur et bondit sur Arkès pour le frapper. Il s'écarta légèrement et d'un petit mouvement du pied, déséquilibra la jeune femme qui s'écroula une fois de plus.

—Je ne veux pas me battre avec toi.

—Pourquoi ? Parce que je suis une femme ?

Elle s'avança furieusement vers lui, feinta un coup de pied et lui asséna un violent coup de poing en plein nez. Dans la foulée, elle lui porta un coup de genou au sternum qui le plia en deux. L'instant d'après, son poing s'abattait sur la tempe d'Arkès qui s'effondra sur le sol.

—Si tu veux te battre avec moi, fais-le au moins

convenablement. Sinon, laisse-moi partir.

Déjà, Arkès se redressait.

Elle tenta de lui allonger un coup de pied au visage, mais Arkès lui bloqua la jambe et poussa pour la déséquilibrer. Dans un pivot réflexe, elle arriva à se stabiliser et revint à la charge. Arkès évita le coup en se plaçant à côté d'elle. Passant la main derrière sa nuque, il la saisit au menton et la fit tourner pour se retrouver dans son dos. D'un coup précis au creux du genou, il la fit tomber à terre et lui décocha un solide coup de poing en plein front. Lynhéa s'effondra sur le sol.

—Il ne s'agit pas de cela. Si nous partons seuls, chacun de notre côté, nous mourrons tous les deux.

—Qu'est-ce qui te fait dire cela ?

Je l'ai déjà affronté, il est bien plus fort que moi. Séparément, on n'a aucune chance contre lui. Ensemble, il est possible qu'on trouve un moyen.

—Je ne veux pas le tuer, je veux qu'il m'explique qui je suis.

—Et il le fera … peut-être. Mais n'oublie pas qu'il croit être le diable. Que crois-tu qu'il fera après te l'avoir expliqué ? (Elle ne répondit rien) En plus, tu ne connais pas le pays, moi si. Si tu t'aventures dans les villages habillée comme tu l'es, tu n'as pas la moindre chance.

—Je sais me défendre.

—Je sais, j'ai vu … mais s'ils sont plusieurs, voire beaucoup ? (Nouveau silence) Avec moi, tu as une chance car je connais le pays. Et c'est cette connaissance qui nous permettra de le retrouver. Comment feras-tu seule ? Tu ne connais personne et tu ne sais pas où il est parti. Je ne veux pas t'emprisonner avec moi, mais réfléchit un peu avant de te lancer tête baissée vers ta propre mort. (Elle ne disait toujours rien) Je te le demande, reste avec moi et continuons ensemble.

Lynhéa attendit quelques secondes, puis opina du chef.

—Retournons enterrer Dialène, puis, nous irons au

village, chez moi, pour prendre des affaires qui nous seront utiles pour le voyage.

Après avoir nettoyé le sang dans l'église, ils quittèrent la colline non sans un dernier regard triste d'Arkès vers ce lieu où il était si souvent venu chercher du réconfort.

Ils se rendirent discrètement chez lui, personne ne devait les voir dans les vêtements qu'ils portaient. Cela aurait amené trop de questions auxquelles il n'aurait su répondre. Ils ne pouvaient plus rester au village. Il savait que ce serait vers lui que tous se tourneraient pour poser des questions à propos de Dialène et il se mettrait sans aucun doute en mauvaise posture. La meilleure solution restait de partir et accomplir la mission confiée par son ami.

Il dut expliquer à Lynhéa dans quel monde il vivait. Un monde sans électricité, sans voiture, sans armes à feu, sans tout le luxe qu'elle pouvait connaître. Mais il lui parla également des grandes étendues, du calme et de la vie au plein air. Cela ne la réconfortait guère ; il n'était pas arrivé à faire germer en elle un quelconque intérêt pour cette vie. Elle aimait sa cuisine, sa télé et son micro-onde. La salle de fitness, le dojo d'arts martiaux, son fusil à lunette allaient lui manquer. Ses seuls effets personnels, elle les avait sur elle. Ses rangers de marche, son jeans, son body blanc, sa longue veste en cuir noir, ses lunettes de soleil, ses mitaines en cuir, son 9mm et son couteau (un couteau de combat avec un poing américain) qu'elle ne quittait jamais. Elle avait encore d'autres choses sur elle mais qui seraient d'une moindre utilité : son portefeuille avec quelques billets et ses cartes de banque. Rien de bien féminin, mais c'est le style de vie qu'elle avait choisi ... ou du moins qu'il avait choisi pour elle. On peut dire que dans son illusion, il n'avait pas fait les choses à moitié. Tout cela n'avait jamais vraiment existé, elle commençait à envisager cette possibilité, et pourtant, ça allait lui manquer.

—Nous partirons demain matin, à l'aube, dit Arkès en

se laissant tomber sur sa paillasse, fatigué.

Les épreuves physiques et psychologiques qu'il venait de subir l'avaient épuisé. Même s'il avait acquis de nouvelles capacités intellectuelles, auxquelles un guerrier n'était pas habitué, il lui fallait apprendre à les utiliser et cela demandait beaucoup d'énergie. « Ce sera un long apprentissage » lui avait dit la femme. Il comprenait mieux à présent ce qu'elle avait voulu dire.

Lynhéa, de son côté, commençait par s'inquiéter de sujet plus terre à terre.

— Y a –t-il un endroit où je peux laver mes vêtements ?

— Oui, la rivière. Il y a du savon et une planche à laver … là, répondit-il en désignant une étagère formée de trois planches de bois fixées au mur en rondins de sa maison.

Tout son chez lui tenait en une seule pièce. Carrée mais assez spacieuse, c'était la demeure typique d'un guerrier célibataire. Plus tard, s'il fondait une famille, il l'agrandirait au fur et à mesure des besoins. Au-dessus de l'âtre, une large cheminée portait quelques bols de différentes grandeurs. A côté, une réserve de bois sec et deux paniers contenant des gourdes. Dans le premier, deux gourdes presque translucides en intestins de reil (sorte de gros sanglier) étaient remplies d'alcool. L'autre était réservé à deux gourdes opaques en peau de reil pour l'eau de consommation. Du troisième panier, posé de l'autre côté de la maison, plus grand et plus robuste, émanait une odeur rance. Il était compartimenté pour la viande séchée ou salée, les féculents et les herbes aromatiques. La lumière pénétrait par la porte d'entrée et la fenêtre et, le soir, deux maigres chandelles dispersaient une lumière parcimonieuse. Rares, car chacun devait les fabriquer lui-même avec la graisse de reil, elles n'étaient utilisées qu'en cas de réel besoin. Une réserve de quelques chandelles était disposée sur l'étagère à côté du savon. Dans un coin, près de la fenêtre, un tas de vêtements propres et de l'autre côté, la pile de linge nécessitant un passage rapide à la rivière. Une paillasse s'allongeait le long du mur opposé à la fenêtre.

—Dans la rivière ! s'exclama Lynhéa. Mais on est où ici, au moyen âge ?

—Si tu le dis. Ne te tracasse pas, tu pourras les faire sécher sur le fil, là, contre le mur et ce sera sec pour demain matin. J'irai demander des vêtements plus féminins pour toi à la voisine d'ici une heure mais d'abord, je dors.

—Si tu crois que je vais porter vos loques ! protesta-t-elle. Il n'est pas question que je me sépare de mes vêtements. Pendant notre voyage, tu n'auras qu'à dire que je suis d'une autre région, que tu m'as rencontrée à l'église de …, bref, et que ça a été le coup de foudre pour tous les deux. Tes copains rigoleront bien de toi mais ça fait partie de l'humour des vrais mâles, non ?

Arkès ne disait rien, il souriait en la regardant s'énerver. Il est vrai qu'en la voyant aussi autoritaire, il aurait pu réellement tomber amoureux d'elle car finalement, sous ses grands airs, elle était très jolie.

Elle sortit en empoignant le savon et la planche. Dans son énervement, elle fit tomber les chandelles placées juste à côté. Arkès sourit puis, dès qu'elle fut sortie, il s'allongea et s'assoupit.

Il dormit pendant un bon moment et fut réveillé par des bruits de lutte. L'esprit encore brumeux d'un sommeil profond, il crut d'abord que deux camarades se chamaillaient. Scène classique somme toute dans le village. Après quelques secondes, lorsque son esprit fut désembué, il se souvint de Lynhéa.

—Sang de reil ! lâcha-t-il en se levant.

Lorsqu'il sortit, Lynhéa était déjà venue à bout de quatre adversaires, alignés à demi-inconscients sur le sol, mais d'autres arrivaient en renfort et bientôt, elle serait débordée. Il sourit et regarda la scène un court instant, comme simple spectateur. Il connaissait bien ses compagnons et il savait qu'elle ne risquait rien, si ce n'est quelques contusions. Il resta donc sur la passerelle qui longeait les maisons alignées.

L'action se passait en contrebas sur la berge.

Sans doute avaient-ils été attirés par ses vêtements bizarres, se disait-il. Comme elle a sûrement dû les rabrouer après une ou deux remarques typiquement masculines, le reste coulait de source.

Lorsque l'un de ses compagnons finit par arriver à la frapper, il sortit de son rôle de spectateur.

—Ça va les gars, elle est avec moi.

La lutte s'arrêta aussitôt et tous se tournèrent vers Arkès. Elle restait en garde, respirant fort, les cheveux en désordre et un peu de sang lui perlait au coin de la lèvre. Quatre de ses adversaires s'étaient retrouvés dans la rivière et deux sur la berge, tout surpris de ce qui venait de se passer. L'un des hommes regarda Arkès avec un large sourire.

—Arkès ! C'est sérieux, tu la connais ? Tu l'as trouvée où ? C'est une vraie furie, mais elle se bat bien. Ça met en forme. Tu viens te rafraîchir avec nous à la taverne ?

—Merci Lucal, mais non merci, peut-être plus tard.

Lucal était un des meilleurs amis d'Arkès. De larges épaules surmontaient un corps aguerri et supportait son crâne rasé. Sa voix rauque lui avait souvent valu les suppliques des enfants pour qu'il raconte des histoires qui font peur. Mais sa gentillesse avec eux ne ternissait en rien sa réputation de soldat expérimenté. Il avait déjà participé à de nombreuses batailles et aucun ennemi n'était venu à bout de ce soldat d'exception.

—Comment as-tu fait pour la trouver alors qu'on passe notre temps à nous entraîner en prévision de la bataille qui a lieu dans deux jours ?

—Quelle bataille dans deux jours ? demanda Arkès alors qu'il venait d'en quitter une dans des circonstances étranges.

Ses amis se regardèrent à tour de rôle, ne comprenant pas la question d'Arkès.

—Contre les troupes du roi d'Outremonde ! Tu te souviens quand même que sire Lacneol est venu nous prévenir il y a quelques jours. On part dans deux jours pour la grande plaine de Tahlmein.

— Ah, oui, bien sûr, je plaisantais, répondit Arkès faisant semblant de rien.

— Alors ? insista l'homme.

Mais Arkès n'avait pas encore repris tous ses esprits.

— Alors quoi ? demanda-t-il perplexe.

Son ami le dévisagea comme si sa question était évidente.

— Ben, où est-ce que tu l'as trouvée ?

— Oh, c'est une longue histoire. Je vous en parlerai plus tard. Mais, évitez d'en parler au seigneur. J'aimerai autant éviter les questions pour l'instant. On a assez de préoccupations avec la préparation de la bataille.

— Pas de problème. Tu nous raconteras tout ça ce soir.

Arkès se souvint alors que le seigneur, Lacneol, offrait une soirée à la taverne pour les soldats en prévision de la bataille.

— Oui, pas de soucis.

Tous partirent sans rien demander de plus. Les plus malchanceux se relevèrent péniblement et vinrent serrer la main de la jeune fille avant de rejoindre les autres.

— C'est un plaisir de converser avec vous, chère damoiselle, dirent-ils tous en souriant.

— Oui … moi de même, répondit-elle un peu perdue en fixant Arkès.

Arkès restait sur la passerelle, accoudé sur le garde-main.

— Je sais, dit-il, j'étais comme eux avant que … tout cela ne m'arrive. Ils aiment taquiner les femmes, mais ce n'est jamais méchant. Alors comme tu te prêtais à leur jeu, ils continuaient. Tu te doutes que ça ne leur arrive pas souvent ici.

Elle le regardait, un grand sourire aux lèvres.

— Qu'y a-t-il ? demanda Arkès. Pourquoi me regardes-tu ainsi ?

Il était sorti si rapidement, qu'il n'avait pas pris la peine de s'habiller. Il se retourna vivement et courut vers sa chambre les mains entre les jambes.

—Pas mal, soldat ! lança Lynhéa en éclatant de rire.

Elle se joignit à un groupe de ménagères occupées à laver du linge le long de la rivière. Voir une femme rosser ainsi plusieurs hommes était un spectacle réjouissant et elle n'eut aucun mal à entamer une discussion tout en lavant ses vêtements, comme les autres femmes, à moitié déshabillée. Même si elle se sentait mal à l'aise, elle devait éviter au maximum les questions et essayait tant bien que mal de fournir des réponses plausibles aux questions qui lui étaient posées sur ses vêtements, et surtout sur ses sous-vêtements, petites choses que ces femmes n'avaient jamais vues. Mais se rendant bien compte qu'elle n'était pas toujours crédible, elle éluda certaines questions et lava avec hâte ses vêtements.

Peu après, elle rejoignit Arkès. Il s'était habillé, content de retrouver enfin ses propres vêtements et de quitter les vêtements lourds, inconfortables, laissant peu de liberté de mouvement, dont il s'était affublés dans l'autre monde. Finalement les vêtements de femme qu'il avait pris la première fois étaient encore plus pratiques.

Il prépara un vrai repas de guerrier célibataire, simple mais copieux, nécessaire avant le trajet qui les attendait. Il donna un drap à Lynhéa pour couvrir sa nudité en attendant que ses vêtements sèchent et ils s'assirent à table. Une petite table et deux chaises rudimentaires se dressaient contre un des murs de la petite maison du soldat, devant la fenêtre. Ils mangèrent le rata sur un tranchoir à la stupéfaction de Lynhéa pas encore au bout de ses surprises.

Après le repas, il prit un morceau de bois consumé et un reste de peau de reil séché pour dessiner, grossièrement, le chemin qu'ils allaient emprunter pour arriver chez les kNalines. Jeune soldat, il n'avait jamais quitté son village d'attache, si ce n'est pour livrer bataille, mais il avait déjà eu l'occasion de voir les grandes cartes dessinées par des voyageurs chez Lacneol, son seigneur, et Dialène lui avait souvent parlé de leur pays et du pays kNaline. Il connaissait donc les orientations qu'ils devraient suivre et les haltes qu'ils devraient effectuer. Ils en avaient pour une vingtaine de jours de marche. Arkès détaillait leur voyage.

—On passera d'abord par le village de Nomart. Un village-auberge où nous pourrons nous reposer une nuit dans un lit convenable et prendre un bain, pour la demoiselle, ironisa-t-il.

—Tu sais ce qu'elle te dit la demoiselle, rétorqua-t-elle vivement. Tu en auras autant besoin que moi après quelques nuits à la belle étoile. Reste à espérer qu'ils ne vont pas nous mettre dehors à coup de pied vu l'odeur qu'on dégagera.

—Tu as sans doute raison, poursuivit-il peu convaincu.

L'hygiène d'un soldat n'avait manifestement pas la même priorité que pour elle.

—Le second village sera Livend. Un village vivant quasiment en autarcie où nous pourrons nous arrêter pour nous ravitailler en nourriture.

Il fallait prévoir deux haltes avant le pays kNaline car, à pied et sans animaux de charge, il n'était pas possible d'emporter beaucoup de nourriture. Huit jours supplémentaires seraient encore nécessaires pour arriver chez les kNalines, dans leur village juché dans la montagne, à flanc de précipice et difficile d'accès. Du moins était-ce la description que lui en avait faite son ami.

» Personne, à part les kNalines et quelques initiés, ne connaissent le chemin exact. Dialène le savait et il m'en a souvent parlé, sans donner de détails, mais on devrait y arriver. Il ne faudra quand même pas traîner car, si on se perd, nous n'aurons que quelques jours de nourriture et dans cette région, il est très difficile de chasser, tu comprendras. Tu tiendras le coup ?

—Tu veux rejoindre tes six compagnons, dit-elle un sourire au coin des lèvres en désignant la berge du pouce par-dessus son épaule.

—Non merci, le message est clair. Ecoute, repose-toi jusque demain. Nous partirons avant l'aube. Moi, je vais rejoindre mes …

—Je sais ! Mais si tu te bourres la gueule, essaie de ne pas faire trop de bruit quand même.

—Bien compris, maîtresse, répondit-il le sourire aux lèvres en s'inclinant.

Arkès désirait parler avec ses amis avant de les quitter et s'il n'avait pas participé à la fête, cela aurait inévitablement soulevé des questions inutiles. Les guerriers partaient combattre deux jours plus tard et beaucoup ne reviendraient pas. Il voulait les voir tous une dernière fois … avant de les abandonner. Ceux qui rentreraient ne comprendraient pas son absence et lui en voudraient de sa désertion. Bien qu'en réalité, il l'avait déjà faite, cette bataille.

Quand ils s'apercevraient de la disparition de Dialène, absent lui aussi au moment crucial de la bénédiction des armes avant la bataille, ils y verraient un mauvais présage … et un lien serait vite établi avec lui.

Dès lors qu'il ne pouvait souffler mot de sa mission, il était condamné à mentir et à en supporter les conséquences : la pendaison au petit jour pour lui et le feu pour la sorcière qui l'accompagnait. S'enivrer avec ses compagnons était une belle alternative à son silence, pensait-il.

Lorsqu'il arriva au troquet, quelques villageois revenaient d'un travail visiblement pénible, les vêtements souillés et la démarche fatiguée. Il les accueillit avec un large sourire et, pour ne rien changer à la soirée qu'il avait déjà vécue deux jours plus tôt, leur demanda de nouveau d'où ils revenaient. Il voulait revivre ces évènements … pour oublier un peu tout ce qui lui arrivait.

—On restaure le souterrain qui mène à l'autel des animaux, répondit l'un d'eux. Le seigneur veut que nous gardions ce vestige de nos ancêtres en bon état.

—C'est une bonne chose, non ?

—Oui, ben, on voit bien que ce n'est pas toi qui dois y

travailler toute la journée.

—C'est vrai, pardon. Venez donc boire avec nous, cela vous fera du bien.

—Très volontiers, merci. C'est toi qui offre.

—Non, répondit Arkès, c'est le seigneur. Comme on part bientôt pour la bataille …

—Il respecte sa tradition d'offrir une soirée, l'interrompit un des villageois.

—C'est exactement cela. Venez ! ajouta Arkès.

L'autel des animaux avait une histoire particulière pour le village. Erigé en secret par des non-croyants au temps du roi Rublac-le-Grand, il avait servi à démontrer qu'il n'y avait pas de dieu et que les hommes étaient des animaux comme les autres. Doués de paroles et aptes à des pensées plus complexes, certes, mais avec les mêmes habitudes que les animaux : se nourrir, se reproduire, se battre. Et cela, chacun pouvait le constater en se regardant dans un miroir, geste symbolique instauré par les Anciens, lors d'une cérémonie rituelle. Puis, l'autel avait été oublié lors des guerres entre les peuples, avant d'être redécouvert par quelques enfants jouant aux guerriers dans la forêt.

A cette nouvelle, certains villageois se rappelèrent les légendes racontées par leurs aïeux et le seigneur décida de le faire restaurer. Dialène ne s'opposa pas à ce symbole païen, laissant comme à son habitude chacun libre de ses croyances. C'est ce trait de caractère de Dialène, qui le distinguait nettement des autres hommes d'église du royaume, qui lui avait permis d'être ami avec Arkès.

Arkès repensa à son ami assassiné. Il se souvenait de toutes ces légendes qu'il lui racontait, mieux qu'un père. Le sien était mort au combat alors qu'il était encore un bébé et sa mère avait été emportée par un mal ardent à ses seize ans. Depuis, sans aucune famille, il vivait seul et Dialène s'était souvent inquiété de lui et le conseillait. Ils étaient rapidement devenus amis. Quand Arkès avait décidé d'être un guerrier, Dialène n'avait pas tenté de s'y opposer et l'avait même aidé à entrer au service du seigneur Lacneol.

Dans le troquet, les conversations allaient bon train. Distraitement, Arkès riait avec les autres. Au fur et à mesure de l'avancée de la soirée, il obtenait la confirmation qu'il était bien revenu quelques jours en arrière. Il avait déjà vécu cette soirée.

Il posa souvent les yeux sur Lucal, son fidèle ami. Dès le début de ses entraînements alors qu'il n'était encore qu'un adolescent, Lucal avait repéré ses talents pour les armes et s'était entraîné souvent avec lui. Lucal avait une grande expérience du combat, il avait déjà participé à trois affrontements et s'en était toujours sorti. Il savait se battre mieux que quiconque à Gallim et c'était le plus souvent grâce à lui que la seigneurie des Engeraux gagnait les joutes inter-seigneuries annuelles dans la cour du château. Ils étaient rapidement devenus amis et avaient participé à deux batailles ensemble, se battant côte à côte. A plusieurs reprises, ils s'étaient sauvés la vie, accroissant encore le lien qui les unissait.

Mais demain il le quitterait, l'abandonnant pour l'affrontement à venir. Il s'en voulait atrocement et espérait que cela ne lui porterait pas malheur, qu'il le reverrait à son retour … s'il revenait un jour.

Blaguant avec ses amis, Lucal lui adressait des regards complices qui rendaient directement le sourire à Arkès.

Il se mêla à ses amis et finit par oublier tout ce qui s'était passé. Entendre une nouvelle fois les mêmes blagues ne le dérangeait pas … étant donné les circonstances.

Pourtant quelque chose le gênait.

À plusieurs reprises pendant la soirée, son attention avait été attirée par une forme dans le coin le plus sombre de la salle. Profitant d'un renfoncement sous une fenêtre, un homme isolé, vêtu d'un long manteau et encapuchonné ne buvait que pour éviter d'attirer trop l'attention sur lui. Mais dans ce petit village, tout le monde se connaissait. Un voyageur étranger ne pouvait passer inaperçu. Arkès savait qui il était, mais se devait de ne rien dire pour préserver la vie de ses compagnons et garder le secret sur les évènements récents. Il le savait trop fort pour eux et avait déjà eu un avant-goût de ses pouvoirs. S'il était capable d'une magie plus forte encore, il n'aurait aucun mal à se défaire du village tout entier.

À présent, il savait que l'homme les accompagnerait tout au long de leur périple. A distance, mais sans doute jamais loin. Il pressentait qu'ils ne seraient jamais vraiment tranquilles dans les jours et les semaines à venir. Il décida qu'il n'en dirait rien à Lynhéa pour ne pas ajouter à l'angoisse déjà considérable du voyage.

— *Comme si elle avait besoin d'être protégée. Le jour où elle saura cela, elle se vengera sûrement*, pensa-t-il alors avec humour.

Mais son sourire fit rapidement place à l'inquiétude. Cette épée qu'ils garderaient constamment au-dessus de leur tête serait un lourd fardeau et ajouterait encore à la tension du voyage. Il ajouta cela aux mensonges qu'il devait dire à ses compagnons, chose qui ne lui serait jamais venue à l'esprit auparavant et pensa également au long voyage qui les attendait. Il n'avait quitté la seigneurie des Engeraux que pour les joutes au palais car même les batailles se déroulaient sur son territoire, le plus souvent à Tahlmein.

Toute la soirée, il donna le change à ses amis, rigolant à nouveau de leurs blagues. Plusieurs fois, il avait dû les retenir car abreuvés à souhait, ils voulaient aller taquiner l'inconnu.

— Laissez-le tranquille. Ne donnons pas une mauvaise réputation à notre village, disait-il en regardant l'homme qu'il devinait au sourire machiavélique.

Lorsqu'il disparut enfin, Arkès regagna sa chambre où l'attendait Lynhéa, sous les quolibets égrillards de ses compagnons. Il se contenta de lever le bras en signe d'acquiescement et ne se retourna même pas. Il sortit et marcha lentement jusqu'à sa case, regardant droit devant lui.

Il profitait une fois encore, et peut-être pour la dernière fois, de l'ambiance si particulière à ses yeux de son village. La rue était déserte. Hormis le brouhaha étouffé émanant du troquet, le silence régnait. C'était une sensation qu'il appréciait et lui procurait un agréable sentiment de plénitude.

Revenu silencieusement dans sa chambre, il s'assit contre un mur pour ne pas réveiller Lynhéa. Il pensait à ses amis qu'il abandonnait, à Dialène qu'il ne reverrait jamais plus et au voyage qu'il allait entreprendre avec une compagne assez surprenante finalement. Beaucoup d'images défilaient dans sa tête mais le sentiment de plénitude qu'il avait ressenti quelques minutes auparavant lui permit finalement de se calmer. Alors que son esprit s'embrumait de fatigue, il regardait Lynhéa dormir. Son sommeil était agité, secouant son corps de spasmes et de petits cris de peur.

Quand Arkès eut déserté les lieux, quelques heures auparavant, un lourd sentiment de solitude envahit Lynhéa. La petite demeure du guerrier, dépourvue de confort avec pour seul lit une paillasse posée à même le sol, la déprima profondément. Que faisait-elle ici ? Elle regretta un instant de ne pas avoir demandé à Arkès de rester auprès d'elle. Elle aurait aussi pu l'accompagner, mais se retrouver au milieu de tous ses amis et ne pas pouvoir répondre à leurs questions aurait soulevé trop d'interrogations et de méfiance. Elle attendait impatiemment le lendemain où ils se mettraient en route. Sachant qu'ils éviteraient au maximum les chemins trop fréquentés, elle aurait un peu de temps pour s'habituer à la situation.

Laissant rapidement toutes ces questions de côté, elle décida d'essayer de dormir. Elle aurait besoin de forces pour ce voyage d'un mois. Très vite, son sommeil s'agita. D'intenses cauchemars qui lui semblaient pourtant bien réels vinrent peupler sa nuit ...

Une jeune femme marchait paisiblement dans une rue déserte, en ce milieu de journée ensoleillée. Lynhéa la voyait avancer tranquillement, seule, dans la clarté. Elle avait le sentiment étrange de reconnaître cette femme qu'elle avait déjà vue.

— Bonjour, Lynhéa, dit soudain une voix proche derrière la jeune étrangère.

Au son de cette voix familière la jeune femme ressentit un vif sentiment de peur et la nausée l'envahit.

A l'instant même, Lynhéa sut que cette jeune femme, c'était elle. L'homme lui avait donné son prénom. Participant à la scène sans vraiment y être, elle s'approcha de l'homme. Le sentiment de crainte et de colère qu'elle éprouva à ce moment lui permit de le reconnaître. C'était lui qui l'avait engagée il y a quelques jours pour tuer Arkès.

La jeune femme arrêta sa marche et se retourna lentement vers lui. Il était entouré de gardes du corps qui la dépassait de deux têtes, impassibles. Un frisson désagréable lui parcourut l'échine. Elle déglutit avant de pouvoir répondre.

— Que veux-tu ? articula-t-elle.

La jeune femme semblait bien le connaître, mais pas de la même manière que Lynhéa, et ressentait un dégoût profond pour lui. Mais pourquoi a-t-elle aussi peur de lui ? Lynhéa voyait l'effroi de la jeune femme. Pas simplement la peur d'un inconnu qui l'accosterait, mais une crainte beaucoup plus profonde, viscérale, qui donnait envie de vomir.

— Oh, mais je crois que tu le sais parfaitement.

— Je t'ai déjà répondu que ça n'arriverait plus, plus jamais. Il y a des pratiques auxquelles je n'adhère pas. Tu le sais bien.

C'était elle qui parlait, Lynhéa reconnaissait sa propre voix, et pourtant, elle se sentait étrangère à la discussion. Elle pouvait ressentir tout le malaise de la jeune femme face à cette situation bien inconfortable. Ce n'était manifestement pas la première fois qu'elle rencontrait ce désagréable personnage mais Lynhéa n'arrivait pas à cerner de quoi il parlait exactement … même si elle en avait une vague idée.

—Allons, faisons un bout de route ensemble, peut-être changeras-tu d'avis, dit l'homme d'un ton mielleux en posant son bras sur les épaules de la jeune femme.

Une fois encore, un frisson nauséeux la parcourut. Elle se tortilla pour se dégager, mais il la tenait fermement. Elle abandonna l'idée de s'éloigner de lui … pour l'instant.

Lynhéa ne comprenait pas pourquoi cette femme qui était censé être elle, ne se défendait pas. Elle avait peur et ça ne lui ressemblait pas du tout.

—Aucune chance, répondit-elle sèchement malgré la peur qui la tenaillait.

Dans sa voix, aucun tremblement ne trahissait son état, mais son visage décoloré s'en chargeait.

Soudain, passant devant une ruelle sombre, l'homme fit un signe de tête aux deux gardes du corps et poussa la jeune femme dans leurs bras. Les deux brutes la maîtrisèrent immédiatement, serrant ses bras à lui briser les os. Elle voulut se débattre, mais les hommes étaient trop costauds et elle fut rapidement immobilisée au fond du cul-de-sac.

L'homme avançait vers elle d'un pas lent mais décidé. Son visage s'assombrit subitement et ses yeux brillèrent dans l'obscurité de la ruelle. Sans faire le moindre mouvement pour les ôter, ses vêtements s'envolèrent le laissant nu, exhibant fièrement son sexe en érection.

Elle se débattait frénétiquement sans succès, les bras et les jambes maintenus par les deux mastodontes. Une terreur sans nom l'envahissait.

Lynhéa paniquait, elle aurait voulu intervenir, mais était reléguée au rang de spectatrice. Sachant ce qui allait arriver, son cœur s'accéléra, son ventre se noua.

Soudain, une voix macabre résonna dans sa tête.

—Réveille-toi ! Je reviendrai te voir souvent. Maintenant, je sais que tu penseras à moi.

Elle s'éveilla en sursaut, les larmes aux yeux et le corps moite de transpiration. Elle regarda autour d'elle, le cherchant en vain, et mit quelques temps avant de réaliser où elle était. Elle aperçut Arkès assoupi contre le mur et cela la rassura un peu. Elle sentait encore sa présence. Elle repensa à la phrase qu'il avait prononcée et qui l'avait réveillée : Je reviendrai te voir souvent. Tout son corps semblait écrasé sous une montagne, elle étouffait à la pensée que ce cauchemar pourrait revenir. Assise sur la paillasse, elle redressa les genoux et les enserra de ses bras. Elle resta un instant à regarder Arkès en attendant que toute trace de larmes ait disparu.

Elle savait aussi désormais qu'il serait constamment présent pendant leur périple.

Sous la porte, elle distinguait l'arrivée de l'aube. Les premières ondes de lumière s'insinuaient sur le plancher. Il était temps pour eux de partir. Elle patienta le temps que les marques du cauchemar disparaissent de ses yeux rougis avant de se lever.

Elle s'accroupit devant Arkès, une main sur l'épaule, le secouant doucement. Elle comprenait très bien quelle soirée il avait passée et sa présence rassurante après son terrible cauchemar l'adoucit un peu. Il ouvrit les yeux.

—On y va ! dit-il en se levant immédiatement.

La plaine de Tahlmein était jonchée de cadavres et de blessés. Ceux qui en avaient encore la force rampaient dans cette immense mare de sang. Les soldats indemnes parcouraient les lieux à la recherche des blessés, se fiant aux cris de douleur et d'agonie. Armés de leur épée, ils achevaient leurs ennemis avec un sourire dénué de pitié et prêtaient secours aux leurs.

La maigre armée des envahisseurs n'avait pas tenu plus de quelques dizaines de minutes. Ils s'étaient faits exterminés … comme le roi l'avait ordonné.

Orkaf passait parmi les cadavres, écœuré du massacre qui venait d'avoir lieu, son épée raclant le sol en laissant une traînée de sang qui coulait encore de la lame. Car il s'agissait bien d'un massacre, pas d'une bataille. Il n'aurait pu en être autrement.

Il transpirait abondamment du combat qu'il venait de livrer. Il reprenait lentement son souffle, les yeux levés vers le ciel où, dans le soleil brûlant, se dessinait déjà l'ombre des premiers corbeaux et autres charognards. Les survivants devaient se hâter d'évacuer leurs morts sans quoi ces oiseaux de malheur auraient vite fait de leur arracher les yeux ou de déchiqueter les chairs bordant les blessures. Orkaf s'arrêtait près de chacun des morts warkans, les retournait sur le dos, leur fermait les yeux, leur croisait les bras et dessinait une croix de sang sur leur front.

—Pars en paix, mon ami, tu as servi ton roi, murmurait-il à chacun d'eux.

Il n'arrivait même pas à s'en convaincre lui-même. Certes son poste de chef d'armée du roi lui donnait quelques privilèges et c'est grâce à cela qu'il avait reçu le titre de seigneur, mais cette proximité du pouvoir le rendait malade.

Au fur et à mesure des combats, il voyait tous ces misérables paysans tomber comme des mouches. Sans entraînement, la plupart d'entre eux n'avait pas eu la moindre chance de s'en sortir quand bien même fussent-ils largement surnuméraires. L'affliction lui tordait le ventre. Il détestait son travail. Il voulait partir et s'éloigner au plus loin des conflits mais il ne le pouvait pas. S'il partait, le roi serait encore plus impitoyable. Il arrivait de temps en temps à adoucir ses décisions et avait déjà sauvé nombre de vies. Avoir été élevé au rang de seigneur ne l'avait jamais intéressé, il n'avait pas eu le choix et aujourd'hui, il devait perpétuellement porter cette chaîne autour du cou.

Et surtout il y avait celle qu'il aimait qui ne pouvait pas quitter le château. Il devait donc composer avec le roi pour rester au plus près d'elle et la protéger comme il le pouvait.

Après son passage, ses hommes emmenaient les cadavres vers les chariots parqués tout le long de la plaine. Ceux-ci partiraient ensuite vers les montagnes du désert du Ksilm pour y être enterrés. C'était la coutume. Les soldats avaient une sépulture privilégiée dans les montagnes « représentant la grandeur de leur sacrifice pour le royaume » pensait Orkaf. « Balivernes pour gens crédules ! Quand tu es mort, tu es mort ! » Mais ces pensées, il se devait de les garder pour lui. Les partager signerait son arrêt de mort.

Lorsqu'il pensa avoir vu tous les morts, et seulement à ce moment-là, il se retourna vers le roi, comme à son habitude. Mais son souverain n'était pas resté sur la colline. Il lui fallut quelques secondes pour le dénicher au milieu des soldats car il était même descendu de cheval.

Il soulevait frénétiquement pierre après pierre remuant

nerveusement les cailloux. Orkaf savait ce qu'il cherchait. Quelques semaines plus tôt, il lui avait confié la mission secrète de cacher une statue sur ce champ de bataille. Il avait obéi. A leur arrivée dans la plaine, il avait indiqué au roi l'endroit approximatif où il l'avait dissimulée avec son ami Amolaric mais le roi ne savait pas où elle se trouvait exactement.

Son ami se rappelant à son souvenir, il balaya des yeux le champ de bataille mais ne le trouva pas. Il déplaça dès lors son attention sur les hommes qui chargeaient les cadavres dans les chariots et l'aperçut alors qu'il portait seul un corps pour le déposer. Il avait toujours fait cela. Il refusait d'oublier ses compagnons d'armes. En les portant tout seul, un à un, il s'amenait au bord de l'épuisement et forçait les limites de son corps pour ne pas abandonner sa tâche. C'était sa manière à lui de leur rendre hommage. Alors qu'Orkaf, les signait d'une croix de sang, Amolaric s'épuisait à porter ces fardeaux. Chacun, à sa manière ne les oublierait jamais.

Orkaf rejoignit le roi et lui indiqua l'endroit précis de la cache sans même le regarder ni dire le moindre mot. Le roi était tellement impatient de voir si la statue était toujours là qu'il remarqua à peine son chef d'armée. En temps normal, il aurait pris son attitude pour de l'arrogance et l'aurait sans doute blâmé mais il n'y prêta même pas attention et continua à soulever les pierres. Sa recherche fut vaine.

— Es-tu certain que c'est bien ici ? demanda-t-il bouillant d'impatience.

Surpris, Orkaf s'avança à son tour. Il repéra à nouveau les gros rochers qu'il avait pris comme points de repère, triangula la position et se plaça précisément à l'endroit où il avait dissimulé l'objet, entre quelques pierres.

Pas de trace de la Statue-Dragon.

— Pourtant Majesté, je vous assure que c'était bien ici, dit-il, la sueur au front.

Orkaf s'inquiéta. Si la statue était perdue, le roi le ferait certainement pendre. Quoique, pourquoi lui aurait-il demandé de venir la dissimuler dans un endroit où il était plus facile de la perdre que de la retrouver ? Il observa le roi toujours penché vers l'avant à soulever quelques pierres. Orkaf le trouvait pathétique. Il transpirait abondamment et ses mains tremblaient d'impatience. On eut dit un enfant cherchant un cadeau caché. Mais lorsqu'il se releva, il n'y avait pas une once de colère dans son regard. Bien au contraire, son visage s'illumina d'un large sourire.

—Ne t'inquiète pas mon ami. Je te crois.

Puis, son sourire disparut et ses yeux s'assombrirent.

—Cette fois, la partie est enfin lancée !

Arkès et Lynhéa s'habillèrent sans tarder. Il lui donna un sac à dos et en prit un pour lui. Les deux sacs étaient bien remplis. Une gourde d'alcool et de la toile spéciale pour les blessures, de l'eau en abondance, de la nourriture séchée, des pierres à feu. À côté de cela, les armes nécessaires, couteaux, épée courte et le pistolet de Lynhéa avec les quelques munitions restantes qu'elle devait épargner. Bref, rien de trop voyant. Elle savait que son arme ne pourrait servir qu'en cas de problème grave car il était impensable ici de trouver des munitions.

Lorsqu'ils se mirent en route, les premiers rayons du soleil dessinaient les contours des collines mais n'atteignaient pas encore Gallim. Le village était désert, silencieux. Un léger brouillard flottait sur la rivière. Les oiseaux n'avaient pas encore entamé leurs chants et leurs jeux habituels, si agréables au réveil. Le vent ne s'était pas encore levé. C'était un de ces moments rares entre la nuit et le jour où tout semblait figé, où le moindre bruit résonnait à l'infini. Instant unique qu'Arkès appréciait et que rien ne semblait venir troubler. Une douce fraîcheur les obligea à porter un léger vêtement.

Il leur semblait que les grincements du bois de la passerelle sous leurs pieds, à peine audibles en journée, émettaient un bruit d'enfer. Se retrouver sur le chemin de terre et franchir les palissades de bois après le pont signeraient réellement leur départ dans la discrétion.

Le village laissé derrière eux, Arkès se retourna une dernière fois puis marcha droit devant lui sans parler pendant plusieurs heures. Lynhéa ne força pas la discussion et se contenta de suivre, ressassant également les derniers évènements … et surtout son cauchemar.

Au fur et à mesure de la marche, l'opinion d'Arkès se mitigeait par rapport à Lynhéa. S'il avait considéré qu'ils étaient dans la même situation et poursuivaient le même but, plus il y réfléchissait plus les doutes l'envahissaient. Finalement, c'est lui qui l'avait créée. Rien ne lui disait que son retour avec lui n'était pas prévu depuis le début. Dans quelle mesure n'était-elle pas en train de le tromper ? Ne l'emmenait-elle pas vers un piège et une fin inéluctable ? Rien ne l'indiquait dans son comportement ni dans ses paroles mais peut-être jouait-elle très bien la comédie.

Quelque chose en elle l'encourageait à lui faire confiance et à l'aider, mais une sensation étrange, un sentiment imperceptible, l'incitait également à se méfier et à rester sur ses gardes en permanence.

Elle marchait quelques mètres derrière lui et c'était préférable. De la sorte, elle ne pouvait voir son visage et il ne risquait pas de trahir ses pensées. Si jamais il se trompait, cela ne ferait qu'ajouter inutilement à la tension déjà palpable.

Il avançait à un rythme soutenu. Dans les grandes étendues verdoyantes, Lynhéa tenait la distance. Elle se laissa même aller à admirer le paysage. Ses maigres souvenirs se limitant à son point d'observation dans l'immeuble en face de l'église et à quelques rues, elle découvrait avec bonheur le plaisir de marcher dans de grands espaces quasiment vierges. Elle s'imprégnait de la nature qui lui chatouillait l'odorat de mille parfums délicats. Son attention était constamment attirée par les bruits de petits animaux qui fuyaient se réfugier dans leur abri. Elle trouvait cela fascinant et agréable. A plusieurs reprises, la course zigzagante de petits rongeurs paniqués frôla ses pieds avant de disparaître dans un trou.

Dans le ciel, de grands oiseaux survolaient leur route. Malgré leurs cris de mauvais augure, elle ne se sentait pas mal à l'aise et les admiraient dans leur vol lent et régulier tandis qu'ils se laissaient porter par les courants ascendants. Rien ne semblait pouvoir les perturber. Elle les enviait.

Le paysage au départ de Gallim constitué d'ondulations souples et harmonieuses s'était peu à peu transformé. Les courbes s'étaient progressivement cassées pour devenir accidentées et l'horizon ressemblait finalement à une grande mâchoire remplie de centaines de minuscules dents acérées.

Plusieurs jours de marche mettaient les pieds peu habitués de la jeune femme à rude épreuve mais elle ne s'en plaignait pas, trop fière pour admettre une quelconque faiblesse. De plus en plus cependant, elle se laissait distancer, ralentie par la douleur de ses pieds meurtris. A chaque pas, des centaines d'aiguilles pénétraient ses talons et ses orteils, ou du moins était-ce l'impression qu'elle en avait. La transpiration abondante qui perlait sur son visage ne provenait pas uniquement du soleil pesant, ni de ses vêtements inadaptés à de longues marches, mais également de la douleur qu'elle essayait de contenir.

Elle sentait la colère monter en elle au fur et à mesure qu'elle se voyait ne plus suivre la cadence. Sa veste en cuir et ses rangers n'étaient pas prévus pour d'aussi longues marches. Ils semblaient à présent peser une tonne. Le cuir de sa veste lui collait à la peau et rendait la marche encore moins confortable.

Arkès s'en était bien rendu compte. La démarche hésitante et forcée de Lynhéa, son souffle qui s'accélérait, son buste qui s'affaissait de plus en plus vers l'avant : autant de signes de l'abattement et de la souffrance qui gagnaient sa compagne de voyage. Il se doutait aussi de sa volonté de ne pas reconnaître cette faiblesse. Au début, égoïstement, il occulta cette situation. La mission que lui avait confiée

Dialène était prioritaire. Mais au fil des heures, il se remit en question. C'est lui qui l'avait empêchée de partir, réussissant à la convaincre de se joindre à lui. Il devait dès lors composer avec le fait qu'il n'était pas seul. Il proposa une halte.

— On va faire un détour par derrière cette colline pour soigner tes pieds.

— Oublie mes pieds, tout va bien, répondit-elle bien qu'elle fut heureuse et soulagée de l'entendre à nouveau parler.

Arkès n'avait plus dit mot depuis longtemps. Ce silence permanent ne lui permettait pas d'oublier ses pieds et ses muscles endoloris. Ils se regardèrent quelques secondes et un sourire forcé perça les lèvres de Lynhéa.

— Ok, tu as raison, mais on n'a rien ici pour les soigner. Dans mon monde au moins, on aurait pu trouver une pharmacie avec tout ce qu'il faut.

— Oui, mais nous, on a appris à faire avec ce qu'on a, répondit-il sèchement.

— Et, ça va, calme-toi. Excuse-moi si je t'ai donné l'impression d'attaquer tes conditions de vie. Je te jure que ce n'était pas mon intention.

— Il m'avait pourtant semblé.

— Non, c'est pas vrai, affirma-t-elle en le toisant.

— Si, c'est vrai, répéta-t-il.

Elle s'énervait.

— Puisque j'te dis que c'n'est pas vrai !

La dispute s'éternisa sur quelques mètres. Le guerrier et l'assassin se conduisaient comme deux gamins à qui on aurait pris les osselets. Lorsqu'ils arrivèrent de l'autre côté de la colline, la discussion s'arrêta d'elle-même quand Lynhéa découvrit la zone étrange devant eux.

Un buisson gigantesque haut comme plusieurs hommes s'étalait sur près de dix mètres, barrant la vue. Sa densité était telle qu'il était probablement impossible de le traverser. De couleur paille, les feuilles qui le couvraient étaient fines et allongées. Chaque tige rigide et extrêmement dure émergeait directement du sol sans ramification.

—Qu'est-ce que tu vas trouver comme recette de grand-mère ici pour soigner mes pieds ? C'est une plante magique ou quoi ?

—Ce sont des Seregs. Cela ressemble très fort à … des bambous … c'est comme cela que vous les appelez, je crois (ce mot surgit dans son esprit sans qu'il ne sache trop comment mais il pensa immédiatement à ce que la Statue-Dragon lui avait dit, encore une de ces choses qu'il connaît … sans la connaître), mais leur tige est plus rigide et aussi fine qu'une aiguille de sapin.

—Donc, tu comptes utiliser ces bambous sur moi pour soigner mes pieds. Autant te dire tout de suite qu'il n'est pas question que tu me touches.

—D'accord, acquiesça-t-il simplement en lui tournant le dos.

Il reprit sa marche mais ne fit pas dix pas qu'elle capitulait.

—Ok, fais ce qu'il faut. Mais je t'interdis d'en profiter, cria-t-elle.

—Oh, et bien, je vois que la confiance règne. Mais je te préviens que le traitement sera douloureux même si ce n'est qu'un court instant.

Elle se contenta de hausser les épaules comme si cela ne l'inquiétait pas. Il la fit asseoir sur une pierre et lui demanda d'enlever ses chaussures pour se laver soigneusement les pieds avec l'eau d'une gourde. Il voulait éviter la prolifération des champignons qui pourraient infecter les plaies créées par la chaleur et la transpiration. Même si l'eau devenait précieuse, Arkès ne concevait pas de la laisser continuer à marcher en souffrant de la sorte. Elle lava également ses chaussettes qui sècheraient pendant le traitement. Etant donné la chaleur, cela ne prendrait pas longtemps et ils pourraient se reposer à l'ombre des seregs.

A l'aide de son couteau, Arkès chassa les quelques

araignée-souris qui avaient élu domicile dans le buisson. Lynhéa regarda les drôles de bestioles avec dégoût et un peu d'appréhension. Quelques secondes plus tard, alors que toutes s'étaient enfuies, elle continuait à fixer le buisson.

—Ne crains rien, elles ne reviendront pas tant que nous serons ici. Elles ont plus peur de nous que nous d'elles.

—Sont-elles dangereuses ?

—Non, leur morsure n'est pas mortelle, ça picote un peu, c'est tout. Bien sûr, il ne faudrait pas qu'elles nous tombent dessus à plusieurs dizaines, sinon, cela finirait par devenir mortel. (Lynhéa le regarda quelque peu apeurée) Je rigole, les araignée-souris ne vivent pas en meute. Tu n'as rien à craindre.

Elle le fusilla du regard … puis dirigea à nouveau ses yeux vers le buisson, provoquant un sourire chez Arkès.

—En fait, continua-t-il, c'est bien qu'elles soient là, cela va nous servir.

Il découpa soigneusement un morceau d'une des toiles qu'il étala sur une pierre au soleil. Sa texture était si dense qu'il arriva sans difficulté à l'extraire sans qu'elle ne parte en lambeaux. Lynhéa le regardait dubitative. Il coupa ensuite une tige de seregs et l'effeuilla. Il en biaisa l'extrémité la plus fine et ne garda qu'une dizaine de centimètres.

—Sèche convenablement tes pieds, ordonna-t-il.

—Bien patron, dit-elle en râlant.

Ses pieds étaient dans un triste état. Une cloque à chaque talon et des crevasses profondes, presque jusqu'à l'os, au gros et au petit orteil de chaque pied. Il pourrait soigner les cloques, mais pas les crevasses. Il lui faudrait pour cela trouver des mortigs, fruits d'un arbre particulier dont la chair à des propriétés antiseptiques. Il le trouverait à proximité de Nomart et pourrait la soigner à l'auberge.

—Que comptes-tu faire avec ça ? demanda Lynhéa en pointant la toile qu'elle regardait avec dégoût suinter sur la pierre.

—Le soleil fait réagir la toile qui libère un liquide

visqueux. Lorsqu'on aura soigné tes cloques, on appliquera ce liquide sur la peau. La toile servira à la protéger pour éviter les frottements.

Lynhéa ne dit rien mais elle resta de longues secondes à regarder la toile, réfrénant le sentiment nauséeux qui la gagnait.

Arkès prit la gourde d'alcool, plaça la tige à son extrémité et pratiqua l'étanchéité du mieux qu'il pouvait avec ses doigts. Il visa la première cloque.

— Ça va faire mal, mais tu ne dois surtout pas bouger sinon je risque de t'enfoncer l'aiguille dans le talon, et là, tu verrais la différence.

Elle ne dit rien et se prépara. Il enfonça la tige dans la cloque, sans la vider pour que l'alcool se répartisse uniformément sur toute la surface … et pressa délicatement la gourde en boyaux. Lynhéa se crispa de douleur, mais parvint à maintenir son pied immobile comme Arkès le lui avait conseillé. Il retira l'aiguille de la cloque pour laisser s'écouler le liquide puis réinjecta une deuxième quantité d'alcool qui finit de brûler la peau à vif. Lynhéa se crispa à nouveau. Ensuite, il massa doucement le talon en prenant garde de ne pas déchirer la peau. Cette dernière servirait de pansement naturel. Puis, il regarda Lynhéa.

— On s'occupe de l'autre ?

— Ok, fais ton boulot, qu'on en finisse.

Il répéta l'opération sur l'autre pied, la laissa récupérer une minute puis lui annonça la mauvaise nouvelle pour les crevasses. Elle resta silencieuse, son sourire se crispa.

Doucement, à l'aide d'une dague, Arkès racla le liquide qui suintait de la toile d'araignée-souris et l'appliqua sur chacun des talons. La pâte visqueuse lui collait aux doigts. Quelques secondes plus tard, un sentiment de froid envahit les pieds de la jeune fille. Cela lui faisait un bien fou. Elle commençait à admirer les connaissances de son compagnon de voyage. Finalement, Arkès coupa la toile en deux et en appliqua un morceau sur chaque talon. Les fils s'écrasèrent pour ne plus former qu'une pâte uniforme qui recouvrait parfaitement les blessures. En quelques minutes, ce pansement de fortune avait durci.

—Pourquoi ne pas utiliser la même chose pour les crevasses ? demanda Lynhéa.

—Parce que ça empêcherait la cicatrisation, répondit Arkès en grattant de son couteau la matière blanche qui avait collé sur ses doigts. Et quand on l'enlèvera, on arrachera tout. Ce sera pire que mieux. En plus, si la toile se met dans la blessure, elle ne se refermera pas correctement mais risque de cicatriser en laissant une déformation. Désolé, mais tu devras tenir encore quelques temps. Ça ira ? demanda-t-il avec beaucoup de sincérité.

—On n'a pas le choix de toute manière, rétorqua simplement Lynhéa. Mais pour les cloques, c'est la même chose. Quand on enlèvera le pansement, on arrachera la peau.

Arkès terminait de ranger ses affaires et répondit :

—Non, on ne l'enlèvera pas. Il tombera de lui-même avec la peau morte lorsque la nouvelle peau sera assez solide. Tu devras justement faire attention de ne pas l'arracher.

Ils demeurèrent à l'ombre des seregs pour se reposer et se restaurer. Idéalement, ils auraient dû se remettre en route tout de suite pour que la douleur aux pieds de Lynhéa soit supportable mais c'était déconseillé avec des chaussettes humides et elle n'en avait pas de réserve. Arkès maudit alors, l'espace d'un instant, son obstination à vouloir absolument garder des vêtements inadaptés à la randonnée. Mais bon, il avait abandonné l'idée de vouloir lui faire entendre raison.

Lynhéa de son côté ressentait très fort la tension qui régnait. D'autant plus qu'elle en était la cause. Elle savait qu'Arkès était aussi pressé qu'elle de retrouver l'assassin de son ami et qu'il l'avait emmenée avec lui parce qu'il se sentait responsable de sa présence dans son monde.

Quand elle pensait à cela et à sa situation, un profond malaise l'envahissait. Si Arkès avait dit vrai, elle était en fait née il y a quelques jours à peine et ses souvenirs ne lui appartenaient pas réellement. Et, maintenant qu'elle prenait un peu de temps pour y réfléchir, quels souvenirs ?

Son enfance, par exemple. Elle n'avait aucun souvenir de sa jeunesse, ni de ses parents. Pas de jeux, pas d'école, … pas d'amis. En réfléchissant un peu plus profondément, elle se rendit compte qu'en fait, elle ne connaissait personne. Un sentiment de panique l'envahit.

Les arts martiaux. Elle savait les pratiquer, et très bien même, … mais n'avait aucun souvenir de ses entraînements. Elle repensa alors à cette sensation des salles d'entraînement qu'elle sentait lui manquer … mais n'avait le souvenir d'aucune d'elles.

Elle passa en revue encore plusieurs aspects de sa vie et la conclusion était toujours la même. A part cet homme inquiétant qui était venu l'engager peu avant pour tuer Arkès, elle n'avait souvenir de rien. Même les trois semaines entre son engagement et la tentative d'assassinat sur Arkès semblaient avoir totalement disparu de sa mémoire. L'avait-elle réellement rencontré finalement ? Elle paniqua.

— *En fait, Arkès a bel et bien raison,* pensa-t-elle. *Je n'étais qu'une illusion dans sa tête.*

Elle appuya ses coudes sur ses genoux et se prit la tête entre les mains.

— Que se passe-t-il ? s'inquiéta Arkès lisant le désarroi dans l'attitude de la jeune fille.

Elle ne répondit pas. Elle ne se sentait pas prête à en parler. Et de toute façon, cela n'aurait rien apporté de plus. Il la considérait déjà comme un fardeau, alors ce n'était pas la peine d'y ajouter ses états d'âme. Elle reprit un semblant d'assurance et détourna la conversation :

— Puisqu'on doit quand même attendre, parle-moi un peu de ton peuple.

—Pourquoi ? Ce n'est pas important.

—Ben, si je dois rester bloquée dans ce monde, autant que j'en sache un peu plus sur vous.

Car elle était bel et bien bloquée ici, elle en était certaine à présent. Il lui fallait oublier son monde et accepter le mode de vie de celui d'Arkès.

—D'accord, si tu veux. Je ne sais pas grand-chose, je ne suis pas des plus cultivés. Tout ce que je sais, c'est ce que Dialène a pu m'en raconter, dit-il la voix légèrement tremblante en repensant à son ami décédé. Lui aurait pu t'en dire beaucoup plus.

—On s'en fou ! dit-elle un peu abruptement avant de se rendre compte de sa bévue. Euh, pardon, je ne voulais pas … Je voulais juste dire que je ne veux pas un cours d'histoire. Je préfère savoir comment toi, tu vois les choses.

—D'accord, continua Arkès préférant éluder le problème. En gros, ça s'est passé en deux étapes. Au départ, les Warkans croyaient en plusieurs dieux. Un pour chaque domaine important dans la société de l'époque : la vie, la mort, la guerre, l'amour, la richesse, etc.

—Mais comment en sont-ils venus à croire en quelque chose ? l'interrompit Lynhéa.

—D'après ce que j'ai pu comprendre, le peuple n'a cru que ce qu'on lui a mis dans la tête.

—Que veux-tu dire ?

Arkès rangeait ses affaires dans son sac, accrochant les gourdes sur les côtés.

—Apparemment, ce sont les dirigeants de l'époque qui, pour éviter toute rébellion, ont inventé des dieux pour que la population s'occupe l'esprit et accepte la pauvreté ou le fait de mourir à la guerre pour une bonne raison.

—Ils étaient vraiment débiles ! commenta Lynhéa.

—Tu veux dire que tous étaient débiles. Si tu étais née à cette époque, aurais-tu réagi autrement ?

—Hum, c'est pas faux. Bref, ça va, arrête de te marrer. Continue.

—Ceux qui ne voulaient pas croire, poursuivit Arkès le sourire aux lèvres, étaient assassinés au nom de l' « éréthisme », je crois que cela s'appelle comme ça, mais c'était surtout pour éviter toute prise de conscience trop importante dans la population.

—C'est ignoble, s'offusqua Lynhéa.

—En effet, mais c'était pratique pour les rois de l'époque. Ils pouvaient justifier tout ce qu'ils faisaient très facilement. (Il calla son sac dans son dos pour se mettre plus à l'aise) Il faut calmer le dieu de la guerre, il faut apaiser le dieu de l'argent, et ainsi de suite. C'est à cette époque-là que les grands défilés ont vu le jour. Les fêtes, les temples transformés plus tard en église, les célébrations, brefs, toutes ces absurdités mais qui passaient très bien. Et c'est aussi à ce moment-là que deux autres mentalités sont nées.

—Qu'est-ce que tu veux dire ? demanda Lynhéa.

—Certains refusaient les guerres inutiles et les assassinats au nom des dieux, ils sont devenus plus tard les kNalines chez qui nous nous rendons. Les autres se sont tournés vers le pouvoir des objets et sont devenus les Maldors.

—Les Maldors ? Jamais entendu parler, interpela Lynhéa.

—C'est normal, tu viens d'arriver, répondit Arkès avec un petit sourire.

Elle ne dit rien et ne lui rendit pas son sourire. Se rendant compte de sa maladresse, Arkès continua immédiatement.

—C'est un peuple qui vivait plus à l'est, derrière les montagnes. (Il désigna la direction du bras) Mais ils n'existent plus aujourd'hui, ils ont été décimés par les Warkans il y a des centaines d'années.

—Et aujourd'hui, ils sont vos esclaves, je présume, s'indigna Lynhéa.

—Non, ils ont tous été tués par le roi de l'époque. Et aujourd'hui, leur pays n'est plus occupé. Il est maudit.

—Maudit ? demanda-t-elle perplexe.

—Oui, tous ceux qui y habitaient sont revenus de ce côté-ci des montagnes. Il paraît que leur pays est maudit. Je n'en sais pas plus.

—Ah bon ? Ça semble bizarre.

—Tu l'as dit. C'est peut-être pour ça qu'il a été si difficile de les battre.

—Qu'est-ce que tu veux dire ?

Arkès ajusta dans son dos le sac qui s'affaissait déjà sous son poids.

—On raconte que des milliers de soldats sont morts dans ces batailles alors qu'ils n'affrontaient que quelques centaines de Maldors. On parle d'objets avec des pouvoirs spéciaux qu'ils utilisaient contre nos armées. Nos soldats revenaient en très mauvais état alors qu'ils n'avaient parfois affronté qu'un simple village. Toutes ces histoires et le retour des seigneurs qui y habitaient ont fait naître bon nombre de légendes sur ce pays. Ce qui fait qu'aujourd'hui, plus personne n'ose y aller.

—Waw, c'est génial, s'exclama Lynhéa. Faut qu'on y aille un jour !

Arkès la fusilla du regard.

—… Ou pas ! conclut-elle.

—Bon, dit Arkès, il faudrait qu'on se remette en route.

—Hourra !! Dans la joie et la bonne humeur.

Une heure environ s'était écoulée avant qu'ils ne reprennent leur route. Les pieds endoloris, la première demi-heure de marche fut laborieuse pour Lynhéa. Mais la douleur des cloques s'estompa finalement et il ne restait plus à supporter que le lancement vif et piquant des crevasses. Il lui faudrait encore prendre son mal en patience pendant quelques jours. Arkès décida de s'arrêter toutes les deux heures pour qu'elle se lave les pieds afin de limiter au maximum l'infection.

Lynhéa réfléchissait à ce qu'il lui avait raconté sur les Maldors. Une chose lui sauta alors aux yeux.

— Tes pouvoirs ne viendraient-ils pas des Maldors ?

— Qu'est-ce qui te fait dire ça ?

— Ben, tu penses que tes pouvoirs viennent du moment où tu as pris la statue. Les Maldors utilisaient apparemment de tels objets pour lutter contre les Warkans. Donc, il n'est pas impensable que cette statue provienne de leur pays.

— En effet, ça paraît plausible. D'un autre côté, le roi de l'époque a récupéré tous les objets et n'est jamais arrivé à les utiliser. Alors, qu'est-ce que cet objet aurait fait au milieu d'un champ de bataille bien loin du château ?

— Peut-être n'a-t-il pas retrouvé tous les objets ?

— Oui, c'est possible. Mais alors, la statue se serait trouvée en Pays Maldor, pas chez nous.

— C'est vrai, alors je ne sais pas, conclut-elle à bout d'arguments.

Malgré tout, cette idée tarauda Arkès. Elle devait avoir raison, la statue était très certainement maldore. Mais la même question restait toujours sans réponse. Comment s'était-elle retrouvée là ? Ça n'avait aucun sens. Il finit par laisser ces pensées de côté et poursuivit son chemin.

La nuit, ils marchaient peu car les chaussettes de Lynhéa prenaient plus de temps à sécher. Arkès attendais impatiemment le village où ils s'arrêteraient pour acheter quelque chose qui ferait office de bas et en avoir de réserve, ils perdraient alors moins de temps. Lynhéa ne disait rien, elle comprenait qu'elle les ralentissait. Cela dérangeait Arkès car chaque minute perdue était une avance supplémentaire que l'homme au long manteau prenait sur eux. Le silence de leur marche pesait encore plus à Lynhéa que la douleur. Elle devait sans cesse trouver de nouveaux sujets de conversation.

— Et la deuxième étape de la vie warkanne, c'était quoi ? demanda-t-elle.

— Quoi ?

— Tu m'as dit qu'il y avait deux étapes. La première fut votre multitude de dieux. Mais tu ne m'as rien dit sur la deuxième étape.

—Eh bien, finalement trop de gens en ont eu assez de ces guerres et des tortures gratuites. Les croyances en plusieurs dieux disparurent progressivement, faisant place à une certaine forme de désordre.

—Que veux-tu dire ?

—Le peuple avait été lié tellement longtemps par les croyances et les lois qui leur étaient imposées que tout fut abandonné à la mort du roi. On en était revenu à la loi du plus fort. Puis, au fur et à mesure, suite à certains phénomènes, les hommes se mirent à croire en un dieu unique. (Sans s'interrompre, il indiqua à Lynhéa un rongeur qui les regardait passer sans s'enfuir. Elle le regarda en souriant) Selon Dialène, il y eut des signes et des preuves. Mais cela s'est passé avant notre ère. C'est pratique de démontrer quelque chose avec ce qu'on ne peut plus prouver. Mais bon, tout le monde semble s'en accommoder.

—Mais pas toi.

—En effet. Car finalement, la situation n'a guère évolué. A part le fait qu'on ne croit plus qu'en un dieu unique, les rois qui se sont réinstallés ne valent pas beaucoup mieux que les précédents et continuent la plupart du temps à justifier leurs actes au nom de ce dieu.

Les grandes étendues verdoyantes de la seigneurie des Engeraux laissèrent la place à un environnement rocailleux, presque aride. Les pierres et les rochers se partageaient l'espace semé de quelques coins de verdure, révélateurs de zones plus humides, et quelques buissons épars. Le paysage était vallonné et pourtant, on pouvait voir l'horizon au loin. Cette zone marquait la transition avant l'arrivé au Désert du Ksilm. Le soleil se faisait plus lourd et les nuits plus froides. L'eau devenait déjà un bien précieux.

Peu avant l'arrivée à Nomart, ils firent à nouveau un détour pour rejoindre les arbres à mortigs. Ils marcheraient une demi-journée de plus avant d'atteindre le village où ils arriveraient en fin d'après-midi.

Arkès bénissait le fait que tout cela se trouve sur le chemin du château. Comme il n'avait quitté son village que pour les joutes inter-seigneuries, il ne connaissait finalement que peu le pays à l'exception de la route menant chez le roi.

Leurs réserves seraient épuisées demain et Arkès prit la décision de rationner la dernière journée. Lynhéa regrettait réellement son monde, même s'il était imaginaire, où tous les déplacements se faisaient en voiture, où on avait à manger et à boire à chaque coin de rue et surtout pas de problème aux pieds à force de marcher. Heureusement pour tous les deux, elle n'était pas du genre à se plaindre et prenait son mal en patience. Cela la rassurait de savoir qu'Arkès prenait soin d'elle et qu'il connaissait bien les régions qu'ils traversaient. Elle se rendait compte à présent de la folie que cela aurait été de s'aventurer seule dans le pays pour retrouver l'homme qui l'avait engagée … l'homme qui l'avait créée.

Même si leur relation s'était quelque peu normalisée, Arkès restait pourtant froid et distant vis-à-vis d'elle. Plus elle les ralentissait, plus il se renfermait.

Un peu plus tard, ils arrivèrent en vue des arbres à mortigs. Lynhéa fut impressionnée par la taille et la forme de l'arbre.

—Quel drôle d'arbre !

—C'est un arbre à mortigs. C'est lui qui va nous permettre de soigner tes plaies aux pieds.

—Et en plus, il fait beaucoup d'ombre aussi, cela nous permettra de nous reposer un peu. Peut-être qu'on pourrait y passer la nuit, suggéra-t-elle pour détendre l'atmosphère.

—Ça, j'en doute. Allons-y, tes pieds en ont besoin, dit-il en avançant vers l'arbre.

—Tu doutes de quoi ?

—Tu verras. Mais quoi qu'il arrive, tu ne dois t'approcher sous aucun prétexte.

—Je n'y compte pas.

—Tu ne comprends pas, quoi qu'il arrive, tu ne dois pas t'approcher, même si je te le demande.

—Même si tu me le demande ? Mais de quoi tu parles ?

—Quoi-qu'il-arrive ! martela-t-il.

—Oui, j'ai compris ! s'énerva-t-elle.

L'arbre était gigantesque avec un tronc plus large qu'une colonne d'église. Il devait avoir des centaines d'années. Ses branches longues et recourbées aboutissaient au sol et se terminaient par une sorte de bulbe.

Comment un arbre pareil peut-il trouver assez d'eau pour vivre dans une contrée semi-aride comme celle-ci ? se demanda Lynhéa.

Arkès continuait d'avancer vers l'arbre et restait silencieux, étrangement sur ses gardes, ménageant ses mouvements au fur et à mesure de sa progression.

Arrivé à une vingtaine de mètres de l'arbre, lorsqu'il le vit tressaillir, il s'arrêta et posa son sac sur le sol précautionneusement. Il en sortit un morceau de viande séchée, saisit son épée fermement et se tint immobile.

Lynhéa ne comprenait rien. Elle observait Arkès se déplacer de gauche à droite comme pour trouver le bon endroit. Quel bon endroit ?

Soudain, elle sentit une douce chaleur l'envahir et sa vue se brouilla légèrement. Une odeur douce parvint jusqu'à elle, enivrante. Elle secoua la tête pour tenter de reprendre ses esprits. Devant elle, Arkès la regardait avec un large sourire, tendant une main vers elle pour l'inviter à le suivre. Elle s'approcha doucement, en titubant comme si elle était saoule. Arkès recula de quelques pas, l'invitant toujours.

—Tu m'as dit de ne pas approcher, marmonna-t-elle à moitié dans les vapes.

Mais il ne répondit pas et continua de reculer. Elle avança pour le suivre, perplexe.

Arkès fixait l'arbre, s'apprêtant à lancer le morceau de viande à terre à quelques pas devant lui. Il se concentrait sur le tressaillement des branches. Il luttait contre l'odeur enivrante et cette voix sensuelle dans sa tête qui l'invitait à avancer. Il savait que c'était une hallucination et qu'il devait s'en méfier. Cela l'empêchait en partie de se concentrer mais il savait exactement comment agir. Il l'avait souvent fait avec ses compagnons ... pour s'amuser.

Soudain, alors qu'il s'apprêtait à lancer le morceau de viande, il aperçut une ombre à côté de lui ... Lynhéa !

Un regard furtif vers l'arbre lui prouva qu'il allait passer à l'attaque. Il bondit sur elle pour la projeter hors du cercle mortel de l'arbre à mortigs.

Brutalement, plusieurs branches se tendirent dans un claquement sec et leurs bulbes s'ouvrirent pour dévoiler des dents acérées. Arkès se releva d'un bond, il n'avait plus le temps de sauter hors de portée des tentacules. Dans un réflexe inouï, il parvint à éviter le premier bulbe et coupa la branche qui le tenait. Le bulbe roula jusqu'à Lynhéa qui, ayant repris ses esprits, bondit en arrière en criant.

Arkès le savait, le premier bulbe n'était qu'un leurre. Il ne le mordrait pas. Il ne devait servir qu'à frapper la proie pour l'étourdir tandis que deux autres branches fonçaient sur lui pour le happer.

Son épée s'enfonça dans la mâchoire hideuse du végétal. Mais le troisième bulbe arrivait en même temps et Arkès n'aurait pas le temps de se défendre.

Soudain, jaillit de son épaule un fin filament noir qui empala le bulbe. Le filament se décomposa en plusieurs parties qui explosèrent le bulbe en une multitude d'éclaboussures ocre.

Profitant de l'aubaine, Arkès bondit hors de la zone dangereuse et roula encore quelques fois pour être sûr de se mettre à l'abri. Soulagé d'être encore en vie, il resta un instant allongé sur le sol à fixer le ciel. Puis, il regarda le trou dans sa chemise au niveau de l'épaule.

— Mais qu'es-tu donc ? se demanda-t-il en pensant à son tatouage. Quoi qu'il en soit, merci pour ton intervention.

Puis, il se tourna vers Lynhéa.

—Je t'avais dit de ne pas avancer.

—Je n'ai rien compris à ce qui vient de se passer. Tu peux m'expliquer ?

—De par l'odeur qu'il dégage vers ses proies, l'arbre à mortigs provoque des hallucinations.

—Pourquoi tu ne l'as pas dit ? Je te voyais m'inviter à te suivre, je ne pouvais pas penser que c'était une hallucination.

—C'est vrai, pardon, j'aurais mieux fait de te prévenir. Ce n'est pas grave, nous avons ce qu'il nous faut. Tu veux vraiment y passer la nuit ?

—Non, … euh … ça ira …, murmura-t-elle.

S'étant installés à l'ombre d'un grand buisson, une nouvelle opération douloureuse s'annonçait pour Lynhéa qui fit la moue. Arkès éventra le bulbe d'où sortit un liquide jaunâtre. Il le récupéra dans une des gourdes d'eau encore à moitié remplie avec beaucoup de précaution afin de le garder stérile. Il referma la gourde et la secoua énergiquement pour mélanger la mixture antiseptique. Il fit couler quelques gouttes de liquide sur chaque orteil crevassé, les laissa à l'air libre un instant puis les recouvrit un par un d'un morceau de tissu qu'il tira de son sac avant de les enrouler soigneusement pour maintenir les pansements improvisés en place.

—Maintenant, il faut attendre deux heures avant de reprendre la route. Ne remets ni tes chaussettes ni tes chaussures, dit-il en se relevant pour aller s'asseoir un peu plus loin.

Lynhéa sentait le malaise qui planait au-dessus d'eux et se sentait un peu gênée.

—Arkès …

Il ne bougea pas et resta silencieux.

—Merci.

Il hésita un instant avant de répondre, se rendant compte que son attitude avait été déplacée. En fin de compte, c'était elle la plus désorientée par ces évènements, sa vie dans un monde inexistant et des souvenirs qui ne lui appartenaient pas. Même si elle était de son côté, ce dont il n'était même pas certain, la situation de la jeune femme était pire que la sienne et elle n'en était finalement pas responsable. Il releva la tête pour la regarder et murmura.

—Excuse-moi, je n'ai aucune raison de te traiter de la sorte. On est tous les deux dans la même situation, j'ai tendance à l'oublier. Ça n'arrivera plus.

—Excuses acceptées. Si c'est nécessaire pour la marche et pour notre discrétion, je changerai de vêtements.

—Non, la rassura-t-il ne souriant discrètement, ce ne sera pas nécessaire. Pour tes pieds, on te fera des chaussettes sur mesure à Nomart. Pour le reste, tant que les gens seront intrigués par ton apparence nous ne devrions pas avoir d'ennuis … car qui voudrait des vêtements aussi peu pratiques, encombrants et laids.

Elle baissa la tête, observa sa tenue, puis le regarda. Il riait silencieusement.

—Ordure …

Elle tenta de se lever, mais la douleur aux pieds était encore trop forte et elle n'arriva pas à maintenir son équilibre. Voyant cela, Arkès la rassura.

—Repose-toi. Dans deux heures nous repartons. La douleur aura disparu et demain, il n'y paraîtra plus.

Lynhéa acquiesça.

La nuit envahit rapidement la plaine tel un voile se dépliant avec finesse. Comme toutes les nuits, Lynhéa résistait au sommeil, craignant de faire encore et toujours le même cauchemar. De plus, ce dernier empirait au fil des jours. Elle regardait Arkès qui semblait s'endormir aisément et cela la rassurait un peu.

Usée par la marche, la fatigue s'empara pourtant d'elle, et elle finit par sombrer. Puis, très vite, ses paupières commencèrent à trembler, on pouvait distinguer leurs mouvements saccadés et ses yeux onduler sous la peau. Tout son corps fut secoué de spasmes violents.

Ça recommençait !

— Penses-tu que je te laisse le choix ? demanda-t-il d'une voix caverneuse sans pour autant attendre une réponse.

Il avançait toujours sur elle, nu, tandis que les deux costauds la maintenaient au sol dans cette ruelle sombre et étroite. Soudain, comme soufflés, tous les vêtements de la jeune femme s'arrachèrent violemment, la laissant nue à sa merci. Elle leva des yeux implorants vers l'un des hommes qui la maintenait, mais celui-ci lui répondit d'un large sourire pervers. Puis, son visage changea pour devenir celui de son agresseur riant aux éclats. Elle détourna le visage vers le deuxième homme mais ferma vite les yeux lorsque le même phénomène se produisit.

L'homme s'approchait d'elle. Il envahissait son espace, elle était définitivement bloquée. Soudain, il s'éleva du sol, lévitant au-dessus d'elle comme maintenu par des fils invisibles. Puis, descendant lentement, son corps finit par se poser sur celui de la jeune femme.

Elle voulait crier, appeler à l'aide, mais aucun son ne sortait de sa gorge. Elle se tordit lorsqu'il la pénétra sans ménagement puis abandonna le combat. Baissant les bras, sentant les larmes piquer ses yeux et troubler sa vision, elle subit les assauts répétés de son agresseur.

Devant sa capitulation, les deux gardes du corps la lâchèrent et se redressèrent pour profiter du spectacle en ricanant.

Au milieu des rires gras des deux hommes, elle l'entendait lui susurrer à l'oreille combien elle était faible et soumise et bien qu'elle eut souhaité se mettre en colère, seul l'abandon et le dégoût persistaient. Cela semblait durer des heures et ne pas vouloir s'arrêter quand soudain :

— Réveille-toi maintenant, et continue à penser à moi, susurra à nouveau la voix macabre qui la réveillait à chaque fois.

Elle ouvrit les yeux et regarda instinctivement dans la direction d'Arkès pour se rassurer. Tout son corps lui faisait mal, accusant les efforts des jours et nuits précédents. Mais cette fois, Arkès la regardait.

— Que se passe-t-il ? demanda celui-ci.

— Que veux-tu dire ? lui renvoya Lynhéa faisant semblant de rien.

Arkès se redressa et enserra ses genoux pour y poser son menton.

— Tu fais de terribles cauchemars toutes les nuits.

— Oui, et alors ?

— Tu ne veux pas en parler ?

— Pourquoi, ce sont juste des cauchemars. Pas de quoi en faire toute une histoire. Et puis, je ne suis plus une enfant, je n'ai pas besoin d'être maternée. Plutôt que de jouer les mamans, tu n'as pas un remède radical contre les courbatures d'une femme qui manque de condition physique.

— Si, acquiesça Arkès ne voulant pas insister, un massage, mais comme tu refuses que je te touche, tu dois patienter. La prochaine fois qu'on s'arrêtera, tu feras des étirements. Maintenant, c'est trop tard.

— Tu as raison, je penserai aux étirements. Bien essayé, soldat.

Arkès sourit, se releva et se remit en route. Lynhéa suivit en soufflant, tentant comme à chaque fois d'oublier ses nuits. Le jeune homme n'avait aucune mauvaise pensée en proposant un massage mais il est vrai que son offre pouvait paraître intéressée. La réaction de Lynhéa leur permit de se détendre en reprenant leur marche.

La tension constante du voyage pesait lourd sur leurs épaules. Il fallait absolument qu'ils trouvent un moyen de se détendre un peu, d'oublier pourquoi ils étaient là. En se focalisant trop sur le but de leur voyage, sur la mort de Dialène, sur la courte vie de Lynhéa et ses cauchemars, ils pourrissaient leur marche. Ils n'arriveraient à rien s'ils ne trouvaient pas le moyen de mieux s'entendre. Ils devraient mettre leur ressentiment de côté pour se concentrer sur eux-mêmes. Ils seraient plus forts ensemble que séparément, surtout que leur ennemi était visiblement d'une force incroyable et doué de magie.

Arkès le savait. Mais il ne savait comment s'y prendre. Dans un sens, il espérait une intervention extérieure qui leur permettrait de laisser les premiers jours derrière eux.

Quelques heures plus tard, Arkès s'arrêta brusquement. Lynhéa termina les quelques pas qu'il lui fallait pour rattraper son retard et s'inquiéta :

—On s'arrête déjà ? questionna-t-elle en le regardant fixement. Ça va mieux, tu sais. Grâce à tes remèdes, je n'ai presque plus mal. On peut continuer.

Mais Arkès restait immobile et silencieux.

—Arkès ? insista-t-elle.

—Des soldats du Solskirt, dit-il en indiquant la direction vers une dizaine d'hommes à cheval.

—Des soldats du quoi ? demanda Lynhéa.

—Du Solskirt. C'est une autre seigneurie. J'aurais dû y penser. Nous sommes passés sur les terres d'un autre seigneur. Ecoute, dit-il sérieusement en se tournant vers la jeune fille, vu tes vêtements, ils comprendront vite qu'on n'est pas de leur domaine et risquent de nous emmener pour savoir ce que nous faisons ici. Nous devons les suivre sans faire d'histoire.

—Et s'ils nous attaquent.

—C'est peu probable. Mais notre voyage sera déjà assez compliqué comme cela sans nous mettre en plus un seigneur et toute son armée à dos.

—Je comprends, c'est d'accord.

Les soldats arrivèrent rapidement sur eux, les encerclant de leurs chevaux pour les intimider. Puis, ils resserrèrent le cercle avant que l'un d'eux ne prenne la parole.

—Notre seigneur désire vous voir, dit-il sans autre forme de présentation.

Arkès était intrigué. Les soldats ne demandèrent même pas ce qu'ils faisaient là ni d'où ils venaient.

—Comment peut-il avoir envie de nous voir ? Il ne sait pas que nous sommes là.

—Cela fait plusieurs jours que nous vous suivons. Notre seigneur désire savoir ce que deux étrangers font sur ses terres. Surtout des étrangers aussi particuliers que vous, dit-il en indiquant Lynhéa d'un signe de tête. Suivez-nous ! ordonna-t-il ensuite.

—C'est d'accord, acquiesça Arkès.

L'homme s'écarta pour montrer deux chevaux sans cavalier. Ils avaient apparemment préparé leur intervention. Arkès monta immédiatement sur un cheval accroché par une longue corde à celui d'un soldat. L'autre bête destinée à Lynhéa était fixée à celui d'Arkès. Lynhéa restait debout à côté du cheval, l'air inquiet.

—Je ne sais pas monter à cheval, dit-elle tout bas à l'attention d'Arkès.

—Monte simplement dessus. Pour le reste, nous n'aurons rien à faire. Les chevaux se suivront l'un l'autre. Si tu sens qu'elle a peur, parle à ta jument, ça la rassurera.

—Lui parler ?

—Oui, et caresse-lui l'encolure. Ça devrait suffire pour l'instant.

Le jeune femme prit les devants et complimenta maladroitement le cheval en le caressant avant d'essayer de monter dessus. Et cela fonctionna car la bête ne silla pas.

Quelques instants plus tard, le convoi se mit en route. À aucun moment Arkès ne tenta de s'échapper. D'abord méfiante, Lynhéa s'adapta très vite au pas cadencé de la douce jument et pour calmer ses craintes lui parlait comme à une amie. Et la bête encensait régulièrement comme pour lui montrer qu'elle approuvait.

Un jour plus tard, ils apercevaient déjà la tour de guet de l'enceinte du château du seigneur de Solskirt.

Arkès connaissait bien la demeure de son seigneur. Mais elle paraissait bien modeste en comparaison de celle-ci. Si elle n'avait été construite en bois, on aurait pu l'assimiler à un château. Les grandes portes des palissades s'ouvrirent lentement à l'approche des cavaliers. Sur leur passage, les soldats et les villageois les regardaient avec intérêt ... surtout la jeune femme.

Arrivés à destination, ils purent enfin mettre pied à terre, ce qui ne fut pas sans mal pour Lynhéa. Déjà courbaturée par leur longue marche, elle découvrit encore d'autres muscles endoloris en essayant simplement de ne pas tomber de sa monture. Les brûlures cuisantes à l'intérieur de ses cuisses et ses fesses endolories rendirent ses premiers pas laborieux. Ce qui ne manqua pas d'intriguer les soldats qui pourtant ne firent aucune réflexion.

—Soyez les bienvenus en mon humble demeure de Lokermin, salua exagérément le seigneur en allant à leur rencontre.

—*Humble demeure ?* pensa Lynhéa. *Tu parles !*

La même pensée traversa l'esprit d'Arkès.

—Je suis Elveblas, seigneur des Solskirts ... et très heureux de vous rencontrer.

D'un physique avantageux mais frêle, Elveblas montrait beaucoup d'affectation dans chacun de ses mouvements, faisant exagérément voleter sa longue chevelure noire. Sa voix de fausset sonnait désagréablement aux oreilles des deux compagnons.

Ils devraient se méfier et faire preuve d'un maximum de politesse et de bienséance pour éviter autant que possible d'attirer l'attention sur eux et leur voyage. Même s'ils savaient que ce ne serait pas aisé étant donné l'apparence de Lynhéa.

—Nous sommes honorés de vous rencontrer, Seigneur, répondit Arkès poliment en s'inclinant, imité par Lynhéa, après une brève hésitation.

—Je vous en prie, entrez ! les invita-t-il en indiquant la direction de la porte.

En pénétrant dans la demeure le long d'un couloir court mais large, ils débouchèrent immédiatement dans une immense salle de banquet. Les murs étaient couverts de tapisseries représentant des scènes de combat. Accrochées au mur en bois du fond de la pièce, une multitude de bougies allumées éclairaient les impressionnantes armoiries seigneuriales. Celles-ci étaient constituées d'un bouclier d'azur strié de deux vagues argent, référence à la pêche pratiquée de tous temps sur le lac Solskirt, elles-mêmes chapées d'or, symbole du commerce.

Le seigneur fit asseoir ses invités sur des chaises au dossier démesurément haut encadrant une longue table et un laquais leur apporta immédiatement une coupe de vin. Il s'assit en face d'eux au bout de la table.

—Au moins savez-vous recevoir, dit Lynhéa sur un ton noble faussement exagéré.

—Je vous remercie du compliment, mais c'est tout naturel, répondit-il. Avez-vous faim ?

—Nous sommes affamés ! répondit immédiatement Lynhéa, clouant Arkès sur place.

Le seigneur frappa deux fois dans ses mains et un serviteur en livrée apparut. Elveblas exigea qu'on leur prépare un repas au plus vite puis il s'adossa dans son fauteuil et croisa les jambes.

—Vous qui semblez venir de loin, commença-t-il, que pensez-vous des paysages qu'offrent mes terres ?

Arkès ne comprenait pas pourquoi il tournait ainsi autour de la question qu'il ne manquerait pas de leur poser à un moment ou un autre. Cela devait faire partie des mondanités habituelles des seigneurs. Mais il décida de rester courtois.

—C'est une très belle région, donna-t-il comme seule réponse.

—Oui, poursuivit Lynhéa, elle est vraiment magnifique. C'est un réel plaisir que de la traverser. A-t-elle toujours été ainsi où y avez-vous mis tout votre cœur ?

Arkès était subjugué par l'aisance avec laquelle elle flattait l'égo de leur hôte. Finalement cela l'arrangeait bien. Ne se sentant pas du tout à l'aise dans cet exercice, il en profita pour s'effacer de la conversation.

—Oh, grand dieu, non ! rétorqua Elveblas levant les yeux au ciel. J'ai eu beaucoup de travail ! Mais c'est une très longue histoire, je ne voudrais pas vous ennuyer.

—Je vous en prie, seigneur, je suis horriblement curieuse, dit-elle en minaudant.

—Aimez-vous l'histoire, chère amie ?

—J'adore ! répondit Lynhéa en forçant son enthousiasme.

Elle jouait le jeu à merveille. Impossible pour le seigneur comme pour Arkès d'ailleurs, de savoir si elle disait la vérité ou non. Il repensa dès lors aux nombreux doutes qui lui avaient traversé l'esprit durant leur marche. La même question lui revenait toujours à l'esprit : Et si elle jouait la comédie avec lui pour le piéger et le conduire vers une fin peu enviable ? La voyant manier le verbe avec tant d'aisance qu'elle arrivait même à leurrer leur hôte pourtant expert dans l'art de la fausse politesse, il se confortait dans cette idée.

En tant que seigneur, Elveblas disposait de ces qualités sans lesquelles il perdrait rapidement la face devant les autres seigneurs ... et par là même sa seigneurie. Or, à voir ses yeux s'illuminer, cela devait faire longtemps qu'il n'avait partagé sa passion avec quelqu'un d'aussi fort que lui dans l'art de la conversation futile et cela le ravissait. En quelques secondes, la jeune femme avait gagné l'attention du seigneur. Il sauta dès lors sur l'occasion semblant oublier temporairement la raison de la présence de ces deux étrangers chez lui.

—Dans ce cas, aimeriez-vous que je vous montre la bibliothèque ?

—J'en serais enchantée, répondit Lynhéa toujours aussi convaincante.

Arkès suivit le mouvement. Il valait mieux ne pas la laisser seule. Elle ne connaissait pas du tout le monde dans lequel ils vivaient et il voulait éviter qu'elle n'en dise trop sur la raison de leur voyage. Mais en y réfléchissant bien, lui n'y connaissait rien non plus du monde où ils se trouvaient à l'instant. Les mondanités et autres formes de protocole n'étaient pas son lot quotidien et Lynhéa semblait s'en sortir très bien.

Après avoir monté une volée d'escaliers en bois grinçant sous leurs pieds, ils débouchèrent dans une salle plus modeste. Au centre, s'alignaient de grandes tables sur lesquelles des cartes démesurées prenaient la poussière. Sur les murs, des étagères ployaient sous le poids de livres et parchemins divers.

Ne sachant pas lire, c'était exactement le genre d'endroit qui n'avait pas le moindre intérêt pour Arkès. Il repensa alors à Dialène qui avait essayé à plusieurs reprises de lui apprendre la lecture, mais il avait toujours refusé. Ce n'était d'aucune utilité pour sa vie de soldat. Pourtant, aujourd'hui, il n'en était plus aussi sûr. Il avait le sentiment que le développement de ses capacités intellectuelles pouvait lui apporter beaucoup, même dans l'art du combat. Pourquoi s'en rendait-il compte maintenant ? Il n'aurait su le dire. Ce que la statue lui avait apporté n'y était sans doute pas étranger. Peut-être l'envisagerait-il dans le futur, s'il sortait vivant de cette aventure.

Perdu dans ses pensées, il s'était distrait de la conversation entre le seigneur et Lynhéa.

—… et là, c'est la grande Mer Intérieure, terminait le seigneur.

—C'est fascinant ! s'exclama Lynhéa. Arkès, tu devrais venir voir, l'interpela-t-elle avec un léger sourire moqueur.

Il lui rendit discrètement son sourire, puis ignora la remarque.

—C'est un fameux domaine que vous avez là, dit-elle ensuite, reprenant la conversation avec leur hôte. Cela ne doit pas être évident à gérer tous les jours.

—En effet, chaque journée apporte son lot de surprises et de soucis.

—Je veux bien vous croire. Pouvez-vous m'expliquer un peu plus en détails l'organisation du pays, si je ne me montre pas trop indiscrète ? Comme vous le voyez, dit-elle en montrant ses vêtements, je ne suis pas d'ici. Mais je suis très désireuse d'apprendre.

—Dans ce cas, soyez mon invitée. Mais pour l'heure, un repas nous attend. Je vous propose donc d'aller vous rafraîchir un peu.

Il s'approcha d'elle et lui prit une main entre les siennes.

—Je devine sous cette poussière, une femme aux traits fins, désireuse de se rafraîchir. Ma gouvernante vous aura certainement déjà préparé un bain bien chaud et pourra laver vos vêtements.

Arkès restait à l'écart et observait. Il fut soudain envahi d'un sentiment qui l'étonna fortement. Il n'appréciait pas que ce monseigneur prenne ainsi la main de Lynhéa. Il avait le sentiment que c'était lui qui s'occupait d'elle et qui devait la protéger dans ce monde qui n'était pas le sien. Mais alors qu'il pouvait à peine l'approcher, là, elle se laissait faire par ce fourbe. Même s'il savait qu'elle jouait un jeu, il fut surpris de ce sentiment naissant de jalousie en confrontation avec ses doutes sur l'honnêteté de Lynhéa. Il y avait quelque chose en lui qui le poussait vers elle et d'un autre côté, il devait s'en distancier par précaution. Peut-être cette jolie jeune femme était-elle simplement née dans sa tête du fait de l'illusion créée par leur ennemi et qu'aujourd'hui elle n'avait rien à voir avec lui. Si c'était le cas, cela expliquait au moins ce sentiment naissant d'attirance.

Et si c'était lui qui l'avait ramenée de l'illusion ? Dans ce cas, il devrait chasser cette attirance de son esprit pour se concentrer uniquement sur sa mission et ne pas se faire piéger. Il devrait alors se séparer d'elle.

Comme le doute persistait encore, il ne pouvait la chasser au risque de commettre une grave erreur. Il devait composer avec ces deux sentiments et les faire cohabiter sans qu'ils ne s'affrontent sous peine de perdre la tête. Il ne l'abandonnerait pas dans ce monde qu'elle ne connaissait pas alors même que sa présence pouvait être entièrement de sa faute.

—C'est très aimable à vous, mais malheureusement, je n'ai pas de vêtements de rechange.

—Que voilà une expression bien singulière : des vêtements de rechange. Vous m'intéressez décidément de plus en plus, la flatta-il.

Arkès décida de leur tourner le dos et d'admirer les tapisseries pour qu'ils ne voient pas son visage qui devait aisément dévoiler ses pensées.

—Oh, vous me flattez, dit Lynhéa jouant tellement bien le jeu qu'elle parvint même à rougir.

—Ne vous en faites donc pas pour si peu. Nous vous en prêterons d'autres. Vous pourrez récupérer les vôtres demain matin.

À ces mots, Arkès se retourna d'un bond et interpela Elveblas un peu vivement :

—Nous ne pouvons pas rester ici !

—Oh ! s'exclama le seigneur. Mais pourquoi donc ?

—Nous devons être à Livend dans moins de dix jours,

répondit-il avec plus de douceur dans la voix. Votre offre est très généreuse et nous vous remercions de nous accueillir de la sorte, mais passer la nuit ici nous ralentirait trop. Nous sommes désolés.

— Ne le soyez pas, je comprends très bien. Voici donc ce que je vous propose. Faites-moi l'honneur de rester ici ce soir et demain, je mettrai deux chevaux à votre disposition. Je ne suis malheureusement pas en possession d'animaux adéquats pour le désert et les deux chevaux que je vous prêterai sont vieux. Vous comprendrez aisément que je garde les plus vigoureux.

— Bien entendu, l'apaisa Lynhéa pour tempérer l'intervention maladroite d'Arkès.

— Par contre, ce soir, j'écrirai un ordre pour vous avec lequel vous pourrez vous rendre à l'écurie de Nomart. Ils mettront deux bons chevaux à votre disposition. De cette manière, dans cinq à six jours, vous serez à Livend. Plus tôt donc que ce que vous n'aviez imaginé. Alors, qu'en pensez-vous ? Je vous en prie, dites oui. J'aimerais tant pouvoir profiter encore un peu de votre compagnie, termina-t-il en prenant à nouveau la main de Lynhéa entre les siennes.

Lynhéa lança un regard insistant à Arkès. Il devenait difficile de trouver une excuse pour ne pas rester. Arkès demeurait cependant sceptique face à une telle générosité. Lynhéa, quant à elle, se réjouissait d'un bon bain, d'un bon repas, d'un bon lit et de vêtements propres. Face à l'enthousiasme de la jeune fille qui le fusillait du regard, Arkès baissa la garde :

— Votre générosité nous honore, nous acceptons donc avec plaisir, dit-il un imperceptible ton d'abandon dans la voix.

— Dites-moi, continua Lynhéa, je pensais que seuls les hommes d'Eglise savaient écrire. Allez-vous donc faire écrire cet avis ou êtes-vous capable de l'écrire vous-même ?

— Je l'écrirai moi-même, dit-il fièrement.

— Vous êtes décidément quelqu'un d'incroyablement

cultivé. C'est un réel plaisir que d'être vos invités.

—Je vous remercie pour le compliment et vous le retourne. Il est en effet rare d'avoir des convives avec qui converser ainsi.

Arkès se demandait malgré tout si elle n'en faisait pas un peu trop … tout comme leur hôte d'ailleurs.

A table, Lynhéa mangea avec appétit, vêtue d'une robe de chambre mise à sa disposition. Le tissu fin qui la constituait, peut-être de la soie, mettait avantageusement en évidence sa silhouette. Arkès le remarqua immédiatement et tout le temps du repas, il se sentit mal à l'aise. Ne participant pas à la conversation, trop mondaine à son goût, ses yeux voyageaient du seigneur à sa compagne. Mais lorsqu'ils s'arrêtaient sur elle, Arkès ne contrôlait plus leur descente sur ses épaules et sa poitrine. Les deux pans de la robe qui se croisaient entre ses seins les dessinaient à merveille provoquant une bouffée de chaleur chez lui. A chaque fois, il avait l'impression que Lynhéa le voyait et il replongeait immédiatement le regard dans son assiette pour qu'elle ne voie pas sa gêne.

La viande séchée et l'eau tiède, coutumières de leur voyage, avaient cédé la place à des mets délicats et du vin parfumé.

La discussion s'éternisait entre ce seigneur trop aimable et Lynhéa, et il ne leur avait même pas encore demandé ce qu'ils faisaient sur ses terres. C'était pourtant la raison pour laquelle il les avait conviés.

À la fin du repas, n'y tenant plus, Arkès finit par poser la question qui risquait de fâcher leur hôte :

—Vous nous avez fait venir ici pour connaître le motif de notre présence. Et vous discutez joyeusement sans jamais nous le demander.

—Arkès ! s'offusqua Lynhéa.

—Ce n'est rien, répondit Elveblas. En effet, c'était bien l'objet de votre venue. Mais c'est la première fois depuis bien longtemps que je peux discuter agréablement de sujets qui me passionnent. Cela ne m'arrive pas souvent. Peu m'importe donc à présent la raison de votre passage. J'ai envie de profiter pleinement de votre compagnie, dit-il en regardant Lynhéa. Mais si vraiment cela peut vous rassurer, désirez-vous que je vous le demande ?

— Non, répondit Arkès assez sèchement. C'est pour raison personnelle.

— Arkès ! s'offusqua une fois de plus Lynhéa.

— Laissez, ma chère, dit le seigneur calmement. Je comprends très bien sa réaction. Et pour vous montrer que vous ne devez pas vous méfier de moi, en plus d'un ordre pour des chevaux, je rédigerai un laissez-passer pour tout mon domaine. Vous ne serez donc plus inquiétés.

Lynhéa fusilla Arkès du regard afin qu'il se ressaisisse.

— Veuillez m'excuser, finit par dire Arkès. Je n'aurais pas dû me montrer si impoli.

Elveblas s'adossa à sa chaise et croisa les doigts devant lui jouant des pouces. Puis, regardant Arkès et Lynhéa à tour de rôle :

— Vos excuses sont acceptées. Mais dites-moi, vous êtes soldats n'est-ce pas ?

— En effet, répondit Arkès les yeux interrogateurs.

Lynhéa fronça les sourcils, elle ne comprenait pas où le seigneur voulait en venir. Elveblas se racla la gorge avant de reprendre.

— On ne peut demander à un soldat de respecter toutes les règles de bienséance. Tout comme on ne peut demander à un noble de savoir se battre. Chacun son domaine.

Même si la réplique semblait neutre, Arkès y décela une pointe de sarcasme. Il conclut rapidement qu'il valait mieux pour tous qu'il s'éclipse poliment.

Prétextant la fatigue, il salua ses deux interlocuteurs et demanda, sous le regard réprobateur de Lynhéa, qu'on le mène à sa chambre. Elveblas se leva puis frappa dans les mains. Immédiatement, une servante entra et Arkès la suivit.

Lorsqu'il entra dans la chambre, la servante ferma la

porte derrière elle et resta plantée là. Arkès ne s'en aperçut pas immédiatement. Se croyant seul, il commença à se dévêtir.

—Puis-je faire quelque chose pour vous ? finit-elle par demander.

Il était tellement absorbé par ses pensées qu'il sursauta lorsqu'il entendit sa voix.

—Sang de reil ! Tu m'as fait peur, la houspilla-t-il, la main déjà sur son épée.

—Je suis désolée, telle n'était pas mon intention, dit-elle timidement.

—Ce n'est pas grave. Mais … euh … non, tu peux disposer, merci.

—Vous êtes sûr, insista-t-elle un peu mal à l'aise en laissant tomber sa robe à ses pieds révélant ainsi son corps nu.

Arkès en fut tellement surpris qu'il ne sut que dire. Il resta un instant à regarder le corps de la jeune fille. Elle était d'une beauté déroutante, ses longs cheveux clairs tombant sur ses seins qu'ils dissimulaient à peine. Mais elle semblait également très jeune.

Reprenant ses esprits, il s'approcha d'elle.

—Pourquoi voudrais-tu faire cela ?

—Ça fait partie de mon travail.

—Quel âge as-tu ?

—Seize ans, je crois.

Arkès fut dégoûté. Sous ses grands airs chevaleresques et policés, Elveblas n'était qu'un pauvre type qui prostituait ses servantes.

—Personne ne devrait t'obliger à faire cela. Je ne te le demanderai pas en tout cas. (Elle le regardait d'un air étonné) Et si un jour tu veux quitter cette vie, enfuis-toi et emmène ta famille. Si tu te réfugies aux Engeraux, va voir le seigneur Lacneol. C'est un homme bien, il vous accueillera et vous pourrez recommencer une nouvelle vie.

—Merci, monsieur, mais j'ai peur que ce soit impossible.

Il me retrouverait et me tuerait très certainement ainsi que ma famille.

—Je ne peux rien te proposer d'autre. J'ai des choses urgentes et plus importantes à faire. Si tu ne trouves pas le courage de quitter ces liens … alors je ne peux rien pour toi.

—Merci quand même.

—Je n'ai rien fait, ne me remercie pas. Rhabille-toi et va-t'en !

—Puis-je rester ? demanda-t-elle les yeux tristes en enfilant sa robe.

—Pourquoi ? Je n'ai plus besoin de rien.

—Si je pars, le seigneur ne croira pas que j'ai vraiment fait tout ce qu'il fallait pour vous contenter. Il ne croira pas que vous ayez refusé une fille telle que moi, dit-elle sans prétention aucune.

—Espèce d'ordure, dit-il entre ses dents.

—Je peux dormir par terre, ne vous en faites pas pour moi.

Arkès réfléchit un instant. Avait-il vraiment le choix s'il ne pouvait vivre avec l'idée qu'elle se fasse battre ?

—Tu dormiras dans le lit, je dormirai par terre.

Elle n'eut pas le temps de le contredire qu'il se retournait et achevait de se déshabiller. Il déroula sa couverture et s'allongea à côté du lit. Sans se dévêtir, la fillette se glissa dans le lit.

Il réfléchissait encore à ce seigneur si poli en apparence mais qui agissait comme un esclavagiste et cela le mit en colère. Mais soudain, la fillette vint interrompre ses pensées en venant se blottir contre lui.

—Que fais-tu ?

—M'autorisez-vous à rester près de vous ?

—Pourquoi voudrais-tu faire cela ? Je t'ai dit que je ne voulais pas t'obliger à …

—Personne n'a jamais eu la décence de refuser mes services, vous êtes le premier à me montrer un peu de respect. Je voudrais juste avoir un moment avec un peu de douceur, sans plus.

Arkès se sentit très mal à l'aise. Il n'avait jamais partagé la couche d'une femme et en fut extrêmement gêné. Cependant, prenant en compte la détresse de la fillette, il signa timidement oui de la tête. Elle se blottit dans le creux de son bras et déposa sa main sur le ventre du jeune homme.

—Si nous dormons l'un contre l'autre, ne serions-nous pas mieux dans le lit ?

—Je peux très bien dormir ici, rétorqua Arkès.

—Certainement, mais pas moi, minauda-t-elle.

—Tu n'as pas l'impression de pousser un peu quand même là. (Elle lui sourit) D'accord, souffla-t-il.

Une fois allongés dans le lit, elle se blottit à nouveau contre lui et, quelques secondes plus tard, elle dormait déjà profondément. Arkès lui caressa délicatement les cheveux qu'il trouva d'une incroyable douceur. S'il pouvait lui offrir rien qu'une nuit de vrai repos, il s'en sentirait déjà satisfait.

—*Pauvre petite*, pensa-t-il.

Il eut du mal à trouver le sommeil. Il culpabilisait d'avoir laissé Lynhéa seule et s'inquiétait pour elle. D'un autre côté, elle semblait bien plus dans son élément que lui. Même s'il pensait au départ qu'elle jouait la comédie, il n'en était plus convaincu à présent. En quelques jours, un lien certain s'était tissé entre eux. Jusqu'ici, il ne s'était attaché à personne, pas de cette manière-là envers une femme en tout cas. Peut-être parce qu'elle était en quelque sorte née dans sa tête, étaient-ils liés depuis le départ ? Cela paraissait encore plus étrange à Arkès d'imaginer que la personne bien réelle qui l'accompagnait sortait de son esprit. Il avait du mal à admettre une telle idée.

De nombreuses images lui traversèrent l'esprit. Il repensait à Dialène et au chemin qui les attendait encore avant d'arriver chez les kNalines. Là, ils trouveraient les réponses à toutes leurs questions … ou du moins l'espérait-il ardemment.

De son côté, Lynhéa profitait au mieux de la soirée. Elle

n'appréciait guère cette politesse permanente dont il fallait faire preuve mais cela allait lui permettre de mieux comprendre dans quel pays elle vivait aujourd'hui. Elle avait bien compris qu'Arkès n'en connaissait pas grand-chose. A part son village, il ne savait manifestement pas comment s'articulait le pays. Elle continua donc à jouer le jeu. Après un succulent dessert, ils regagnèrent la bibliothèque pour continuer leur si plaisante discussion.

— Donc, le pays est divisé en trois ?

— En fait, non. Il y bien trois seigneuries, mais il faut encore ajouter le domaine royal que vous voyez ici sur la carte et le désert du Ksilm qui est une zone sans loi.

— Une zone sans loi ? interrogea Lynhéa.

— Oui, c'est une idée du roi pour être tenu le plus possible à l'écart des troubles qu'il considère comme insignifiants. Tous ceux qui ont des différends à régler doivent d'abord en référer à leur seigneur. Si ce dernier ne règle pas le problème, et juge qu'il n'est pas nécessaire d'impliquer le roi, les parties peuvent régler cela de manière plus … brutale … dans le désert. Là-bas, aucune loi n'est d'application. Il n'y a donc pas de meurtre.

Lynhéa était choquée face à de telles pratiques … même si elle admettait que cela pouvait être commode dans certaines situations.

— Mais oublions ces pratiques barbares… D'autant que ce n'est pas la pire que le roi ait imposée, ajouta-t-il.

— Que voulez-vous dire ?

— S'il vous plaît, ne gâchons pas cet agréable moment avec des sujets si démoralisants.

— Excusez-moi. Revenons-en à la carte, je vous en prie.

— Au sud, près de la mer, vous voyez la seigneurie des Engeraux. Si je ne me trompe, c'est de là qu'est originaire votre ami. Et là, c'est Gallim, son village.

— Comment savez-vous cela ? demanda Lynhéa, intriguée qu'il connaisse ce détail sans même leur avoir rien demandé.

— Oh, ce n'est pas très compliqué. Il vient du sud, il est Warkan et il est soldat. Or, les soldats de métier vivent et s'entraînent tous chez leur seigneur et c'est à Gallim que Lacneol, le seigneur des Engeraux, habite. C'est un domaine très intéressant d'ailleurs. Il profite du commerce en provenance de la Grande Mer Intérieure et les nombreux cours d'eau qui prennent leur source loin dans le pays et se jettent dans la Grande Mer Intérieure, rendent les terres très fertiles. Ces terres sont appelées Engeraux, d'où le nom de la seigneurie vous l'aurez compris. D'ailleurs, si vous regardez son blason ...

Il se retourna vers l'un des murs de la bibliothèque où les trois blasons étaient représentés avec au centre, légèrement surélevé par rapport aux deux autres, le sien.

» ... vous y verrez une représentation des cours d'eau et une épée brisée, symbole des nombreuses lames ennemies qui se sont heurtées aux armées warkannes lors des tentatives d'invasion. Cette seigneurie est en quelque sorte la première ligne de défense du pays. Le roi lui donne donc également beaucoup de moyens. C'est une région très riche où la vie est aisée.

» Au centre, vous voyez mon domaine, dit-il ensuite en revenant vers les cartes. La Seigneurie Solskirt tirant son nom du lac qui fait la frontière avec le Pays Maldor. Autrefois, notre pays profitait d'un large approvisionnement grâce à la pêche abondante. Mais lorsque Rublac-le-Grand, un aïeul d'Anthelme-le-Blanc notre roi, gagna la guerre contre les Maldors et les extermina, le pays fut maudit par on ne sait quelle magie très puissante. Quelque temps plus tard, lorsque les marins partaient à la pêche, la plupart ne revenait pas. Finalement, plus personne n'osa y naviguer et nous perdîmes une grande source de richesse. Aujourd'hui, la vie est donc plus difficile. Seul le sud du domaine jouit encore de terres fertiles, mais c'est peu pour nourrir tout le monde.

Lynhéa afficha un air triste face au ton que prit le

seigneur en annonçant cette situation. Le seigneur s'en aperçut et reprit immédiatement.

» Mais ne vous y trompez pas, notre seigneurie est malgré tout très prospère grâce aux efforts que j'ai déployés pour y développer le commerce. Tenez, Nomart par exemple. Là où vous vous rendrez dès demain. Cette ville-étape est devenue l'un des carrefours commerciaux les plus importants du pays. Et c'est une source de revenus non négligeable. Sur mon blason, vous trouverez les vagues, symbole de la pêche qui était anciennement pratiquée sur le lac Solskirt et le triangle jaune représentant le commerce, principale activité de mon domaine aujourd'hui.

— Vous avez su en tirer le meilleur parti, le flatta Lynhéa. A défaut de ressources, vous profitez de votre position géographique. C'est extrêmement futé.

— Je vous remercie du compliment. C'est mon rôle de subvenir aux besoins de la population.

— C'est très altruiste, je vous en félicite.

— Hum, oui, bien sûr.

Lynhéa comprit très bien que ce n'était pas là son but principal et commençait à mieux cerner l'homme si courtois avec qui elle conversait. Ses nombreuses allusions à l'argent et à son domaine démentaient ses belles paroles.

Perdue dans ses pensées, elle faillit ne pas suivre la suite du discours d'Elveblas.

— Au nord, vous voyez la Seigneurie du Tmorg, une terre quasiment morte et même en partie désertique. Bref, sans beaucoup d'intérêt. Mais ce domaine jouxte le très riche lac du Tmorg, d'où le nom de cette seigneurie. Ce lac regorge de richesses qui semblent inépuisables.

» De plus, le domaine englobe aussi le lac Ertin, du nom d'un ancien seigneur. Il est d'ailleurs étonnant que l'égo de Huldrack, l'actuel seigneur, survive à cet état de fait, dit-il pour lui-même. Mais oublions cela. Huldrack est le frère ainé d'Orkaf, le chef d'armée du roi et seigneur du Domaine Royal. Un fameux coup de chance pour ce fils cadet.

— Pourquoi ? demanda Lynhéa.

— Le fils cadet rentre généralement à l'armée et ne reçoit aucune terre de son père. C'est au fils aîné que revient le domaine, Huldrack dans ce cas-ci. Le deuxième fils quant à lui, rentre généralement dans les ordres. Ce qui fait que nous ne l'avons jamais revu. Je ne sais pas ce qu'il est devenu aujourd'hui et j'en ai même oublié le nom. Ce qui ne pose pas de problème étant donné qu'ils abandonnent généralement leur nom en entrant dans la vie religieuse. Le troisième fils, Orkaf dont nous parlions, est rentré comme prévu dans l'armée pour y devenir officier. Il a gravi peu à peu les échelons de la hiérarchie militaire et est devenu le chef d'armée du roi. Puis il a été remarqué par le roi qui l'a élevé au rang de seigneur et lui a offert la gestion du Domaine Royal. Vous comprendrez donc que ce n'est pas chose courante pour un fils cadet.

— En effet, c'est très bien pour lui.

— Oui … et non, rétorqua Elveblas. Cela provoque une vive jalousie dans le chef de Huldrack. Et le fait qu'ils soient frères permet au roi d'en profiter pour exercer une plus grande influence encore sur Huldrack. Il l'a forcé à construire des villages-prisons assez particuliers. Mais comme je vous l'ai dit, je ne désire pas parler de cela. Revenons-en plutôt à la situation géographique de cette seigneurie si peu accueillante.

» Le lac Ertin fournit bien sûr du poisson, mais sa flore est également très riche et variée. La population de toute la seigneurie pourraient très bien en vivre … si leur seigneur n'était pas autant préoccupé à former ses soldats. Il est quelque peu … agressif et susceptible. C'est pourquoi je vous conseille de faire un détour si votre périple devait vous amener à traverser ce domaine.

» Voilà, vous connaissez maintenant notre beau pays.

— Une chose me frappe, dit ensuite Lynhéa en survolant la carte de la main. Tous vos domaines portent des noms en rapport avec un point géographique. Est-ce intentionnel ?

—Oui et non. Il faut cependant reconnaître que l'importance d'un seigneur se mesure à la grandeur de ses terres. Ce n'y est certainement pas étranger.

Lynhéa fronça les sourcils à cette remarque.

—Alors vos terres ont plus d'importance que la population, pensa-t-elle.

Tentant de mettre ce sentiment de côté, elle changea de sujet :

—Et les trois autres pays, que pouvez-vous m'en dire ?

—Pas grand-chose malheureusement, dit-il visiblement embêté. Le Pays Maldor, je vous en ai déjà touché un mot, ... et bien ... que puis-je en dire ... à part le fait que plus personne n'ose s'y rendre parce qu'il est maudit.

—C'est étonnant et savez-vous pourquoi il en est ainsi ?

—On raconte beaucoup de choses, mais peu d'écrits subsistent encore. Voici ce que j'en sais. Il y a bien longtemps, un roi tyrannique, fort peu différent de ceux d'aujourd'hui en fait, Rublac-le-Grand dont je vous ai déjà parlé, régnait sur les terres warkannes. Il était un aïeul d'Anthelme-le-Blanc. La disposition géographique était relativement semblable à celle d'aujourd'hui. Lorsqu'il décida de conquérir le Pays Maldor, cela dura des dizaines d'années. Les Maldors, pourtant peu nombreux, se défendaient à l'aide de leurs objets sacrés et massacraient une à une les armées warkannes. Mais un jour, à force de détermination et surtout de tactiques guerrières et politiques, Rublac-le-Grand parvint à ses fins et soumit la reine.

—De quelles tactiques parlez-vous ?

—D'après ce que j'en sais, en voyant qu'il n'arriverait pas à gagner militairement parlant, il profita d'une de ses défaites pour proposer un pacte de non-agression à la reine maldore. Elle s'empressa d'accepter car tout ce qu'elle désirait, c'était vivre en paix avec son peuple. Après quelques années, Rublac profita du calme régnant pour porter une attaque ... par surprise. Il y avait engagé toutes ses troupes et une masse colossale de soldats s'abattit alors sur les villages maldores (Elveblas montra le mouvement des troupes sur la carte) qui ne purent que se rendre. Et finalement, il massacra quand même tout le peuple.

— Pourquoi faire cela ? Ce n'était pas dans son intérêt.

— On raconte qu'il cherchait un objet en particulier que la reine refusait de lui confier. Elle se donna la mort pour être sûre qu'il ne le trouve jamais. J'ai cherché à avoir plus de détails sur cet objet, mais aucun écrit n'explique de quoi il s'agit. La description la plus précise que l'on puisse trouver parle d'un dragon, mais je crois qu'il ne s'agit que d'une image.

Sans en être certaine, Lynhéa fit malgré tout le lien avec la Statue-Dragon dont Arkès lui a parlé.

— *Ce serait donc cet objet tellement ancien qu'aucun écrit ne peut le détailler qui sème autant le trouble,* pensa-t-elle. *C'est impressionnant ! Heureusement que personne n'est au courant sinon tout le pays se mettrait à notre poursuite pour en savoir plus. Cela confirme en tout cas que cette statue venait bien du Pays Maldor comme je l'avais suggéré à Arkès.*

Pendant ce temps, Elveblas continuait son histoire.

— Le roi soumit dès lors les rares survivants du peuple maldor à la question et les tortura. Mais il n'obtint aucune réponse et tous moururent dans d'atroces souffrances. Les terres maldores furent distribuées à quelques seigneurs warkans de l'époque mais très vite, ils revinrent en pays warkan, abandonnant leurs terres … et leur titre.

— Qu'est-ce qui a bien pu les pousser à revenir en abandonnant jusqu'à leur titre ? Sans vouloir vous offenser, c'est étonnant de la part d'un seigneur.

— Vous ne m'offensez pas. Les propos qu'ils tinrent alors étaient incohérents. Ils parlèrent de magie noire et de pays maudit. Ils pensaient que les Maldors avaient maudit le pays avant de le quitter définitivement.

— Waw, s'exclama Lynhéa, c'est passionnant. Pouvez-vous m'en dire plus ?

—Les quelques écrits qui relatèrent leur folie parlent du vent qui se liguait contre eux, de monstres abominables, de mal ardent inexpliqué, de terres infertiles, de subites crises de douleur et de bien d'autres phénomènes étranges. Même les menaces de Rublac-le-Grand ne parvinrent pas à les faire rentrer sur leurs terres. Ils préféraient tout abandonner plutôt que d'y retourner. Rublac mourut peu après. Il avait sombré dans la folie à force de chercher ce fameux objet qu'il ne trouva jamais. Depuis, bon nombre de ces histoires sont devenues des légendes et plus personne n'a jamais mis les pieds sur ces terres.

—Quelqu'un finit-il par trouver l'objet ? insista Lynhéa dont la curiosité avait été piquée à vif du fait du lien direct avec leur voyage.

—On n'en sait rien mais, en tout cas, on n'en a jamais plus entendu parler.

Evitant d'insister trop pour ne pas attirer l'attention, Lynhéa le laissa continuer ses explications sans plus l'interrompre.

» Là, c'est le Pays kNaline. Une population isolée.

—Je vois que vous écrivez avec un k et pourtant, vous prononcez « Naline ». Pourquoi ?

—Je ne saurais le dire. Cela date de bien avant nous et j'avoue n'avoir jamais rien trouvé qui y fasse référence.

—Peut-être vos prédécesseurs ont-ils eu des contacts avec eux ?

—J'en doute. Plusieurs de nos rois ont essayé de s'y rendre avec des intentions … disons plus ou moins douteuses. Personne n'y est jamais parvenu. Et donc, nous ne savons rien d'eux. Mais il y a tout lieu de penser qu'ils disposent eux aussi, comme les Maldors autrefois, d'importants pouvoirs magiques. Sinon, je ne peux expliquer qu'on ne soit jamais arrivé jusque chez eux. On ne sait même pas à quoi ressemble leur pays. Derrière cette forêt qui les entoure, c'est l'inconnu.

—Et c'est une simple forêt qui vous empêche d'entrer.

— Une simple forêt n'est pas le bon terme. Bizarrement, lorsqu'on s'y aventure, on n'arrive jamais de l'autre côté, on revient toujours sur ses pas. Furieux de toujours tourner en rond, différents rois ont bien tenté de la brûler, mais en vain. Ils ont fini par abandonner et nous avons totalement oublié ce pays.

» Le dernier pays est appelé Pays des Glaces. C'est un pays inhabité. La neige recouvre tout. Aucune ressource. Personne ne peut y vivre. Et donc, ce pays est réellement inintéressant et ne livrera jamais rien de bon.

» Et finalement, si vous me permettez de devancer votre prochaine question, je ne sais absolument pas ce qu'il y a au-delà de la Grande Mer Intérieure. Nous n'y sommes jamais allés. Quelques marins devraient pouvoir en dire un peu sur d'autres ports depuis que Lacneol a ouvert ses côtes au commerce, mais ça s'arrêtera là. Il n'a jamais voulu aller plus loin. Il pense ainsi garder sa population le plus possible à l'abri et considère que les autres peuples ne pourraient apporter que troubles et violence. C'est bien généreux de sa part mais ça n'empêche pas les pays d'Outremonde de vouloir nous envahir.

— Mais alors peut-être a-t-il raison ? s'interrogea Lynhéa.

— Que voulez-vous dire ? demanda le seigneur.

— Si la seule idée des autres peuples est de vous envahir, il est plus prudent d'éviter tout contact pour qu'ils en apprennent le moins possible sur votre pays. De plus, d'après ce que j'ai pu comprendre, il n'est pas impossible que cela devienne aussi un endroit fort convoité par votre roi. Et il voudra sans doute aller faire la guerre là-bas.

— Je n'avais jamais envisagé les choses sous cet angle. Vous êtes étonnante !

— Je vous remercie. Et donc, continua-t-elle fière de son raisonnement, peut-être que Lacneol limite les contacts au maximum pour protéger sa population des envahisseurs, mais peut-être également … de votre roi.

— En effet, c'est fort possible, confirma le seigneur qui

devint soudainement très pensif.

Les heures avaient passées sans que les deux convives ne s'en aperçoivent. La nuit avait recouvert la seigneurie Solskirt d'un voile noir opaque sans étoiles et sans lune. La rosée fixée par la fraîcheur imprégnait chaque mur en bois de la demeure et procurait une sensation humide un peu désagréable. Mais les lits que le seigneur avait mis à leur disposition permirent à Arkès et à Lynhéa de profiter pleinement d'une bonne nuit de repos.

A l'aube, Arkès se leva et descendit sans attendre après s'être habillé. Sur un meuble de la grande salle, il aperçut les vêtements de Lynhéa, propres et bien pliés, retenant deux parchemins. Arkès s'approcha et les prit. Il reconnut le sceau et les armoiries. Même s'il ne savait pas lire, il se doutait qu'il s'agissait de l'avis pour les chevaux à Nomart et du laissez-passer. Elveblas avait tenu parole. Il reposa délicatement les précieux papiers et flâna dans la grande pièce mais, seul dans le silence de la grande maison encore endormie, il se lassa vite.

Il eut alors l'idée d'aller voir les cartes dans la bibliothèque. Il n'y avait guère prêté attention la veille, mais il admit qu'il pourrait lui aussi en apprendre beaucoup sur son propre pays.

Il reconnut l'endroit où se trouvait son village. Les cartes de la demeure de Lacneol, son seigneur, étaient relativement semblables et il avait eu quelques fois l'occasion de les voir.

Mais ces cartes étaient différentes. Quelque chose le dérangeait, mais il se savait dire quoi. Puis, après quelques instants, il remarqua qu'il y avait beaucoup plus d'inscriptions que sur les cartes de son seigneur.

A cet instant, la porte de la bibliothèque s'ouvrit lentement dans un long grincement. Arkès se retourna, s'attendant à voir le seigneur, mais ce fut une femme d'un certain âge et pourtant très belle qui entra. Vêtue avec soin, sa longue chevelure blonde serrée sur l'arrière de la tête tombait jusqu'au creux de ses genoux. Son regard d'une clarté étonnante attirait l'attention et empêchait presque d'admirer le reste de son visage. Il ne l'avait jamais vue et elle ne faisait manifestement pas partie des servantes.

— Bonjour, dit-elle d'une voix douce.

Arkès lui rendit son salut.

— Ne soyez pas si gêné. Je suis la maîtresse de maison, Nora, l'épouse d'Elveblas.

Arkès resta silencieux.

— Comment trouvez-vous notre demeure ? demanda-t-elle ensuite pour engager la conversation.

— C'est une très belle maison.

La femme eut un petit sourire.

— Vous n'êtes pas très loquace. Puis-je vous demander pourquoi vous regardez ces cartes avec autant d'attention ?

Arkès se retourna vers la table, appuya les mains sur le bord et observa encore un instant ce dessin du pays warkan finement exécuté à la plume et à l'encre sur un épais parchemin.

— Ces cartes sont différentes de celles que j'ai pu voir chez mon seigneur. Mais j'ai du mal à déterminer pourquoi ?

Puis, l'air un peu gêné.

— Je ne sais pas lire ... et sur celles-ci, beaucoup de notes ont été écrites, indiqua-t-il en survolant la carte de la main.

— Désirez-vous que je vous les lise ? demanda Nora en s'approchant.

Elle vint se placer juste à côté de lui.

— Avec plaisir, merci. Je sais que ma seigneurie se trouve ici. Pouvez-vous me dire ce qui est écrit ?

— Bien sûr, répondit-elle en s'approchant encore un peu plus.

Arkès fut embarrassé d'une telle proximité avec la dame de son hôte et insensiblement, il s'écarta de quelques centimètres.

— Ici, c'est Kulhpa, commença-t-elle. Il est écrit que ce village pourrait devenir un axe commercial aussi important que Nomart. Les fleuves qui coulent à proximité permettraient un transport de marchandises plus rapide vers Warbeline. Sittowar comme seul point d'accès maritime au pays limite trop les échanges avec Outremonde.

» Puisqu'on en est à Sittowar, le port pourrait apparemment être développé beaucoup plus qu'il ne l'est aujourd'hui si de plus grands embarcadères étaient construits pour accueillir plus de bateaux.

» Cela vous intéresse-t-il toujours? demanda la dame.

—Continuez, je vous en prie, l'invita Arkès.

—Très bien. Ici, c'est Tahlmein. Territoire à éviter du fait des nombreuses batailles qui y ont lieu constamment.

Arkès eut alors une pensée pour ses compagnons qui n'étaient certainement pas tous revenus de la bataille à laquelle il aurait dû prendre part … et mourir. Mais ces souvenirs furent rapidement effacés par un détail qui venait de le frapper. Elle ne lisait pas la carte. Elle n'en avait manifestement pas besoin, semblant connaître par cœur toutes les notes qui s'y trouvaient. Peut-être avait-elle inscrit ces dernières elle-même.

Toujours en regardant Arkès après avoir montré un endroit sur la carte, elle continua ses explications. Arkès se sentait mal à l'aise sous ce regard permanent posé sur lui.

» Là, c'est Anantlore. (Elle n'avait même pas regardé où elle posait son doigt sur la carte) Ville aux développements architecturaux importants. Des constructions avec des techniques innovantes mais cette ville n'exporte pas suffisamment ses découvertes. Je pense qu'il faut comprendre qu'ils devraient en faire le commerce pour en retirer de l'argent.

» Finalement, ici, nous avons …

—Gallim, compléta Arkès.

—En effet. Village simple où le seigneur a installé sa demeure. Relativement peu protégé, les fortifications ne tiendraient pas longtemps devant un siège.

A ce mot, Arkès eut un haut le cœur. Les yeux emplis de

surprise, il fixa la femme d'Elveblas qui s'aperçut immédiatement de son désarroi.

—Je suis désolé, mon mari n'est pas méchant et il respecte les gens avec qui il vit. Il est aussi un hôte exceptionnel, vous avez pu vous en apercevoir. Mais il est également très ambitieux. Il obtient souvent ce qu'il veut, et pour cela, il n'utilise même pas la violence. C'est un fin stratège. Il n'est pas parfait mais c'est un bon mari.

—Ne vous excusez pas.

A ce moment, Lynhéa entra dans la bibliothèque. Elle avait retrouvé ses vêtements. Arkès lui présenta l'épouse d'Elveblas et Lynhéa la salua avec respect tout en lui lançant un regard perçant du fait de sa proximité avec Arkès. Elle se surprit d'ailleurs de cette réaction. Cette dernière lui rendit poliment son salut, s'écarta de quelque pas, puis s'enquit de son état :

—Vos cauchemars ne vous ont-ils pas trop empêché de dormir ?

—Euh, non, merci de vous inquiéter, répondit Lynhéa un peu surprise.

Arkès ne broncha pas. Il voyait tous les jours Lynhéa se réveiller en criant, en sueur et tremblante mais elle ne désirait pas parler, éludant systématiquement le sujet. Et cette fois encore, elle détourna la conversation.

—Vous n'avez pu vous joindre à nous, hier soir ? demanda-elle.

—Non, malheureusement, je ne suis rentré que tard dans la nuit d'un long voyage.

Lynhéa ne souhaitait pas en savoir plus, elle changea poliment de sujet et interpela directement Arkès.

—Je sais que nous devons partir tôt, aussi me suis-je rapidement préparée. Nous pouvons y aller quand tu veux.

—Dans ce cas, nous partons tout de suite. Veuillez nous excuser, dit-il à leur hôtesse, mais nous sommes assez pressés et même si nous avons les chevaux que nous a promis le seigneur, nous ne voulons pas perdre trop de temps. Pouvez-vous saluer le seigneur Elveblas de notre part et nous excuser auprès de lui de notre départ précipité ?

—Je le ferai, ne vous inquiétez pas. J'ai pris la liberté de demander à une servante de préparer vos sacs et d'y mettre de la nourriture et de l'eau fraîche pour votre voyage.

—Merci beaucoup. C'est très aimable à vous.

—Avec le plus grand plaisir. Les chevaux sont prêts également et vous attendent devant l'entrée.

Les deux jeunes la saluèrent et prirent la route sans se retourner. Lorsqu'ils furent à bonne distance de la demeure du seigneur, Arkès fit part de ses découvertes à Lynhéa, mais il n'eut pas le temps d'en expliquer beaucoup.

—Je sais, j'ai vu la carte. Je sais lire, tu te rappelles. Je comptais t'en parler quand on serait un peu plus loin. Mais apparemment, cette jolie blonde s'est fait un plaisir de te faire la lecture. Elle n'est pas un peu vieille pour toi ? dit Lynhéa d'un ton revêche.

Arkès choisit de ne pas relever le commentaire et de ne pas la juger. Il avait lui aussi été jaloux quelques heures plus tôt.

—Il faut que je prévienne mon seigneur.

—Ça peut attendre, non ? proposa Lynhéa. Quels que soient ses plans, il ne passera pas à l'action demain et il ne me semble pas du genre à lancer une attaque massive sur Gallim.

—Non, tu as raison, et sa femme me l'a confirmé. Mais nous ne devrons pas oublier de lui en faire part dès notre retour … s'il nous laisse en vie assez longtemps. Car après tout, nous sommes … enfin … je suis un déserteur. Nous verrons bien. Je me demande quels plans ils peuvent avoir.

—Ils ? s'enquit Lynhéa.

—Oui, je crois que la femme ne nous a pas dit toute la vérité.

—Qu'est-ce qui te fait dire cela ?

—Quand tu lui as demandé pourquoi elle ne s'était pas jointe à nous, expliqua Arkès, elle a dit être en voyage. Or, elle savait que nous devions partir à l'aube, que son mari mettait deux chevaux à notre disposition, qu'il s'agissait de deux chevaux fatigués et les avait faits préparés. Nos sacs étaient prêts et ravitaillés.

— Et elle s'est même permis de se mêler de mes cauchemars. Elle m'a espionnée ou quoi !

— En effet, c'est étrange. Je crois qu'ils voulaient nous voir quitter les lieux rapidement. J'ignore pourquoi mais cela ne me dit rien de bon.

— Oui, confirma Lynhéa. Ils se sont joués de nous, mais nous ne saurons sans doute pas tout de suite pourquoi.

— Je suis d'accord avec toi. Nous verrons cela plus tard, revenons-en à notre mission principale. Les chevaux devraient bien tenir une journée même si on leur impose une bonne allure.

— Eh ! N'oublie pas que je ne sais pas monter à cheval. Et mes brûlures à l'entre-jambe me font encore souffrir le martyre, dit-elle en massant la zone, ce qui mit Arkès mal à l'aise.

— D'accord, accepta Arkès à contrecœur, nous irons à ton rythme. Après tout, avec les chevaux, même lentement, on ira quand même plus vite qu'à pied.

Dès que ses deux invités eurent franchi les palissades, le seigneur entra dans la grande pièce et vint prendre sa femme dans ses bras.

— Tu es aussi diabolique que moi. Le soldat a couru encore plus vite que sa compagne. Il ne nous reste plus qu'à attendre qu'il mette Lacneol au courant. Une fois qu'il commencera à s'inquiéter, il fera les erreurs nécessaires. Mais pour cela, nous devons encore faire deux choses.

— Envoyer des espions à Gallim pour savoir quand il reviendra et quand Lacneol sera au courant et …

— … et partir dès maintenant prévenir le roi que cet Arkès et cette charmante étrangère ont bien des choses à cacher. Je vois que tu lis dans mes pensées. Tu es merveilleuse, conclut-il en la serrant dans ses bras.

Ils s'embrassèrent amoureusement.

—Si charmante que cela ? s'inquiéta sa femme.

—En tout cas, elle est très maligne. Grâce à elle, je me suis rendu compte pourquoi Lacneol n'ouvrait pas plus ses frontières à Outremonde.

—J'ai entendu en effet. Tu crois vraiment que c'est pour empêcher le roi d'étendre ses conquêtes au-delà des mers ?

—Je n'en sais rien, mais ce n'est pas cela l'important. L'important est que le roi le croit.

—Hum, c'est vrai.

Ils se sourirent et s'embrassèrent à nouveau.

Au même moment, un des gardes de l'entrée hurla l'arrivée d'un messager. Les époux sortirent pour l'accueillir et descendirent les quelques marches menant auprès du cavalier pressé. Il portait l'armure de la garde personnelle du roi. Le métal noir qui formait sa cuirasse mettait bien en évidence les armoiries royales.

Elveblas et sa femme se regardèrent avec un léger sourire puis dire alunissons :

—Voici notre invitation chez le roi.

Le cheval n'était pas encore arrêté que le messager sauta agilement et freina sa course en quelques pas pour arriver directement devant eux.

—Monseigneur, je viens vous remettre une missive du roi.

—Bien. Donnez ! ordonna Elveblas.

Se courbant légèrement en avant, le messager tendit le parchemin posé sur ses deux mains. Elveblas le saisit et l'ouvrit immédiatement. Le roi convoquait les quatre seigneurs au château pour la semaine suivante. Il sourit en lisant ces mots. Sa femme comprit immédiatement.

—Je fais seller les chevaux ? demanda-t-elle connaissant déjà la réponse.

—Oui, partons immédiatement. Si nous sommes en avance, nous en profiterons pour visiter un peu Warbeline. Cela fait bien longtemps que nous n'y sommes plus allés nous promener.

— Vous lisez dans mes pensées, très cher.

Elveblas enroula le parchemin et chargea le messager de prévenir le roi qu'ils acceptaient volontiers son invitation. Ce dernier s'inclina légèrement et sauta sur son cheval aussi agilement qu'il en était descendu. Au galop, il reprit sa route sans attendre d'avantage.

Les chevaux galopaient, à bout de souffle, l'écume blanche aux naseaux. Poussés par Arkès et Lynhéa, ils ne tiendraient pas bien longtemps, trop vieux pour une telle course. Lynhéa avait finalement trouvé une position qui lui permettrait de galoper assez confortablement sans se brûler l'entre-jambe. Les chevaux ahanaient de plus en plus prêts à s'écrouler, « Enfin, Nomart est en vue » pensa Lynhéa en regardant au loin. Elle n'en pouvait plus. Ses jambes commençaient à refuser de la tenir sur son cheval. A chaque pas de sa monture, elle avait l'impression que quelqu'un lui découpait un morceau de muscle des jambes. Son corps tout entier lui faisait mal. Arkès, lui, semblait être à l'aise. Elle observa cette ville qui se dessinait au loin. Arkès fit un signe pour ralentir l'allure et soulager ainsi les chevaux épuisés … et Lynhéa. Celle-ci demanda :

— C'est Nomart qu'on voit, là-bas ?

— Oui, on y est, tu vas bientôt pouvoir soulager tes jambes et cette pauvre monture, dit-il avec humour.

Même si Arkès gardait en mémoire les doutes qu'il avait sur Lynhéa et son lien avec leur ennemi, il décida de les mettre de côté. Cela lui permit de se détendre un peu et même de faire de l'humour. Il en retira beaucoup de satisfaction. Le trajet leur paraîtrait certainement moins long et surtout moins pesant. Lynhéa elle-même s'en rendit compte très vite, accepta ce rapprochement avec beaucoup de bonheur et se détendit également.

— Ah ! Ah ! Très drôle.

Le village de Nomart était, comme l'avait dit Elveblas, un village-étape. Au départ, il ne s'agissait que d'un petit village marchand mais sa situation géographique en avait fait rapidement un carrefour fort fréquenté. Il était parfaitement situé sur la route entre la capitale Warbeline et le port en plein essor de Sittowar.

Aujourd'hui, il se rapprochait plus d'une ville par son étendue que du petit village originel mais il ne restait plus que trois sortes d'habitations : des auberges en nombre, quelques échoppes avec les produits nécessaires aux voyageurs et les maisons des habitants. Quelques-uns avaient tenté d'y implanter des échoppes de bimbeloterie, mais la clientèle, constituée principalement de marchands, ne s'attardait pas à ce genre de produits. Ils préféraient passer leur temps dans une auberge pour s'y restaurer et boire.

Perché au sommet d'une colline, le village n'avait ni remparts ni gens d'armes pour le protéger. Les villageois étaient rarement la cible de profiteurs. Les marchands de passage étaient obligés de surveiller leur chargement, surtout ceux transportant des biens comestibles. Pour eux, des granges de dépôts avaient été construites en dehors des habitations. Les marchands devaient y amener leurs chariots et en assurer eux-mêmes la garde. De cette manière, le calme du bourg était assuré. Et si un incident survenait, la justice pouvait accomplir son office en dehors de la zone de repos, la tranquillité dans le centre du village était préservée. Avec le temps et l'habitude, il ne s'y passait plus grand-chose et le vol était devenu une notion bien théorique. Les marchands assez vieux dans la profession se connaissaient et les inconnus étaient étroitement surveillés.

Arkès savait donc très bien qu'ils seraient observés, vu l'accoutrement de Lynhéa, quelle que soit l'auberge dans laquelle ils descendraient. Généralement, seuls les marchands et les troupes du roi sillonnaient les routes. Ils ne faisaient partie d'aucune des deux catégories. La confiance des habitants ne serait donc pas de mise. Le message circulerait vite jusqu'aux granges de dépôts où la sécurité serait renforcée.

— *Au moins, de cette manière, aucun vol ne pourra avoir lieu et nous pourrons nous reposer convenablement,* pensa Arkès.

A l'entrée du village, ils découvrirent une véritable fourmilière. Les chariots se croisaient difficilement dans les rues et souvent, des manœuvres étaient nécessaires pour dégager le passage et les chariots alourdis de marchandises ne facilitaient pas la tâche. Les animaux avaient bien du mal à obéir aux ordres croisés, hurlés de toutes parts. A plusieurs reprises, Arkès et Lynhéa se firent héler par un marchand ou l'autre pour céder le passage. Dans cette cohue organisée, il n'y avait pourtant aucun énervement ; les marchands se connaissaient trop bien. Bientôt, cette cohue prendrait fin grâce à l'initiative d'Elveblas qui avait fait démarrer la construction d'un chemin plus large pour rejoindre les granges par l'extérieur de la ville.

Ils commencèrent par trouver une écurie pour leurs chevaux et présentèrent l'avis du seigneur au garde sur place. Bien qu'il ne sache pas lire, il reconnut les armoiries et la missive type du seigneur. L'homme leur indiqua les deux chevaux qu'ils pourraient emmener dès le lendemain pour poursuivre leur route. Ensuite, ils se mirent en quête d'une auberge.

Ils durent s'adresser à plusieurs endroits avant de dénicher une chambre à partager. Arkès jeta un regard à Lynhéa qui acquiesça d'un signe discret. Pas question pour elle de dormir dans le dortoir que l'aubergiste leur proposait au départ, et avec quelques sous de plus, Arkès parvint à négocier une chambre. Même s'ils devaient y dormir ensemble, cela lui était égal, elle voulait un lit et un bain, à n'importe quel prix, d'autant que ce serait le dernier avant plusieurs jours. Arkès paya d'avance. L'auberge débordait de monde et, comme Arkès l'avait prévu, ils étaient la cible de toutes les attentions. Il tenta malgré tout de détendre un peu l'atmosphère avec l'aubergiste.

—Comment se fait-il qu'il y ait autant de monde ? Est-ce toujours ainsi ?

—Comme y cause ben not' bon môssieu ! « Est-ce toujours ainsi ? » qui dit. Hé, vous l'entendez les gars ! Vu comme y cause, on n'a pas à s'faire trop d'soucis, c'est sûr pas un voleur !

Des rires emplirent la salle. Arkès et Lynhéa préférèrent garder les yeux sur l'homme derrière le comptoir. Comptoir qui faisait office de guichet.

—M'sieur et ma p'tit' dame, vous v'nez d'où ? Y a eu une grande bataille et remettre tout en ordre demande pas mal d'aller-retour de nos bons marchands. Et puis la vie continue. Mais si vous pensez qu'y a beaucoup de monde, vous devriez v'nir quelques jours avant une bataille. Là vous verrez quec'chose. D'où qu'vous sortez, pour pas savoir ça. En même temps, vu les vêtements de la p'tit' dame, vous v'nez d'loin.

—En effet, de très loin, compléta Arkès avant que Lynhéa n'échauffe les esprits. Notre chambre, s'il vous plaît ?

—En haut, au bout du couloir, la deuxième à droite, répondit l'homme du comptoir en tendant la clef.

La chambre était sobre. Une pièce dans laquelle avait été casé un grand lit, deux étagères et deux porte-manteaux. Une unique fenêtre permettait d'aérer un peu. Juché au sommet d'une colline, de forts vents balayaient Nomart en permanence. La fenêtre ne servait donc généralement qu'un court instant pour faire disparaître les odeurs les plus dérangeantes. Ce que fit immédiatement Lynhéa en entrant. Aucune décoration ne rendait le séjour plus agréable. Personne n'y séjournait assez longtemps parmi les marchands pour s'en préoccuper. Etait-ce dû à la clientèle ? Ou les personnes qui voulaient séjourner plus longtemps préféraient-elles un endroit plus chaleureux et moins fréquenté ? La chambre était relativement propre.

—Il n'y a qu'un seul lit, fit remarquer Arkès, je dormirai par terre.

—Non, on a besoin tous les deux d'une bonne nuit de sommeil. On dormira donc tous les deux dans le lit, mais ne …

—Je sais, dit-il avec lassitude. Ils vont amener la bassine pour le bain d'ici une demi-heure.

C'est à ce moment que Lynhéa remarqua qu'il n'y avait rien pour se laver, ni un endroit pour se déshabiller avec un peu d'intimité. L'espace d'un instant, elle se retrouva dans la cambuse d'Arkès. Perdue dans ses pensée, elle ne l'écoutait presque plus.

—Je présume que tu préfères être seule et donc, je vais en profiter pour aller acheter tout ce dont on a besoin avant de repartir demain matin. Ça ira ?

—Oui, ne t'inquiète pas pour moi. File !

L'avantage d'un village comme Nomart, c'est que les quelques magasins présents ne proposaient que des biens de première nécessité. Arkès n'eut aucun mal à trouver ce qu'il leur fallait en nourriture et eau pour arriver jusqu'à Livend. Les achats furent donc rapides … trop rapides. Lynhéa n'aurait certainement pas eu le temps de prendre son bain.

Arkès décida dès lors de flâner un peu dans les rues.

Le soleil descendait très vite à l'horizon et déjà le ciel se déclinait en tons orangers. La plupart des marchands étaient arrivés et les chariots se raréfiaient dans les rues. Les derniers revenant des granges regagnaient leur auberge pour oublier leur dure journée dans un pot d'alcool ou de bière. Ils étaient tellement impatients de s'asseoir à une petite table et d'enfin prendre dans leurs mains ce récipient en argile ou en fer contenant le précieux breuvage, qu'ils ne remarquèrent même pas Arkès, cet étranger parmi les marchands. Au sortir du village, Arkès s'assit sur un muret pour regarder le soleil disparaître derrière les collines environnantes.

Il savoura pleinement ce moment de calme où il pouvait réfléchir tranquillement. Les mêmes questions lui revenaient toujours à l'esprit, il ressassait sans cesse les mêmes fausses certitudes. Elle ne peut pas être avec lui. C'est impossible. Si elle était avec lui, il ne ressentirait pas ce lien entre eux à chaque fois qu'il posait les yeux sur elle, à chaque fois qu'elle lui parlait et que sa voix pénétrait au plus profond de son être le laissant souvent désarmé. D'où ce lien provenait-il ? Il ne pouvait le dire mais il était bien là, c'était une certitude. De plus en plus, ce lien prenait le pas sur ses doutes et lui procurait un agréable sentiment de soulagement.

Ce n'est que lorsque le soleil eût complètement disparu qu'il se releva et regagna la chambre. Lynhéa avait même eu le temps de laver ses vêtements. Quand il rentra, elle était sous les couvertures.

—J'ai lavé mes vêtements et donc je n'ai plus rien à me mettre à part mon manteau … pas très confortable. Ça fait déjà pas mal de temps qu'ils sèchent et donc, ils devraient être prêts d'ici une heure, vu le vent qu'il y a sur ce caillou. Tu devras commander une nouvelle bassine, désolé. Et comme je ne peux pas sortir, je me retournerai.

Arkès la regarda avec un léger sourire sans la quitter des yeux durant son rapide résumé puis la rassura.

—Pas grave, tu m'as déjà vu nu.

Commander une nouvelle bassine ? En fait, Arkès était habitué à bien pire que cela. Chez lui, un bain était un luxe rare surtout dans une bassine. La plupart du temps, l'eau courante de la rivière s'occupait des odeurs persistantes et de la crasse accumulée.

Mais dans ce cas-ci, il valait mieux pour lui s'exécuter et demander une nouvelle bassine. Ce qu'il fit. Quatre hommes vinrent. C'était la première fois qu'on leur demandait de changer l'eau après une seule personne. Celle-ci allait, sans hésitation, être réutilisée pour une autre chambre moins regardante à la couleur de l'eau. Une demi-heure plus tard, les mêmes quatre hommes apportèrent une nouvelle bassine et Arkès put se relaxer.

— Dans ton monde, prenais-tu un bain tous les jours ? interrogea Arkès afin d'éviter toute gaffe à venir.

Lynhéa mit un certain temps à répondre. Arkès se retourna dans la baignoire pour la regarder, sentant que quelque chose n'allait pas.

— Je ne sais pas, je n'ai aucun souvenir.

— Que veux-tu dire ? s'inquiéta-t-il.

— Je n'ai aucun souvenir … de rien. Mes entraînements aux arts martiaux, mes cours de tir, … rien, je ne me souviens de rien. Pourtant, je sais me battre et je tire très bien. Mon appartement… Je devais bien en avoir un. Or, je ne sais ni où ni à quoi il peut ressembler. Mon enfance, je devrais au moins avoir eu une enfance. Là non plus, rien ! Cela fait pas mal de temps que j'y réfléchis et j'arrive toujours à la même conclusion. Je n'ai pas eu de vie avant … avant toi. Ta déduction était la bonne. En fait, je n'existe pas.

Arkès fut surpris de cette réflexion. Bien sûr, cela confirmait ce qu'il pensait concernant l'illusion qu'il lui avait fait subir, mais il n'était pas d'accord de la laisser déprimer sur son existence. Il tenta dès lors de la rassurer.

— Ne dis pas cela. C'est absurde. Tu es …

— Je suis née dans ta tête ! Voilà tout ! Je n'ai donc pas suivi un parcours normal.

— Et alors ? Tu es née autrement que les autres par un heureux concours de circonstances. Mais tu es née, c'est la seule chose qui importe.

Lynhéa restait silencieuse, fixant la couverture du lit. Absente, elle se perdait dans ses pensées noires tout en écoutant Arkès. Elle sentait bien que, malgré ses paroles réconfortantes, il maintenait une distance raisonnable dans ses sentiments. Il se méfiait encore d'elle ! C'était nettement mieux qu'au début de leur voyage, bien sûr, mais il ne lui faisait pas encore entièrement confiance. Pourtant, elle décida de ne pas lui faire part de ce triste sentiment. Ses paroles, même si elle ne les pensait que peu sincères, lui faisaient du bien dans un sens et lui permettait d'oublier un instant ce précipice qu'Arkès laissait volontairement entre eux.

—Tu ne dois pas rester négative. Vois le côté positif. Imagine que je ne t'ai pas tenu les épaules au moment où l'illusion a disparu. Tu n'existerais pas aujourd'hui. Tu aurais disparu avec les policiers, les serveurs du restaurant et toutes les autres personnes que nous avons vues.

—C'est facile à dire pour toi. C'est le genre de question existentielle que tu ne te poses pas.

—C'est vrai, je l'admets. Mais quelle est la situation la plus enviable ? La tienne où celle de tous ceux qui ont vécu l'illusion avec nous et qui y sont restés.

—C'est pas faux. Tu as raison, laissons cela. Et toi, combien de douche ou de bain prends-tu par jour … ou devrais-je plutôt dire par semaine ?

—Une fois par semaine, répondit Arkès d'un air peu convaincant. Mais quand on marche dans le désert, c'est pas facile, et l'eau doit être préservée pour autre chose.

—Oui, mais quand tu es chez toi, quelle est la fréquence ? insista Lynhéa qui avait compris au ton d'Arkès qu'il préférait éluder la question.

—Tous les jours, évidemment ! Avec l'exercice qu'on fait, c'est nécessaire.

Une forte pression sur la tête l'enfonça sous l'eau. Lorsqu'il retrouva l'air libre, il reprit son souffle puis écarta les cheveux qui couvraient son visage. Lynhéa, lovée dans la couverture, se tenait juste à côté de la bassine, les bras croisés. Elle le regardait la bouche pincée. Son mensonge était évident.

—Alors, sérieusement, maintenant ?

Plus rapide qu'un battement de cil, il bondit pour l'attirer dans la baignoire avec la couverture. Il fut si rapide qu'elle n'eut pas le temps de réagir. Elle se retrouva dans la bassine et lui en dehors. Une fois encore, l'humour avait pris temporairement le dessus.

Lynhéa sortit de la bassine en prenant bien soin de garder la couverture sur elle, s'approcha d'Arkès, lui décrocha une droite qui lui fit perdre l'équilibre.

Mes cheveux étaient secs, maintenant, je peux tout recommencer.

Arkès souriait, se tenant le menton, et secouant la tête de gauche à droite.

— *Elle frappe quand même fort*, pensa-t-il.

Pas aussi fort toutefois que la détonation qu'ils entendirent. Arkès s'était jeté sur le sol emportant Lynhéa avec lui et se couchant au-dessus d'elle pour faire un rempart de son corps. Ce mouvement réflexe le surprit. Ce n'est que quelques secondes plus tard qu'il comprit de quoi il s'agissait. Il ne connaissait pas les explosions et il lui fallut le temps que ses nouvelles capacités assimilent cet évènement pour savoir ce qui se passait. Une telle détonation ne pouvait venir que d'une forte dose d'explosifs. Mais voilà, dans son monde, cela n'existait pas encore. Ils s'en rendirent compte immédiatement. Ils s'habillèrent en toute hâte, oubliant leur nudité. Lynhéa enfila rapidement ses vêtements encore humides. Ils prirent leurs armes et sortirent en courant de l'auberge.

C'était la débandade vers les granges. Les marchands couraient dans tous les sens, chacun criant son commentaire à personne. Ils suivirent le rythme de la foule pour ne pas attirer l'attention. Au loin, par-dessus les toits, ils pouvaient déjà apercevoir le ciel rougi par les flammes d'un feu gigantesque.

—Qu'est-ce qui s'est passé ? cria Lynhéa à des marchands qui revenait des granges.

—On n'en sait rien. On a entendu un bruit énorme. J'n'avais jamais entendu ça.

—Mais un incendie ça prend pas aussi vite, ajouta un autre, on aurait été prévenu pour donner un coup de main.

Et la foudre ne détruit pas tout comme ça.

—C'était quoi ce bruit ? enchaîna un troisième.

—Une explosion, répondit Lynhéa dans la course.

—Une quoi ?

—Lynhéa, stop ! coupa Arkès pour ne pas devoir expliquer qu'ils connaissaient quelque chose qui n'existait pas dans leur monde. Il faut faire vite ! ajouta-t-il pour distraire les esprits.

Arrivés sur place, ils virent que les granges avaient volé en éclats. Des débris enflammés jonchaient le sol de tous côtés. Plusieurs granges s'effondraient encore devant leurs yeux, engloutissant tout ce qui s'y trouvait. Les corps des gardiens étaient éparpillés en morceaux dont certains brûlaient encore. Un spectacle apocalyptique. Le brasier était si intense qu'on se serait cru en pleine journée.

Les badauds parlaient déjà de sorcellerie.

Personne n'osait s'approcher pour secourir les blessés, ils n'avaient jamais vu cela et surtout, ne comprenaient pas du tout ce qui s'était passé. Lynhéa et Arkès prirent les commandes du sauvetage car les marchands restaient là, immobiles, stupéfaits. Ils donnaient les ordres à tous, pour éteindre le feu et évacuer les blessés. Les gens étaient tellement choqués, qu'ils obéissaient sans vraiment faire attention, marchant en évitant les bras arrachés, les troncs éviscérés et autres débris humains éparpillés par le souffle puissant de l'explosion. Arkès distribuait les tâches au mieux.

—Lynhéa, occupe-toi de former des équipes pour combattre le feu et je m'occupe de l'aide aux blessés.

Au moment où il termina sa phrase, il aperçut, au coin d'un bâtiment, l'homme au long manteau noir. Saisissant Lynhéa par les épaules, il lui fit faire un demi-tour pour qu'elle le voie.

—C'est lui, tu crois ?

—J'en suis sûr.

—Tu sais, je crois qu'il nous suit depuis longtemps.

—Je sais, je l'ai remarqué aussi.

—Qu'est-ce qu'on fait ?

—Si on lui court après, il risque de tuer d'autres personnes. On continue, ne t'occupe pas de lui. Vas-y !

Tout deux formèrent leurs équipes. Il leur fallut plusieurs heures pour maîtriser les différents foyers d'incendie. Une fois le travail effectué et les blessés mis à l'abri dans une auberge transformée en hôpital de fortune, Arkès et Lynhéa se retrouvèrent tous les deux devant les granges calcinées pour souffler un peu et regarder l'ampleur des dégâts. Lynhéa était contente de pouvoir s'arrêter. Ses muscles lui faisaient encore plus mal qu'en arrivant.

—On est bon pour recommander un bain, dit-elle avec humour.

—Ha ! Ha ! Oui, en effet, on l'a bien gagné.

Ils étaient recouverts de suie, mais assez contents de ce qu'ils venaient d'accomplir.

Ils contemplaient le désastre. Les granges de dépôts étaient presque entièrement détruites. Pourtant, ils ne voyaient que peu de marchands rester à gémir sur la perte de leur charroi. Sans doute était-ce dû à cette période de guerre. Ils savaient qu'ils récupèreraient leur argent tôt ou tard. Ils s'étaient donné rendez-vous dans leur auberge pour discuter le fait d'être encore en vie après un tel massacre et pour boire à la santé de leurs compagnons morts. La tristesse et le regret d'avoir perdu des connaissances ne semblaient pas être une préoccupation importante pour eux.

Arkès et Lynhéa profitaient de ce moment de calme avant de regagner leur chambre. Ils se regardèrent et se sourirent silencieusement.

Arkès en eut un pincement au cœur. Ce n'était pas possible qu'elle soit de son côté. Pas elle ! Il sentait en lui que son attirance prenait le pas sur ses doutes. Lorsqu'il plongeait ses yeux dans ceux de Lynhéa, le trouble qu'il ressentait ne trompait pas. Il essaya une fois de plus de chasser toutes ses questions, mais n'y arriva pas … pas encore.

Le sourire d'Arkès et la chaleur de son regard réchauffèrent le cœur de Lynhéa.

— *On dirait bien qu'il commence à abandonner ses doutes. C'est bien !* pensa-t-elle avant de reprendre à voix haute. Tu voulais rester ici pour qu'on se repose, c'est ça ? questionna-t-elle ironiquement.

— Euh … au départ oui. Mais bon. En plus, on a perdu nos chevaux, l'écurie a complètement brûlé et les chevaux se sont enfuis.

— En effet, confirma Lynhéa, on n'est pas prêts de les revoir. Nous voilà contraints de continuer à pied. Hip hip hourra !

Elle s'interrompit soudain car quelques hommes s'approchaient d'eux et leur air n'inspirait pas confiance. Ils s'étaient armés de bâton et de couteaux.

Lorsque le premier arriva devant d'Arkès, il brandit un couteau et voulut le lui planter en plein ventre. Arkès dévia aisément le bras, saisit le poignet et dans un rapide pivot fit voler l'homme qui se retrouva à terre le souffle coupé. Mais déjà, un deuxième lui tombait dessus. Lynhéa l'arrêta en pleine course, le mit à genoux d'un coup au creux de la jambe et tout en maintenant son bras armé, l'étrangla fermement. Les autres ne bougèrent plus.

— Qu'est-ce qui vous prend ? hurla-t-elle aux autres marchands.

— Quelqu'un vient de nous faire remarquer quelque chose à votre sujet, les étrangers, dit un marchand plus hardi.

Les deux jeunes restaient silencieux. Ils observaient nerveusement les marchands qui se positionnaient comme pour les encercler.

— Comment savez-vous ce qui s'est passé ? Comment savez-vous qu'il s'agit d'une explosion … Bon Dieu, je n'sais même pas ce que c'est !

— Et la personne qui vous l'a dit, rétorqua

immédiatement Arkès sachant très bien de qui il s'agissait, comment sait-elle que c'est une explosion ? Pourquoi n'est-elle pas venue nous aider ? Et je présume qu'elle a disparu de suite après votre petite discussion.

—C'est exact.

—Et c'est nous que vous venez soupçonner ! Nous savons ce qu'est une explosion parce que d'où nous venons, cette arme est connue.

—Cette arme ?

—Oui, mais nous n'avons rien à voir dans l'explosion de vos granges et nous …

Arkès s'arrêta alors qu'un homme à cheval venait d'apparaître de derrière une maison. Lynhéa lâcha l'homme qu'elle tenait au collet et ce dernier s'enfuit sans demander son reste. L'arrivant était vêtu d'un uniforme bizarre et de nouveau, seuls Arkès et Lynhéa savaient ce qu'il était.

Paré d'une armure magnifique très particulière, l'homme se tenait bien droit sur son cheval. Son casque dissimulant complètement son visage lui donnait une allure effrayante. Il restait silencieux, attendant, comme il est de coutume chez les Samouraïs, qu'on lui adresse la parole.

Son armure était composée de minuscules plaques de fer laquées et reliées entre elles par des cordons de soie. Agissant comme une véritable cotte de maille, les plaques, articulées entre elles grâce à la soie, lui permettaient de garder une bonne agilité dans les combats. Le casque, laissant passer ses cheveux noirs d'encre, appelé Eboshi, couvrait parfaitement sa tête jusqu'au cou. Sur un côté du casque, les armoiries de son clan étaient dessinées, un croquis stylisé représentant un portail typiquement japonais au sein d'un cercle. Le masque ajouté, représentant un visage aux longues moustaches et aux longues dents, servait à impressionner l'ennemi. Et il suffisait de regarder l'ahurissement des hommes présents pour comprendre que cela fonctionnait plutôt bien. Même le cheval avait sa propre armure.

Son arrivée ne constituait manifestement pas une visite de courtoisie. Arkès et Lynhéa devinaient qu'elle était due à leur compagnon indésirable.

—Bonjour, étranger, l'accueillit Arkès. Comme vous le voyez, vous tombez assez mal. Que pouvons-nous faire pour vous ?

—Kon nichiwa, hajimemashite, répondit-il en saluant respectueusement.

Arkès fit de même et s'inclina. Bien qu'il n'eût pas compris un traître mot, il essayait de ne pas montrer son désarroi … à l'inverse des marchands. Le cavalier fit avancer son cheval de quelques pas pour se rapprocher, ce qui fit reculer les marchands un peu plus.

—Es-tu Arkès San?

—Oui, c'est moi, répondit-il, à peine étonné que le samouraï connaisse son nom.

—Lorsque le feu des granges sera complètement consumé, nous attaquerons le village, à moins que tu ne te constitues mon prisonnier. Tu as vu de quoi nous sommes capables, dit-il en pointant les granges du doigt. Nous t'attendons au sommet de la colline plus au nord. Wakaru massu ka ?

—Oui, j'ai compris.

—Domo arigato. Sayou nara.

Arkès rendit son salut au samouraï et l'homme fit demi-tour aussi calmement qu'il était arrivé. Il disparut très vite dans le noir. Un long silence suivit son départ à peine troublé par le craquement des dernières poutres en feu.

—Tu ne comptes pas obéir à cet ordre-là, bien sûr, affirma Lynhéa brisant le silence.

—Si, et il le sait parfaitement bien, rétorqua-t-il.

—Il n'est pas question qu'on te laisse y aller seul. Hé, vous autres, courrez chercher des renforts, on va les attaquer.

—Vous n'y pensez pas ! s'indignèrent-ils en chœur. Nous sommes des commençants, nous, pas des guerriers.

On sait maintenant que vous n'y êtes pour rien, mais, désolé, tout ça est trop bizarre pour nous. Venez les gars, on rentre à l'auberge.

—Ouais, t'as raison.

—Ok, on y va.

—Restez ici ! Bande de lâches ! héla Lynhéa.

Arkès posa doucement la main sur l'épaule de sa compagne.

Laisse, ils ont raison. Au moins, ils sont maintenant convaincus de notre innocence. Et puis, j'ai peut-être une idée. On a environ une heure pour la mettre en pratique. Puisque ce sont eux qui ont fait éclater les granges, cela veut dire qu'ils ont des explosifs. Je vais aller faire une reconnaissance discrète. Pendant ce temps, rentre à l'auberge, demande de quoi écrire et je te rejoins dans la chambre … Va, ne pose pas de questions pour une fois, s'il te plaît.

Elle le regarda dans les yeux et courut vers l'auberge. Arrivée au comptoir, elle se doutait bien que ce serait moins facile à exécuter.

—Du quoi ? Du papier ? … et un quoi ? demanda l'aubergiste éberlué.

—Un bic, un stylo, un crayon, n'importe quoi pour écrire.

—Oh, un parchemin et une plume.

—Oui, si vous voulez, dit-elle dépitée.

—Ma p'tit' dame, c'est une auberge ici, pas un monastère ou une église. Il n'y a que les moines qui savent écrire, vous le savez bien.

—Et où est-ce que je peux en trouver un dans ce bled ?

—Désolé.

—Démerde-toi, mais il m'en faut, dit-elle sèchement à l'homme en l'attrapant par le col par-dessus le comptoir.

—Excusez-moi, damoiselle, dit une voix dans son dos.

—Quoi ! Qu'est-ce que tu veux, toi ?

—Euh, rien, mais je peux peut-être vous aider.

Elle lâcha l'aubergiste tout tremblant, se tourna vers l'homme et le fixa. Lorsqu'elle fut un peu calmée, l'homme poursuivit.

— J'avais une cargaison de matériel d'écriture dans une des granges, un peu à l'écart des autres. Elle a été endommagée, mais je pense pouvoir récupérer ce qu'il vous faut. Si vous voulez m'accompagner.

— Allons-y vite ! répondit-elle sans hésiter.

Alors qu'elle suivait l'homme, les deux autres qui l'accompagnaient restaient en retrait, juste un peu plus loin derrière. Elle jeta à plusieurs reprises un coup d'œil vers eux. Ils se contentaient de la regarder avec un léger sourire. Elle flairait le piège, mais elle n'avait pas d'autres options.

Le marchand poussa la grande porte de la grange et ils entrèrent. Cette partie de l'entrepôt avait en effet été plus ou moins épargnée par les flammes. Le mur de la grange était seulement noirci mais tenait encore bon. Les chariots à l'intérieur n'avaient pas été touchés. Devant un chariot intact, l'homme s'arrêta net. Lynhéa s'inquiéta.

— *Pourquoi avait-il dit qu'il pourrait récupérer « un peu de matériel » alors qu'il savait son chariot intact ?*

Elle jeta un coup d'œil par-dessus son épaule. Les deux hommes se jetaient sur elle. Se retournant d'un bond, elle plaqua celui de gauche contre le chariot d'un crochet en plein visage. La tête de l'homme heurta violemment le bois dans un bruit sec et il s'écroula sur le sol. Un coup de pied au visage du second l'envoya valser deux mètres plus loin. Elle se retourna vers l'homme contre le chariot qui eut immédiatement droit à un second crochet du droit. Il s'effondra inconscient. Il ne lui restait plus qu'à trouver le marchand.

Paniqué en voyant que la situation ne tournait pas à son avantage, celui-ci tenta de s'échapper. Elle pivota vers l'arrière et termina le bras tendu au niveau de la gorge du marchand. Arrêté net dans son élan, ses jambes quittèrent le sol, il fit un vol plané et retomba sur le ventre, le souffle coupé. Lynhéa regardait maintenant la scène, plutôt fière d'elle.

—Seulement deux hommes pour me maîtriser. Ils tiennent vraiment à me vexer.

Mais le temps était compté. Il lui fallait se dépêcher. Elle sauta dans le chariot et commença à ouvrir toutes les caisses l'une après l'autre à l'aide de son couteau. Elle finit par tomber sur ce qu'il lui fallait. Au moins, le marchand n'avait pas menti sur ce point. Elle descendit rapidement du véhicule.

—Bande d'amateurs, lança-t-elle aux trois hommes à terre avant de regagner sa chambre pour y attendre Arkès.

Les trois hommes n'oseraient pas ébruiter ce qui s'était passé, leur fierté masculine ne l'admettrait sans doute jamais.

Pendant ce temps, Arkès observait le campement improvisé des samouraïs. En s'approchant par le côté le plus abrupt de la colline, là où la lune ne perçait pas l'obscurité, il était presque invisible. Il terminait sa progression silencieuse à l'abri d'un buisson épais d'où il pouvait apercevoir presque l'entièreté du campement. Une vingtaine de samouraïs armés de katana, discutaient entre eux. Il ne distinguait aucun homme équipé d'arc et de flèches. Il ne repérait aucun chariot, ni rien qui ressemblait à des provisions pour un long voyage. Il avait maintenant la confirmation que c'était bien leur ennemi qui les avait créés. Il remarqua, un peu à l'écart, quatre hommes entourant une série de caisses.

Satisfait de ce qu'il avait vu, il pouvait revenir au village. Avec la même prudence, il quitta la colline et rentra à l'auberge où Lynhéa l'attendait.

Il lui expliqua ce qu'il attendait d'elle en dessinant l'implantation du campement des samouraïs sur le parchemin que Lynhéa s'était procuré. Maintenant, seule leur habileté au combat déciderait de leur survie.

A l'heure dite, il se présenta seul, devant les samouraïs. Ils formaient un arc de cercle au centre duquel se tenait l'homme qui était venu le voir au village. Quelques hommes seulement restaient pour surveiller les caisses d'explosifs. Aux quatre coins du campement, de grands feux avaient été allumés pour donner un peu de lumière. Le vent fort malmenait les grandes flammes. La fumée dégagée était en partie balayée vers le centre du campement et irritait les yeux des hommes.

Arkès marchait lentement, tenant son épée du bout des doigts bien en vue. L'un des samouraïs s'avança, lui prit l'épée des mains et la lança loin derrière Arkès. Il vérifia qu'il n'avait pas d'autres armes puis se retourna vers l'homme au centre du demi-cercle et le salua.

Arkès n'était pas à l'aise malgré son plan bien établi car les samouraïs étaient nombreux. Un peu fébrile, il louchait de tous côtés et de fines gouttes de sueur perlaient sur son front.

De nombreuses images lui occupaient l'esprit, des images de combat au sabre avec des techniques qu'il n'avait jamais vues. Cela le perturba un instant puis une sensation bizarre s'empara de lui comparable à celle qu'il avait ressentie dans la ruelle avec ses agresseurs. Il se sentit soudain beaucoup plus sûr de lui car il avait appris le maniement de l'épée à la perfection.

Il avança vers le maître au centre du campement. Un samouraï le força à s'agenouiller d'un coup de pied au creux du genou. Devant lui, il aperçut un couteau au moment où le chef prenait la parole.

— Tu t'es livré pour sauver un village.

— Avais-je le choix ?

— On a toujours le choix. Seulement, ce sont ces choix qui déterminent notre destin. Il faut seulement accepter ceux que l'on fait quelles qu'en soient les conséquences.

Arkès devait gagner du temps pour permettre à Lynhéa

de se mettre en place. Il essaya donc de relancer la conversation.

— Accepter de mourir ?

— Si c'est pour une juste cause et avec honneur, oui.

Arkès se souvint alors de ce que Lynhéa lui avait expliqué : qu'elle n'avait aucun souvenir d'avant le moment où elle l'avait rencontré. Si les samouraïs avaient bien été créés par leur ennemi, il devait en être de même. Il y vit une occasion rêvée de décontenancer son adversaire.

— Quelle est votre cause ?

Par cette simple question, il venait de piquer son interlocuteur au vif. Les samouraïs n'avaient aucune raison de se trouver ici, si ce n'était celle de le tuer, lui. Car cette fois, il avait apparemment bel et bien décidé de le tuer. Malheureusement, la question d'Arkès eut l'effet inverse à celui recherché, le maître samouraï, pris de court, clôtura la discussion.

— Cette conversation fut très agréable, je vous en remercie. Vous méritez de mourir selon notre rituel, avec honneur. Cette cérémonie s'appelle le harakiri.

Arkès restait silencieux. Même s'il connaissait beaucoup plus de choses maintenant, le terme harakiri lui était totalement inconnu.

— Et qu'attendez-vous de moi ?

— Vous devrez vous ouvrir le ventre avec le couteau et remonter jusqu'à la cage thoracique. Quand le moment sera venu, je vous couperai la tête pour abréger votre souffrance.

— *Lynhéa, il est temps de te dépêcher*, pensa Arkès, *ils vont plus vite que je ne le pensais. Par contre, comme je l'avais prévu, les gardes des caisses ont relâché leur attention pour assister au spectacle.*

Soudain, il aperçut une ligne lumineuse fendre la nuit. Il s'écrasa sur le sol en récupérant le couteau qui devait servir à son suicide et mit les mains sur sa tête. Les samouraïs restèrent figés, surpris de l'attitude d'Arkès.

Les caisses, en bois trop fragile, explosèrent en mille fétus acérés lorsque la flèche enflammée de Lynhéa eut percé l'une d'elles. Une dizaine d'hommes furent soufflés et lacérés de toutes parts, tués sur le coup, alors que d'autres effectuaient un vol plané de plusieurs mètres. Certains restaient inconscients mais d'autres reprenaient immédiatement leurs esprits.

Arkès ne devait pas perdre de temps. Il se releva, couteau en main et le planta dans la jambe d'un samouraï qui venait de s'écraser à côté de lui. Il ramassa un katana qui traînait, la main d'un samouraï encore serrée sur la garde, son bras arraché au niveau du coude.

Entre-temps, Lynhéa l'avait rejoint et se tenait prête, elle aussi un katana en main. Ils préféraient ne pas attendre qu'ils aient tous récupéré leurs esprits et foncèrent dans le tas.

Cette fois, Arkès n'oublia pas qu'il ne pouvait tuer personne. Cela n'aurait sans doute pas été un problème vu que ces hommes n'existaient pas réellement, mais il préféra ne pas prendre de risque. Il se contenta de les blesser suffisamment pour les rendre inoffensifs. Lynhéa, quant à elle, ne faisait pas dans le détail et préférait tuer plutôt que de risquer de recevoir un mauvais coup. Au fur et à mesure de leur avancée, le vide s'agrandissait autour d'eux. Arkès se battait avec une dextérité qu'il ne se connaissait pas. Passant d'un adversaire à l'autre, évitant leurs coups par de légers déplacements, il coupait d'un geste assuré et précis et immobilisait ses adversaires l'un après l'autre.

Le chef des bandits restait en retrait. Il observait Arkès se faufiler entre ses hommes, les désarmant avec une telle facilité qu'il eut cru que ses hommes lui donnaient leur arme sans combattre. Subjugué par l'habileté de son adversaire, il sentait la tension monter en lui. L'assurance qu'il avait ressentie avant le combat s'était évanouie en un instant. Rapidement, il jeta un coup d'œil sur Lynhéa. Elle aussi venait à bout de ses hommes d'une manière certes plus grossière, mais non moins efficace.

Sa fin approchait, il le sentait. Contre ces deux adversaires, il n'était pas de taille et le savait. Ne s'étant pas battu pour l'honneur mais pour assassiner quelqu'un, il n'avait pas le droit de demander harakiri. Il mourrait donc en se battant.

Lorsqu'Arkès entailla le dernier morceau de chair, il s'arrêta un instant, immobile. Puis, il jeta un coup d'œil vers Lynhéa qui retirait son sabre du ventre de son dernier adversaire. Elle respirait fort, éprouvée par le combat qu'elle venait de mener avec succès et une grande satisfaction se lisait très nettement sur son visage à moitié caché par ses cheveux hirsutes. Voyant les soldats qu'Arkès avait vaincus se tordre de douleur et comprenant qu'ils représentaient encore une menace potentielle, elle fit le tour du camp pour les achever.

Le massacre terminé, elle se tourna vers Arkès. Ils se regardèrent, s'adressèrent un léger sourire.

Le temps sembla suspendu l'espace d'un instant. Même le vent s'était arrêté, soulignant cet instant tragique. Le silence de la nuit n'était plus troublé que par le crépitement des feux.

Restait le chef.

Malgré son visage masqué, on devinait son inquiétude à son attitude légèrement hésitante. Ils avancèrent lentement vers lui. Soudain, l'homme s'élança sur son cheval et se redressa. Arkès n'hésita pas plus longtemps. Il se saisit du couteau destiné au sacrifice et le lança à toute volée à la gorge du cheval qui se cabra en hennissant, éjectant son cavalier, puis, s'abattit sur le côté pour ne plus se relever.

Le chef samouraï se redressa immédiatement.

— Bravo, dit Lynhéa, on avait récupéré un cheval pour voyager et toi tu l'abats.

— Et oui, que veux-tu ? On ne peut pas penser à tout.

Les trois combattants, se regardaient maintenant fixement.

—Il y a de fortes chances pour que le dernier soit plus coriace que les autres, c'est toujours comme cela dans les films, dit Lynhéa.

Arkès n'avait pas compris de quoi elle parlait, mais ne releva pas. Soudain, elle jeta son katana loin sur le côté. Les deux hommes la regardèrent, abasourdis par son geste.

Le dernier samouraï en profita pour attaquer Arkès, Lynhéa ne présentant plus un danger immédiat. Il fonça en criant aussi fort qu'il pouvait. Arkès s'ancra solidement au sol et se mit en garde. Il était très concentré, fixant son adversaire. Il attendait le bon moment pour bouger. Le moment où cela décontenancerait le plus son assaillant. Il visualisait différents mouvements imaginant à l'avance les réactions possibles de son adversaire. Tout cela allait très vite dans son esprit.

Puis, soudain, le cri puissant du samouraï s'arrêta net dans un râle étouffé. Il tomba à genoux avant de s'écrouler sur le sol ... un couteau planté en travers de la gorge. Arkès n'avait pas encore réalisé ce qui s'était passé. Lynhéa s'approcha de lui et lui tapa sur l'épaule.

—Vous les hommes, pourquoi toujours la méthode grossière et habituelle ? Aucune finesse !

—Aucune finesse ? Tu viens de lui planter un couteau dans le cou et tu oses parler de finesse.

—D'ailleurs, dit-elle en le récupérant, c'est à moi.

Elle essuya son couteau sur les vêtements du samouraï mort et, le remettant dans son étui, elle ajouta :

—Bon, ben ça, c'est fait.

Ils regardaient le carnage qu'ils avaient provoqué. Soulagés d'en être sortis vivants, mais surtout contents qu'aucun marchand ou villageois ne les ait accompagnés car beaucoup auraient péri dans la lutte, ils prirent même le temps de chercher les deux plus fins katana, trophées de leur victoire. Pour Arkès, ces sabres étaient plus maniables, plus solides et plus affûtés que leurs épées. Pour Lynhéa, elle avait enfin une arme digne de ce nom, adaptée au monde dans lequel elle évoluait à présent.

Arkès s'interrogeait car une question le taraudait. Pourquoi son tatouage n'avait-il pas réagi devant le danger ? Il l'aurait protégé. Or ici, rien ! Il aurait pu être tué. D'ailleurs, il était blessé et ne s'en était même pas rendu compte pendant le combat. Sans doute la montée d'adrénaline lui avait-elle permis de ne rien sentir. Une coupure sur le dessus du bras gauche saignait. Heureusement, rien de grave. Il pourrait soigner cela très vite à l'auberge avec la solution de mortig. Il savait maintenant qu'il devait mener sa vie sans compter à tout moment sur son étrange protection.

De retour à l'auberge, ils durent expliquer avec force détails ce qui s'était passé … sans pour autant dévoiler toute la vérité. Une fois les marchands rassurés et les plus nerveux d'entre eux calmés, ils purent rejoindre leur chambre, commander à nouveau deux bassines d'eau chaude avec du savon, soigner l'épaule d'Arkès, prendre un bon repas avant d'enfin se reposer.

Le reste de la nuit se passa calmement, hormis les cris et rires des marchands qui fêtaient leurs vies sauves malgré les pertes, et leur retour chez eux plus tôt que prévu.

Le lendemain matin, lorsque Lynhéa se réveilla une fois de plus meurtrie par ses cauchemars, ils s'offrirent le luxe de ne pas partir à l'aube. Arkès lui banda correctement les pieds pour lui éviter de nouvelles cloques et crevasses. Il confectionna des chaussettes avec quelques morceaux de tissus fournis par un marchand reconnaissant et les emporta. Il remplaça le pansement à son épaule par un tissu propre imbibé de solution de mortig et ils reprirent la route pour la prochaine étape de leur périple.

A l'approche de Livend, le paysage se désertifiait encore. Moins de cailloux, plus de sable, moins de plantes, plus de cadavres séchés d'animaux. L'eau prenait plus de valeur que l'or. Les montagnes des kNalines se dessinaient à l'horizon nord-ouest, qu'ils n'atteindraient qu'après plusieurs jours de marche. Arkès avait un bon sens de l'orientation et savait qu'ils approchaient de l'étape. Mais ils ne voyaient pas encore le village. Les effets d'optique liés à la chaleur leur brouillaient la vue. Ils marchèrent pendant une journée. Malgré la chaleur accablante, ils progressaient régulièrement et Lynhéa avait oublié ses blessures aux pieds.

L'admiration de Lynhéa pour la nature, ses odeurs et ses petits habitants s'était peu à peu muée en un poids pesant sur ses épaules. La chaleur, accentuant la transpiration, collait sa veste en cuir et son jean à sa peau. Ses mouvements entravés devenaient de plus en plus accablants au fil des heures. Même lorsqu'elle enleva sa veste pour l'accrocher à son sac à dos, la sensation de fraîcheur et d'aisance ne fut que de courte durée.

Afin de rendre sa marche moins pénible, elle essaya de se changer les idées en imaginant des animaux dans la forme des dunes. Elle y découvrit ainsi des serpents, des tortues ou même des éléphants. Mais cette distraction ne dura pas.

Elle suffoquait. La transpiration lui coulait dans les yeux, brouillant encore un peu plus sa vue. A force de les essuyer du revers du poignet, elle finit par les irriter. Elle attendait impatiemment la nuit et sa fraîcheur.

En fin de journée, lorsque la température baissa, Arkès décida de faire une halte pour dormir un peu.

Assise à même le sol, les jambes croisées, Lynhéa s'était mise dans l'idée d'allumer elle-même le feu avec les pierres d'Arkès. Elle avait envie d'essayer et sa fierté n'aurait toléré aucun échec, cela semblait si facile quand Arkès le faisait. De plus, dans ce désert, trouver de fines brindilles bien sèches ne représentait pas un obstacle.

Elle arracha quelques feuilles d'un buisson mort et des brins d'herbe desséchés qu'elle plaça délicatement sous les brindilles, s'assurant que l'air pourrait encore facilement alimenter les premières flammes. A côté d'elle, elle disposa quelques bois plus gros qu'elle jetterait sur le feu quand il aurait suffisamment démarré.

Pourtant, quelques minutes plus tard et plusieurs entailles aux doigts, elle perdait patience. Plusieurs fois, Arkès lui avait proposé de la remplacer, mais elle avait obstinément refusé. Lorsqu'elle perdit définitivement patience de se taper trop souvent sur les doigts, elle abandonna.

Arkès ramassa calmement les pierres qu'elle avait jetées violemment et s'agenouilla devant les bois. Trois essais avaient suffi pour que les feuilles rougeoient. Il se pencha légèrement et souffla doucement. Quelques secondes plus tard, les premières flammes dansaient joyeusement dans un mouvement provoquant qui finit d'énerver Lynhéa.

Ils mangèrent en silence puis s'allongèrent pour dormir.

Après trois heures de repos, ils reprirent leur marche. Le guerrier préférait avancer la nuit lorsque la température se refroidissait. Ils n'étaient pas équipés pour rester immobiles sous des températures parfois proches de zéro degré.

La nuit était tombée mais la lune éclairait suffisamment le paysage, ce qui permit à Arkès de garder ses points de repère, les trois sommets les plus bas de la petite chaîne de montagnes. Leur progression était fortement ralentie par le sable où chaque pas fatiguait beaucoup plus que sur la terre ferme. Lynhéa finit par avouer sa lassitude malgré ce qu'il lui en coûtait.

—Arkès, je n'en peux plus.

—Ok, on s'arrête une heure, pas plus. Je veux profiter de la nuit pour avancer un maximum.

—Merci, je ferai avec.

—Si tu veux récupérer un maximum, il faudrait que tu me laisses te faire un massage des jambes. Il faut de toute façon rester actif, sinon, on va être frigorifiés. Quand je dis rester actif, je ne veux pas dire …

—Je sais ce que tu veux dire ! C'est d'accord. De toute façon, je ne suis plus en position de faire des caprices, donc …

Ils s'installèrent en utilisant leurs sacs comme dossiers et Arkès commença le massage. La douleur était forte, mais Lynhéa devait passer par là pour soulager ses muscles endoloris. Cependant, masser au travers d'un pantalon aussi rigide diminuait sensiblement l'efficacité du travail d'Arkès.

—Un pantalon pareil ne me facilite pas la tâche, dit-il sans s'arrêter.

—C'était comment ta vie de soldat ? demanda-t-elle.

Elle ne voulait pas vraiment changer de sujet, mais la question lui brûlait les lèvres. Il n'était, de toute manière, pas question d'enlever le moindre vêtement par un froid aussi tenace.

—Banal. On s'entraînait toute la journée au combat ou à la résistance physique par des exercices de musculation. Oh, bien sûr on ne disposait pas d'instruments comme dans les salles dont tu m'as déjà parlé, on faisait avec les moyens du bord, mais cela fonctionnait tout aussi bien.

—Tu n'avais pas d'autres activités ? Sept jours sur sept t'entraîner à te battre ?

—En fait, on s'entraîne trois jours et on se repose une journée. Ceux qui ne veulent pas rester chez eux pour se reposer peuvent toujours se retrouver ensemble pour faire des jeux, mais finalement, toujours en rapport avec une activité physique. Ou alors, ils peuvent rester à la taverne pour boire un verre et faire la cour à la patronne.

— Toi, bien sûr, tu te retrouvais au bar ?

— Non. Soit je me reposais et alors je passais généralement beaucoup de temps avec Dialène ; soit je continuais à m'entraîner.

— Ah ! cria-t-elle alors qu'il touchait un muscle endolori, oui, là ça fait du bien. Tu continuais à t'entraîner ? Mais t'es un vrai malade !

— Chez nous, l'entraînement sportif ou au combat ne se pratique pas pour le plaisir. Si on n'est pas bon, on meurt, car il ne se passe jamais plus de quelques années, même parfois quelques mois, sans une bataille.

— Je comprends.

— Non, je ne crois pas. Je m'entraînais plus que les autres mais c'était par vanité. Je voulais être le meilleur. Et je n'en étais pas loin.

— Je te crois. Quand on voit comment tu te débrouilles maintenant.

— Ce que je sais faire maintenant est inexplicable. Mais il est vrai que mon niveau était bon, surtout en comparaison avec les combattants de ton temps. Ce serait quand même dommage pour quelqu'un qui ne fait que ça toute la journée d'être médiocre. Maintenant, je me rends compte d'une chose. Les capacités intellectuelles que la statue m'a offertes me permettent de mieux appréhender les choses, de réagir plus vite et me donnent une vision différente du monde. Mes capacités physiques n'ont pas suffi à m'amener au niveau où je suis. Je reste persuadé qu'il s'agit d'une combinaison des deux.

— Tu devrais mettre ce que tu as constaté à profit pour modifier votre type d'entraînement quand on rentrera à ton village.

— C'est vrai, ce serait fantastique.

Il s'arrêta un instant de parler. Ses yeux s'assombrirent.

— Mais on aura deux problèmes en rentrant … si on rentre !

— Qu'est-ce que tu veux dire ? s'inquiéta Lynhéa.

— Le premier, c'est que je suis sûrement considéré comme déserteur et probablement aussi comme meurtrier. Donc, pour moi, ce sera la corde … et pour toi aussi sans doute. (Il ne parla pas d'un éventuel bucher) Le deuxième, en admettant qu'on ait le temps de leur expliquer et qu'ils nous croient, tu n'accepterais pas ta condition là-bas puisque les femmes restent à la maison. Nos coutumes sont encore relativement barbares en comparaison avec ce que tu connais.

— Pour le premier problème, je ne connais pas de solution à priori. Pour le deuxième, on arrivera bien à les faire changer d'avis quand j'en aurai mis de nouveau quelques-uns au tapis. Puis, on pourra leur proposer de faire de moi un de leur prof de combat. A nous deux, on pourrait leur apprendre beaucoup.

— Je ne suis pas sûr que ce soit aussi simple. Imagine ce que vont dire les autres femmes et les tensions que cela pourra créer dans certains foyers. Je ne suis pas sûr que tous les hommes acceptent de prendre un tel risque. Il faut du temps pour que les mentalités évoluent. Un changement trop rapide ne peut amener que des tensions et des ennuis.

— Et puis, faudrait-il encore qu'ils acceptent d'être entraînés par une femme, dit Lynhéa en levant les yeux au ciel.

— En effet. Si pour certains cela ne posera pas de problème, comme Lucal par exemple, pour d'autres, ce sera moins évident. La situation ne sera pas confortable.

— Non, en effet. C'est pourquoi je ne pense pas qu'on puisse un jour s'y installer. Tu n'accepterais pas de changer pour devenir une femme au foyer et eux n'accepteront pas que tu occupes un rôle d'homme. C'est une impasse.

— Mais, et toi ? interrogea Lynhéa. Pourquoi accepterais-tu ? Et si tu acceptes, pourquoi pas les autres ?

—Je ne sais pas. Il n'y a pas si longtemps, je pensais encore comme eux, mais aujourd'hui, je réfléchis différemment. Peut-être est-ce un des nouveaux effets de la statue, je ne saurais le dire. Quoi qu'il en soit, je me rends bien compte qu'il serait utopique de t'imposer notre style de vie et paradoxalement, cela ne me gêne pas.

—C'est une bonne chose.

—Oui, sans doute. Mais j'ai l'impression qu'il ne sera pas facile de vivre dans ce monde si nous adoptons un style de vie si différent. Nous risquons de devenir des marginaux et dans ce cas, notre vie ne sera pas aisée car nous deviendrons rapidement la cible d'attaques en tout genre.

—C'est étonnant, fit remarquer Lynhéa. Tu parles souvent de nous. Comptes-tu lâcher tout ce que tu connais pour moi ?

—Je n'ai pas trop le choix. Je ne veux pas retourner le couteau dans la plaie, mais c'est moi qui t'ai amenée ici. En quelque sorte, je suis responsable de toi. Il ne serait pas juste de ma part de t'abandonner. Et je ne suis pas du genre à fuir mes responsabilités, je n'ai pas été élevé en partant du principe que je dois baisser les bras au premier obstacle.

—C'est tout à ton honneur, mais il est hors de question que tu me suives si tu n'en as pas envie. Notre vie en serait encore plus pénible. Alors, une fois notre quête accomplie, tu devras faire un choix. Moi, je préfère vivre seule que mal accompagnée et tu vivras plus facilement en croyant avoir fui tes responsabilités, que tous les jours avec moi, si ce n'est pas ce que tu veux.

—J'ai bien reçu le message. Mais nous avons encore du temps avant d'en arriver là. Essayons de sortir vivants de ce périple, on verra pour la suite.

Ils parlèrent encore quelques minutes puis reprirent leur route. Lynhéa était soulagée. Elle se sentait plus à l'aise et retrouvait même l'envie de parler en marchant … au grand dam d'Arkès qui préférait avancer en silence.

—Tu m'as parlé de l'extermination des Maldors.

—Oui et ?

—Pourquoi les kNalines sont-ils encore en vie dans ce cas ? Car je présume que vous ne les avez pas laissés en paix par pure charité.

—C'est vrai, répondit Arkès. En fait, eux aussi disposent manifestement de pouvoirs assez grands.

—Vous êtes des primaires en fait, dit maladroitement Lynhéa.

—Merci, rétorqua Arkès avec un petit sourire.

—Non, je veux dire par rapport aux autres.

—Merci quand même.

—Non, je ne voulais pas … oh, et puis zut, pardon, je m'enfonce là.

—Je sais, ne t'inquiète pas. En fait, je crois que c'est parce qu'on met toute notre énergie dans le combat et la guerre. Les deux autres peuples fuyaient les combats pour se consacrer à autre chose. Mais là n'est pas la question. En fait, les Warkans ne sont jamais arrivés à trouver les kNalines.

—Ah oui, c'est juste, Elveblas m'en a parlé. C'est cette forêt qui vous empêche d'entrer.

—Oui, la Torie, quand on s'y aventure, on n'arrive jamais à pénétrer dans leur monde.

—Comment ça se fait ?

—Je ne sais pas. Il paraît qu'on n'arrive pas à s'orienter et qu'on tourne en rond, revenant systématiquement à l'extérieur de leur monde.

—Et nous, bien sûr, c'est là qu'on doit aller.

—Oui, en effet.

—Cool ! s'exclama Lynhéa. Ce serait dommage si c'était trop facile.

Ils firent de nouveau une halte pour dormir au lever du soleil, lorsque la température devint plus clémente. Lynhéa réclama un massage. Ce rituel se répéta chaque jour.

Les deux derniers jours, Arkès força l'allure de nuit car l'eau s'épuisait.

A l'aube du huitième jour, dès leur réveil, une chose attira leur attention. Une chose qu'ils n'avaient pas vue lors de leur halte en fin de nuit. A une centaine de mètres devant eux se dressait un portail.

Simple dans sa conception, il ne semblait pas vouloir marquer un quelconque rite religieux. Deux colonnes de bois sur lesquelles était posée une grande poutre. Il semblait malgré tout marquer la frontière d'un domaine particulier, parfaitement plat, entouré de chaque côté par des dunes gigantesques. Arkès estima qu'il leur faudrait une heure pour traverser ce grand corridor. Une fois arrivé devant le portail, Lynhéa se montra sceptique.

—Il vaut mieux le contourner, je ne le sens pas du tout.

Arkès fixa la dune de gauche. Il était là et les regardait fixement. Il détourna le regard vers la droite, mais il était là également. Manifestement, il leur imposait la marche à suivre.

—Je crois qu'on n'a pas le choix, finit-il par dire.

—Comment ça pas le choix ! On a toujours le choix. Et s'il nous empêche de passer, il aura droit à un solide coup de rangers, dit Lynhéa furieuse.

Elle se dirigea vers la gauche.

—Non ! cria Arkès, en la retenant par le bras. Je me suis déjà mesuré à lui, on ne fait pas le poids. Je ne crois pas non plus que cette zone ait été créée par lui, sinon, il n'y aurait pas de portail, il nous aurait simplement laissé passer. Je pense qu'il ne sait pas de quoi il s'agit, comme nous, et c'est parce que cela nous fait peur, qu'il veut nous inciter à nous y engager. Rien n'indique donc qu'il y ait quoi que ce soit de particulier. C'est peut-être un vieux portail qui n'a plus d'utilité.

—C'est frustrant quand tu as des raisonnements que je n'arrive pas à contredire.

Quand Arkès regarda de nouveau la dune, l'homme avait disparu. Il avait compris qu'ils emprunteraient le passage.

Arkès s'avança le premier, rien ne se passa. Ils continuèrent leur marche sans traîner. Après quelques instants, ils remarquèrent un squelette humain sans y prêter plus d'attention. Mais au fur et à mesure de leur progression, le nombre de cadavres augmentait. Ils se sentaient de plus en plus mal à l'aise face à ce cimetière à ciel ouvert, se demandant ce qui avait bien pu se passer.

Dans leur avance, un phénomène inquiéta Arkès. Il se sentait essoufflé et fatigué et Lynhéa ahanait derrière lui, alors qu'ils n'avaient pas marché si longtemps. Pour faire part de ses inquiétudes, il se retourna vers la jeune fille et la stupeur se répandit sur son visage sans qu'il puisse dire un mot. La réaction de Lynhéa fut pareille à la sienne.

— Mon dieu, Arkès, qu'est-ce qu'il t'arrive ? On dirait que tu as vieilli.

— Oui, apparemment comme toi.

Ils restèrent un certain temps à se regarder, puis Arkès continua.

— Tu as l'air d'avoir …

— Au moins cinquante ans, n'est-ce pas ?

— Mais que se passe-t-il ? C'est encore un coup de notre ami, assura-t-il.

— Non, rétorqua Lynhéa, je ne pense pas. Je crois que tu avais raison, c'est simplement cette zone. Une aire où le temps s'écoule plus vite. J'ai l'impression que tous ces cadavres ne sont pas morts de soif, mais …

— … de vieillesse, termina Arkès.

Le constat était sans appel pour les deux compagnons.

— On n'a plus le choix, il va falloir courir le plus rapidement possible … tant qu'on peut encore.

Ils prirent une gourde dans chaque main et se mirent à courir. En buvant régulièrement, ils parvenaient à maintenir un bon rythme malgré le soleil qui alourdissait leur course au fur et à mesure de leur progression et malgré le sable où leur pied glissait à chaque pas. Trébuchant sur un nombre croissant de squelettes, ils se relevaient péniblement et de plus en plus difficilement. Ils vieillissaient, ils se fatiguaient. Leur souffle s'intensifiait et leurs jambes se dérobaient sous leur poids. Finalement, incapable de courir encore, plus vieille, plus usée, Lynhéa s'écroula à quelques centaines de mètres d'un second portail identique au premier. Arkès, plus robuste, puisant dans ses dernières forces, essaya de la traîner. Mais quelques mètres plus loin, il abandonna à son tour. Lynhéa fixait le portail, si proche … et pourtant si loin.

—C'est fini ! dit-elle à bout de souffle d'une voix fatiguée.

Ils restèrent là, exténués, essayant de retrouver un souffle qui semblait si loin. Peu à peu, calmés, ils regardaient la distance à parcourir. Auraient-ils la force, malgré le poids de la vieillesse, d'atteindre le portail, ou allaient-ils mourir ici, comme les autres ? Un sentiment d'abandon se lisait dans leurs yeux, et Arkès préférait éviter le regard de sa compagne. Couchés sur le dos, la respiration forte et rauque, ils contemplaient le ciel bleu, sans nuage, résignés à leur sort. Arkès finit pourtant par tourner la tête et croisa le regard de Lynhéa.

—Je suis désolé, je n'ai pas su te protéger, dit-il d'une voix fanée.

—Garde tes états d'âme machistes pour toi, je suis … ou du moins j'étais capable de m'occuper de moi toute seule.

—Notre coopération aura été de courte durée.

—Peut-être, rétorqua Lynhéa, mais au moins, c'était pas banal et on n'a pas eu le temps de s'ennuyer avec tout …

Soudain, venant de l'arrière, une voix coupa la parole à Lynhéa.

—Accrochez-vous m'sieur-dame, le convoi ne passe qu'une fois.

Un homme d'une quarantaine d'années courait vers eux, les deux mains pointant vers le sol pour attraper celles qu'Arkès et Lynhéa n'allaient pas manquer de lui tendre. De sa stature solide, l'homme les attrapa et ne s'arrêta pratiquement pas. Il les traîna jusqu'au portail au prix d'un incommensurable effort. Ils ne pouvaient même plus lui tenir les poignets.

Au second portail, ils sentirent une vague de fraîcheur envahir leur corps. Comme si un souffle de vie s'était subitement insinué en eux au passage de la porte. Sous la chaleur accablante de cette région semi-désertique, ce souffle fut accueilli par les deux compagnons avec beaucoup de bonheur. L'homme s'assit un instant pour reprendre haleine.

— Encore des voyageurs qui n'étaient pas au courant.

— En effet, merci jeune homme, répondit Arkès avec beaucoup d'ironie.

— De rien ! Ça m'arrive régulièrement de ramasser des gens ici, mais le plus souvent j'arrive trop tard, vous avez pu vous en rendre compte.

— Oui, c'est vrai. On a eu de la chance. Vous passez souvent ici ?

— Oui, je vais à Livend pour acheter des marchandises quand c'est marché, donc environ tous les deux mois. Vous savez, le village un peu au nord.

— C'est là que nous allons aussi. On peut vous y accompagner.

— Désolé, mais vous en avez pour quatre à cinq heures à vous remettre et je dois repasser ici avant la tombée de la nuit. Donc, je vous laisse, mais vous ne craignez plus rien maintenant.

L'homme se releva, prêt à repartir. Lynhéa l'apostropha une dernière fois.

— Merci, on vous doit une fameuse chandelle.

Leur sauveteur s'arrêta et se retourna.

— De rien. Et, au fait, petit détail important. En courant normalement, vous prenez dix ans dans le sens d'où on est venu, mais dans l'autre sens, vous en perdez dix. Donc, je vous conseille franchement de prendre une autre route si vous avez moins de trente ans. Car, si vous arrivez en dessous de quinze ans, il fera trop chaud et vous vous effondrerez. Vous devrez alors attendre de vieillir à nouveau sur place pour terminer la distance. C'est moins grave qu'à l'aller, vous ne risquez pas de mourir, surtout qu'il n'y a pas besoin d'eau ni de nourriture dans cette zone, mais vous ne récupérerez qu'un an tous les deux ans. Faites le compte, vos amis seront vieux quand vous sortirez et en plus, cela vous paraîtra très, très, très long. Beaucoup y ont perdu la tête.

— Mais si on n'a pas besoin d'eau et de nourriture, comment sont morts ces gens ? demanda Lynhéa.

— De vieillesse, de chaleur ou suicidé par la folie, à vous de choisir.

— D'accord, on s'en souviendra. Comment savez-vous tout cela ?

— Les témoignages des rescapés. Dans la région, il y en a quelques-uns.

— Merci pour tout, termina Arkès en criant à l'homme qui s'éloignait déjà.

Les deux jeunes compagnons restèrent allongés, attendant que leur jeunesse reprenne le dessus. Le temps qui passait leur semblait une éternité. Arkès regardait Lynhéa avec un léger sourire.

— Alors, c'est à ça que tu ressembleras quand tu seras vieille, ironisa-t-il pour détendre l'atmosphère.

— Monsieur a retrouvé un semblant d'humour, dirait-on. Baisse ton pantalon, et on va voir à quoi tu ressembles, toi, répliqua-t-elle aussitôt.

Ils se mirent à rire, épuisés et rassurés d'être encore en vie. Lorsqu'ils estimèrent avoir attendu suffisamment, ils s'assirent dos au portail, se regardant rajeunir l'un l'autre. Pour récupérer leurs forces, ils mangèrent et burent longuement.

— On l'a échappé belle, cette fois, commença Lynhéa. J'ai bien cru que c'était la fin pour nous.

— Je l'ai cru aussi. La prochaine fois, rappelle-moi de lui casser la figure et de faire un détour au lieu de passer sous un portail.

—C'est promis, acquiesça-t-elle. On devra aussi offrir à boire à … tiens, je ne sais même pas son nom … à Albert … voilà, ce sera son nom jusqu'à ce qu'on en sache plus.

—Va pour Albert, sourit Arkès. On y va ?

—On y va !

Ils avaient récupéré leur âge et leurs forces lorsqu'ils arrivèrent au village, trois heures plus tard.

Situé sur une colline, comme Nomart, l'endroit était protégé par un haut mur. Le seul moyen pour y pénétrer était d'emprunter un chemin entre les fortifications qui encerclaient presque tout le village et conduisaient à la Grande Avenue. Route principale du village, elle mesurait mille cent cinquante pieds de long et vingt pieds de large. De là, partaient toutes les rues étroites vers les échoppes et les habitations. Au-dessus du portail d'entrée, Lynhéa pu lire une inscription gravée dans la pierre accueillant ceux qui savaient lire : Sois le bienvenu étranger. Sois à Livend comme chez toi.

—C'est sympa tient ça. Enfin un village où on devrait être bien accueilli.

Elle lut l'inscription à Arkès avant de poursuivre :

—Ça fait quand même plaisir. Tu crois qu'on pourra demander à prendre un bain. On pourrait aussi prendre un vrai repas, car le reil séché c'est bien, mais à la longue, c'est un peu fade. Et puis, boire une bonne bière ou du vin, mais quelque chose de bien frais. Cette fois-ci, on demande deux chambres. J'ai envie de me mettre nue et de le rester pendant des heures, couchée sur un bon lit et m'endormir sans le sable qui me colle partout, … euh, Arkès, tu m'écoutes ou je parle dans le vide ?

Arkès avait ralenti, attentif. Ils arrivaient maintenant à proximité de la place du marché. Les habitations à trois étages qui la bordaient formaient un grand cercle. Les échoppes avaient été installées sur toute la place formant un nouveau réseau de ruelles.

L'attitude d'Arkès commençait à inquiéter Lynhéa.

—Qu'est-ce qu'il se passe ? demanda-t-elle.

—Je ne sais pas, il y a quelque chose de bizarre. Il n'y a personne dans les rues, et vu d'ici, la place à l'air déserte.

—Et alors ? C'est peut-être l'heure du repas.

—Non, c'est autre chose. Dialène m'a déjà parlé de ce village. Il me disait qu'il y avait toujours de l'ambiance, de la musique, des gens dans les rues, par bon et par mauvais temps. D'autant plus, comme le disait Albert, que c'est jour de marché. Non, il y a vraiment quelque chose qui ne va pas.

—Qu'est-ce que tu conseilles ?

—On y va, mais on reste sur nos gardes.

Ils arrivaient au centre de la place. Personne dans les échoppes, aucune trace de vie. Les cendres de feux mal entretenus restaient visibles çà et là. Le silence était pesant, presque étouffant.

—Y a quelqu'un ? cria Lynhéa.

Arkès la fusilla du regard puis leva les yeux au ciel tandis que Lynhéa haussait les épaules.

Seul le silence lui répondit et sa voix résonna dans toute l'enceinte du village. L'ambiance était lourde et inquiétante. Un vif sentiment d'insécurité envahit les deux compagnons. Arkès n'aimait pas cela, il sentait que quelque chose de malsain régnait dans les lieux.

—Mieux vaut ne pas traîner ici. Nous dormirons dans le désert. Fais le tour des échoppes, trouve de la nourriture séchée et de l'eau. On se rejoint au portail d'entrée. Si tu entends le moindre bruit, tu cries et on se rejoint au centre de la place.

—Ah non, répondit Lynhéa. On ne dort pas dans le désert cette nuit et on reste pour manger un bon repas.

Arkès la toisa sans dire un mot.

—Ok, c'est parti ! dit-elle sans insister.

Chacun prit son sac en main et ils partirent, toujours sur leurs gardes, jetant en permanence un œil par-dessus leur épaule. Ils pouvaient prendre tout ce qu'ils voulaient, mais se limitèrent au strict nécessaire. Un peu de viande séchée et de l'eau. Arkès choisit aussi des turbacks, petits biscuits secs typiques de Livend. Très énergétiques, ces biscuits étaient fort appréciés des voyageurs car trois ou quatre turbacks constituaient à eux seuls un repas complet et ils prenaient peu de place dans un paquetage. Arkès était soulagé, ils ne manqueraient pas de nourriture jusqu'à leur arrivée chez les kNalines, même si leur chemin devait encore être parsemé d'embûches.

Vu le déroulement de leur voyage jusqu'ici, il fallait s'attendre à tout. Et il était persuadé que quelque chose allait encore se passer. Le village que Dialène lui avait dépeint comme un endroit animé et accueillant, se révélait inquiétant de silence et cela ne lui plaisait pas. Même le joyeux Albert était absent.

— Arkès ! Par ici, je les ai trouvés ! s'écria Lynhéa.

Il fit demi-tour pour la rejoindre, mais la rue était envahie par des villageois immobiles aux yeux hagards qui foncèrent sur lui.

— On quitte la ville ! hurla-t-il à Lynhéa encerclée, qui se préparait à les bousculer.

— N'approchez pas ! leur lança-t-elle. Arkès ! Ils sont devenus fous. Je vais devoir foncer dans le tas.

— Ce ne sont que les villageois. Je suis sûr qu'il est là dessous. Essaie de ne pas leur faire trop mal.

— Elle est bien bonne celle-là, dit-elle pour elle-même.

Elle estima rapidement leur nombre … trente !

— On va rire, conclut-elle, pas rassurée du tout.

Elle courut vers la rue où ils étaient les moins nombreux et réussit in extremis à se frayer un passage vers le centre de la place en jouant des poings et des coudes. Elle ne sortirait son poignard qu'en cas d'extrême nécessité. Au centre de la place, pas d'Arkès.

— Arkès, où t'es, bon dieu.

— J'avais dit : On quitte la ville ! lança-t-il en remontant l'allée principale à une vitesse incroyable tout en louvoyant entre les villageois.

Il arriva près d'elle et ils se retrouvèrent vite encerclés.

—Non, le plan c'était au centre de la place, dit-elle juste pour avoir raison.

Il la tira par le bras sans relever son objection.

—Par ici !

L'étroitesse du passage limitait l'avancée des villageois à deux ou trois de front. Arkès s'y engouffra suivi de Lynhéa. Sa carapace avait décidé, une fois de plus, de ne pas l'envelopper et Arkès commençait à se demander quelle était sa réelle utilité.

—Dans le bâtiment, là ! cria-t-il.

Une avalanche de coups de poing, de coudes et de pieds leur permit d'avancer. Lynhéa regardait le bâtiment mais n'était pas convaincue que c'était une bonne solution.

—Mais, t'es malade ! On ne va pas s'enfermer, c'est du suicide, fit-elle remarquer en courant.

Ils avaient maintenant le champ libre pour courir et prirent un peu d'avance sur leurs poursuivants mais d'autres arrivaient en petits groupes isolés par les côtés. Arkès, en tête, assommait les villageois sans même s'arrêter.

—Au moins … toi tu dégages ! … ils ne pourront pas nous prendre à cinquante d'une fois. T'as une meilleure idée ?

—Euh, là, tout de suite, non.

—Alors, tais-toi et cours !

Arrivés à la maison choisie par Arkès, ils fermèrent violemment la porte et la barricadèrent avec du mobilier pendant que les villageois martelaient le bois massif.

—Au moins ici, on sera un peu tranquille pour réfléchir.

Il n'y avait aucune fenêtre dans la pièce. Arkès poussa un dernier meuble contre l'entrée alors que les villageois essayaient déjà de la défoncer.

—Voilà, ça devrait tenir. Il leur faudra du temps pour nous avoir. Viens, on monte à l'étage.

Ils gravirent les marches quatre à quatre, ne se donnant

pas le moindre repos. D'une fenêtre, ils pouvaient apercevoir des gens dans la rue, martelant la porte de leurs poings. Arkès estima la foule à deux cents personnes. Ils ne pouvaient pas les affronter tous d'autant plus qu'ils s'étaient fixé comme objectif de ne pas les tuer. Il ne voyait aucune solution à leur sort.

—On ne peut même pas quitter la ville. Sans nos sacs, c'est impossible, on ne survivrait pas deux jours. Il faut trouver un autre moyen.

Il leur fallait faire vite car quelques villageois couraient vers la gauche.

—C'est vrai ! se souvint-il en se frappant la tête. Dans ces villages, toutes les maisons communiquent entre elles. Comme à Kulhpa. Ils vont nous tomber dessus par le deuxième étage. Viens, il faut monter !

—Arkès, regarde ! l'interrompit Lynhéa en pointant une maison de l'autre côté de la place.

—Ben quoi ?

Il ne voyait rien de particulier.

—La lumière !

—Oui, la lumière ! Et quoi ?! s'impatienta-t-il, ne comprenant pas ce qu'elle voulait dire.

—C'est la seule maison avec une lumière. Or, vous n'avez que des bougies et il fait encore clair. Tu as déjà vu des bougies qui éclairent aussi fort en pleine journée et avec une lumière aussi blanche.

—Non, mais …

—Ecoute ! le coupa-t-elle. Il est clair que c'est notre ami qui a fait ça aux villageois, donc, cette lumière a sûrement un rapport avec ce qu'il se passe ici. T'as une meilleure idée !?

—Non, fut-il forcé de répondre.

—Alors la ferme, et trouve un moyen d'y aller.

—D'abord, il faut bloquer l'accès du deuxième.

Ils gravirent rapidement les escaliers et poussèrent un lit pour barricader la porte de la chambre. Puis, soudain, Arkès arrêta Lynhéa.

—Je les ai tous vus partir sur la gauche, donc, il n'y a peut-être encore personne à droite. Viens ! dit-il en attrapant Lynhéa par le bras. On va faire le tour de la place par les portes communicantes d'une maison à l'autre.

Ils se précipitèrent, mais c'était déjà trop tard, d'autres villageois étaient arrivés. Le couloir étroit ne permettait le passage qu'à trois personnes de front et il était très long. Ils n'avaient pas le choix et commencèrent à se frayer un passage en jouant des bras et des coudes. Arkès avançait en tenant un villageois par une clé sur le poignet maintenant son bras tordu vers le haut et se baladait de gauche à droite dans le boyau, forçant les autres à reculer. Lorsque les Livendais furent pressés les uns contre les autres et ne pouvaient plus reculer, il lâcha l'homme et le frappa violemment. L'homme s'écroula.

—Oups, mauvaise idée.

Le bouchon qu'il venait de créer se retournait contre lui. Il se libéra sous la pression de ceux qui suivaient et plusieurs villageois leur tombèrent dessus en une masse compacte. Arkès, arrivait à les faire reculer à force de frapper et de pousser, mais Lynhéa était débordée. Elle n'en sortait plus. Elle se retrouvait maintenant acculée contre le mur avec trois hommes devant elle, cherchant à l'étrangler. Arkès était trop occupé de son côté pour le remarquer.

—Désolé messieurs, mais vous ne me laissez pas le choix.

Elle sortit son couteau de combat et commença à frapper au niveau de l'abdomen. Les trois villageois s'écroulèrent devant elle mais les autres arrivaient déjà. Maintenant, elle ne frappait plus avec la lame, mais avec la garde du couteau afin de les épargner au maximum. Elle reprit alors sa progression.

Arkès était arrivé à l'escalier. Il lui suffit d'un coup de pied pour les faire dégringoler tous. Cela leur donnait un peu de répit, mais sur le palier, ceux qui n'étaient pas assommés, se relevaient déjà. Arkès évita le coup de poing de l'un d'eux par un pivot et lui attrapa le bras. Un mouvement circulaire du poignet vers le bas fit perdre l'équilibre à son agresseur et il suffit alors d'une poussée sur le coude pour le lancer sur les autres dans la cage d'escalier. Il restait sur place et faisait de même avec tous ceux qui se relevaient. Bientôt, il ne resta plus personne dans le couloir que lui, Lynhéa, les assommés … et les cadavres ! Il venait de les remarquer. Lynhéa arrivait près de lui. Il restait figé devant les corps inertes.

—Je n'ai pas eu le choix.

—Je m'en doute, dit-il en reprenant ses esprits. On y va !

Il fit tomber une fois de plus les Livendais dans l'escalier puis enfonça porte après porte sans prendre le temps de regarder si l'une d'elles était ouverte. Lynhéa quant à elle, faisait tomber un maximum d'objets derrière eux pour ralentir leurs poursuivants. Tout était bon, vaisselle, chaises, tables, petites armoires, étagères ou tout ce qui était plus volumineux. Ils arrivaient ainsi à garder leurs poursuivants à bonne distance.

Alors qu'ils progressaient dans leur fuite, un grondement sourd commença à ébranler les murs. Ils ne l'avaient pas remarqué, trop préoccupés à avancer pour échapper aux villageois.

Soudain, la maison se mit à trembler et craquer de toutes parts. Ils s'arrêtèrent, perdant pratiquement l'équilibre. Le plancher s'était fissuré entre eux et la porte de la maison suivante. Ils tombèrent à genoux, déséquilibrés par les vibrations. La crevasse grandissait à vue d'œil et le tremblement s'intensifiait. Ils ne pouvaient pas rester là, il fallait qu'ils continuent.

—Saute ! cria Arkès.

Il se releva en l'entraînant avec lui et sauta par-dessus la crevasse. Durant la seconde que dura le saut, il sentit une forte chaleur monter en lui.

Sa carapace l'avait recouvert.

Une fois qu'il eut repris contact avec le sol, il continua sa course, poussa Lynhéa sur le côté et la fit tomber à travers la porte d'une chambre qui vola en éclats.

Sans ralentir, il enfonça la porte suivante. Il reçut alors un coup violent et fut ébloui par une intense lumière. Projeté six mètres en arrière, il retomba sur les villageois. Lynhéa, assise sur le sol, regardait le faisceau lumineux qui jaillissait de la porte tel un raz de marée de lumière, tout en se protégeant les yeux avec ses doigts. Avec une vitesse vertigineuse, le faisceau se fraya un chemin à travers les couloirs et les maisons tel un immense serpent, bousculant tout sur son passage. Arrivé sur la place, il se transforma en un brouillard de lumière qui recouvrit les villageois puis disparut brusquement.

Lynhéa reprit ses esprits, se releva et courut vers Arkès qui était allongé sur le sol, inconscient. Sa carapace avait disparu. Deux gifles retentissantes eurent vite fait de le réveiller. Les villageois se relevaient aussi. Arkès et Lynhéa étaient prêts à reprendre leur course lorsqu'ils virent que quelque chose avait changé dans le regard des habitants. Ils s'observaient tous, interrogatifs et un peu perdu, comme s'ils ne savaient pas où ils étaient.

—Qu'est-ce qui s'est passé? demanda un villageois. J'étais conscient mais je n'arrivais pas à contrôler mon corps. Je n'avais qu'une seule envie, c'était de tuer tous les étrangers que je voyais.

—Pour moi aussi, c'était pareil, ajouta un villageois et les autres partageaient le même avis.

Les deux jeunes compagnons se regardèrent, surpris, mais surtout soulagés de leur réaction.

—Je pense pouvoir vous expliquer ce qui s'est passé, poursuivit Arkès, mais je vous propose d'abord de revenir sur la place du village. Tout le monde doit s'interroger.

—D'accord, répondit l'un des villageois trop déboussolé pour se demander qui était cet étranger.

Sur la place, un homme s'approcha d'Arkès. Porte-parole du village, il se devait d'afficher fièrement son assurance. Il avait une quarantaine d'années, bedonnant, une écharpe de couleur vive en bandoulière au-dessus de sa veste. Le chef du village, sans doute, dans son uniforme d'apparat à l'occasion du marché.

Lynhéa commença à raconter ce qui s'était passé tout en s'activant autours des blessés. Pendant ce temps, aidés d'Arkès, des villageois transportaient les morts sur des tables disposées au milieu de la place. La jeune fille termina son explication en s'excusant pour les trois personnes qu'elle n'avait pu épargner.

—Trois ? Mais nous avons quatre morts, s'exclama l'une des villageoises.

Ils se dirigèrent vers les tables où les corps avaient été disposés. C'est Arkès qui le reconnut.

—Albert ! Ou du moins, c'est le nom que nous lui avons donné. Il nous a sauvés la vie dans un endroit où nous étions perdus, à quelques heures d'ici. C'est difficile à croire, mais nous avons failli y mourir de vieillesse.

—Le *Passage du Temps*, compléta l'un des villageois, vous avez eu de la chance.

—Oui, en effet, mais lui en a eu moins.

—Nous sommes désolés, ajouta le chef.

—Ce n'est pas votre faute, dit Arkès, ce qu'il s'est passé ici, n'est la faute de personne, sauf peut-être la mienne d'avoir pris cette maudite statue.

—Arkès ! rétorqua Lynhéa. Ne sois pas ridicule, tu sais bien que tu n'y es pour rien.

—Ouais, sans doute, fit-il, peu convaincu. Puis ils reprirent leur tâche.

—Une statue ? Quelle statue ? demanda le chef.

Il ne reçut aucune réponse.

—Quelle statue ? Quelqu'un sait-il de quoi il parle ? … Est-ce que quelqu'un peut me dire de quoi il s'agit ? insista-t-il vainement.

Les heures qui suivirent furent employées à enterrer dignement les défunts et Arkès en profita pour éclairer un peu la lanterne du chef du village sur les derniers évènements. Puis, harassés, les Livendais se rassemblèrent sur la place et le chef prit la parole.

—Chers amis, ce qu'il s'est passé ici est une tragédie et c'est avec énormément de regrets et de respect que nous disons au revoir à nos quatre malheureux compagnons. Qu'ils reposent en paix mais vivent à jamais dans nos mémoires.

Chacun observa une minute de silence puis l'homme reprit.

» Nous devons toujours garder en mémoire ce qu'il s'est passé aujourd'hui, et nous ne devons surtout pas oublier que c'est grâce à Arkès et Lynhéa que nous sommes encore en vie. Ils auraient pu nous tuer tous pour se défendre. Ils ont préféré risquer leurs vies pour préserver les nôtres.

Il se tourna vers eux.

» Arkès, Lynhéa, vous serez toujours les bienvenus chez nous … nous restons vos obligés. Merci à tous les deux.

Aucun cri de triomphe, aucun applaudissement ne salua la harangue du chef du village. Même si tous se réjouissaient de leur libération, ce n'était pas l'endroit ni le moment d'en faire étalage.

Arkès et Lynhéa donnaient un coup de main par-ci, par-là, un peu comme s'ils se sentaient responsables du drame qui s'était passé.

—*Tout cela à cause d'une statue*, pensait Arkès. *Et s'ils avaient vu ma transformation, sans doute m'auraient-ils pris pour un démon, moi aussi.*

Il réfléchit encore longtemps à la situation. Plus il y pensait et plus il sentait monter en lui rage et culpabilité. Tant de morts déjà, à cause de lui et de cette maudite statue : son ami Dialène, les marchands … les Livendais. Il pouvait vivre avec l'idée de tuer au combat, mais que des innocents meurent à cause de lui, même indirectement, était une idée insupportable. Ce n'est que lorsque Lynhéa posa la main sur son épaule, comprenant ce qui lui passait par la tête, qu'il arriva à se calmer un peu. Un regard lui suffit. Il la rassura d'un sourire discret.

La manière dont elle le regarda et le fait que ce regard suffit à lui remonter le moral finirent de lever les derniers doutes qu'il pouvait avoir. Il était cette fois bien décidé à lui faire confiance, oubliant tous ses atermoiements. Ils pourraient désormais avancer réellement ensemble. Ce changement dans son esprit illumina les yeux d'Arkès l'espace d'un moment.

Même si elle ne savait pas d'où cela venait, cette étincelle dans le regard de son compagnon la transperça littéralement et faillit faire exploser son cœur. Son ventre se noua et elle rougit. Arkès ne le remarqua pas. Elle détourna aussitôt le regard et retourna aider les villageois.

Ils furent invités à passer la nuit dans la maison du chef, qui ne put s'empêcher de discourir sur l'importance de la convivialité dans leur village et de celle du respect de la vie, comme ils venaient d'en faire la preuve. Arkès et Lynhéa l'écoutaient poliment. Il était cependant évident qu'un guerrier et une tueuse avaient du mal à s'intéresser à un tel boniment. Fatigués et fourbus, ils ne pensaient plus qu'à dormir dans un bon lit bien chaud.

Cependant une question taraudait l'esprit d'Arkès. Il attendit poliment que le chef ait fini son monologue puis, osa finalement poser sa question :

—Que va penser votre seigneur de ce qu'il vient de se passer dans le village ?

Etrangement, l'homme si volubile un instant auparavant mit un certain temps avant de répondre. La question le mettait visiblement mal à l'aise.

—Personne n'en parlera, sur mon ordre. Notre seigneur est quelqu'un d'assez … difficile et peu disposé à l'égard de notre village. Aucun Livendais ne lui rapporte autre chose que ce qu'il demande. Et cela se limite à des taxes la plupart du temps, ajouta-t-il d'un ton amer.

Il se leva doucement de son fauteuil et marcha lentement vers la cheminée où crépitait un chaleureux feu de bois. Il posa la main sur la pierre massive qui surplombait l'âtre et fixa un instant les flammes. Arkès et Lynhéa se regardèrent et haussèrent discrètement les épaules, ne comprenant pas bien sa réaction. Puis, se mêlant au crépitement du bois, sa voix s'éleva plus doucement qu'à l'habitude.

» Lui faire part de ces évènements ne déclencherait qu'une seule réaction : sa colère et les conséquences logiques qui s'en suivraient pour Livend. Ses soldats envahiraient le village pour un bon moment. Sans compter qu'il vous ferait rechercher et n'hésiterait sans doute pas à vous torturer pour en apprendre plus. Je présume donc que vous adhèrerez à notre souhait de garder le silence. Tant que vous le pourrez, évitez de croiser son chemin, vous n'en retireriez rien de bon.

Lorsqu'il se retourna, son visage était sombre et triste. Il était évident que le village avait déjà souffert énormément du dictat de leur seigneur. Silencieusement, ils se regardèrent tous les trois. Ils avaient compris.

Peu après, les convives se séparèrent et gagnèrent leurs chambres.

Le lendemain, les deux compagnons se remirent en route. Les dégâts occasionnés par la bagarre étaient moins importants que dans leur souvenir. Ils seraient vite réparés, le village disposait de bons menuisiers. Soulagés, ils se dirigèrent vers les montagnes kNalines dont les dents acérées se dessinaient à l'horizon.

Warbeline était une ville grouillante d'activité constante. En journée, les rues étaient bondées. Les gens se croisaient, se bousculaient, sans se connaître et se parler. On pouvait d'ailleurs se demander ce qu'ils faisaient là. Des badauds croisaient des marchands et des individus à la recherche de quelque fortune.

Les siècles survolaient la ville depuis bien longtemps et l'explosion démographique de Warbeline avait contraint les rois à construire de nouvelles enceintes fortifiées, toujours plus éloignées du centre. Mais alors que la troisième fortification était terminée, de nouvelles constructions apparaissaient déjà à proximité. Les tous premiers remparts tombaient en ruines et les habitants les pillaient pour prélever les pierres nécessaires à la consolidation de leur habitation.

Les maisons étaient accolées les unes aux autres et les bâtisseurs cherchaient sans cesse le moyen d'en insérer une de plus ou d'agrandir encore les autres, le plus souvent au détriment de la stabilité de tout l'édifice. Les accidents étaient nombreux tout comme leurs victimes. Mais une fois les débris évacués, une nouvelle construction poussait en un temps record comme si rien ne s'était jamais passé. Les incendies étaient particulièrement redoutés pour ces habitations construites en bois pour la plupart sur des fondations en pierre. Le feu pouvait aisément se communiquer d'une maison à l'autre et les rues étroites et sinueuses ne facilitaient ni l'évacuation des habitants, ni l'accès pour les gens du feu. La ville avait déjà brûlé presqu'entièrement une dizaine de fois. Mais elle était rapidement reconstruite et de nouveaux arrivants remplaçaient les victimes.

Les artisans de tous types, tailleurs, barbiers, bouchers, tonneliers, charpentiers, fourreurs, tisserands et bien d'autres étaient généralement regroupés par rue et par corps de métier. Les plus fortunés d'entre eux y avaient imposé leur domination. Ils étaient propriétaires de la plupart des terrains et des maisons. Ce sont eux qui fixaient les loyers, les salaires et le prix des objets fabriqués ou des denrées vendues dans l'enceinte de la ville. Ensembles, ils formaient le patriciat.

Payant au roi des impôts faramineux contre leur liberté d'agir, ils n'étaient jamais inquiétés par les soldats et rendaient le plus souvent eux-mêmes la basse justice. Le roi y trouvait parfaitement son compte, se souciant peu de la population mais plutôt de sa tranquillité et pouvait ainsi se consacrer tout entier à la conquête des mondes entourant son royaume. Ces impôts excessifs lui permettaient de payer ses armées, seule catégorie de la population qu'il pouvait craindre en cas de révolte.

La rue principale, construite de grosses pierres mal équarries, partait de la troisième enceinte et rejoignait directement le château. Toutes les autres rues étaient étroites, sinueuses et sombres car les hautes maisons étouffaient les passants de leurs balcons cachant le ciel et la lumière. La nuit, elles étaient d'une noirceur inquiétante. Peu de citoyens, à part quelques ivrognes ou des bandits en quête d'un mauvais coup, osaient encore s'y aventurer une fois que la lumière les avait désertées. Les enseignes en bois pendaient au bout de quelques fers forgés et grinçaient dans le vent. L'odeur nauséabonde dans ces coupe-gorges qui ne disposaient pas d'égouts, les eaux sales stagnantes qui croupissaient en des flaques fétides prenaient les citoyens à la gorge et peu s'y risquaient sans raison valable. Seule une pluie violente permettait de nettoyer un peu ces boyaux malsains. Les animaux se vautraient dans la fange et les maladies étaient fréquentes. Le mal ardent ou la crainte de la peste multipliaient encore la peur et les superstitions.

La grande allée était, à l'inverse des autres rues, très large et lumineuse, même la nuit, grâce aux lanternes en nombre disposées un peu partout. Entre la première et la deuxième enceinte, elle s'élargissait encore pour accueillir le marché. Ce dernier était ceinturé par deux grands arcs d'arbres feuillus laissant assez de place sur leurs côtés pour permettre aux éventuels convois de passer sans devoir traverser les échoppes et gêner la population.

Remontant l'allée, on arrivait face à l'imposant château de pierre et ses immenses murailles qui rappelaient sans cesse à la populace sa place exacte vis-à-vis du roi tout puissant. Plus on approchait, plus le sentiment d'être insignifiant grandissait. À une centaine de mètres des énormes portes de bronze, la grande allée se rétrécissait subitement pour ne laisser qu'un boyau où un chariot ne pouvait passer qu'avec prudence. Cette précaution, imposée par le roi Anthelme-le-Blanc, devait empêcher les envahisseurs de mettre en place de lourdes machines de siège. Le boyau ouvrait sur une petite place d'à peine cinquante mètres, ce qui permettait aux archers de faire un véritable massacre des soldats assez téméraires pour arriver jusque-là. De plus, sortant de cette gorge, le château paraissaient encore plus impressionnant et devait susciter la crainte aux ennemis du roi, mais également à ses sujets.

Tout cela n'inquiétait nullement Elveblas et Nora. Arborant fièrement leur statut de seigneurs en exhibant bien haut leurs armoiries, toutes les portes s'ouvraient aisément devant eux leur procurant un vif sentiment de grandeur.

Ils étaient venus à la demande du roi et ils le laisseraient expliquer l'objet de sa missive, mais ce ne serait qu'un prétexte pour fragiliser encore le seigneur des Engeraux. Et pour ce faire, ils avaient bien préparé leurs arguments.

Comme ils s'y attendaient et sans autre contrôle de sécurité, ils furent conduits vers la grande salle du trône. Avant d'entrer seul, Elveblas embrassa sa femme qui irait rejoindre les épouses des autres seigneurs dans une pièce adjacente où elles pourraient bavarder et se restaurer. Anthelme-le-Blanc n'aurait pas souffert la présence d'une femme pendant ses réunions, même pas la reine.

Il était assis fièrement sur son trône, n'attendant plus qu'Elveblas. Les trois autres seigneurs étaient déjà présents : Huldrack, seigneur du Tmorg, Lacneol, seigneur des Engeraux et Orkaf, seigneur du domaine royal qui aux yeux des trois autres ne méritait en rien ce titre en tant que troisième fils et frère de Huldrack. Ils devraient pourtant le tolérer car telle était la volonté du roi qui avait pris un malin plaisir à provoquer ses trois vassaux.

Les quatre seigneurs se tenaient debout à quelques mètres du trône. Le roi, pour asseoir un peu plus son autorité, n'avait même pas prévu de siège à leur intention, ni même une coupe de vin pour rendre la discussion plus agréable. Ils resteraient debout tout le temps de la discussion.

—Seigneur Elveblas ! Je suis heureux de voir que vous avez retrouvé le chemin de mon château, dit le roi ironiquement.

—Majesté, répondit simplement Elveblas en s'inclinant.

Le roi poursuivit immédiatement.

—Cela fait bien longtemps que vous ne m'avez plus fait l'honneur de votre présence. Quelles affaires si importantes pouvaient bien vous retenir ?

—Comme vous le savez, Majesté, en tant que seigneur d'un domaine peu fertile, notre seul apport venant du commerce, nous devons déployer beaucoup d'énergie pour le faire fructifier. Cela demande du temps et beaucoup d'efforts d'organisation. Mais je vous promets de ne plus laisser passer autant de temps avant de revenir vous voir.

— Et la charmante Nora, comment se porte-t-elle ?

— Elle va très bien, je vous remercie de votre intérêt pour elle. Cela lui fera très plaisir de savoir que vous avez pris de ses nouvelles. Et Madame la reine ? Se porte-t-elle bien ?

— Elle traverse une période un peu plus difficile pour l'instant, mais elle se remettra très vite, j'en suis sûr.

Pendant qu'ils échangeaient ces politesses, Orkaf observait les seigneurs. Il lisait sur leurs visages aussi clairement qu'au travers d'une vitre. Chacun aurait tué l'autre sans hésitation et sans le moindre remord s'ils n'avaient eu autant à perdre. Ils savaient pourtant qu'une guerre ne leur offrirait aucune option sur le domaine de l'autre.

Déstabiliser les autres à grands coups de politesse, était une manœuvre sournoise qui l'écœurait. Le soldat qu'il était ne pouvait adhérer à ces pratiques et il était souvent incapable de dissimuler suffisamment ses pensées. C'est pourquoi il devait rester extrêmement prudent. Le secret qu'il avait envers le roi ne tenait qu'à un fil et sa vie dépendait de celui-ci.

— Alors, dit le roi, comment se portent les affaires dans le royaume ? J'ai reçu il y a peu vos coffres d'impôts. Ils m'ont semblé plus maigres que lors de vos voyages précédents. Surtout le tien Huldrack.

— Sire, entretenir l'armée demande beaucoup de fonds.

— Balivernes ! C'est la même chose dans toutes les seigneuries. Et si vous dépensez réellement tout mon tribut à constituer une armée et à entraîner vos soldats, comment se fait-il que vous ne gagniez pas plus souvent les joutes inter-seigneuries ? (Il avait piqué Huldrack au vif, son sport favori, mais il pouvait encore faire mieux). Vos méthodes semblent manquer d'efficacité. Regardez Lacneol, il n'y met pas autant d'énergie que vous et pourtant, ce sont ses soldats qui gagnent chaque année nos joutes. Peut-être devrais-je lui demander de détacher l'un de ses instructeurs chez vous. Qu'en pensez-vous Lacneol ?

— La comparaison est difficile à faire, Majesté. Dans les joutes, ce ne sont que quelques soldats qui s'expriment. J'ai donc simplement la chance de disposer de quelques soldats exceptionnels. Lors de batailles, les armées des trois seigneuries se valent.

— Ce bon Lacneol, toujours aussi courtois. Cela ne change rien au fait que ta seigneurie (il regarda Huldrack) est toujours celle qui verse le moins d'impôts.

Huldrack était un homme dur aux larges épaules et à la forte mâchoire carrée. Les rides qui se creusaient sur son visage ajoutaient encore à sa sévérité. Sa longue chevelure blanche ne trahissait pourtant aucune vieillesse ni aucune faiblesse. Mais les autres seigneurs le connaissaient bien. Sous ses aspects rudes, il était fin négociateur et son absence totale de pitié le faisait craindre par la plupart d'entre eux.

— Et j'en suis désolé. Mais je n'ai pas les ressources des deux autres seigneuries. Les Engeraux sont fertiles et le commerce avec Outremonde, même s'il reste limité (Elveblas sourit au fait qu'un des points qu'il comptait développer venait d'être soulevé) rapporte beaucoup. Il peut donc vous verser beaucoup plus d'argent sans appauvrir sa population. Quant aux Solskirts, leur position centrale est une place de choix pour développer le commerce. Ma seigneurie du Tmorg est beaucoup plus isolée. Et je dois appauvrir la population pour payer les impôts que je dois vous verser.

— Peut-être manques-tu d'imagination ? le piqua le roi. Si Elveblas n'avait pas pensé à développer le commerce, il en serait au même point que toi aujourd'hui. Et puis, tu appauvris peut-être ta population, mais ne dit pas que c'est à cause de moi. Tu n'as vraiment pas besoin de moi pour la maltraiter, tu te débrouilles très bien tout seul. Je te laisse deux ans pour mettre au point les directives nécessaires pour rectifier ta situation. Pendant ces deux années, je n'augmenterai pas les taxes envers ta seigneurie afin que tu puisses agir librement. Je t'encourage à prendre conseil auprès d'Elveblas, il est très doué pour faire du profit (il regarda le seigneur des Solskirt avec un sourire narquois).

—Ce sera avec plaisir, répondit Elveblas alors qu'Huldrack le fusillait du regard.

—Et que pourrait me proposer le seigneur Elveblas ? le provoqua Huldrack espérant le prendre au dépourvu.

Mais Elveblas qui avait étudié le royaume dans ses moindres détails était parfaitement préparé à de telles situations. Il ne se décontenança donc pas le moins du monde, arbora un léger sourire en fixant Huldrack et répondit.

—Il est difficile, à brûle-pourpoint, de donner des solutions. Mais le développement de la pêche serait une première approche.

—Ah ! Ah ! Comme c'est aisé. Penses-tu que je ne l'ai jamais envisagé ? Ces lacs sont pauvres en poissons et fournissent déjà trop peu pour nourrir toute ma population.

—C'est évident, mais pour cela, il faudrait en assainir les bords.

—Que veux-tu dire ?

—Les poissons ne peuvent s'y reproduire aisément à cause de la végétation qui envahit les bords. Si tu l'extrayais, les poissons y trouveraient plus d'espace et pourraient donc mieux se reproduire. De plus, la vertu médicinale de ces plantes n'est plus à faire, au même titre que leurs vertus culinaires d'ailleurs, et ce serait là une possibilité de commerce non négligeable. Une exploitation saine des lacs assurerait des revenus réguliers aussi bien au niveau des plantes que des poissons. Mais en seras-tu capable ?

Huldrack eut un mouvement vers lui au moment où la colère s'imprimait sur son visage tandis qu'Elveblas souriait.

—C'est parfait, dit le roi. Voici une idée novatrice que je te conseille de mettre rapidement en pratique.

Huldrack fulminait. Il était un guerrier, pas un commerçant. Il voulait faire la guerre, pas du commerce ou de la culture.

Le roi quant à lui jubilait intérieurement. Au moment

opportun, il confirmait son impression qu'Elveblas serait un allier sûr tant son envie de s'approprier les autres seigneuries était grande. Elveblas venait de démontrer qu'il avait déjà bien étudié ses concurrents.

Mais le roi se fatiguait déjà de ces discussions stériles et il en vint directement au sujet qui lui tenait à cœur.

—Elveblas, mon ami, tu sembles bien au courant de tout ce qui se passe dans le royaume.

—Disons que ma position centrale au niveau du commerce me permet d'entendre beaucoup de choses.

—Eh bien, as-tu entendu parler des bruits qui courent dans le pays ?

Les seigneurs se dévisagèrent à tour de rôle. Elveblas se rendit compte immédiatement qu'il avait une longueur d'avance sur les autres et comptait bien en profiter. Il était persuadé que le roi parlait d'Arkès et Lynhéa. La tenue si particulière de la jeune femme avait attiré l'attention et les espions du roi avaient déjà dû faire leur travail. Un rictus discret déforma à peine ses lèvres. Mais il ne devait pas dévoiler son jeu immédiatement et resta un instant silencieux pour pousser le roi à en dire plus. Ce qu'il fait sans tarder face au silence des trois seigneurs.

—On me rapporte des évènements étranges.

—Peut-on demander à quels évènements vous faites allusion et qui est ce *on* ? demanda Huldrack de sa voix sèche et tranchante.

—Peu importe d'où je tire mes informations. Je sais que des choses se préparent et je tiens à être mis courant. Quant à savoir de quoi il s'agit, si vous n'en avez aucune idée, c'est que vous ne contrôlez pas ce qui se passe sur vos territoires et que je ferais mieux de m'occuper moi-même de récolter les informations. Cette discussion n'a donc pas lieu d'être.

Sans même en attendre plus, ayant une fois encore rabaissé ses seigneurs, le roi se leva, comme pour mettre fin à la réunion. Profitant de l'occasion, trop belle à ses yeux, Elveblas interpela le roi.

— En effet, Majesté. Il se passe bien des choses.

Les trois autres seigneurs restèrent bouche bée. Par la réaction du roi d'abord qui coupait court aussi vite à leur entrevue sans donner le moindre détail, et à cause d'Elveblas ensuite qui semblait savoir ce qu'ils ignoraient.

— Lacneol semble dissimuler certaines activités.

Le seigneur des Engeraux fronça les sourcils. Il n'avait pas la moindre idée de ce que mijotait son voisin et pour cause, Arkès ne lui avait rien dit et ses compagnons avaient suivi son souhait de ne pas ébruiter l'arrivée de Lynhéa. Son visage fin, si bienveillant et inspirant la confiance, se durcit. Pourtant, son corps filiforme ne trahit aucune tension et paraissait toujours décontracté.

— Mais oui, mon cher voisin, vous. Vous connaissez certainement le dénommé Arkès.

Il ne chercha pas à nier, voulant en savoir plus.

— Oui, c'est un de mes meilleurs soldats et un homme loyal.

— Oui, bien sûr. Alors pourrez-vous certainement nous dire pourquoi il traverse le pays si discrètement, en évitant les routes pour ne pas se faire remarquer ? Et même lorsqu'il s'arrêta une nuit en ma demeure, il ne voulut pas dire pourquoi il était sur mon domaine.

Lacneol attendit un instant avant de répondre, voulant s'assurer que son interlocuteur avait bien fini son attaque toute en politesse.

— Je suis désolé de vous décevoir, mais je ne vois pas ce que les déplacements de mes sujets peuvent avoir de si inquiétant.

— Mais vous ne me décevez pas, répondit Elveblas. Bien au contraire, pensa-t-il ensuite heureux de se rendre compte qu'il était arrivé à le mettre en défaut. Et que pensez-vous de sa compagne de voyage si particulière, à la compagnie si agréable et venant de bien loin ?

Lacneol marqua une hésitation. Il connaissait bien Arkès, c'était l'un de ses plus loyaux sujets. Mais il ne l'avait jamais vu en compagnie féminine. Et encore moins si cette personne venait de bien loin. Pris de court, il ne sut quoi répondre et Elveblas en profita pour s'engouffrer dans la brèche. Il voulait complètement déstabiliser Lacneol mais pour cela, il ne devait pas lui laisser le temps de réfléchir. Il attaqua dès lors sans attendre.

—Vous soutenez que nos rapports avec Outremonde ne sont que commerciaux et très limités du fait de leur constante agressivité envers nous. Mais manifestement, vous effectuez plus d'échanges avec eux que ce que vous voulez bien nous en dire. Sinon, d'où peut bien venir cette femme ? Alors ma question est la suivante : pourquoi limitez-vous volontairement nos relations avec eux ? Auriez-vous peur de quelque chose ? Ou alors auriez-vous dans l'idée d'empêcher le royaume warkan de s'étendre plus ?

Il savait en terminant volontairement par cette phrase impliquant directement le roi qu'il provoquerait une réaction. Et il avait vu juste.

Le roi revint s'asseoir, intéressé de la tournure que prenait la discussion. Il se souvenait que le groupe de soldats désignés par Orkaf lors de la bataille à Tahlmein venait de Gallim. C'est ce groupe qu'il avait déployé vers la partie rocheuse de la plaine. Il fit donc immédiatement le lien avec Arkès. C'est exactement ce qu'Elveblas attendait. Il se moquait éperdument des liens commerciaux ou autres avec Outremonde, pour l'instant du moins.

—Lacneol ? intervint Anthelme-le-Blanc.

Le seigneur des Engeraux prit quelques secondes pour réfléchir et fixa longuement Elveblas du regard. Il ne savait rien sur Arkès, rien qui puisse expliquer cette situation en tout cas et il voulait à tout prix éviter de parler des rapports avec Outremonde. Lynhéa avait vu juste sans le vouloir. Il voulut donc recentrer la discussion sur Arkès. Mais s'il disait la vérité et avouait son ignorance, Arkès serait alors recherché, sans doute soumis à la question et torturé pour obtenir plus d'informations. Il espérait simplement que les acteurs de cette mise en accusation ne poseraient pas de questions sur sa présence ou non à la bataille de Tahlmein. Arkès ne s'y était pas présenté. S'il devait le questionner à ce sujet, Lacneol savait au moins qu'il était en vie et que son absence avait certainement à voir avec ce voyage et cette inconnue. Il décida donc de le couvrir … pour l'instant.

—Il remplit une mission en mon nom. Un mal ardent s'est déclaré à Anantlore et nos hommes de science ont réclamé des Rapanus Rustina. Ces plantes ne poussent que dans les montagnes du désert du Ksilm. Vous connaissez bien ces montagnes et vous savez donc que peu de gens auraient eu le courage de s'y rendre. Arkès a accepté cette mission.

Lisant la déception sur le visage d'Elveblas, il comprit que son mensonge semblait crédible. Lacneol bénit alors son engouement pour les plantes. Il les savait fort utiles, mais il n'avait jamais imaginé qu'elles pourraient également le sortir de situations politiques délicates. Il retrouva le sourire.

—Et la femme qui l'accompagne ? demanda le roi.

—Sans doute une femme qu'il a rencontrée en chemin. Je ne saurais le dire. Si le seigneur Elveblas considère qu'elle doit venir d'Outremonde, il doit s'agir de quelqu'un de très particulier. Comme elle ne provient probablement pas de ma seigneurie, je poserai la question à Arkès dès son retour. Mais je dois avouer ne guère me soucier des jupons qui intéressent mes soldats.

Anthelme en savait assez pour l'instant. Il mit abruptement fin à la discussion, la qualifiant de stérile, et prit rapidement congé de ses invités pour se retirer dans ses quartiers, invitant Orkaf à le suivre. Les seigneurs se dispersèrent rapidement.

Le roi ordonna à Orkaf de dépêcher des espions dans tout le royaume afin de trouver et de suivre discrètement Arkès et sa compagne mais sans intervenir. Il voulait seulement être tenu informé de tous leurs déplacements et, surtout, de tout ce qui sortirait de l'ordinaire.

Orkaf se mit en route immédiatement.

Elveblas était furieux. Expliquant le déroulement de la conversation à Nora alors que leur chariot traversait l'allée principale de la ville, escorté de ses soldats, ils durent admettre qu'ils n'avaient plus de point de pression sur le roi pour s'approprier la seigneurie des Engeraux. Le roi ne semblait pas vouloir s'aventurer au-delà de la Grande Mer Intérieure.

Par contre, il semblait étrangement montrer de l'intérêt pour les deux voyageurs. Cela leur parut bien étrange. Ils décidèrent donc d'introduire des espions au sein du château pour en apprendre plus.

Ils marchaient dans le désert, se reposant le matin et le soir et parlaient tant qu'ils le pouvaient, afin d'oublier la longueur du voyage. Leurs discussions variées permettaient de garder le moral même si cela ralentissait leur marche. Ils oubliaient aussi les douleurs d'une marche forcée dans un paysage immuable de dune en dune. Leur progression était difficile et Lynhéa devait faire confiance au sens de l'orientation de son compagnon de voyage. Elle qui ne pouvait imaginer se déplacer sans carte.

— Arkès ?

Il était très concentré et ne répondit pas. Plusieurs jours de marche sous une chaleur accablante et la monotonie des horizons ajoutée à leur fatigue, avait tari les conversations à l'instar des points d'eau de la région. Lynhéa devait se contenter de suivre, sans savoir où ils étaient, s'ils ne s'étaient pas perdus, et cela lui pesait de plus en plus. Le vent qui soufflait en permanence soulevait le sable qui s'écrasait sur leur visage, irritant leur peau autant que leur moral.

Les seuls mouvements perceptibles alentour n'étaient que la valse des buissons morts déracinés poussés par le vent, roulant sur les dunes. En pleine journée, les animaux se cachaient tant la chaleur était insupportable. Seuls quelques bruits de frottement produits par les animaux s'enfouissant dans le sable à l'approche des humains étaient perceptibles. Les serpents, les araignées plongeaient dans le sable pour éviter de se déshydrater. Quelques scorpions passaient en vitesse, la queue dressée, tout près du jeune couple accablé par la chaleur. Ces petits animaux, qui pouvaient rester une année entière sans manger ni boire, redoutaient moins le soleil et osaient quelque fois s'aventurer hors du sable en pleine journée. Les souris et les renards s'étaient enfouis dans leur terrier depuis longtemps, depuis la fin de la nuit.

Ces nuits froides pendant lesquelles la température descendait régulièrement sous zéro degré, étaient parfois accompagnées de violents orages, secs, sans pluie.

Quelques palmiers, annonciateurs d'oasis, leur donnaient parfois l'espoir de trouver un peu d'eau. Mais c'était sans compter sur le caractère impitoyable du Désert du Ksilm. Ces survivants du désert plongeaient leurs racines profondément dans le sable pour aller chercher le peu d'eau dont ils avaient besoin. Mais en surface, seule la sécheresse persistait.

Le jeune couple croisa quelques animaux morts, généralement des lynx ou des antilopes, qui n'avaient pas survécus à la tempête précédente. Ces tempêtes d'une violence extrême, n'accordaient aucun pardon. Quelques animaux en profitaient cependant. Ainsi, les moineaux du désert trouvaient à leur disposition nombre de graines et d'insectes remués par les vents violents. Les grands prédateurs y trouvaient également leur compte lorsque, dépourvus de leur protection de sable, leurs proies cherchaient à rapidement s'y enfouir à nouveau.

Jusqu'ici, les deux compagnons n'avaient pas dû affronter ces tempêtes mais il y avait fort à parier que Khamsin ne leur ferait plus grâce très longtemps. Le vent du désert portait de nombreux noms dans les légendes rurales tels Ghibli, Simoun et bien d'autres. Cet esprit du désert n'était pas disposé à laisser quiconque ayant osé s'aventurer chez lui repartir sans prouver sa valeur.

Leur marche harassante, silencieuse, les épuisait et leur humeur s'en ressentait. La moindre contrariété pouvait provoquer une réaction violente.

— Arkès ? insista-t-elle.

— QUOI ? cria-t-il pour toute réponse.

— Oh, du calme ! répondit-elle sèchement. On en est tous les deux au même point et je suis même probablement plus fatiguée que toi, dit-elle en pensant aux horribles cauchemars qui l'accompagnaient toutes les nuits.

Il s'arrêta et la regardait les sourcils froncés. L'ombre cachant ses yeux lui donnait un air de dément.

— Ok, mais ce n'est pas une raison pour insister. Si je ne réponds pas la première fois, c'est que je n'ai pas envie de parler.

— Ce n'est pas parce que tu es énervé que tu peux me bouffer le nez et me regarder comme si tu allais me trucider. Tu te calmes ! Qu'est-ce que tu crois ? C'est comme Môsieur veut, quand Môsieur veut.

— Arrête de me harceler ! Je demande juste que tu me laisses tranquille pour le moment. Je n'ai pas envie de parler. Ce n'est pourtant pas difficile.

— Donc, parce que Môsieur veut le calme, c'est Silence tout le monde.

— Non, mais ne m'interpelle pas, c'est tout ce que je demande !

— Ah ! Alors toi tu peux demander mais moi pas !

— Aaaah, c'est pas possible ! Heureusement qu'on est bientôt arrivés, parce que là, je vais m'énerver.

— Ah bon ? dit-elle soudain très calmement. C'est bien, c'est tout ce que je voulais savoir. Non mais, c'est grave comme les hommes peuvent s'emporter pour un rien. On leur pose une petite question et ils en font toute une affaire alors qu'une petite réponse aurait suffi, et personne ne se serait énervé.

Elle se remit en route. Arkès était resté cloué sur place.

Lorsqu'il y réfléchit, plus tard, durant leur marche, il reconnut qu'elle n'avait pas entièrement tort. S'il avait accepté la question sans s'énerver, tout se serait mieux passé et, en deux phrases, il aurait eu la paix qu'il réclamait.

Leur jeunesse, leur fougue, alliées à une fatigue certaine étaient la cause de telles réactions. Sans doute étaient-ils trop jeunes pour supporter la pression des évènements qui s'accumulaient sur leurs épaules ?

Un jour de plus s'écoula lorsque …

—Qu'est-ce qu'il se passe ? demanda Lynhéa, inquiète, en regardant le ciel.

Le ciel était devenu rougeâtre et le soleil presque effacé dans cette couleur hors du commun. Il y eut une brusque chute de température, perceptible sur quelques dizaines de mètres. Puis elle s'éleva de nouveau, étouffante. C'était un phénomène étrange, et Arkès savait bien qu'il ne s'agissait de rien de naturel … tout comme la couleur du ciel.

—Nous approchons, répondit-il en attrapant sa gourde.

Il but quelques gorgées, s'essuya la bouche du revers du poignet et continua.

—Dans deux heures, nous devrions arriver à la frontière du pays kNaline. Le domaine des Warkans sera alors derrière nous.

—Comment le sais-tu ?

—Je ne sais que ce que Dialène m'en a dit. Ce qui m'inquiète, c'est que, d'après lui, avec un ciel pareil, il vaut mieux faire demi-tour. C'est que les kNalines ne souhaitent pas notre venue. Pourtant on n'a pas le choix. S'il m'a dit qu'il fallait venir les voir pour obtenir la solution à nos problèmes, nous le ferons. Mais nous devrons nous tenir sur nos gardes.

Soudain, venant de derrière la dune qui les précédait de quelques centaines de mètres, ils entendirent le vent mugir. Peu rassurés, ils marquèrent un arrêt. Le grondement se faisait de plus en plus sourd, se rapprochant sans cesse. Puis, tel un raz de marée, un mur de sable émergea de la dune alors même que le rugissement de Khamsin retentissait dans le désert. Dans quelques secondes, le mur de sable de plusieurs mètres de haut s'abattrait sur eux.

Ils s'accroupirent et s'enfermèrent dans leurs vêtements, se collant l'un à l'autre pour ne pas se retrouver séparés dans la tempête par des glissements de sable. Arkès entoura Lynhéa de ses bras pour mieux la protéger. Elle criait son désespoir et sa certitude qu'ils n'en sortiraient jamais vivants. Dans les légendes, Khamsin avait ce don de provoquer la peur, le désespoir et parfois même la folie.

Arkès jeta un coup d'œil en direction de son tatouage, clignant rapidement des yeux pour en chasser le sable qui les irritait, se demandant une fois de plus ce qu'il devait faire pour qu'il réagisse. Dans cette situation, une protection aurait été la bienvenue … mais rien. Economisant au maximum ses mouvements, il ôta son sac et le plaça à leur tête, face au vent.

— Mais qu'est-ce que tu fais ? hurla Lynhéa pour que sa voix traverse la tempête.

— J'essaie de nous protéger au mieux.

Délicatement, il fit de même avec le sac de Lynhéa. Il tenait fermement les lanières pour les placer au plus près d'eux. Au moins n'avaient-ils plus le vent et le sable frappant directement sur leur visage. Mais le bruit de grondement, comme un tonnerre constant mêlé au sifflement du vent sur les dunes, terrifiait les deux compagnons. Recroquevillés sur eux-mêmes, ils se prenaient la tête entre les bras pour se protéger tant qu'ils le pouvaient. Malgré cela, le sable parvenait à rentrer dans leur nez et leur bouche, leur brûlant la gorge. Ils se couvrirent avec leur chemise et purent ainsi respirer plus librement.

Les minutes passaient et le vent redoublait d'intensité. Déjà, leurs jambes étaient recouvertes de sable. Pourtant, ils n'essayèrent pas de se libérer car, de la sorte, le sable projeté par le vent ne pouvait plus endolorir leurs membres. Leurs vêtements ne les protégeaient que relativement peu, le sable brûlant parvenait à s'infiltrer par la moindre ouverture et leur cuisait la peau.

Leur calvaire semblait durer depuis une éternité. Le grondement incessant du vent, la violence du sable qui leur lacérait la peau, leur position inconfortable, tout cela commençait à leur miner le moral.

—Quand est-ce que ça va s'arrêter ? demanda Lynhéa en hurlant à travers le vent alors même qu'Arkès était juste devant elle.

—Je ne sais pas, j'ai l'impression que ça dure depuis des heures !

—On est presqu'entièrement recouverts. On va bientôt disparaître sous le sable.

—Si on tient bien ta veste au-dessus de nos têtes avec les sacs, ça devrait aller.

Ils clignaient rapidement des paupières, les yeux irrités par le sable qui leur fouettait le visage. Ils finirent par ne plus oser les ouvrir.

—Je meurs de soif, hurla Lynhéa.

—Moi aussi, mais si on lâche ta veste et qu'elle s'envole, nous n'aurons plus de protection. On doit tenir le coup.

Une éternité plus tard, ils étaient entièrement recouverts d'une épaisse couche de sable. Protégés par leur sac et la veste de Lynhéa, ils sentaient que le calme était revenu. La tempête n'était pas encore terminée, mais sous leur abri, le vent et le sable ne les atteignaient plus.

—Finalement, je préfère encore comme ça, dit Lynhéa à voix normale.

—Moi aussi. C'est extraordinairement calme, tu ne trouves pas ?

—Si, ça fait du bien, confirma Lynhéa. Mais tu n'as pas peur qu'on manque d'air ?

La couche de sable n'est pas si épaisse que cela.

—J'espère.

—Tu n'as pas trop soif ?

—Si, mais comment veux-tu faire ?

—Comme le vent ne risque plus d'emporter ta veste, je peux la tenir seul au-dessus de nous le temps que tu prennes une gourde dans un des deux sacs.

—Je veux bien.

Arkès se pencha un peu plus vers elle pour tenir la veste. Il se retrouva pratiquement contre elle pendant qu'elle se tortillait pour fouiller le sac. L'odeur épicée de ses cheveux lui fut très agréable et son estomac se noua. Il commençait vraiment à l'apprécier … et ne regrettait finalement pas du tout la tempête qui lui permettait d'être si proche.

Lorsqu'elle eut pris la gourde, elle se replaça sur le côté et but deux bonnes gorgées sans traîner pour ne pas obliger Arkès à rester ainsi au-dessus d'elle dans cette position bien inconfortable.

—Merci, dit-elle en replaçant son bras pour tenir la veste. Ça fait du bien. Tu en veux ?

Il prit la gourde encore ouverte et but à son tour. Il lui demanda ensuite de l'aider à la refermer puis la déposa entre eux. Finalement, maintenant que le sable les avait recouverts, ils étaient bien. Ils avaient beaucoup moins chaud que pendant leur marche et le sable était, somme toute, assez confortable. Les heures passant, Lynhéa finit même par s'assoupir.

Pour qu'elle puisse se mettre plus à l'aise, Arkès avait déposé la main sur son épaule et tenait la veste seul. Il la regardait dormir. Elle était vraiment belle … quand elle dort, pensa-t-il en souriant. Quelque minutes plus tard, lorsque sa respiration se fit plus forte, signe qu'elle dormait profondément, il s'autorisa même à relever une mèche de cheveux qui lui tombait dans la bouche. Pour la première fois, la proximité aidant, il remarqua ses lèvres généreuses et sentit une forte envie de les embrasser … pensée vite balayée sous risque de blessures graves ! Il sourit.

L'esprit du désert s'acharna sur eux pendant plusieurs heures encore avant de reconnaître leur courage et d'enfin se calmer. Lorsqu'ils émergèrent de leur abri de sable et se secouèrent, un calme absolu régnait sur les dunes. Plus une once de vent. Lorsqu'ils se relevèrent, le sable coulait de leurs vêtements comme s'ils avaient plongé tout habillés dans un lac … Un lac de sable !

Quand Arkès regarda vers le nord pour reprendre leur route, il fut stupéfait. La dune, qui quelques heures auparavant se dressait devant eux, avait disparu. A la place, ils pouvaient apercevoir le pays kNaline avec, en avant plan, la Torie. Comme s'il reconnaissait leur bravoure et leur détermination, Khamsin leur avait fait ce cadeau, signe qu'ils pouvaient quitter son domaine en toute tranquillité.

—Regarde, nous arrivons, dit Arkès en pointant une forêt derrière laquelle s'élevaient les impressionnants pics des montagnes kNalines.

Le spectacle était étrange. Le désert s'étendait encore sur quelques lieues puis s'arrêtait brusquement devant une forêt dense et verdoyante. C'était impossible et magnifique à la fois.

—C'est la Torie. La forêt-frontière du pays kNaline.

—Et on est sensé s'attendre à quoi ?

—Je n'en sais rien. Quand nous pénétrerons à l'intérieur, nous devrons être très attentifs car il faut la traverser pour arriver aux montagnes. Je pense que comme nous arriverons ce soir à la lisière du bois, nous ferons une halte pour nous reposer. De toute façon, il est hors de question qu'on s'y aventure de nuit.

—Peu importe les risques. Pourvu qu'on quitte ce désert, je veux bien affronter n'importe quoi.

—Tu n'as pas tort, acquiesça Arkès, moi aussi je ne serai pas mécontent de revoir enfin un peu de verdure. En plus, s'il y a des arbres aussi denses, c'est que les températures doivent être moins chaudes la journée et, espérons-le, moins froides la nuit. Ça nous fera beaucoup de bien.

—Dépêchons-nous dans ce cas ! termina Lynhéa.

Ils continuèrent leur route en accélérant l'allure. Le regain de motivation leur avait fait oublier la fatigue et les courbatures de leurs longues heures de marche et de repli sous le sable, irritant sous leurs vêtements. Depuis un temps interminable à leur yeux, ils marchaient quasiment jour et nuit et ils sentaient proche la fin d'une étape importante. Ils auraient préféré être accueillis à bras ouverts par les amis de Dialène, mais le ciel restait de mauvais augure.

En fin de journée, comme prévu, ils arrivèrent à la lisière du bois. Ils restaient silencieux devant les premiers arbres, attentifs au moindre mouvement, au moindre bruit, ... mais rien, ... un silence et une immobilité absolus. Pas un craquement, ni même un souffle de vent n'étaient perceptibles.

La forêt était extraordinairement touffue comme vierge de toute pénétration humaine. À moins de vingt mètres, on n'y voyait plus rien à part quelques javelots de lumière qui parvenaient encore à se frayer un chemin. Différentes sortes de feuillus se côtoyaient sans que l'un n'envahisse l'autre. Ces arbres gigantesques devaient compter des centaines d'années. Pourtant, aucune branche morte ne jonchait le sol. Seules les feuilles formaient un tapis souple et régulier.

Le soleil, moins étouffant tout à coup, trouait les branches et ses rayons s'écrasaient sur ce tapis régulier, jouant d'ombres et de lumières magnifiques. Le relief du sol continuait les vagues des dunes du désert en les lissant rapidement. Pourtant, la transition entre sable et terre s'opérait sur moins d'un mètre.

Le ciel, redevenu bleu peu avant, tirait sur l'orangé en fin de journée. Les températures commençaient à se faire plus clémentes.

—C'est ici que nous allons dormir, dit Arkès après quelques secondes de contemplation.

Ils préparèrent leur nuit par les lavements de pieds et massages habituels. Lynhéa était soulagée : ses cloques ne la faisaient plus souffrir et ses crevasses avaient totalement disparu grâce à la solution de mortig. Après quoi, reil et turbacks formèrent un menu de choix. Le sentiment de soulagement d'avoir franchi une étape importante était perceptible chez les deux compagnons.

Ils avaient préparé un feu et, calmes et détendus, ils riaient des blagues qu'ils lançaient dans une ambiance décontractée. Ils ne pensaient pas aux risques du lendemain, ou du moins, les avaient-ils écartés de leurs esprits momentanément. Après leurs agapes, Arkès s'assit dos au feu et regarda la forêt sans rien dire.

Lynhéa finissait de ranger ses affaires dans son sac à dos avant de s'allonger pour dormir. Elle l'avait entièrement vidé pour en ôter le sable de la tempête et avait secoué ses propres vêtements. Bizarrement, cette occupation ne l'énervait même plus. Elle prenait goût à cette vie nomade où tout ce qu'ils possédaient tenait dans un sac. Une vie simple, faite de peu et pourtant remplie de nombreux moments agréables. Le ressentiment qu'elle avait eu au départ vis-à-vis du manque de confort s'était peu à peu mué en une satisfaction acceptée de bon cœur de cette vie vagabonde.

Une fois qu'elle eut refermé son sac pour éviter que les bêtes ne viennent se servir pendant leur sommeil, elle s'allongea. Regardant Arkès immobile devant le bois, elle eut un léger sourire.

— C'est finalement assez agréable comme vie.

Comme il ne se couchait pas en même temps qu'elle, elle l'interpela :

— A quoi penses-tu ?

— J'observe. Dialène m'a toujours dit que les kNalines étaient un peuple très particulier, avec des pouvoirs que nous ne soupçonnons même pas. Or, cette forêt n'est pas venue là naturellement, c'est évident quand on observe cette frontière nette avec le désert. Donc, il doit y avoir quelque chose. Personne n'est jamais arrivé à la franchir à part Dialène. J'imagine donc qu'elle recèle un piège et qu'il faut un guide pour la traverser, ou que sais-je, enfin quelque chose. Malgré l'obscurité, j'essaie de voir de quoi il pourrait s'agir.

— Tu m'excuseras si je ne partage pas ton souci du détail pour l'instant, mais je ne tiens plus debout. Donc, si tu n'y vois pas d'inconvénient, je vais dormir.

— Pas de problème. Dors bien … cette fois.

Lynhéa fut stupéfaite de la remarque d'Arkès. Elle savait très bien à quoi il faisait allusion. Elle voulait lui parler de ses cauchemars et pourtant, une partie de son être s'y refusait. Cela n'aurait rien apporté à leur voyage déjà si contraignant.

— Ça va, ajouta-t-elle. Ne t'inquiète pas pour moi. C'est certainement dû au stress du voyage. Et puis, je viens à peine de naître, je n'arrive pas encore à me faire à cette idée, continua-t-elle pour le rassurer. Je suis sûr que ça ne durera pas, conclut-elle en s'allongeant.

— Oui … bien sûr, se contenta de répliquer Arkès, bien conscient de son mensonge.

Il la regardait lui tourner le dos, se recroqueviller en chien de fusil pour se tenir chaud, sa veste de cuir en guise de couverture. Il ne lui en avait jamais fait mention mais il s'inquiétait beaucoup. Toutes les nuits, les mêmes spasmes la secouaient, la même frayeur transparaissait dans ses cris et les mêmes larmes mouillaient le sac qui lui servait d'oreiller. Pourtant, à son réveil, elle faisait toujours comme si de rien n'était. Si ses cauchemars étaient aussi ridicules qu'elle le disait, elle en aurait parlé et sans doute même en se moquant. Son secret lui paraissait révélateur de sa souffrance.

Lynhéa n'avait pas encore fermé les yeux. Elle sentait Arkès la regarder et s'inquiéter pour elle. Mais elle ne dirait rien. Pas pour l'instant en tout cas … et peut-être ne serait-ce jamais nécessaire. C'était du moins ce qu'elle espérait.

Pour l'instant, elle devait dormir. Même si elle savait la terreur qui allait encore s'emparer d'elle, comme chaque fois, en fin de nuit, elle avait besoin des heures de repos qui précédaient, sans quoi elle ne tiendrait pas le coup. Peu à peu, le sommeil la gagnait. De temps à autre, un spasme la secouait lorsque, dans le premier sommeil, le cerveau se brouille et la sensation de tomber la réveillait en sursaut. Mais très vite, elle sombra ... Cette fois, à l'inverse des autres nuits, son cauchemar l'assaillit immédiatement comme s'il sentait qu'il devait lui mettre encore plus la pression.

— Vois-tu à quel point tu es soumise et faible ? lui susurrait-**il** à l'oreille sans attendre de réponse.

Elle en aurait de toute manière été incapable, trop encline à la terreur, la douleur et le dégoût d'elle-même qu'elle sentait monter en elle au fur et à mesure qu'il la pénétrait. Le temps semblait s'être arrêté, elle pensait qu'il n'aurait jamais fini. Quand soudain, il se retira.

Debout devant elle, il la toisait avec un large sourire.

— Et maintenant, que vas-tu faire ? demanda-t-il hilare.

Elle referma les jambes, se tournant sur le côté, souillée. Elle se replia sur elle-même et ne le regardait plus que par-dessus son épaule. Elle ne voulait plus répondre.

— Tu étais plus fière il y a un instant dans la rue. Regarde-toi maintenant. Même en parole, tu ne veux plus te défendre, la brocarda-t-il.

Lynhéa, consciente dans son rêve, s'incendia.

— Mais pourquoi tu ne réagis pas. Tu devrais préférer mourir plutôt que de te laisser violer de la sorte. Ne sois donc pas si lâche !

Mais cette femme, elle en réalité, ne l'entendait pas, elle restait amorphe. Prostrée, elle ne réagissait pas, acceptant la situation avec un vif sentiment de honte. La sensation de brûlure à son sexe était forte et il lui semblait qu'elle ne disparaîtrait jamais.

— Très bien, poursuivit-il face au silence qui lui répondait. Puisque c'est si facile ...

Et il s'écarta d'un pas.

Lynhéa fut alors envahie d'un profond sentiment d'horreur. Elle n'avait pu le voir jusque-là, le fixant, lui.

Derrière sa silhouette, la rue était obstruée par une file d'hommes nus, à la file indienne. C'était lui … ils étaient tous lui, affichant le même sourire satisfait. Ensembles, comme un seul homme, ils firent un pas en avant. Le spectacle était irréel. Malgré leur nudité, lorsqu'ils avancèrent d'un pas, elle crut entendre le bruit sourd des bottines de soldats marchant au pas lors d'un défilé.

Puis, le premier s'avança sur elle.

—Non, pitié, supplia-t-elle.

Mais déjà, les deux gardes du corps s'avançaient à nouveau, la saisirent et la remirent sur le dos.

—Pitié, Non !

Il avança d'un pas supplémentaire.

—Non ! pleura-t-elle en pure perte.

Puis, l'homme se pencha sur elle et tout recommença sous le rire résonnant des deux gardes du corps et de l'homme qui terminait de la souiller.

Un sentiment de brûlure plus fort encore vint s'ajouter à la douleur toujours plus intense. Il continuait à la narguer.

—Sens-tu le lien qui nous unit ? Sens-tu à quel point tu m'appartiens ?

Ils la souillèrent l'un après l'autre et la file semblait ne pas s'amenuiser. Jamais ça ne s'arrêterait.

Arkès observait attentivement la forêt en espérant découvrir un détail, percevoir un mouvement, un changement, même minime, mais rien. La forêt était immobile, silencieuse, comme figée dans le temps. Pas un souffle de vent ne faisait frissonner les feuilles et les branches.

La température avait chuté et Arkès frissonna. Il fut étonné d'être resté si longtemps concentré sur une image figée. Cela ne lui ressemblait pas. Il en apprenait tous les jours sur ses nouvelles capacités. Ses facultés d'analyse combinées à une bonne concentration et à la patience étaient un atout majeur. Il lui faudrait entretenir ces nouveaux dons.

Les mots de la femme lui revenaient en mémoire. Un long apprentissage serait nécessaire avant de maîtriser tes capacités. Il commençait maintenant à en comprendre le sens. Il décroisa ses jambes, relâchant ses articulations douloureuses d'être restées si longtemps dans la même position. Il s'étira un instant, à même le sol, puis se releva doucement, sans faire de bruit pour ne pas réveiller Lynhéa.

—*Dors*, pensa-t-il en regardant Lynhéa qui s'agitait dans son cauchemar, *tu en as bien besoin. Est-ce une coïncidence si tu ressembles tellement à cette femme ? Je ne crois pas. Je ne comprends pas encore tout ce qui se passe et je n'ai pas beaucoup de réponses, mais j'ai le temps pour le découvrir. Je suis content que tu sois avec moi.*

Arkès songea à s'endormir à son tour, mais il était frigorifié. Perdu dans ses pensées, il n'avait pas senti le froid l'envahir et ne s'était pas couvert. Il fit quelques pas, histoire de se réchauffer. Afin de combiner l'effort à l'analyse, il marchait en longeant la lisière, fixant toujours l'intérieur de la forêt. L'envie le tenaillait d'aller y voir d'un peu plus près. Il se tourna vers Lynhéa, hésitant à s'enfoncer dans ce territoire inconnu.

—*Je reviens*, pensa-t-il en pénétrant finalement dans les fourrés.

Il fit quelques pas, sans plus, tout en restant en vue de sa compagne de voyage. Très vite, il sentit ses membres se réchauffer. Il crut d'abord que cela provenait de la montée d'adrénaline. Mais il était calme. C'était impressionnant. Sur quelques mètres, le froid avait fait place à une douceur réconfortante. Les feuilles sur le sol ne faisaient pas le moindre bruit. Il posa la main dessus. Un tapis de feuilles, une sensation agréable et bienveillante.

Il s'arrêta un instant pour regarder plus loin, plus profondément mais l'obscurité était trop épaisse, la forêt trop opaque. Il fit demi-tour. Doucement, il s'approcha de Lynhéa et s'accroupit à côté d'elle. Il lui semblait que ses cauchemars étaient de plus en plus violents. Posant la main sur son épaule, il dit plusieurs fois son nom pour la réveiller en douceur. Elle ouvrit ses yeux emplis de larmes, respirant fort. Lorsqu'elle aperçut Arkès, elle sut qu'elle était enfin sortie de son cauchemar et se rassura.

— Ça va ? lui demanda-t-il.

— Bien sûr ! Qu'est-ce qu'il y a ? répondit-elle, niant l'évidence.

— Alors, tu peux lâcher mon bras.

En se réveillant, sa peur était tellement forte, qu'elle avait saisi le bras d'Arkès sans s'en rendre compte et l'avait plaqué contre sa poitrine comme un enfant serrant son ourson. Brusquement, elle rejeta la main et s'assit.

— Hum ! Qu'est-ce qu'il y a ? demanda-t-elle un peu gênée.

Il l'invita à se lever pour s'installer dans le bois. Sous la lumière grise de la lune, Lynhéa fronça les sourcils.

— Mais on ne sait pas ce qu'il y a dans ces bois. Tu crois vraiment que c'est une bonne idée.

— Ça fait plusieurs heures que j'observe et rien ne bouge. Par contre, fais-moi confiance, tu ne le regretteras pas.

Elle se leva en bougonnant, puis, une fois de l'autre côté de la frontière, elle changea vite d'avis et se recoucha pour dormir de plus belle. Jamais son cauchemar n'était venu deux fois la même nuit. Elle ne risquait donc plus rien et s'endormit paisiblement, profondément. Arkès, cette fois, fit de même.

— Arkès, réveille-toi, je pense qu'il est vraiment temps qu'on se remette en route.

Il ouvrit péniblement les yeux et regarda vers le ciel. À travers le feuillage dense, il pouvait deviner le soleil déjà haut dans le ciel. La journée était bien avancée et, en effet, ils ne devaient plus traîner.

— Alors, tu as mieux dormi, demanda-t-il.

— Oui, magnifiquement bien, dit-elle en s'étirant les bras tendus au-dessus de sa tête.

Arkès regardait la courbe magnifique de ses hanches. Ses cheveux couleur charbon tombaient jusqu'au milieu de son dos et les lames de lumière qui perçaient le feuillage y dessinaient des reflets bleutés. Son ventre se serra. Il s'étonna de la regarder de la sorte aujourd'hui et surtout d'en éprouver une telle sensation.

—Rappelle-moi de revenir ici après nos voyages pour prendre un sac de ces feuilles et me faire un matelas.

Il revint à la réalité.

—D'accord, c'est promis. Mangeons un peu, puis, on se remettra en route.

—Vivement qu'on soit chez tes amis pour manger quelque chose de convenable. Qu'est-ce que je ne donnerais pas pour un bon steak sauce champignon et une bière.

Arkès la regardait en souriant.

» Oh ! Oui ! Une bière, ajouta-t-elle en mimant une bouteille des deux mains. Ça me changerait de notre éternelle gourde d'eau. Eau qui n'a plus de goût d'ailleurs, à part celui de la gourde bien sûr. Une bière fraîche à la place de notre eau cuite et recuite par la chaleur de ce désert. Même l'alcool doit être imbuvable, qui ne sert d'ailleurs que de médecine de grand-mère. Et une table garnie de bougies, de couverts et un garçon pour nous servir puis un lit douillet … bref, un minimum de confort, quoi !

—Je te promets tout ça quand on sera de retour. Au moins, pour l'instant, tu as déjà eu le lit douillet.

—Le lit quoi ? … Tu rigoles ?! C'est vrai que c'était relativement confortable mais c'était certainement plein de bestioles aux noms imprononçables. Non, je te parle d'un vrai matelas. Un de vingt-cinq centimètres d'épaisseur. Un que tu peux rebondir dessus. Je ne te parle pas de tes tapeculs de paillasses. Décidément, on n'est pas du même monde, pff, ignare.

Arkès riait de bon cœur.

La forêt était fantastique à cette heure matinale. Les rayons de soleil perçaient à travers le feuillage épais comme des lames de lumière figées dans l'espace. Ils dessinaient des taches mordorées sur le sol et striaient de lignes étroites les troncs élancés. Ce jeu d'ombre et de lumière était surréaliste. Mais il limitait également la distance de perception du chemin. La chaleur du jour commençait à les envahir, une chaleur agréable, rien à voir avec la sensation d'étouffement du désert. Ils seraient bien restés ici, se contentant du paysage, mais il leur fallait se remettre en route.

Leur progression était ralentie par la densité des arbres et les détours successifs effectués pour les contourner ne facilitaient pas l'orientation. Au fur et à mesure de leur avance, la forêt semblait plus profonde et le soleil disparaissait dans le feuillage. Pas un souffle de vent dans les branches et un silence total.

Un craquement bref éveilla instantanément leur attention. Une branche surgie du feuillage s'abattit sur le sol. Face à l'immobilisme de cette forêt, les deux compagnons restèrent un instant à regarder cette aberration dans un environnement si net. Soudain, la branche fut engloutie par le sol sans qu'il n'en reste aucune trace. Le tronc de l'arbre voisin s'élargit puis reprit forme comme s'il venait de respirer ... ou d'avaler !

— Tu as vu ça, demanda Lynhéa à voix basse.

— Oui, c'est incroyable. On dirait que la forêt se nourrit de ses propres branches mortes.

— Ça explique aussi pourquoi il n'y en a aucune sur le sol.

— En effet, cette forêt est vraiment étrange.

— Tu l'as dit. Elle me fait vraiment flipper.

Totalement ébahis par le phénomène, ils continuèrent tant bien que mal à serpenter entre les feuillus et les épineux lorsque Lynhéa s'arrêta brusquement.

— Arkès, dit-elle en lui prenant le bras, on tourne en rond.

— Que dis-tu ? Qu'est-ce qui te fait dire ça ?

— Ben, comme je me contente de te suivre, j'essaie de me

distraire et je me suis amusée à casser des petites branches par-ci, par-là, comme le Petit Poucet, tu vois ? (Arkès restait perplexe) Non ? Bref, passons. Je les cassais pour les jeter par terre et observer le phénomène que nous avons vu il y a peu. C'est puéril, je sais mais bon.

— Des branches cassées, oui, et ?

Elle lui désigna un tronc avec trois branches cassées l'une au-dessus de l'autre. Il était évident qu'il ne s'agissait pas de cassures hasardeuses. Arkès était stupéfait. Ils tournaient en effet en rond.

— Je ne comprends pas, je me repère par rapport au soleil. Il est donc impossible qu'on tourne en rond.

— Arrête, s'il te plaît. Tu vois bien que cette forêt n'a rien de naturel, tu as vu comme moi sa frontière avec le désert.

— Tu as sans doute raison, avoua-t-il. Et maintenant, on fait quoi ?

— Je n'en ai pas la moindre idée. Mais on ne peut pas continuer tant qu'on n'a pas trouvé une solution, sinon on n'avancera jamais. J'ai aussi remarqué que nous avons traversé plusieurs fois une ligne de sapins. Et d'après les branches cassées, il s'agit toujours de la même et unique ligne.

Ils s'arrêtèrent un instant pour observer les alentours et réfléchir un peu. Un court instant plus tard, Lynhéa expliqua :

— Je pense comprendre ce qu'il se passe. Il y a un mélange de feuillus et d'épineux. On pensait au départ que leur répartition était anarchique. Mais voilà, on a beau tourner en rond, on traverse encore et toujours la même ligne de sapins.

— Oui, et ? demanda Arkès, perplexe.

— Réfléchis, gros malin. Et si cette ligne de sapins était le chemin à suivre pour traverser la forêt.

— Ce n'est pas idiot. Douteux, mais pas idiot.

— Merci

— Non, je veux dire, de toute façon, on n'a pas de

meilleure idée, donc, autant essayer ça.

Ils se remirent en route jusqu'à la ligne de sapins. Elle continuait plus ou moins dans la même direction qu'eux, légèrement vers la gauche et repartait vers la droite et vers l'arrière.

—Et maintenant, demanda Arkès, avant gauche ou arrière droite ?

—Pas la moindre idée ! répondit Lynhéa. On essaie par-là, dit-elle en se dirigeant vers la gauche.

—Non, attends. Il y a trois branches cassées. C'est bien ça que tu m'as dit.

—Oui, et alors.

—Ben, admettons que la première fois quand on est passé, on était toujours dans la bonne direction, vers le centre de la forêt. Puisqu'on venait de la lisière, c'est le plus cohérent. La deuxième fois, par je ne sais quelle magie, on était dans le mauvais sens et donc, le soleil aurait dû être à notre gauche pour continuer dans la bonne direction. La troisième fois, on peut supposer qu'on était de nouveau dans le bon sens et donc, maintenant, pour la quatrième fois, on est dans le mauvais sens. Pour reprendre la bonne direction, on doit laisser le soleil sur notre gauche et donc, on doit partir vers la droite.

—T'es tordu comme mec.

—Peut-être, mais ce raisonnement me semble le bon.

—Ok, en route.

Ils s'alignèrent dès lors sur les sapins et partirent vers la droite. Au bout d'une heure de marche et malgré leur scepticisme, ils arrivèrent à la lisière de la forêt, ... du bon côté, cette fois.

—Bien joué Lynhéa ! la gratifia Arkès.

—C'est magnifique ! dit-elle subjuguée par le spectacle qui s'offrait à eux.

Ils se trouvaient sur le sommet d'une colline et la vue sur la plaine en contrebas était imprenable. Un cours d'eau d'une centaine de mètres de large coupait la plaine en deux et se perdait au pied des montagnes. Le paysage dégagé était planté de quelques arbres épars dans le vallon de verdure, sorte de no man's land entre la forêt et la montagne. Quelques mouvements dans la plaine révélaient le passage d'animaux. Le vent qui ondulait les hautes herbes donnait une douceur incomparable à la vallée et l'envie de la caresser. Les montagnes majestueuses étaient cerclées à leur base par un léger voile de brume tandis que les nuages vaporeux se heurtaient aux sommets, poussés par les vents qui les désagrégeaient peu à peu. D'autres épousaient les versants des pics avant de disparaître comme dans un gouffre.

Après quelques instants silencieux passés dans l'admiration du paysage, Lynhéa s'inquiéta.

—Comment va-t-on trouver les kNalines dans ces montagnes ?

—Eux nous trouverons. Ils voudront savoir pourquoi nous sommes sur leur territoire. Nous n'avons donc qu'à patienter … et profiter du paysage.

Ils descendirent la colline et arrivèrent vite dans la plaine. L'herbe était haute, presque à hauteur de hanche, mais ils avançaient facilement. Pour le soir, ils seraient au pied de la première montagne. Ils s'arrêtèrent le long du cours d'eau pour remplacer l'eau recuite de leurs gourdes. La vue depuis la berge était somptueuse. Un peu plus haut sur leur droite, une forêt dense, la Torie et à leur gauche, le défilé des montagnes imposantes. Ils se sentaient tout à coup insignifiants dans cet endroit pourtant sécurisant. La journée s'annonçait belle et chaude, ils décidèrent d'en profiter.

—C'est un endroit magnifique pour prendre un bain, dit Lynhéa. Et ça ne te ferait pas de mal à toi non plus.

—A moi ? Mais pourquoi ? … Oui, tu as raison, marmonna-t-il entre ses dents.

Il n'aurait pas voulu provoquer encore une discussion inutile. Lynhéa se retrouva vite en sous-vêtements et plongea dans l'eau.

— Viens vite, elle est délicieuse !

Mal à l'aise, Arkès scruta les environs puis se déshabilla et se jeta à l'eau. Alors que la nudité ne l'avait jamais dérangé lorsqu'il vivait à Gallim, elle le mettait mal à l'aise en présence de Lynhéa. Il ne savait trop pourquoi, ce sentiment était trop nouveau pour lui. Il nagea un peu puis sortit rapidement pour surveiller leurs affaires; Lynhéa continua à se prélasser dans l'eau miroitante. Arkès la regardait nager en mangeant un turback. Il prenait plaisir à la voir si détendue. Après quelques apnées, elle sortit ruisselante et s'étendit sur la berge pour se sécher sans prendre la peine de se couvrir. Deux lignes rouges marquaient ses épaules, témoins des lanières du sac qui lui usaient la peau. Un sentiment de plénitude les envahissait et ils se laissaient volontiers enivrer. Elle sentit le regard d'Arkès posé sur elle et sourit. Un peu gêné, il se détourna.

Il se surprit alors à repenser à Gallim et à ses amis. Il n'y avait pas encore réellement songé depuis leur départ. Ses compagnons étaient revenus depuis longtemps de leur bataille à Tahlmein … pour ceux qui étaient revenus. Lorsqu'il rentrerait, s'il restait en vie, il apprendrait seulement la mort de certains d'entre eux. Il espérait entre tout que Lucal serait là pour tout lui raconter. La rivière et son pont devant sa modeste habitation lui manquaient. Les rires de ses amis résonnaient de plus en plus faiblement dans sa mémoire.

Aussi brève que fut cette pensée à son village, elle lui réchauffa le cœur.

Une heure plus tard, ils se rhabillèrent, endossèrent à nouveau leurs bagages qui semblaient peser une tonne après ce vrai moment de détente et se remirent en route. Au soir, ils étaient au pied de la montagne. Très vite, le sentiment de fraîcheur procuré par leur baignade s'évanouit pour faire place à nouveau à cette sensation désagréable des vêtements qui leur collaient à la peau tant ils transpiraient.

Après quelques heures de marche, ils tombèrent par

hasard, tant elle était bien camouflée, sur une grotte. Une petite passerelle en permettait l'accès, évitant un puits. Quelques branches épineuses et des feuilles obstruaient l'entrée surmontée d'un toit moussu. Le côté accueillant de l'endroit les surprit et ils s'y arrêtèrent pour la nuit.

—Si quelqu'un s'est donné la peine d'y construire une passerelle, dit Arkès, c'est que cette grotte doit régulièrement servir d'abri. Donc, ce doit être un bon endroit pour y passer la nuit.

—Si tu le dis, répondit Lynhéa. En tout cas, ce sera sûrement moins confortable que les feuilles du bois.

—Ah tu vois que tu les regrettes … les feuilles je veux dire, pas les bestioles, ajouta Arkès en souriant.

—Oh, ça va, garde tes sarcasmes pour toi.

Ils s'installèrent aussi confortablement que possible et s'offrirent même le luxe d'allumer un feu. La grotte était spacieuse et la fumée pouvait aisément s'en échapper sans incommoder ses visiteurs. La température y était agréable.

Un peu plus tard, ils s'assirent à l'entrée de la grotte, le dos appuyé contre la roche. Ils voulaient profiter du paysage et du calme avant de s'endormir.

Le ciel s'était couvert rapidement et des nuages sombres les surplombaient. Quelques instants plus tard, une lourde pluie s'abattit sur les montagnes accompagnée d'un violent orage.

A l'abri dans la grotte, il regardait l'eau tomber en cascade devant l'entrée. Le bruit de la pluie crépitante avait un effet relaxant dont les deux amis profitèrent quelques instants.

—Quel plaisir de boire de l'eau fraîche, dit Lynhéa en s'essuyant la bouche du revers du poignet. Heureusement que nous avons pu remplir nos gourdes, celle-ci a le goût de l'eau et plus celui de l'eau croupie.

—C'est vrai, acquiesça Arkès, elle est meilleure. J'espère qu'on trouvera rapidement les kNalines parce que ce sont nos derniers morceaux de viande. Après, ce sera biscuit.

—Super, on passe au pain sec et à l'eau. A ce régime-là, je vais perdre mes formes et ressembler à un bâton, dit-elle en s'observant de tous les côtés.

Arkès la regarda et il éprouva la même sensation qu'à leur réveil dans la Torie.

—Est-ce que tu as eu quelqu'un ... je veux dire, de proche ?

—Tu veux dire : Est-ce qu'il m'a donné le souvenir de quelqu'un.

—Non, oui, enfin ... je ...

—Non, je n'ai encore eu personne dans ma vie. (La question la surprit un peu, mais lui réchauffa également le cœur. L'embarra d'Arkès la fit sourire) Je suis vierge, une vrai de vrai.

—A voilà, ça explique certaines choses, dit-il à voix basse mais suffisamment fort pour que Lynhéa l'entende.

Il voulait donner une autre direction à la conversation car il sentait qu'il allait s'enliser.

—Je t'ai entendu, espèce de macho, qu'est-ce que tu veux dire par là ?

—Rien, mais tout le monde sait que les ... enfin, ... ont des caractères un peu plus ... excessifs que les autres femmes.

—Vas-y, dis tout de suite que j'ai un sale caractère.

—Pas un sale caractère, c'est un peu exagéré, mais tu n'arrêtes quand même jamais de te plaindre. L'eau est chaude, elle a un goût de gourde, la viande séchée n'a pas de goût, tu veux un steak avec ...

—Ouais bon, ça va, n'en jette plus, j'ai compris.

—... des frites et ...

—J'ai dit c'est bon

—... une bière, ajouta-t-il encore un grand sourire aux lèvres.

Elle se leva d'un bon et plongea sur lui avec l'envie de lui donner une bonne raclée dont il se souviendrait encore longtemps. Il eut juste le temps de se mettre sur les genoux, d'attraper son bras en faisant un léger écart et de pivoter sur lui-même en l'amenant au sol. Elle se retrouvait face contre terre, bras tendu. Arkès n'avait qu'à lui maintenir le coude au sol pour l'empêcher de bouger. Elle se débattit, frustrée, mais rien n'y fit, elle était bloquée. Quelques battements frénétiques encore et elle rendit les armes dans un long soupir de dépit.

—Allons, allons, dit Arkès, autant d'impétuosité pour quelques taquineries bien placées. Quel dommage !

—Ça va, ferme-la ! Tu m'as eu cette fois-ci, mais tout se paie un jour. J'ai oublié, l'espace d'un instant, tes capacités au combat. Ça n'arrivera plus. Tu peux me lâcher maintenant, profiteur !

—Oh, pardon, s'excusa-il un peu gêné en la relâchant et la relevant immédiatement.

—Et si on dégustait notre plantureux repas, dit-elle, sarcastique.

Elle s'assit sur sa veste en cuir, moins froide que la pierre, les jambes croisées et commença à fouiller dans son sac.

—Alors, que nous réserve le menu de ce soir ? Un délicieux bourgogne premier cru, mis en bouteille au château, un turback de foie gras en entrée et un morceau de gigue de reil aux airelles comme plat de résistance. Mais, c'est délicieux !

Il la regardait, dubitatif.

—Arkès, ajouta-t-elle, ne pouvant s'empêcher de sourire, quel dommage que tu ne puisses partager ce festin avec moi ! Quand je pense que tu vas devoir te contenter d'eau plate, de turback maigre et de reil séché. Mon pauvre ami !

Arkès secoua la tête comme s'il était dépité et plus personne n'ajouta rien. Le silence de la grotte ne fut plus brisé que par deux « Bonne nuit » quelques instants plus tard.

Aux premières lueurs de l'aube, la caverne s'emplit d'une lumière vive. Arkès se réveilla le premier et subit un choc en découvrant deux ombres à contre-jour dressées dans l'entrée de la grotte. Il se frotta les yeux ... les silhouettes étaient toujours là ! L'une d'elles bougea vers eux et dit d'une voix cassante :

—Suivez-nous !

Arkès secoua Lynhéa qui rouspéta avant d'apercevoir les deux hommes. Sans le moindre mot, ils se levèrent, ramassèrent leurs bagages et sortirent. Il leur fallut quelques secondes pour s'habituer à l'intensité de la lumière. Une dizaine d'hommes immobiles attendaient devant la grotte, drapés dans de longs manteaux gris, la tête cachée par un capuchon. Arkès s'avança prudemment sur la passerelle suivi de Lynhéa, le bras devant les yeux pour se protéger de la lumière vive.

Elle n'avait pas encore repris ses esprits lorsque deux hommes, dissimulés sur le côté de la grotte, lancèrent un filet sur elle. Le filet était lourd, et plus la jeune fille se débattait, plus les mailles se resserraient. Elle se trouva plaquée au sol sans qu'aucun des deux hommes n'ait dû faire le moindre geste, manifestement confiants dans leur matériel.

—Arkès, à l'aide ! hurla-t-elle, immobilisée.

Il ne s'était rendu compte de rien, tant l'intervention des hommes avait été rapide. Il se retourna instantanément et mit une seconde à réaliser.

—Non, laissez-là ! cria-t-il en courant vers elle.

Soudain, ses pieds quittèrent le sol, son corps s'éleva dans l'air, il pédalait dans le vide. Lentement, il tourna sur lui-même et se retrouva face à l'un des hommes le bras tendu vers lui. Une aura lumineuse entourait sa main.

—Nous devons l'immobiliser, dit l'homme d'une voix étouffée. Nous t'expliquerons plus tard. Tu dois lui dire de se tenir tranquille, nous ne lui ferons pas de mal. C'est nécessaire pour son bien.

L'homme arrêta de parler un court instant, laissant le temps à Arkès de s'adapter à la situation, puis continua.

—Je vais maintenant te poser sur le sol. A toi de gérer la situation calmement avec nous, sinon nous devrons t'immobiliser comme elle.

Il reposa Arkès qui opina de la tête, refusant la confrontation avec ces hommes aux pouvoirs impressionnants.

—Êtes-vous les kNalines ?

—En effet.

—Lynhéa, dit-il en se retournant vers elle, reste calme, je suis sûr qu'il y a une explication. Laissons-nous faire. Dialène n'a pas pu se tromper. Nous devons leur faire confiance.

—C'est facile à dire pour toi.

—Lynhéa, s'il te plaît !

—Ok, c'est bon.

Elle se calma et finit par s'immobiliser complètement. Les deux hommes la relevèrent après l'avoir libérée du filet et lui avoir attaché les mains dans le dos. Arkès n'intervint pas et elle se laissa faire, suivant les conseils de son compagnon.

Ils suivirent les hommes en silence. Sous une apparence calme et soumise, ils ne cessaient de lorgner à gauche et à droite, envisageant malgré tout la possibilité de s'enfuir. Leur stratagème fut rapidement découvert et un des hommes claqua des doigts. Dès lors, à chaque mouvement de tête, un éclair blanc aveuglant traversait leurs yeux. L'envie de fuite leur passa rapidement. Au bout d'un long moment de marche, Arkès osa leur adresser la parole.

—Si nous devons encore marcher longtemps, pouvez-vous la détacher, je me porte garant qu'elle ne tentera rien.

—Es-tu sûr de ce que tu proposes ? demanda l'homme de tête. Si quelque chose se passe, ton voyage s'arrêtera avant le sien.

Arkès marqua un temps mort. Lynhéa comprit qu'il

attendait son accord et, à contre cœur, elle confirma de la tête.

—C'est d'accord, dit Arkès au kNaline.

L'un des hommes coupa les liens de Lynhéa qui se frotta les poignets.

—Salaud, dit-elle à voix basse.

Mais l'homme ne réagit pas.

Elle avait à peine terminé son insulte qu'elle s'immobilisa net. Une ombre presque aussi grande qu'elle venait de passer juste devant ses yeux très rapidement. La peur marqua son visage. Elle voulait regarder à gauche et à droite mais n'osait pas de crainte d'être aveuglée. Elle ne distinguait plus que les bruits de craquement des branches s'éloignant d'eux.

—Qu'est-ce … Qu'est-ce que c'était ? demanda-t-elle la voix tremblante.

—Sword ! cria l'homme derrière elle à l'homme de tête.

Le dénommé Sword leva la main pour arrêter le convoi.

—Elle a vu un Livreh.

—Un … Livreh ?

La voix de Lynhéa tremblait encore.

—C'est comme cela que nous appelons les animaux de nos montagnes, expliqua Sword.

—Mais …, poursuivit Lynhéa, ce n'était qu'une ombre.

—C'est presque ça, ils sont quasiment invisibles. Tous les animaux de ces montagnes sont invisibles tant que leur utilité n'est pas démontrée.

—Que voulez-vous dire ? demanda Arkès

—Chaque animal a une utilité, mais il doit la découvrir lui-même. Certains servent de nourriture pour les autres et dans ce cas, ils ne deviennent visibles qu'à l'instant de leur mort. D'autres servent au renouvellement de l'écorce des arbres et donc ils perdent leur invisibilité quand ils grattent les écorces pour la première fois. Chaque animal doit donc trouver son utilité dans la forêt. Tant que ce n'est pas le cas, il reste invisible et ne vieillissent pas.

—Comment se fait-il qu'ils soient invisibles ? demanda Lynhéa, un peu rassurée par ce discours.

—Nous ne savons pas. Peut-être parce qu'ils sont créés par les arbres.

A cet instant, Sword fit un geste de la main pour lever le sort sur les yeux des deux prisonniers et pointa un arbre du doigt.

Le tronc de l'arbre était en train de se déformer. Une excroissance grandissait rapidement et, semblait-il, douloureusement à l'intérieur. L'écorce se fendit lentement dans un déchirement bruyant. Une masse translucide tenta à grand-peine de s'en extirper. On entendait les craquements de l'écorce et un bruit sourd, plutôt un râle, sortait du fût. L'arbre souffrait. Se plaignait. Le spectacle était effrayant. Arkès et Lynhéa en restaient béats. Lorsque l'animal tomba sur le sol, l'écorce se referma doucement et le tronc reprit sa forme initiale. L'animal, translucide prenait peu à peu du volume. Quand sa formation prit fin, il devint invisible. Seuls ses mouvements étaient faiblement perceptibles par les chatoiements de lumière qu'ils occasionnaient.

Sword s'était placé entre Arkès et Lynhéa et commentait à voix basse.

—Voilà pourquoi certains animaux ont comme utilité de renouveler l'écorce des arbres. Si l'écorce devient trop vieille, trop sèche et trop dure, l'arbre ne peut plus créer de Livreh.

—Impressionnant, admit Lynhéa

—Ce ne doit pas être facile pour la chasse, affirma Arkès.

—C'est vrai. C'est pourquoi nous devons chercher ceux qui sont déjà devenus visibles. Ou alors, nous devons attendre qu'ils bougent pour repérer leurs mouvements. Remettons-nous en route !

Pendant qu'il parlait, Arkès et Lynhéa avait tenté de voir son visage, mais en vain. Ils reprirent leur progression et Sword rétablit le sort qui les empêchait de chercher à s'enfuir. Quelques instants plus tard, Arkès, intrigué par ce qui venait de se passer, interpela Sword.

—Pourquoi nous expliquer tout cela sur votre monde alors que nous sommes vos prisonniers ?

—Qui a dit que vous étiez nos prisonniers ?

—Pourtant …

—Ce ne sont que quelques mesures de précaution. Lamynthe, notre sage, te connaît. Dialène lui a souvent parlé de toi.

—Alors pourquoi nous empêcher de regarder partout ?

Sword arrêta le groupe. Lentement, il s'approcha d'Arkès.

—Parce que vous vouliez vous échapper et je n'avais pas envie de courir derrière vous. D'ailleurs, tu n'es pas attaché. Si tu étais notre prisonnier, tu serais ficelé et tenu en laisse.

—C'était pourtant le cas pour Lynhéa.

—Elle, c'est différent.

—Pourquoi ? demanda Lynhéa.

—Ce n'est pas à moi de le dire. Lamynthe s'en chargera. Maintenant, si vous êtes décidés à suivre sans vouloir vous échapper, je peux lever définitivement le sort.

Arkès et Lynhéa acquiescèrent de la tête et Sword s'exécuta. Le groupe s'arrêta après quelques heures de marche au bord d'une falaise. De l'autre côté du ravin, un pic rocheux isolé, immense, massif, était troué de quelques maisons troglodytes éparses. Tout au sommet du pic, une sorte de temple, sobre, sans fioriture.

—Au moins, on peut dire que vous vivez en harmonie avec votre environnement, constata Arkès.

—C'est notre environnement qui nous nourrit et nous nourrissons notre environnement. Nous ne le dominons pas et il ne nous domine pas. Sans cet équilibre nous ne pourrions pas survivre dans ces montagnes.

—Qu'entendez-vous par nous nourrissons notre environnement ? demanda Lynhéa.

—À chaque fois que l'un de nous meurt, son corps est

enterré dans un grand espace libre. Il donnera naissance à un arbre qui se chargera de nous fournir notre nourriture, les livrehs.

— Vous voulez dire que ce sont vos cadavres qui donneront un arbre ! s'exclama Arkès.

— En effet.

— Mais, c'est impossible ! s'exclama Lynhéa.

— Peu de choses sont réellement impossibles. Ce serait un peu long à expliquer maintenant, mais plus tard, nous le ferons peut-être.

— Admettons, dit Lynhéa, mais quand il n'y aura plus de place pour vous enterrer ?

— Ces arbres n'ont pas une espérance de vie beaucoup plus longue que la nôtre. C'est-à-dire environ trois cents de vos années, expliqua Sword. À sa mort, un arbre est aspiré par le sol qu'il nourrit pour faire pousser les autres arbres.

— C'est juste, dit Arkès. On a vu ce qui se passait avec les branches mortes dans la Torie.

— C'est le même phénomène. De cette manière, la boucle est bouclée. En plus, nous devons abattre certains de ces arbres pour nous chauffer et construire. C'est en gérant cela parcimonieusement que nous arrivons à garder un équilibre.

— Tout ça c'est bien, les coupa Lynhéa, mais si on revenait aux choses sérieuses. Ici, on va devoir faire un détour. Il est super votre sens de l'orientation.

Sword se retourna vers Lynhéa, s'approcha d'elle et porta les mains à son capuchon. Au fur et à mesure qu'il découvrait son visage, les yeux de Lynhéa s'écarquillaient.

— Nom de …

— Damoiselle, n'oubliez pas qu'on vous laisse libre parce que votre compagnon s'est porté garant pour vous. N'abusez donc pas de notre patience.

— Euh, c'était juste pour faire un peu d'humour, tout le monde est si tendu.

— Je ne pense pas que vous soyez en position de faire de l'humour.

—C'est pas faux, conclut Lynhéa.

Arkès, quant à lui, ne voyait pas pourquoi Lynhéa était si surprise. Sword lui tournait le dos. Il ne comprit que lorsque l'homme se retourna pour reprendre la tête du groupe.

Son visage avait l'apparence de l'écorce des arbres, sans relief, juste les couleurs. Comme si quelqu'un lui avait peint le visage. Le lien avec l'histoire qu'il venait de leur raconter était maintenant plus clair.

—Comment … ? voulut demander Arkès qui n'arriva pas à terminer sa phrase.

—Dans nos recherches pour soigner notre peuple, nous avons découvert comment, par un rite spécifique, nous octroyer la force et la vie des arbres. En contrepartie, notre peau change de texture. Mais de cette manière, nous avons lancé la chaîne qui nous permet de vivre en autarcie.

—Vous nous racontez tout cela facilement. N'avez-vous pas peur de dévoiler ainsi vos secrets ?

—Nous n'avons rien à craindre de vous et nous le savons. Lamynthe vous fait confiance comme il le faisait pour Dialène. Si nous vous avons emmenés sous sécurité, dit-il en regardant Lynhéa, comme je l'ai déjà dit, c'est pour d'autres raisons que vous comprendrez très bientôt.

C'était un peuple très étrange, Arkès s'en rendait maintenant compte et le peu que Dialène lui en avait conté confirmait ce qu'il voyait à présent. Ils étaient bien plus avancés que les Warkans. La petite démonstration de lévitation devant la grotte l'avait convaincu. Il comprenait mieux pourquoi Dialène lui avait dit de venir les voir.

—Mais bon, trêve d'explications, Lamynthe nous attend, dit Sword interrompant les pensées d'Arkès.

Sword se plaça au bord de la falaise, la tête penchée vers l'avant et les épaules relevées. Il leva les bras en croix.

Un violent courant d'air tourbillonnant fit flotter son manteau dans tous les sens et une aura lumineuse jaillit de tout son corps. Un bruit strident et continu montait aux oreilles d'Arkès et Lynhéa qui les bouchèrent avec leurs mains. Les autres kNalines ne semblaient pas affectés. Le sol se mit à trembler. Les deux compagnons ne se sentaient pas du tout à leur aise et reculèrent de quelques pas pour s'éloigner du bord de la falaise. Soudain, comme si un voile invisible venait de se lever, un passage se dévoila entre le pic rocheux et eux.

Ils découvrirent alors avec stupeur que le village n'était pas planté sur un pic isolé, il faisait partie intégrante du paysage. L'illusion était parfaite.

— *Leur pouvoir est vraiment extraordinaire*, pensa Arkès.

Sword se retourna vers Lynhéa.

— Alors, vous voulez toujours faire un détour ? dit-il en souriant.

— Tu vois que tu as le sens de l'humour ! répondit-elle.

Le sourire de Sword s'éteignit immédiatement.

— Hem … fit Lynhéa, un peu embarrassée.

— Allons-y ! ordonna Sword sèchement.

Les kNalines les conduisirent directement au temple dominant le village. Tout au long du chemin qui serpentait à flanc de montagne, les habitants leur souriaient en saluant de la tête. Ils avaient l'air accueillant et chaleureux.

Le temple était un édifice sobre, sans aucune ornementation mais qui pourtant imposait le respect. Une allée, formée par deux rangées de colonnes circulaires, carrées ou hexagonales, aucune d'elles ne ressemblant aux autres, y conduisait. Reliées entre elles par des voûtes triangulaires légèrement arrondies, les colonnes étaient construites de façon à ce que les ombres qu'elles projetaient sur les pierres du sol donnent un relief particulier à cette longue allée. Parfaitement plane, elle paraissait onduler entre ombre et clarté, provoquant un effet de roulis capable de désorienter quiconque n'y était pas habitué.

Cette allée aboutissait à une unique salle, vaste, dépourvue de meubles, sans aucune décoration. Seuls des livres et parchemins remplissaient les murs. Ce temple devait également servir de bibliothèque. Une seule source de lumière émanait d'une ouverture rectangulaire au centre du plafond, sous laquelle reposait le Grand Maître. Pas de trône, simplement une pierre plate, carrée où il était assis, les jambes croisées, vêtu du même manteau que les autres kNalines.

Un des coins de la pièce attira l'attention d'Arkès car, au sol, il manquait une dalle. Les pierres employées pour couvrir le sol étaient de grande taille.

— *Assez grandes pour y faire passer un homme ... ou une femme !* réalisa-t-il alors soudain.

Il se retourna subitement pour voir Lynhéa.

Deux hommes marchaient sur elle et la saisirent pour l'emmener. Elle ne se débattait pas, simplement questionnant.

— Arkès, qu'est-ce qu'il se passe ? Mais qu'est-ce que j'ai fait ?

Il resta silencieux, triste de ne pouvoir agir.

— Ne les laisse pas faire, aide-moi ! implorait-elle.

Les deux hommes déposèrent Lynhéa dans un trou étroit et sombre, d'un mètre de hauteur à peine où elle se recroquevilla. Arkès sentit les larmes lui monter, mais il savait ne rien pouvoir faire. Elle ne se défendait pas car Arkès le lui avait demandé et il le savait pertinemment. Il était responsable de sa détresse. Un des kNalines tendit la main au-dessus de la pierre posée sur le côté.

— Arkès ! Faits quelque chose ! Ne me laisse pas !

La peur se lisait sur son visage. Arkès se retourna vers le Grand Maître mais ce dernier restait impassible son visage caché dans l'ombre de son capuchon.

Une aura lumineuse se forma entre la main du kNaline et la pierre qui se souleva. Arkès ne savait que faire. Les amis de Dialène devaient l'aider, alors pourquoi faisaient-ils cela ?

La situation lui échappait et les choses dégénéraient. Il devait tenter quelque chose, mais quoi ? Ils étaient si puissants.

—*Dialène, pourquoi nous as-tu envoyés ici ?*

La pierre auréolée de bleu glissait doucement vers Lynhéa.

Sans trop savoir à quoi cela le mènerait, il fonça sur l'homme qui voulait enfermer Lynhéa. Il n'acceptait pas de rester sans rien faire, il devait réagir, quelles qu'en soient les conséquences.

Grâce à sa vitesse prodigieuse, les kNalines n'eurent pas le temps de réagir. Il heurta l'homme violemment et le projeta contre un mur du temple.

La pierre qu'il déplaçait s'abattit lourdement sur le sol dans un terrible fracas qui fit trembler tout le temple.

Arkès se retourna, mais déjà, plusieurs kNalines tendaient les mains vers lui. Qu'allait-il se passer ? Il ne pouvait tous les affronter.

Soudain, l'homme assis au centre du temple, le visage toujours serein, leva la main. Aussitôt, les kNalines baissèrent les bras et reculèrent d'un pas. Arkès restait sur ses gardes, planté devant le trou où Lynhéa n'osait pas bouger.

—Arkès, dit-il calmement. N'est-ce pas toi qui es venu nous voir ? (Lynhéa s'était redressée et passait la tête au-dessus du niveau des dalles) Vous n'êtes pas prisonniers, alors, je te supplie de te calmer.

—Dans ce cas, pourquoi voulez-vous enfermer Lynhéa ?

—Si tu n'es pas d'accord, elle peut sortir du trou et vous pouvez vous en aller tous les deux. Nous n'avons pas souhaité votre présence. Si tu veux notre aide, il faudra accepter nos conditions.

—Et l'enfermer est une de ces conditions.

—Ce n'est pas une prison. C'est une chambre de rupture.

—Et voilà un nom qui est sensé me rassurer ?

—Quand elle sera prête, il suffira qu'elle demande pour que nous la fassions sortir. Je te demande de nous faire confiance, comme Dialène le fit en son temps.

Il regarda Lynhéa qui le fixait le regard implorant. Il ne savait que faire. Rien ne se déroulait comme il l'avait imaginé des centaines de fois. Il s'était souvent vu, arrivant à l'entrée d'un village banal, dire que c'était Dialène qui l'avait envoyé et voir toutes les portes s'ouvrir sans compromis. Or ici, on n'en était même plus à ce stade.

Il fixa les kNalines qui avaient repris leur place devant les portes du temple. Leur maître restait toujours aussi calme.

Malgré tout, il décida de faire confiance à Dialène … et aux kNalines. Il posa les yeux sur Lynhéa et la regarda tristement.

Elle comprit.

Il s'écarta, résigné. Le kNaline reprit la pierre et la posa exactement au-dessus de Lynhéa qui disparut à leur vue.

—*Oh Dialène, j'espère que tu ne t'es pas trompé*, pensa-t-il.

Soudain, le Grand Maître reprit la parole.

—Assieds-toi, Arkès, puisque tel est ton nom. Tu es donc le « Arkès » dont Dialène nous a si souvent parlé pendant ses pèlerinages chez nous ?

—Oui, c'est moi. Il m'a demandé de …

—Chaque chose en son temps, l'interrompit immédiatement le Grand Maître accompagnant la parole d'un geste de la main.

Il enleva son capuchon comme si le mouvement faisait partie d'un rituel bien établi. Arkès fut stupéfait. Son visage était exactement semblable à celui de Sword. Pas une simple ressemblance due à la texture de leur peau, exactement identique ! Un pendentif de facture fine, constitué d'un métal brillant, ornait son cou. Un arbre tordu tel un vieillard courbé par les années ressortait de la plaquette. Arkès comprenait le sens de ce symbole grâce à ce qu'il avait vu dans la montagne et à ce que le kNaline dénommé Sword avait expliqué.

—Mais … ! s'exclama Arkès en regardant tour à tour

Sword et Lamynthe.

Le Grand Maître leva la main en direction des autres kNalines présents dans le temple. Tous enlevèrent leur capuchon dans le même geste précis. Tous avaient le même visage.

— Bougre de … ! s'exclama encore Arkès

Oui, nous avons tous la même apparence, du moins pour les étrangers. Cela rend les choses plus difficiles pour ceux qui auraient de mauvaises intentions. Mais ce n'est pas la raison principale. Nous considérons que personne n'est supérieur aux autres et donc, le fait d'avoir tous la même apparence enlève toute idée de comparaison ou de compétition.

— Pourtant, ils vous appellent tous Grand Maître.

— Ce n'est qu'une appellation, elle n'a pas de signification noble. Chacun a son utilité et …

— Comme les animaux dans la forêt, le coupa Arkès.

— En effet. On m'appelle Grand Maître car c'est moi qui collectionne les connaissances de tout le monde et qui parle le plus de langues. C'est donc à moi que revient la tâche de discuter avec les étrangers qui, par hasard ou par conviction, arriveraient jusqu'ici. Sword, que tu connais déjà je pense, est notre Grand Chasseur. Personne ne considère que son rôle soit plus important que celui d'un autre.

— Qu'allez-vous faire de Lynhéa ?

— Comme je te l'ai dit, chaque chose en son temps. Nous avons le temps de bien réfléchir. Il ne peut arriver jusqu'ici.

— Vous voulez dire que … ! Comment … ?

— Depuis ton arrivée, tu es connecté mentalement avec moi comme je l'étais avec Dialène. C'est ainsi que je sais ce qui s'est passé et que je connaissais ta venue. Et je peux d'ailleurs déjà répondre à une de tes questions : il n'est pas le Diable. Le diable n'existe pas, pas plus qu'un quelconque dieu d'ailleurs. Il n'est qu'une représentation de l'image que Dialène se faisait du diable. C'est la statue qui l'a matérialisé. Malheureusement, elle l'a créé avec tous les pouvoirs que

Dialène avait imaginés pour lui.

—Vous saviez, dit Arkès fâché, mais vous n'avez rien fait. Pourtant, avec vos pouvoirs, vous auriez pu l'aider et peut-être même le sauver.

—Non, il nous aurait fallu trop de temps pour arriver jusqu'à vous et de toute manière, nous ne nous mêlons pas des affaires des autres.

—Je comprends, mais …

Arkès s'arrêta net, il venait d'entendre Lynhéa crier.

Prostrée dans son trou, enroulée sur elle-même comme un fœtus, Lynhéa avait mal. Sa peau la démangeait et tout son corps la brûlait. Elle sentait, dans l'obscurité profonde, que sa peau durcissait. Se frottant les bras, la jeune fille sentit comme des écailles. Sa peau prenait l'apparence de celle d'un serpent.

—Mais que m'arrive-t-il ? Arkès, aide-moi ! supplia-t-elle.

Arkès s'angoissait, impuissant.

—Allez-vous enfin me dire ce que vous lui faites ? demanda-t-il furieux.

—Bien, dit Lamynthe. Je voulais éviter trop de détails étant donné les doutes que tu as encore par rapport à elle, mais je vois que c'est inutile de persévérer dans cette voie. Elle est liée à lui, nous le sentons. J'ai lu en toi comment elle est arrivée dans notre monde. Sans doute ne l'avait-il pas prévu. Elle devait certainement te retenir de l'autre côté, dans ton illusion. En quelque sorte, elle est de son côté.

—*Donc … elle m'a trahi*, pensa Arkès.

Il perdit tout espoir. Comme un idiot il avait abandonné ses doutes pour finalement lui faire confiance. Cette part de son être qui lui interdisait de s'attacher à elle était bel et bien celle qu'il aurait dû écouter. Aujourd'hui qu'il avait laissé leur lien devenir plus solide, il avait encore plus mal. C'était toute une partie de son être qui se déchirait en une fois lui arrachant le cœur et lui nouant l'estomac. Il commençait à se rendre compte que l'aventure avec elle comptait autant pour lui que la recherche du meurtrier de son ami. Comment avait-il pu être aussi naïf ?

—Non. (Lamynthe venait d'interrompre ses pensées) Elle ne sait rien. Elle pense réellement t'aider. Si nous l'avons mise dans cet endroit, c'est pour rompre le lien qu'elle a inconsciemment avec lui, d'où l'appellation Chambre de Rupture. Nous avons construit cette chambre en sentant votre arrivée et lorsque nous avons découvert son lien avec votre ennemi. Par nos dons, nous l'avons totalement isolée du monde extérieur. (Lamynthe fixa tristement Arkès) Elle souffre bien plus que toi de ce lien. Il vient la visiter chaque nuit, lui occasionnant d'horribles cauchemars plus vrais que nature. Elle est torturée en permanence à cause de lui et en plus, elle a dû combiner avec tes doutes et ta méfiance. Imagines-tu dès lors le calvaire qu'elle a enduré pour arriver jusqu'ici ? De plus, rompre ce lien la fera certainement encore plus souffrir. Ne la juge donc pas, rétablis le lien qui vous unissait, il en vaut la peine et elle en aura besoin pour lutter contre lui et se libérer de son emprise.

Arkès ne savait quoi dire. Il avait été si vite en conclusion qu'il avait failli prendre la mauvaise décision et condamner une innocente. Une innocente qu'il appréciait énormément de surcroît. Cela lui servirait de leçon pour l'avenir. Il venait de comprendre qu'il devrait mieux analyser les gens avant de les juger.

Pendant ce temps, Lamynthe continuait :

—Par contre, ce que je n'arrive pas à saisir, c'est pourquoi il s'amuse avec vous ?

—Que voulez-vous dire ?

—Il est clair que, vaniteux comme il doit l'être, il ne vous considère pas comme une menace. Mais alors, pourquoi s'obstine-t-il à mettre autant d'obstacles sur votre route ? Il vous suit mais vous laisse en paix. Au mieux, peut-il espérer vous ralentir. Non, je pense qu'il y a autre chose. Mais je n'arrive pas à cerner ce dont il s'agit.

Arkès ne comprenait plus rien. Tout se bousculait dans sa tête.

Lynhéa paniquait de plus en plus. L'obscurité était totale, à l'exception d'un faible rayon de lumière qui parvenait par un interstice au bord de sa geôle. Elle avait peur. Une peur atroce. Des larmes coulaient sur ses joues, qu'elle ne pouvait interrompre. Elle transpirait abondamment. Elle se sentait abandonnée. Bien qu'elle soit parfaitement éveillée, les images de son cauchemar revenaient en cascade, comme des flashes aveuglant dans l'obscurité de sa prison exigüe, la faisant chaque fois sursauter. Toujours plus nombreuses, ces images apparaissaient de plus en plus furtivement, mais beaucoup plus fortes, comme un cri cherchant désespérément à se faire entendre.

Arkès était tendu, mâchoires et poings serrés. Lamynthe lui expliquait qu'il ne pouvait les atteindre, que la coupole mentale qui protégeait ces montagnes n'était pas accessible à ses pouvoirs.

—Tu t'en es certainement rendu compte au moment où tu as passé la frontière. Dans le désert, elle provoque une brusque chute de la température.

—En effet. Mais j'ai aussi remarqué le soleil rouge. Pourquoi ne vouliez-vous pas de nous ?

—Ce n'est pas tout à fait exact. C'est un sortilège que nous appliquons. Mais ce sont les voyageurs eux-mêmes qui déclenchent ce phénomène. (Il tendit une main en direction de la prison de Lynhéa) C'est comme cela que nous avons eu la confirmation de son lien avec lui.

—Je comprends mieux à présent, dit Arkès.

Il comprenait mieux, c'est vrai, mais se sentait toujours aussi impuissant face aux gémissements de douleur de sa compagne de voyage.

Sa peau séchait, se craquelait. Ses yeux s'obscurcissaient, elle devenait aveugle. Des larmes noires, épaisses, coulaient en traces sombres sur ses joues. Elle haletait ayant perdu toute notion du temps. Elle sentait des sillons de larmes remonter vers son front et couvrir son visage comme si dans cet espace clos la gravité n'avait plus d'effet. Recroquevillée, incapable de se relever vu l'étroitesse du trou, elle gémissait de la douleur sourde qui avait envahi son corps. Couchée en position fœtale, elle enserrait son ventre.

—Pitié, geignait-elle, je n'en peux plus. Arrêtez ce supplice, délivrez-moi ...

Arkès aurait voulu l'aider, partager sa souffrance, voire la subir à sa place ... mais c'était impossible.

—Combien de temps doit-elle encore souffrir ainsi ? interrogea Arkès.

—Cela dépend d'elle et de la force du lien qui les unit. Mais nous saurons tous quand elle sera prête. Beaucoup de choses dépendront également de sa résistance physique.

—Comment ça ? Que voulez-vous dire ?

—Oublie cela momentanément et ne pose plus de questions auxquelles je ne peux répondre pour l'instant. Par contre, je peux t'expliquer ce que nous allons faire.

—Ça ne m'intéresse pas ! cria-t-il avant de se calmer un peu. Pas pour l'instant en tout cas. Seule elle m'inquiète. Le reste peut attendre.

—Tu te trompes, rétorqua Lamynthe. Le reste ne peut pas attendre au contraire et tu ne pourras quand même rien faire pour elle. Alors autant mettre ce temps précieux à profit pour avancer.

Arkès s'était résigné. S'il ne pouvait rien faire pour elle, autant suivre Lamynthe pour en apprendre plus.

—Que cherche-t-il exactement ?

—Dialène pensait que le royaume du diable sur terre existait et qu'il avait été enfoui sous les glaces éternelles à l'est du continent. (Arkès s'en souvenait, son ami l'avait déjà évoqué pendant une de leurs discussions) Donc, tout logiquement, il va essayer de le retrouver et le faire remonter à la surface. Et c'est là que les choses se corsent, car si ce royaume a également été créé par la statue, nous avons un problème.

— Un problème ? s'inquiéta Arkès.

— Oui, car Dialène imaginait que s'il arrivait à faire revenir son royaume à la surface, son pouvoir en serait décuplé. Si cela se produit, je ne suis pas sûr que nous puissions encore agir avec efficacité.

— En effet. Il est déjà d'une force phénoménale aujourd'hui. S'il devient encore plus fort, je ne vois pas très bien ce qui pourrait encore l'arrêter. Et donc, qu'est-ce qu'on fait maintenant ?

— Tu dois d'abord te reposer. Les épreuves de ces derniers jours t'ont obligé à puiser profond dans tes ressources physiques. Et ton état mental est très perturbé. Il te faut d'abord remettre un peu d'ordre dans ta tête.

— Comment voulez-vous que j'arrive à mettre de l'ordre dans mon esprit? Avec tout ce qu'il m'est arrivé depuis peu, j'ai plus de questions à poser que de réponses.

— Je connais tes inquiétudes dit Lamynthe. Qu'est-ce que cette Statue-Dragon ? Quel pouvoir t'a-t-elle donné ? Quelles en sont les conséquences ? Comment le tuer ? Que se passera-t-il quand tu rentreras à Gallim ? Et encore beaucoup d'autres questions.

Arkès restait silencieux. Lamynthe lisait manifestement en lui mieux que dans un livre ouvert.

— Je n'ai pas la prétention de pouvoir répondre à toutes tes interrogations. Mais je pense pouvoir apporter beaucoup d'indices qui devraient t'aider à mieux appréhender les choses qui t'arrivent. Pour cela, il faut que tu me fasses confiance.

— Je vous fais confiance, confirma Arkès. Dialène croyait en vous et m'a envoyé ici. Et de toute manière, seul, je n'arriverai à rien. Je vous écoute.

— Repose-toi un peu. Pendant ton sommeil, je vais m'atteler à réorganiser tes pensées. Ce sera déjà un bon début. Ensuite, nous parlerons de ce que tu devras faire.

— Comment pourrais-je me reposer avec ce qu'est en train de subir Lynhéa ? objecta Arkès.

— Essaie malgré tout, insista Lamynthe en le quittant. Sinon, je risque d'avoir du mal à réorganiser tes idées.

L'homme sage quitta le temple avec les autres kNalines, laissant Arkès seul avec Lynhéa. Il s'assit au bord de la cellule sans dire un mot, sans trahir sa présence. Sans doute pensait-il participer ainsi à la douleur de son amie et l'aider.

— *Ils auraient pu la mettre au courant de ce qui l'attendait*, songea-t-il. *Elle aurait compris et peut-être mieux accepté sa souffrance.*

Mais elle ne savait rien, ne comprenait rien. Il se rendait compte de ses souffrances, mais ne pouvait imaginer les transformations qu'elle subissait. Lynhéa pouvait supporter la douleur, mais ne pouvait gérer sa peur. Sentir sa peau changer et sa vue se brouiller associaient la panique à la souffrance. Plus le temps passait et moins elle y voyait.

Les minutes s'écoulaient avec une lenteur presque perceptible. Sur les conseils de Lamynthe, il tenta de se reposer un peu, mais s'allongea à même la pierre, au bord de la cellule de son amie. Il finit par s'endormir.

Son sommeil était étrangement agité. Des masses d'images se mélangeaient. Le cadavre de Dialène, leur ennemi, ses compagnons à la bataille, le seigneur de Solskirt et le sentiment étrange sur ses intentions. Ses pensées se superposaient anarchiquement. Elles lui apparaissaient en dégradés de gris et floues.

Puis, petit à petit, les images commencèrent à se distinguer les unes des autres, devenant plus claires et mieux structurées. Le travail de Lamynthe avait commencé.

Il devait d'abord s'occuper de leur ennemi. Cette pensée, pourtant inquiétante jusqu'ici, fut subitement accompagnée d'un grand réconfort. Les kNalines seraient là et lui donneraient les outils qui l'aideraient dans cette tâche … et Lynhéa l'accompagnerait également.

Suivant une meilleure chronologie, son retour à Gallim s'éclaircit ensuite. Tout d'abord, annoncer la mort de Dialène. Puis, lorsque les esprits se seraient calmés, expliquer tout ce qu'il s'était passé et l'arrivée de Lynhéa. Et finalement, confier à son seigneur ses intuitions sur le seigneur de Solskirt.

Les images finirent par s'agrémenter de couleurs, les rendant moins inquiétantes. Il arriva à compartimenter toutes ses idées et se rendit compte que, prises séparément, elles lui paraissaient bien moins énigmatiques même si certaines zones d'ombres persistaient.

Son sommeil devint dès lors plus serein et se révéla bien plus réparateur, malgré sa brièveté, que les nuits précédentes.

Lorsque Lamynthe revint au temple et le réveilla, il dormait profondément et mit un certain temps à situer où il se trouvait.

Lynhéa releva la tête quand elle entendit de nouveau la voix de Lamynthe, un long moment plus tard, une éternité. Elle n'y voyait plus rien. Elle se concentrait sur ses autres sens et tentait d'annihiler son mal.

—Arkès, suis-moi, dit Lamynthe. Nous allons nous sustenter et je t'expliquerai ce que tu devras faire ensuite.

—Je voudrais rester ici, près d'elle, en attendant que cela aille mieux. Vous pouvez aller manger sans moi. Je n'ai de toute façon pas faim.

—Il ne s'agit pas d'une proposition cette fois. Suis-moi, j'ai des personnes à te présenter.

—Tiens, j'ai déjà entendu cela auparavant, dit-il tout bas.

—Pardon ? demanda Lamynthe

—Non rien, merci pour votre aide … dans ma tête, je veux dire.

Lamynthe accepta ses remerciements d'un signe de la tête et l'invita à le suivre d'un geste de la main.

Elle entendit Arkès bouger. Ses paroles l'avaient réconfortée, elle se savait soutenue dans son calvaire. La douleur semblait se stabiliser dans son corps endolori. Des larmes d'encre coulaient toujours de ses yeux et sa peau continuait à muer.

—*Faites que cela s'arrête*, pensait-elle sans cesse.

Les images de son cauchemar devenaient plus sporadiques, comme une bobine de film ralentissant en fin de course.

Arkès, Lamynthe et Sword marchaient dans les rues du village kNaline. Arkès, bien qu'absorbé dans ses pensées, ne put s'empêcher d'observer tout autour de lui.

Les chemins étaient relativement étroits, aménagés par le passage fréquent des habitants, pas du tout construits artificiellement. Ils passaient devant les maisons troglodytes, toutes différentes et pourtant tellement similaires. La nature restait maître des lieux. Les racines des grands arbres de la montagne débordaient sur les chemins. Au fur et à mesure de leurs avancées, on voyait le chemin se courber pour contourner ces excroissances. Les kNalines n'auraient pas pris le risque de les abîmer, dès lors ils en faisaient le tour. De son côté, la nature semblait leur rendre ce respect. Aucune racine ne s'étendait assez loin pour interrompre le chemin et s'enfonçait alors dans le sol montagneux au prix d'un grand effort.

Les arbres étaient les ancêtres des kNalines.

La vue à flanc de montagne était magnifique. Arkès était envahi d'un vif sentiment de plénitude similaire à celui qu'il ressentait dans son village aux premières lueurs du jour. Sa vision semblait s'étendre à l'infini et pourtant, il ne voyait pas au-delà de la Torie. Comme si un sort puissant isolait complètement le Pays kNaline du reste du monde.

Soudain, Lamynthe s'arrêta devant une série de runes gravées à même la roche. Arkès, absorbé par ses observations, faillit le renverser. Après s'être excusé, il s'enquit de ce brusque arrêt au milieu de rien. Lamynthe regardait les runes silencieusement et ne répondit pas immédiatement.

—Nous avons longuement discuté entre nous et nous sommes tombés d'accord. Si tu veux le combattre, tu auras besoin de beaucoup de force. Actuellement, tu n'en as pas suffisamment à notre avis. Nous allons donc accroître la tienne par un rituel.

Tout en écoutant Lamynthe avec beaucoup d'attention, Arkès regardait la paroi rocheuse. Il ne pouvait déchiffrer les runes écrites dans un langage, certainement très ancien, qu'il ne comprenait pas.

—Qu'est-il écrit ? demanda-t-il.

Doucement, Lamynthe se plaça derrière Arkès et lui prit les épaules délicatement.

—Aie confiance en nous, dit-il alors posément. Concentre-toi sur ce qui est écrit et je vais t'aider pour le reste.

Arkès obéit. Il regardait attentivement les runes. Un instant plus tard, une aura bleuâtre enveloppa les mains du kNaline et elle se propagea, sans qu'il s'en rende compte, à la tête d'Arkès.

Soudain, il fronça les sourcils. Quelque chose se produisait, il le sentait. Les traits gravés dans la pierre prirent vie et serpentèrent sur le mur comme une lignée de vers pour former une phrase qu'Arkès put lire sans difficulté … alors même qu'il ne savait pas lire, comme si les mots lui parlaient.

« *Laisse la roche et la terre partager leur vie*
et servir de fontaine de jouvence infinie. »

Il commença alors à se sentir très faible, son énergie le quittait, comme s'il était épuisé. Son flux vital s'écoulait de lui en cascade. Ce n'était heureusement pas douloureux mais il se sentait faiblir à chaque seconde. Bientôt, la terre aurait absorbé toute sa vie et le laisserait pour mort. Il eut un sentiment d'auto-défense, mais il n'arriva pas à empêcher le processus. Il n'était plus maître de rien. Il devait faire confiance aux kNalines. Alors qu'il était sur le point de perdre connaissance, une chaleur intense l'envahit. Il sentit une force remplir chaque cellule de son corps comme une puissante montée d'adrénaline.

Quelques instants plus tard, Lamynthe ôta ses mains et l'aura disparut. Arkès se retourna pour regarder Lamynthe.

—Ouf !

—En effet.

—C'est incroyable ! J'ai l'impression de pouvoir soulever des montagnes.

—L'impression peut-être, rétorqua Lamynthe, mais il ne faut quand même pas rêver. Nous espérons seulement que cela pourra t'aider pour le combattre.

—Je pense en effet que ce sera utile. Merci.

—Avec plaisir. Dialène a demandé notre aide et nous sommes heureux de te la donner.

—Merci pour lui, dit humblement Arkès. Pourra-t-on faire la même chose pour Lynhéa ? demanda-t-il ensuite.

—Malheureusement non.

—Pourquoi ? Elle en aurait besoin autant que moi, insista Arkès.

—Pour comprendre le pourquoi, tu dois connaître le comment. En fait, ce rituel ne provoque pas une réelle augmentation de ta force vitale. Comme tu l'as remarqué, ce rite commence par un fort affaiblissement. La terre remplace ta force par une nouvelle, pure et vierge, bien plus efficace que celle d'un humain normal. Lynhéa sortira trop affaiblie de sa cellule. La baisse d'énergie la tuerait certainement.

—On n'aura qu'à attendre qu'elle reprenne des forces, suggéra Arkès.

—Désolé, mais ce ne sera pas suffisant. Cette incantation

est prévue pour des kNalines. Et nous avons une force vitale beaucoup plus importante que la vôtre. Nous avons pu faire une exception pour toi car, sans pouvoir l'expliquer, nous avons décelé en toi une force suffisante, supérieure à celle d'une personne normale. Peut-être est-ce dû au don que t'a fait la statue.

— Ne pourrait-on écrire une autre incantation, plus adaptée aux humains ?

— Nous pourrions en effet, répondit Lamynthe avec un petit sourire face à l'insistance d'Arkès, mais cela ne vous aiderait pas. Il nous a fallu des dizaines d'années pour maîtriser celle-ci, écrite directement dans le langage de la terre. As-tu tout ce temps ? De plus, la moindre erreur dans la phrase la tuerait plus sûrement que votre ennemi.

— Je comprends, se résigna Arkès.

— Viens, dit Lamynthe posant une main amicale sur son épaule, nous avons encore beaucoup à faire.

Les trois hommes continuèrent leur chemin dans le village troglodyte à flanc de montagne et pénétrèrent dans la cour d'une maison. La porte d'entrée était creusée à même la pierre. A droite de la maison, un abreuvoir en pierre, à sec, témoignait d'un passé révolu où les kNalines élevaient des animaux. Ce mode de vie qu'ils avaient emmené avec eux en quittant le monde warkan s'était révélé peu à peu inutile dans leur nouvelle vie. Sur la gauche, une tour incrustée dans la montagne était également à l'abandon. Son état de vétusté racontait le temps où ils pensaient encore devoir se défendre contre les envahisseurs. Aujourd'hui, leurs morts fournissaient les vivres et leur barrière mentale ainsi que la Torie suffisaient à garantir leur sécurité.

— Entre, je t'en prie, invita Lamynthe.

Arkès, dut se courber tant la porte était basse. Il entra dans ce qu'il pensait être une pièce unique mais, dès que ses yeux se furent habitués à l'obscurité, il distingua un passage sur la gauche qui menait à un escalier creusé à même la roche et qui s'enfonçait dans la montagne. La pièce n'avait rien à voir avec les maisons carrées de son village, ni avec les murs plats et réguliers de leurs habituelles constructions. Creusée dans la pierre par il ne savait quel phénomène, la chambre n'avait pas une forme géométrique bien déterminée. Quelques endroits dans le mur avaient été fortifiés par des constructions en bois ou en maçonnerie et servaient en même temps d'étagères. Le plus étonnant venait des tables : d'énormes blocs de pierre autour desquels étaient disposés des trépieds en bois.

— *Comment ont-ils fait pour les amener ici ?* se demandait-il.

Ces blocs étaient trop volumineux pour passer par l'ouverture de la porte ou même par l'unique trou, creusé dans la montagne, qui éclairait l'endroit. De toute évidence, la pièce n'a pu être creusée par des hommes et ils n'ont pu tirer eux-mêmes cette table de la roche. En l'observant mieux, il constata même qu'elle ne provenait pas de la même roche. Il s'étonna encore de l'incroyable étendue de leurs pouvoirs.

Un homme était assis à la table.

Arkès interrogea.

—Je n'ai encore vu aucune femme.

—Exact, confirma Lamynthe. En cette période de l'année, elles se retirent à l'écart des hommes pour s'assurer une grossesse douce et reposée. Les hommes de notre peuple n'ont guère l'instinct paternel, un peu comme chez vous, je suppose.

—En effet, opina Arkès. Chez nous, les hommes s'entraînent au combat, sont artisans ou commerçants ou cultivent la terre. Ils ne s'occupent des garçons qu'à partir de leur douzième année, dès qu'ils peuvent commencer leur entraînement.

—Nous n'avons pas les mêmes préoccupations que les vôtres, mais le principe reste similaire. Jusqu'à dix ans, les femmes sont chargées de les former à nos dons les plus basiques. Puis, elles attribuent un rôle à chacun d'eux en fonction de sa capacité et les hommes prennent le relais. Leur formation finale s'étendra sur deux années environ suivant le rythme d'apprentissage de l'enfant. Le rôle des femmes est primordial car si elles font un mauvais choix dans l'orientation de l'enfant, c'est la survie de tout notre peuple qui pourrait être remise en cause.

— Si différents et pourtant si pareils.

— En effet.

Ils avancèrent jusqu'à la table où l'homme les attendait.

— Arkès, je te présente Tempeos.

— Bonjour, dit Arkès en s'inclinant.

— Bonjour Arkès, sois le bienvenu parmi nous.

— Merci.

— Tu te doutes que Tempeos n'est pas mon vrai nom, mais celui que nous avons choisi pour moi afin de te simplifier les choses.

— Y aurait-il un rapport avec le temps ?

— Tu comprends rapidement, dit Tempeos en souriant.

Ils s'assirent autour de la table. Arkès se rendit compte qu'il avait très faim, contrairement à ce qu'il pensait. Il se sentait un peu coupable d'être si bien traité alors que Lynhéa se morfondait dans son trou, en proie à sa douleur et au désespoir. Mais il devait manger. Il sentait qu'il allait en avoir besoin pour la suite. Il regardait dès lors avec avidité les mets délicieux qui étaient disposés sur la table.

Il allait apprendre des tas de choses et il avait déjà tellement d'informations à gérer et autant de questions sans réponses. Mais surnageant, obsédante, une question dominait les autres.

— Pourquoi Lynhéa ? demanda-t-il en relevant la tête.

— Que veux-tu dire ? demanda Lamynthe.

— Pourquoi a-t-il créé Lynhéa ? Pour m'accompagner ?

— Il n'a pas fait grand-chose. C'est de toi qu'elle vient d'après ce que j'ai pu comprendre. Il a le pouvoir de lire dans ton esprit et, sans doute, y a-t-il trouvé quelqu'un qui ressemblait à Lynhéa. Il l'a simplement incorporée à l'illusion dans laquelle il t'enferma. Et son nom est peut-être celui que tu aurais donné à l'un de tes enfants s'il s'était agi d'une fille. Il n'y est donc pas pour grand-chose. C'est toi qui l'as créée en t'accrochant à elle lors de ton retour.

—Voilà pourquoi elle ressemble trait pour trait à la femme du passage.

Il réfléchit un instant en aparté.

—*Je comprends mieux. Et je vois aussi pourquoi elle m'a dit que c'est moi qui lui donnerais un nom, mais comment pouvait-elle savoir ?*

Puis, il se rendit compte qu'avec Lamynthe, c'était chose inutile.

—Mais pourquoi une femme ? demanda-t-il ensuite.

—Les hommes sont toujours plus conciliants avec les femmes. Aurais-tu eu une aussi bonne complicité avec un autre homme ?

—Sans doute pas. C'est vrai.

—Tu as maintenant la preuve qu'il ne faut jamais s'inquiéter si quelque chose vous échappe. Tout trouve toujours une réponse … un jour … ou l'autre.

—Oui, à condition de venir vous voir pour trouver les réponses ! dit-il en s'esclaffant.

—Peut-être. Mais si tu survis à cette épreuve, tu seras toujours le bienvenu.

—Merci, cela aurait plu à Dialène, conclut-il d'une voix nostalgique et respectueuse. *Tout ceci est donc bien ma faute depuis le début. Pourquoi ai-je pris cette statue ?* pensait-il.

Son estomac se noua. Ce vif sentiment de culpabilité ne l'avait pas quitté depuis la mort de son ami. Peut-être espérait-il que les kNalines, par leurs explications, le lui enlèverait. Mais ce n'était pas le cas, bien au contraire. Et à tout cela, aux nombreux morts, il devait maintenant ajouter la souffrance de Lynhéa. Il ferait tout pour réparer son erreur, même si elle était bien involontaire, mais jamais il n'arriverait à remplacer ce qui avait été perdu.

—Tu ne dois pas t'en vouloir à ce point, l'interrompit

Tempeos dans ses pensées. Au moins, tu as le moyen et les capacités de tout faire rentrer dans l'ordre. C'est de cela qu'il faut se réjouir. Un autre n'aurait peut-être tout simplement rien fait.

— C'est vrai, mais quand même, répondit Arkès.

— D'ailleurs, poursuivit Lamynthe, un de ces moyens permettra de te renvoyer dans le passé.

— Dans le passé ! s'exclama Arkès.

— Oui, ne t'inquiète pas, voici ce que tu devras y faire.

Pendant ce temps, Lynhéa commençait à se sentir mieux. La douleur était encore forte, mais s'amenuisait. Elle était arrivée à s'asseoir contre le mur de sa petite prison. Seul l'état de sa peau continuait à empirer. Si elle ne pouvait le voir, elle pouvait le sentir. Les écailles de sa peau séchaient et se craquelaient plus profondément. Pourtant, elle ne paniquait plus. Etait-ce parce qu'elle sentait qu'Arkès ne l'oubliait pas et ne l'avait pas abandonnée ou parce qu'elle percevait que son calvaire allait prendre fin? Elle ne le savait pas. Peut-être était-ce les deux.

Elle était au courant des mêmes choses qu'Arkès car, au fur et à mesure de ses discussions avec Lamynthe, ce dernier lui transmettait les informations par la pensée. Cela lui faisait un support supplémentaire. Il aurait pu le dire à Arkès, pour le rassurer, mais pour une raison que Lynhéa ignorait, il n'en fit rien.

Elle savait maintenant d'où elle venait et cela lui semblait étrange à admettre : elle était née dans la tête d'Arkès et c'est lui qui l'avait matérialisée grâce à leur ennemi. C'est sans doute pour cela qu'un lien si fort était né entre eux alors qu'ils ne se connaissaient que depuis quelques jours. Malgré la douleur, toutes ces idées la réchauffaient intérieurement et elle voyait l'avenir avec beaucoup plus d'optimisme. En fait, elle imaginait l'avenir … tout simplement. Elle se rendit compte alors qu'elle n'y avait jamais réellement réfléchi sauf lors de certaines discussions avec Arkès, mais sans vraiment y accorder de l'importance. Maintenant, c'était différent. Chaque pensée vers le futur la remotivait, c'était un sentiment nouveau et réconfortant. Elle avait réellement le sentiment d'exister.

—D'accord, j'ai compris tout ce que je dois faire, dit Arkès après les explications de Lamynthe.

—Lynhéa pourra t'accompagner dès qu'elle aura surmonté cette épreuve et se sera rétablie.

—Merci. Mais comment trouverons-nous la bonne personne ?

—Sword ira également avec vous. Il a des aptitudes particulières qui vous aideront pendant votre voyage.

Arkès se tourna vers Sword et le salua d'un signe de la tête.

—Ce sera un honneur.

Sword lui rendit discrètement son salut.

» Et comment allez-vous faire pour me renvoyer dans le passé ? C'est quand même plus compliqué que de déplacer des pierres. Ici, il s'agit du temps.

—Ça, dit Lamynthe, c'est le rôle de Tempeos.

—Ah oui, chacun son rôle, affirma Arkès.

Tempeos se leva et se dirigea vers l'une des étagères en pierre. Il y prit un morceau de craie noire et se plaça devant une partie blanchie du mur de la grotte. Il y dessina un faisceau de lignes parallèles. Certaines s'interrompaient, et chaque nouvelle ligne était plus grande que la précédente. Puis il traça une flèche perpendiculaire qui les traversait toutes.

—Imagine que chaque ligne, soit un instant du temps, expliqua-t-il. Chaque interruption dans une ligne représente la mort d'une personne. Chaque prolongation, une naissance. Il est logique que les lignes qui suivent aient la même longueur jusqu'à une naissance. De même, une interruption sur une ligne se répercute sur toutes les lignes qui suivent car personnes ne peut revivre. La flèche qui les traverse représente la vie d'une personne. Les lignes s'arrêtent maintenant car le futur n'est pas écrit. Il est impossible de prévoir l'avenir.

— Pourquoi ? demanda Arkès

— S'il était possible de prévoir l'avenir, cela voudrait dire que tout est écrit. Quoi que tu fasses, tu ne pourrais faire que ce qui est prévu. Tu ne serais donc pas maître de tes actes, tout aurait été écrit pour toi. Qu'adviendrait-il dès lors de tes choix dans la vie ? Qu'adviendrait-il de ton libre arbitre ?

— C'est vrai que ce ne serait pas très excitant, acquiesça Arkès. Pourtant, dans un sens, la statue avait prévu que c'est moi qui donnerais son nom à Lynhéa.

Tempeos se tourna vers Lamynthe ne sachant pas de quoi parlait Arkès. Lamynthe prit quelques secondes pour réfléchir avant de répondre. La remarque d'Arkès était juste.

— C'est en effet perturbant. Mais en fait, nous ne savons pas si elle parlait de la Lynhéa qui est aujourd'hui avec nous. Je crois plutôt qu'elle parlait d'elle-même. Tout homme à tendance à donner un nom à ce qu'il ne connaît pas. Cela permet de démystifier. Et tout comme elle ne t'a pas donné beaucoup d'informations sur ce qui t'arrive, tes capacités, ton tatouage, il est concevable qu'elle voulait que tu découvres son nom seul. Cela n'aurait donc rien à voir avec le fait de prédire l'avenir.

— En effet, confirma Arkès. Je cherche sans doute trop loin. Mais revenons à notre voyage dans le temps, excusez-moi de vous avoir interrompu.

— Ce n'est pas grave. Pour le passé, reprit Tempeos, c'est différent car il est écrit. Si on ne peut pas en relire un épisode, on peut être spectateur d'un moment précis.

— Qu'est-ce que ça veut dire ? demanda Arkès.

— Ça veut dire qu'on ne peut se transporter que sur une seule ligne du temps à la fois et passer d'une ligne à l'autre est impossible. Par contre, il est concevable de voyager sur une ligne … dans l'espace donc. Les seuls sauts possibles sont ceux de la ligne du présent vers une ligne du passé et retour. C'est tout. Je ne peux pas vous faire voyager d'une ligne à l'autre directement.

— Les possibilités sont relativement limitées.

— En effet. Je vais donc vous transporter sur une ligne déterminée et là, ce sera à vous de trouver la bonne personne. Rappelle-toi que tu ne peux changer le passé. Tu ne pourras faire bouger personne ni aucun objet. Ils seront tous figés. C'est donc Sword qui fera le travail mental pour vous.

Arkès se tourna vers Sword qui le regardait. Aucun mot n'avait été échangé entre les deux hommes mais ils se comprenaient. Puis il se tourna vers Lamynthe.

— Comment reviendrons-nous ?

— C'est moi qui vous ramènerez, dit Tempeos. Quand le moment sera venu, j'ouvrirai une nouvelle brèche dans le temps pour vous laisser revenir.

— Et si vous n'y arrivez pas ?

— Alors, vous resterez bloqués dans cet instant du temps. Comme si vous lisiez toujours la même page d'un livre. Le temps risque alors de vous paraître très long.

— J'imagine, dit Arkès.

— Non, je ne crois pas. N'oublie pas que le temps y est figé pour les autres, mais aussi pour vous. Donc, vous n'y vieillirez pas et vous n'aurez jamais faim. Vous errerez sans fin dans un espace figé et inerte où rien ne vous sera accessible. De plus, comme je suis le seul à avoir ce pouvoir et que je n'ai pas encore pu le transmettre, personne ne pourra vous libérer.

— Ah, bien, ironisa Arkès, je craignais les risques ! Mais là, vous me rassurez.

Le ton ironique d'Arkès avait laissé ses interlocuteurs de glace. Ils n'avaient manifestement pas un grand sens de l'humour.

— Oh, pardon, s'excusa-t-il en voyant que personne ne bronchait, je tentais de dédramatiser.

Une fois de plus, il constata qu'aucun d'eux ne réagissait.

—Tu ne devrais pas en rire, dit Lamynthe, ce sont vos vies que vous risquez. Il faut donc prendre ce voyage avec tout le sérieux nécessaire.

—Je le prends avec énormément de sérieux, contredit Arkès le visage sévère, c'était simplement ma manière de mieux accepter le risque, peut-être pour ne pas m'inquiéter d'avantage.

—Nos anciens nous ont appris à ne pas exposer nos sentiments. Cela nous fut d'une aide précieuse quand …

Lamynthe expliquait les enseignements de leurs ancêtres, quand Arkès décrocha soudain de la discussion car la voix de Lynhéa résonna dans sa tête.

—*Hé, je pense que c'est fini. Est-ce que quelqu'un pourrait me sortir d'ici ?*

—*Lynhéa ?* pensa-t-il alors.

—*Arkès ? Tu m'entends ?* demanda-t-elle.

—*Oui,* pensa-t-il ensuite, *ta voix résonne dans ma tête. C'est vraiment bizarre.*

—*Ouais ben, bizarre ou pas, tu peux demander aux kNalines de venir me libérer ?*

Arkès fixa Lamynthe.

—Je sais, dit celui-ci avant qu'Arkès n'ouvre la bouche. Nous y allons.

—Comment … ?

—Je te l'ai dit, …

—Non, ce n'est pas cela. Comment est-il possible que j'entende Lynhéa dans ma tête ?

—Je savais qu'elle se manifesterait quand elle serait prête. J'ai donc créé un lien mental entre vous. Désormais, il vous sera possible de communiquer entre vous par la pensée.

—Et ça fonctionne jusqu'à quelle distance ? demanda Arkès en suivant le grand maître sur le chemin du temple.

Il aurait voulu courir pour la retrouver, mais il n'aurait

quand même pas pu déplacer la pierre seul. Il était donc contraint de suivre Lamynthe qui semblait marcher à une vitesse intentionnellement lente.

—Ça dépendra de votre pouvoir de concentration. Au début, comme vous n'êtes pas encore habitués, quelques centaines de mètres tout au plus. Mais avec le temps, si vous vous entraînez suffisamment, vous pourrez allonger les distances.

—Est-ce que ça veut dire également que nous pourrons toujours entendre les pensées de l'autre ? Que nous n'aurons plus d'intimité ?

—Non, vous devrez avoir tous les deux l'intention de discuter par la pensée pour que cela marche. Par contre, vous pourrez attirer l'attention de l'autre.

—Ouf, j'ai eu peur.

Ils arrivaient enfin au temple. Lamynthe s'assit sur sa pierre et Arkès se dirigea tout de suite vers l'endroit où était retenue Lynhéa. Sword suivait à quelques pas. Le jeune guerrier trépignait. Sword tendit la main devant lui. L'aura lumineuse apparut immédiatement et la pierre se souleva.

Lynhéa se redressa péniblement un bras devant ses yeux tant la lumière l'éblouissait. Ses articulations la faisaient souffrir. Elle était épuisée.

C'est là qu'Arkès découvrit dans quel état lamentable elle était. Il ne la reconnaissait pas. Les yeux entièrement noirs comme si elle était possédée par un démon, le visage grisé par des larmes de charbon et sa peau ... elle était vraiment mal en point. Il s'approcha de la fosse, l'attrapa sous les bras et la tira hors du trou. Elle avait à peine la force de se tenir debout.

—Merci, Arkès, lui glissa-t-elle tout bas d'un souffle tremblant.

Arkès ne dit rien. Son cœur s'était serré tellement fort en la voyant si lamentable qu'il n'arriva pas à trouver quoi répondre. Il la porta auprès de Lamynthe et la coucha sur la pierre où elle était censée s'asseoir.

—Ne bouge pas, ça va aller, lui dit-il doucement.

—Oui, je parie que le plus dur est derrière moi, ajouta-t-elle.

—En effet, dit Lamynthe. D'ici quelques secondes, vous retrouverez votre apparence normale. Le soleil va se charger de régénérer votre peau.

Ils observèrent un moment de silence pendant lequel Lynhéa reprenait son apparence habituelle. En quelques secondes, l'iris de ses yeux se redessina et retrouva son éclat bleuté, ses écailles se refermèrent puis disparurent. Seules les larmes noires sur son visage, et son visible état de fatigue, témoignaient encore de ce qui venait de se passer.

—Ils ont dû t'enfermer …, voulut expliquer Arkès.

—… pour rompre mon lien avec **lui**, le coupa péniblement Lynhéa. Je sais. Lamynthe m'a transmis toutes ces informations pendant votre discussion … Je suis si fatiguée.

Arkès leva des yeux tristes vers Lamynthe.

—Bien entendu, acquiesça-t-il. Mikaj va la conduire vers le domaine des femmes. Elles s'occuperont d'elle et elle sera bien traitée le temps qu'elle voudra.

—Merci, dit Arkès en faisant mine de se lever.

—Mais tu ne peux pas l'accompagner, continua Lamynthe, c'est un domaine réservé.

—D'accord, mais elle est trop faible pour marcher …

Il s'interrompit. Soulevé de la pierre, le corps de Lynhéa partit en direction de Mikaj. Il comprit alors qu'elle serait transportée de la manière la plus confortable qui soit, en lévitation, et cessa de s'inquiéter. La jeune femme s'endormit, flottant dans l'air, avant même d'avoir quitté le temple.

Lorsqu'elle se réveilla, elle était entourée de trois femmes. Elle tourna la tête sur le côté et en aperçut une trentaine d'autres. Quelque chose l'intriguait qu'elle ne saisissait pas. Soudain elle réalisa! Elles étaient toutes enceintes … toutes, sans exception.

Allongée nue sur un lit de feuilles et recouverte d'une couverture, elle avait dormi longtemps, elle le sentait. Pour la première fois depuis son arrivée dans le monde d'Arkès, aucun cauchemar n'était venu perturber son repos. En y réfléchissant, c'était la première fois tout simplement. Un chaleureux sentiment de plénitude l'envahit alors et elle poussa un profond soupir de contentement. Une fine larme coula le long de son visage. Elle ne rêverait plus de **lui** et des atrocités qu'il lui faisait subir, elle se sentait libérée.

Elle regardait avec bonheur le magnifique domaine où les kNalines l'avaient emmenée. Fleuri, bien arrangé, confortable. Rien à voir avec le temple de pierre, froid et dur. Des enfants s'occupaient à des jeux bizarres qu'elle ne connaissait pas et d'autres, plus âgés, s'exerçaient manifestement à contrôler leur pouvoir. Certains commençaient déjà à soulever de petites pierres, d'autres tordaient des morceaux de bois par leur regard. Tout se passait dans une ambiance calme et sereine. Seuls les cris et les rires des plus jeunes enfants qui jouaient venaient perturber ce lieu de plénitude. Mais leurs voix lui semblaient lointaines, comme répercutées par un écho.

Elle était étendue sur un lit de feuilles, les feuilles de la Torie, et elle profitait de leur confort. Au-dessus d'elle, une armature en bois servait à tendre les grandes feuilles protégeant du soleil et de la pluie. À sa gauche, un plat de viande fraîche et appétissante l'attendait mais elle se sentait encore trop faible pour se nourrir.

Une femme tenait sa main dans la sienne. Elle décrivait des cercles avec ses doigts, quelques centimètres au-dessus de son poignet. A chaque mouvement, Lynhéa voyait ses veines enfler puis se relâcher. Elle ouvrit grands les yeux. La sensation était très agréable et réconfortante à la fois mais impressionnante. Elle n'essaya pas de l'empêcher, ni de l'interrompre. Sentant qu'elle avait repris ses esprits, la femme leva les yeux.

—J'aide votre sang à circuler pour que vous récupériez rapidement, dit la femme en continuant ses mouvements lents.

Lynhéa lui sourit. Sa vision se troubla. Elle se rendormit.

Elle se réveilla le lendemain, en pleine forme et dévora le plat de viande qui se trouvait à côté d'elle si vite qu'elle en eut mal au ventre. Mais le lait que les femmes lui avaient préparé, la soulagea rapidement. À chaque gorgée, elle sentait l'énergie affluer en elle. Cela lui faisait énormément de bien.

A la fin du repas, c'était comme s'il ne s'était rien passé les jours précédents. Seul le souvenir restait.

—*Pourvu que je n'aie plus à endurer un truc pareil*, pensa-t-elle.

Elle se leva pour marcher un peu. Comme si elle ne s'était pas rendormie depuis son bref réveil de la veille, les enfants jouaient toujours ou s'entraînaient et les femmes enceintes vaquaient à leurs occupations. Elle reconnut la femme qui la soignait et se dirigea vers elle. Lorsqu'elle l'aperçut, la kNaline lui adressa un sourire chaleureux.

—Bonjour, vous allez mieux, je crois.

—En effet, merci à vous.

—Vous êtes la bienvenue.

—Vos aptitudes à soigner sont impressionnantes.

—Nous avons en effet beaucoup évolué dans ce domaine.

—C'est certain. Je vous remercie pour vos soins. Et votre lait était excellent et extraordinairement vivifiant.

—C'est du lait de livreh et il a en effet de tels dons. Je suis heureuse de voir que cela vous a remise sur pied.

—Excusez-moi si je vous semble un peu abrupte, mais pourrais-je rejoindre mon ami ?

—Oui, bien sûr. Suivez ce chemin, il vous conduira directement au temple.

—Vous ne m'accompagnez pas ?

—Non, tout le temps de notre grossesse, nous devons

rester ici.

—Mais, c'est injuste. Ils ne peuvent pas vous tenir enfermées, s'insurgea immédiatement la jeune femme.

—Oh, rassurez-vous, c'est nous qui venons ici de notre plein gré et ce sont eux qui sont interdits de visite. Passer un peu de temps loin des hommes, cela fait énormément de bien.

—Je comprends, c'est vrai qu'ils sont parfois très pénibles. À bientôt, j'espère.

—Ce sera avec plaisir. Puis-je me permettre de vous poser une question avant que vous ne partiez ?

—Bien sûr, faites.

—J'ai déjà soigné beaucoup de personnes et, généralement, mon don me permet de déterminer leur âge afin d'utiliser la médication adéquate. Or, chez vous, je ne suis arrivée à rien. Peut-être pouvez-vous m'expliquer ?

—C'est parce que je ne suis née que de quelques jours.

La femme eut un mouvement de recul, d'étonnement. Lynhéa lui sourit, la salua et partit.

Au temple, Lamynthe et Arkès étaient toujours assis au même endroit. On eut dit qu'ils n'avaient pas bougé depuis … En fait, elle ne savait même pas combien de temps elle était restée inconsciente. Elle s'approcha d'eux et s'assit à côté d'Arkès.

—Tu vas mieux ? demanda Arkès.

—Où est ma veste en cuir ? demanda-t-elle directement.

—Elle va mieux ! confirma Arkès en souriant à Lamynthe.

Mikaj lui tendit sa veste puis se recula pour reprendre sa place à gauche de l'entrée du temple. Elle l'enfila directement.

—Bon, si on continuait ce pour quoi on est venu ? proposa-t-elle aux deux hommes.

Lamynthe opina de la tête et fit signe à Teleroq, Tempeos pour eux, d'approcher. Ce dernier vint s'asseoir sur une pierre à sa droite et leur donna une dernière explication avant leur voyage dans le temps.

—Lorsque vous arriverez dans le passé, la douleur sera sans doute assez forte car seuls les liquides et les solides peuvent voyager.

Arkès voulut se tourner vers Lynhéa pour lui expliquer de quoi il s'agissait, mais elle dressa la main entre eux deux.

—Je sais, Lamynthe m'a tout expliqué pendant mon sommeil. Par contre, je ne sais pas pourquoi il n'y a que les liquides et les solides qui peuvent faire le voyage.

—C'est un choix que nous avons fait. En effet, toute personne est en contact avec deux choses, le sol et l'air. Lorsque vous partirez, vous emmènerez tout ce qui est en contact avec vous. Donc, afin que vous n'emportiez pas tout notre monde avec vous, nous vous mettrons en lévitation. Vous n'aurez de la sorte plus de contact avec le sol. Par contre, il est impossible de rompre le contact avec l'air. Donc, la seule solution pour que tout ne soit pas emporté avec vous, c'est que l'air n'effectue pas le transfert.

—D'accord, comprit Lynhéa, mais pourquoi est-ce que cela devrait nous faire mal à l'atterrissage ?

—Parce qu'il n'y aura plus du tout d'air dans votre corps. Or, si nous respirons de l'air, c'est que tout notre organisme en a besoin. Il vous faudra quelques secondes pour reprendre votre souffle et pour que l'air se répartisse à nouveau dans votre organisme. Cela sera très douloureux.

—Ok, au moins, on est au courant, conclut Lynhéa d'un air désinvolte.

Arkès ne parvenait pas à placer un mot tant Lynhéa ne cessait de poser des questions sur le voyage, et les principes appliqués.

—Lynhéa, finit-il par l'interrompre, est-ce que je peux dire quelque chose ?

—Oh ça va ! Toi, tu as pu dire tout ce que tu voulais jusque maintenant alors, à mon tour.

Arkès sourit.

—Ça fait plaisir de te retrouver en bonne santé !

—Préparez-vous, termina Lamynthe, c'est l'heure de votre départ.

Sword tendit ses deux bras en croix. Tout trois quittèrent le sol et flottèrent à une quinzaine de centimètres. Un puissant courant d'air faisait voleter leurs vêtements. Tempeos ferma les yeux. Quelques secondes plus tard, une aura lumineuse entoura les trois compagnons. La lumière bleuâtre augmentait d'intensité. Arkès regardait autour de lui, inquiet.

Soudain, tout se figea dans un bruit sourd.

Leurs vêtements ne bougeaient plus, statufiés dans l'instant. Arkès ne pouvait plus commander ses muscles mais voyait ce qui se passait non loin d'eux. Les couleurs disparurent pour se fondre dans un dérivé acajou-noir. Lamynthe, Tempeos et les kNalines disparurent subitement.

— *Impressionnant*, pensa-t-il.

Ils restèrent ainsi, tels des sculptures, pendant quelques secondes. Ils voyaient des gens entrer et sortir du temple à une vitesse vertigineuse, puis, plus rien, tout s'arrêta.

Ils s'écrasèrent tous les trois sur le sol. La douleur et le sentiment d'oppression dus au manque d'air les firent se recroqueviller sur eux-mêmes, cherchant leur respiration primaire. Lorsque le souffle d'air emplit enfin leurs poumons, la douleur ne disparut pas immédiatement.

Les poumons, les artères et les veines, ils les sentaient comme écrasés sous un rocher. Leurs tympans les faisaient souffrir. Ils n'arrivaient pas encore à se relever. Quelques minutes plus tard, tout semblait redevenu normal. Ils étaient essoufflés et transpiraient beaucoup. Arkès poussa un cri étouffé de douleur.

— Un vrai voyage de complaisance.

— Tu l'as dit, ajouta Lynhéa.

— Allons, un peu de sérieux, les reprit Sword, nous devons nous mettre en route.

— Comment se fait-il que nous soyons encore dans le temple ? demanda Arkès. Je croyais que Tempeos allait nous transporter directement dans mon village.

— Tempeos s'occupe du voyage dans le temps, pas du voyage dans l'espace.

— Oui, mais maintenant, il va nous falloir des jours pour rejoindre mon village. Que de temps perdu !

— Des jours ? Oui, peut-être avec votre méthode. Mais avec la mienne, nous y serons en deux heures.

— C'est mieux. Je sais qu'on ne doit ni manger ni boire mais quand même, ça nous aurait semblé long. Et comment … ?

Lynhéa ne se posait pas toutes ces questions, pas pour l'instant en tout cas. Elle laissait la curiosité prendre le dessus. Ils n'étaient pas seuls dans le temple, mais les autres kNalines étaient inertes, figés dans l'expression du moment. Cela l'amusait et elle grimaçait en les imitant. La tentation fut trop forte. Elle posa son doigt sur la joue d'un des kNalines.

— Non ! cria Sword, Ne …

Trop tard ! Lynhéa fut projetée cinq mètres en arrière par une violente onde de choc. Elle heurta un des murs du temple et retomba sur le sol en toussant.

— Waw, ça décoiffe.

— Il ne faut toucher personne ! dit Sword.

— Ça va, j'ai compris.

— Oui, ben, ne touche plus à rien, dit Arkès en prenant Lynhéa par le bras pour la relever, ce sera mieux pour tout le monde.

— Oui patron, répondit-elle d'un air agacé.

Elle frotta sa veste machinalement comme pour en ôter la poussière mais c'était inutile ; ici toute matière était figée, impossible à déplacer.

—Venez près de moi, dit alors Sword. Nous allons nous mettre en route.

— Attends, dit Arkès. Si toute matière est figée, comment peut-on respirer … et se déplacer ?

—Je n'ai pas toutes les réponses. Allons-y maintenant !

Sans plus discuter, Arkès et Lynhéa s'approchèrent de Sword. Il les prit chacun par la taille et se concentra. Lynhéa n'appréciait pas cela du tout, mais c'était « *sans doute mieux que de se taper de nouveau plusieurs jours de marche* » pensa-t-elle.

Un courant d'air fit bouger leurs vêtements et ils quittèrent le sol. Ils s'élevèrent à quelques mètres après avoir quitté le temple puis commencèrent à avancer, d'abord doucement, puis plus rapidement. Finalement, les paysages défilaient à une vitesse vertigineuse. Ils passèrent à proximité des villages de Livend puis de Nomart et arrivèrent, moins de deux heures plus tard, au village d'Arkès.

—Waw ! cria Lynhéa. On remet ça !

—Gallim, nous revoilà ! dit Arkès.

—Regarde ! dit Lynhéa. Qu'est-ce qu'il lui arrive ?

Sword venait de s'écrouler. Il respirait rapidement et son cœur battait la chamade.

—Sword ! Que se passe-t-il ? cria Arkès.

Lynhéa était déjà accroupie près de lui et lui basculait la tête vers l'arrière pour qu'il respire plus facilement.

—Vous allez devoir chercher notre homme tout seul, dit-il entre deux fortes respirations. Moi, il faut que je récupère un peu. On ne respire pas normalement ici et je fatigue plus vite. Je vous aiderai d'ici.

—D'ici ? Mais comment ? demanda Lynhéa.

—Cherchez ! Quand vous y serez, vous le saurez. Lynhéa, ne le touche pas surtout.

—Oh, ben t'es plus drôle quand t'es fatigué, toi. Bon dieu, Arkès, c'est son cœur qu'on entend battre si fort.

Ils entendaient son cœur claquer dans sa poitrine comme des bâtons qui s'entrechoquent.

—Apparemment oui, répondit Arkès aussi impressionné qu'elle.

Ils ne sont vraiment pas constitués comme nous.

Ils laissèrent Sword et entamèrent leurs recherches dans le village.

—Ça me fait flipper ici, dit Lynhéa. Regarde tout est en dérivé de brun-beige et nous, on est toujours en couleur. C'est déroutant. Nos yeux ne sont pas habitués à ça, ça me file le vertige. Et tous ces gens immobiles, on se croirait dans un mauvais rêve.

—Je sais, moi aussi, confirma Arkès. Il n'y a guère de personnes à avoir effectué un tel voyage. C'est plutôt de ça qu'on devrait se réjouir.

—C'est ça, faisons cela, dit-elle en levant les yeux au ciel.

Ils avançaient tous les deux dans les rues, cherchant des portes ouvertes, seul moyen d'entrer dans les habitations. Plusieurs minutes plus tard, ils cherchaient toujours sans succès.

—Comment se fait-il qu'on ne puisse pas bouger d'objet ou de personne ? demanda Lynhéa.

—Je ne sais pas. Peut-être parce que …

—… on ne peut pas modifier le passé, le coupa Sword qui avait apparemment repris son souffle. Le temps est comme un livre écrit. On peut lire ses pages, mais pas les modifier. On vous l'a déjà dit pourtant.

—Mais alors, qu'est-ce qu'on vient faire ici, si de toute manière on ne peut rien changer ? demanda Lynhéa.

—Nous devons trouver une personne qui a une âme pure. Et ça, je peux le voir par son subconscient.

—Encore le subconscient, dit Arkès, décidément, il intervient beaucoup pour l'instant.

—Pourquoi revenir dans le passé pour ça ? demanda

Lynhéa.

— L'analyse du subconscient n'est possible que sur des personnes parfaitement immobiles. Car tout mouvement fausse la perception qu'on pourrait en avoir. Or, il est impossible de demander à quelqu'un de rester parfaitement immobile sauf ici, dans le passé. En fait, ce qui pourrait être vu comme une limitation du voyage dans le temps est nécessaire dans notre cas.

— Je comprends mieux dit Arkès. Mais comment allons-nous trouver cette personne ?

— Pour qu'on puisse se séparer, je vous ai doté temporairement d'un don particulier. La personne que nous recherchons sera entourée d'une aura blanchâtre. Et donc, il devrait être assez facile de la trouver.

— Tu parles, objecta Lynhéa. On a déjà fait presque tout le tour du village et on n'a encore rien trouvé. T'es sûr que c'est ici qu'elle est ta personne magique ?

— Vous avez cherché dans les tavernes, et après, vous seriez allé chez les soldats, sans doute ?

— Euh … oui, dit Arkès.

— Vous oubliez que nous sommes revenus quinze ans en arrière. Donc, la personne que nous cherchons doit avoir quel âge, à votre avis ?

— C'est un enfant ! répondit Arkès en se frappant le front.

Il venait de comprendre.

— Pourquoi ? demanda Lynhéa

— Notre espérance de vie ne dépasse pas quarante ans et serait même plus proche de trente pour les hommes étant donné les guerres successives. Il y a donc de fortes chances pour que la personne que nous recherchons ait au maximum quinze ans.

— Donc, … insista Sword

— On doit chercher à l'école, dit Lynhéa.

— Nous n'avons pas d'école, dit Arkès. Les enfants sont tous aux champs pendant la journée pour aider ou jouer avec les plus petits.

—Et bien soit, dit Sword, en route pour les champs.

Ils marchèrent environ dix minutes avant d'arriver en bordure des champs. Les paysans étaient là et les enfants aussi, tous figés dans leur travail ou leurs jeux. Les enfants étaient nombreux, statufiés dans leurs ébats. Aucun d'eux ne portait d'aura lumineuse blanche.

—Es-tu sûr que tous les enfants sont là ? demanda Sword.

—Oui, c'est ça qui m'étonne. Tous les enfants doivent être aux champs. Les guerriers s'entraînent et ce sont les paysans qui surveillent les enfants pendant la journée. Or nous sommes en plein après-midi.

—Ce ne sont pas les femmes qui s'en occupent ? demanda Lynhéa.

—Des plus petits oui, mais pas des autres. Elles ont beaucoup d'autres occupations, comme fabriquer les bougies, saler la viande, s'occuper des blessés quand c'est nécessaire et toutes les activités d'une vie journalière dans le village.

—C'est un peu rabaissant, non ? hasarda Lynhéa.

—Peut-être est-il malade, dit Sword afin de couper court à une discussion qui risquait de mal tourner, il serait alors resté chez lui.

—Peut-être, répondit Arkès, mais dans ce cas on va devoir fouiller toutes les maisons.

—Commençons par celles avec les portes fermées, proposa Lynhéa. S'il est malade, ils ont sans doute évité les courants d'air.

—Mais on ne peut pas renter dans les maisons avec les portes fermées, objecta Arkès

—Allons d'abord voir sur place, dit Sword, on verra bien après.

Ils s'étaient organisés pour fouiller de manière ordonnée afin de ne rien manquer. Arkès et Lynhéa contournaient les maisons et vérifiaient le rez-de-chaussée tandis que Sword, en lévitation, observait l'étage. Une vingtaine de maisons plus tard, Lynhéa s'arrêta et cria.

— Il est ici, venez voir !

Le petit était couché dans son lit, couvert par plusieurs couches de draps, une tisane à côté de sa paillasse. Au-dessus du bol, la fumée figée laissait imaginer qu'elle était encore chaude.

— Est-ce que tu le connais ? demanda Sword à Arkès.

— C'est la maison des Lekrou. Donc, si on est quinze ans en arrière, ce doit être Mekil. C'est dingue ! Y a pas deux semaines, je m'entraînais encore avec lui.

— Ce n'est qu'un déphasage temporel, expliqua Sword, une vue de l'esprit.

— Un déphasage temporel, une vue de l'esprit, c'est cela oui, murmura Arkès.

— Bon, dit Lynhéa, tout ça c'est bien beau, mais maintenant, on fait quoi ?

Sword et Arkès regardaient encore la chambre où reposait le petit malade, ignorant de ce fait la question de Lynhéa.

— Allo ! Il y a quelqu'un ? insista-t-elle.

Sword ne comprit pas ce qu'elle disait et la regarda, dubitatif. Il choisit d'ignorer la remarque.

— Faisons le tour de la maison, dit-il. Nous avons la personne, mais nous devons être sûrs qu'il s'agit bien de Mekil car une fois de retour dans le présent, on n'aura pas droit à l'erreur. Il faut donc qu'on trouve une preuve de son identité, quelle qu'elle soit.

Ils firent le tour de la maison mais la porte était fermée. Ils se reculèrent un peu pour réfléchir au moyen d'entrer dans la demeure.

— Avec tous tes pouvoirs, proposa Lynhéa, tu ne peux pas nous téléporter à l'intérieur ?

— Non, malheureusement, cela ne fait pas partie de mes compétences. Nous n'avions pas pensé à ce cas de figure. On aurait dû emmener Mikaj avec nous, lui aurait pu. Vérifions si une fenêtre n'est pas restée ouverte qui nous permettrait d'entrer.

Par chance, une des fenêtres de l'étage, du côté de la rivière, était entr'ouverte. Sword prit Arkès et ensemble, ils décollèrent vers la maison.

—C'est parfait, rouspéta Lynhéa. Et moi, je reste dehors. Pourtant, ici, il n'y a rien à faire. Je ne peux même pas produire de la poussière et la regarder s'envoler avec le vent. Même la poussière est figée et il n'y a de toute façon pas de vent.

Sword et Arkès étaient dans le couloir obstrué par dame Lekrou, bien en chair, figée dans sa marche. Il fallait donc la contourner ... sans la toucher. Difficile vu l'étroitesse du couloir. Sword pensa bien à passer au-dessus, mais il n'y avait pas assez d'espace.

—On va devoir se dévêtir, dit Arkès.

—Quoi ?

—Réfléchis ! Si un morceau de nos amples vêtements la touche, ...

—J'ai compris.

Ils se déshabillèrent tous deux et s'approchèrent de dame Lekrou. Arkès, en tête, retenait son souffle tandis qu'il se glissait entre le mur et elle, le ventre rentré, les bras et le dos tendus contre le mur du couloir.

—Ouf, ça passe !

Au tour de Sword de l'imiter, mais alors qu'il croyait être passé lui aussi, il effleura la robe arrêtée dans son mouvement de balancement. L'onde de choc fut immédiate et il fut projeté vers l'avant sur Arkès. Pour se protéger de l'impact, il se tourna instinctivement de côté, l'épaule vers l'avant. Son bras arrivait maintenant à hauteur de la nuque d'Arkès. Il allait lui fracasser le cou. En une fraction de seconde, la carapace d'Arkès se déploya et couvrit tout son dos. Sword heurta Arkès avec une violence inouïe. Tout deux continuèrent leur vol plané sur près de trois mètres. Le temps de ce vol, la carapace d'Arkès avait recouvert l'entièreté de son corps. Ils s'écrasèrent sur le sol pratiquement au bout du couloir, au niveau de l'escalier.

Sword se mit sur le dos en se tenant les côtes. Arkès se releva rapidement. Il se pencha sur Sword et s'inquiéta de son état.

—Ça va, tu n'as rien ?

—Ça va aller, mais qu'est-ce que c'était ?

—Tu as dû toucher la femme. Tu as été instantanément précip…

—Non, ce n'est pas de ça que je parle, mais de ça ! dit Sword en pointant le doigt vers la carapace sur le visage d'Arkès.

—Je n'en sais encore rien moi-même, juste que ça me protège des choses qui peuvent mettre ma vie en danger.

—C'est extraordinaire !

—Ce n'est qu'un déphasage temporel, dit Arkès en souriant. Allons-y.

Sword le regarda du coin de l'œil en se relevant péniblement tant ses côtes lui faisaient mal. Arkès le soutint tandis que sa carapace se rétractait.

Ils descendirent les escaliers et arrivèrent dans la chambre de Mekil. Lynhéa regardait par la fenêtre et se statufia lorsqu'elle les aperçut tous les deux dans le plus simple appareil. Puis, elle leva les yeux au ciel et se retourna.

Ils scrutèrent la chambre méticuleusement en espérant trouver un objet qui permettrait à Arkès d'identifier Mekil avec certitude. Il avait espéré le reconnaître enfant puisqu'ils avaient grandi ensemble, mais ce ne fut pas le cas, les années avaient passé et cette partie de sa mémoire s'était enfoncée profondément … trop profondément. Finalement, Arkès remarqua, sous le bol de tisane, un morceau de peau de reil.

Il ne quittait jamais ce talisman. Sa mère les avait dessinés tous les deux se tenant les mains. C'était sa manière de lui montrer son affection durant sa maladie. Il nous avait raconté que sa mère était morte quand il était très jeune. C'était probablement le seul souvenir personnel qu'il avait d'elle.

— Pourquoi ne pas l'avoir écrit ? interrogea Sword.

— Nous n'apprenons pas à écrire. Seul Dialène pouvait écrire. De toute façon, pour un enfant de cinq ans, un petit dessin, même grossier, vaut mieux que toutes les lettres du monde.

— C'est vrai, tu as raison, souffla Sword en s'appuyant sur l'épaule d'Arkès pour soulager son côté endolori.

— Allez, on y va. Mais cette fois, évite la dame Lekrou.

Ils empruntèrent le chemin inverse et rejoignirent rapidement Lynhéa. Sword se tenait les côtes pendant qu'il portait Arkès pour redescendre de l'étage et cela n'échappa pas à la jeune fille.

— Qu'est-ce qui s'est passé ? demanda-t-elle.

— J'ai été imprudent et donc immédiatement puni par madame Lekrou.

Le regard de Lynhéa exprimait son incompréhension.

— Laisse tomber, on y va.

— Tu ne pourras pas nous porter tous les deux dans ton état, dit Arkès en s'éloignant de Sword. On n'a qu'à y aller à pied. Comme on ne doit pas s'arrêter pour dormir ou manger, en ligne droite, on en a pour trois jours au maximum et une paire de cloques aux pieds de Lynhéa, ironisa-t-il.

— Très drôle, macho !

— En fait, dit Sword, on en aura pour moins que cela. Nous avons un pouvoir de guérison supérieur au vôtre. Demain, il n'y paraîtra plus rien si on reste ici au calme. Ce sera quand même plus court que de marcher.

— Tiens, s'empressa de dire Lynhéa en lui tendant sa grande veste en cuir avant qu'il ne change d'avis, couche-toi dessus. Tu guériras plus vite si tu es bien installé.

Arkès ne s'y opposa pas et ils s'assirent tous les deux près de Sword.

— Comment avez-vous su qu'on trouverait une

personne à l'âme pure dans mon village ? demanda Arkès.

—En fait, on n'en savait rien, répondit Sword en peinant.

—Comment ça ? Mais alors, on aurait peut-être pris tous ces risques pour rien ! s'offusqua Arkès.

—Oui, mais on n'avait pas d'autre choix. On devait trouver quelqu'un à identifier avec certitude pour le retrouver dans le présent. Or, à part les gens de ton village, tu ne connais personne. Donc …

—Oui, mais pourquoi en territoire Warkan ? Je veux dire, nous sommes loin d'être des anges. Pourquoi ne pas chercher plutôt chez vous, les kNalines ?

—Nous n'avons pas encore trouvé le moyen pour que le sort fonctionne sur nous. Notre constitution bloque notre pouvoir. Ça ne marche que sur des warkans.

Arkès se calma un peu, ils n'avaient en effet pas le choix et ils avaient eu beaucoup de chance de trouver la personne qu'il fallait. Au moins maintenant avaient-ils un réel espoir de se débarrasser de leur ennemi.

—J'ai encore une question, demanda Lynhéa. Comment savez-vous que quelqu'un à l'âme pure est la solution ?

—On n'en est pas sûr, répondit Sword. Le diable incarne à priori l'âme la plus noire qui soit. Nous pensons que seul quelque chose d'opposé peut en venir à bout. Nous imaginons donc que si nous arrivons à donner la statue à une âme pure, on pourra créer cette chose et ainsi le vaincre.

—C'est maigre, constata Lynhéa.

—Oui, mais c'est tout ce qu'on a, répondit Arkès.

Arkès voulut également profiter de ce moment de repos pour approfondir encore ses connaissances sur cet étrange peuple.

—Comment en êtes-vous arrivés à perdre votre apparence humaine pour devenir ce que vous êtes ? demanda-t-il

—Je te l'ai déjà expliqué devant la falaise, me semble-t-il, répondit Sword.

—Non, tu nous as expliqué pourquoi votre peau avait pris l'apparence du bois, mais pas comment vous avez accepté de perdre votre apparence humaine, ajouta Lynhéa avant Arkès.

—J'aurais du mal à le dire, je n'étais pas encore né quand tout ceci est arrivé. Pour moi, nous avons toujours été ainsi. Notre peuple passe tout son temps à la recherche de la perfection dans tout ce qu'il fait. Se développer pour acquérir de nouveaux pouvoirs est notre seule et unique recherche. J'imagine donc qu'un jour, un de mes ancêtres a trouvé le moyen de nous rendre plus forts et plus résistants et que les kNalines de l'époque ont tous accepté la transformation de leur corps. Aujourd'hui, le rite de transformation s'accomplit dès la naissance et grâce à cela, nous ne sommes jamais malades.

—Ce n'est pas ennuyeux ? demanda Lynhéa. Je veux dire de ne rien faire d'autre qu'apprendre, étudier et rechercher. Vous ne vous amusez jamais ?

—S'amuser est une perte de temps. Si nous nous étions divertis, nous n'en serions pas là aujourd'hui. Regarde le peuple d'Arkès. A part s'amuser et se battre, ils ne font rien. Eh bien, ils n'apprennent rien et n'ont aucun don similaire aux nôtres.

—C'est vrai, dit Arkès, mais nous passons de bons moments de temps en temps. Sans te vexer, je pense que vous pourriez parfois vous décrisper un peu et profiter de la vie, elle est si courte.

—Vous vous amusez et surtout, vous vous battez, mais votre vie est courte. Ceux qui vivent au-delà de la quarantaine chez vous sont les abbés et les moines qui étudient un peu. Que préfères-tu ? Te battre, t'amuser et vivre avec la femme que tu aimes pendant vingt ans au mieux, ou bien te tenir à l'écart des conflits et en profiter pendant plus de cent ans. Nous avons de bons moments, après l'étude.

—Ce n'est pas évident de se tenir à l'écart des conflits.

On n'a pas toujours le choix.

—Si, mais pour y arriver il faut avoir certains pouvoirs qui ne se développent qu'avec notre mode de vie. C'est un choix. Au moins nous sommes en paix.

—Jamais une petite baston, juste pour le plaisir, dit Lynhéa.

—Non, le calme et la concentration, vous avez pu vous en rendre compte.

—Quelle horreur ! conclut Lynhéa. Même pas moyen de se défouler une bonne fois de temps en temps. Je préfère encore vivre moins longtemps.

—Je vais maintenant te poser une question à mon tour, dit Sword, si tu le permets.

—Oui, bien sûr, répondit Arkès

—Je suis déjà tombé de très hauts rochers et ma constitution m'a permis d'absorber la chute sans problème, je n'étais même pas blessé. Or, avec toi, un choc a suffi pour me casser des côtes. Qu'est-ce que cela veut dire ?

—Je te l'ai dit, je l'ignore. J'ai expliqué à Lamynthe que depuis que j'ai vu la femme dans le passage, je suis plus fort, plus intelligent et ce tatouage me protège quand je cours un grand danger. Du moins, c'est ce qu'il me semble. Par contre, je ne sais pas comment cela fonctionne exactement. J'en suis encore au début de ce qui sera un long apprentissage selon les paroles de la femme. Je ne sais pas ce qui m'attend.

—Finalement, tu vas en arriver au même style de vie que nous, extrapola Sword.

—Je ne crois pas qu'il s'agisse d'un apprentissage de ce type. Je pense que je dois découvrir moi-même mes capacités et les utiliser à bon escient. Et puis, je rejoins un peu l'avis de Lynhéa. Sans activités physiques, je finirais par péter les plombs.

—Péter … quoi ? demanda Sword.

—Euh, ce n'est rien, laisse tomber, répondit Arkès qui s'était surpris lui-même à employer une telle expression tout droit sortie d'un autre monde. Par contre, si votre science nous est accessible, je serais intéressé d'apprendre quelques-uns de vos dons.

—C'est possible, mais pas sans notre transformation. Car chaque utilisation de nos pouvoirs exige une forte consommation d'énergie. Un homme normal serait épuisé à la première utilisation et il lui faudrait des jours pour s'en remettre.

—Justement, dit Arkès. Je me suis découvert une force supérieure à la normale et ma carapace me protègera peut-être.

—Oui, mais ce sera encore insuffisant. Tu es encore loin du compte. En plus, ta carapace risque de s'opposer à une dépense d'énergie qui pourrait te tuer. Et donc, elle risque, dans ce cas-ci, d'être un obstacle.

—Ton peuple serait-il d'accord pour que j'essaie ? demanda Arkès.

—Si tu es prêt à abandonner ton style de vie actuel, Lynhéa et tes amis pendant près de vingt ans, oui, nous pourrions essayer.

—Vingt ans ! Y a pas une version courte ? demanda Lynhéa.

—Malheureusement non, répondit Sword. Comme il n'a pas nos capacités, cela prendra beaucoup plus de temps que pour nous.

—Tu ne vas quand même pas t'isoler avec ces originaux toute ta vie juste pour apprendre à soulever une pierre sans la toucher ? demanda Lynhéa perplexe.

—Si, peut-être. Tu serais contre ? demanda-t-il.

—Oui, non, enfin … je veux dire … et tes amis ? balbutia Lynhéa.

—Mes amis s'en remettront très bien.

—Tu m'as fait venir dans ton monde, et maintenant, tu voudrais m'y laisser seule. C'est un peu facile ! s'insurgea-t-elle.

—Tu affirmes tout le temps que tu n'as besoin de

personne !

— Va te faire foutre !

Lynhéa se leva brusquement et s'éloigna vers la rivière.

— Je vais maintenant dormir un peu, je récupèrerai plus vite, dit Sword. Tu devrais aller la voir.

Arkès acquiesça, se leva et rejoignit Lynhéa.

Elle s'était assise sur la berge, à l'endroit même où elle s'était battue quelques jours plus tôt avec les amis d'Arkès. Elle détestait cette situation. Elle ne voulait pas qu'Arkès la sente plus fragile. Il comprit mieux ce qui se passait dans sa tête lorsqu'il la vit, assise juste en dessous de son habitation. Il descendit les escaliers de la passerelle qui menaient à la berge et s'assit à côté d'elle sans dire un mot. Ensemble, ils contemplèrent la rivière figée dans le temps, brunâtre, mais il leur semblait pourtant la voir couler. Les poissons, immobiles dans cette eau pétrifiée, semblaient les regarder, témoins involontaires de leur discussion. Lorsqu'ils les regardaient, ils avaient l'impression de pouvoir les prendre aisément.

Arkès tourna doucement la tête vers la droite et regarda l'eau qui s'engouffrait sous le pont vers la sortie du village. Il revit alors les images de Lynhéa en train de se chamailler avec ses amis et un léger sourire tendit ses lèvres.

— Franchement, tu me vois rester des années durant dans leur vie de moine ?

— Pourtant, c'est ce que tu comptais faire, dit-elle d'un ton sec.

— Oui, … j'ai encore réfléchi à ma vie d'avant. J'ai des amis, bien sûr, mais ils risquent de ne pas comprendre ce que je suis devenu.

— Ta vie avant quoi ?

— Avant tout ceci. Je te l'ai dit, il est possible qu'on ne puisse jamais revenir ici, dit-il en montrant Gallim, car ils risquent de vouloir nous tuer pour le meurtre de Dialène. Et où irons-nous alors ? questionna-t-il en la regardant.

— On a déjà discuté de tout ça. On avait des projets.

Rappelle-toi !

—Je ne te laisserai pas tomber.

—Hé, que ce soit bien clair, ta vie de moine, tu peux la faire sans moi !

—Même si je te promets une petite baston de temps en temps ?

—Oui, même, répondit-elle en souriant malgré elle.

—Alors il faudra qu'on aille autre part. Voyager sans direction précise.

—Ce sera toujours mieux que de rester enfermés chez les kNalines.

—Et pour tes pieds, ça ira ? demanda-t-il ironiquement.

Pour toute réponse, il reçut un solide coup de poing dans l'épaule. Aucun des deux n'ajouta plus rien. Ils pensaient qu'il leur faudrait d'abord sortir vivants de cette situation avant de songer à l'avenir. Ils s'allongèrent sur l'herbe et s'endormirent.

—Debout tous les deux ! cria Sword depuis la passerelle un large sourire aux lèvres.

Arkès et Lynhéa s'éveillèrent et mirent quelques secondes à réaliser où ils se trouvaient après une demi-journée de sommeil. Inconsciemment, Lynhéa était venue se blottir contre l'épaule d'Arkès. Lorsqu'elle s'en rendit compte, elle se recula brusquement. Arkès lui adressa un sourire amical. Elle détourna le visage pour qu'il ne la voie pas rougir. Elle se détestait de réagir aussi vite et aussi visiblement à ses sentiments.

—Ils se levèrent et rejoignirent Sword.

—On est repartis ? demanda Lynhéa, impatiente de reprendre les airs.

—Oui, on y va. Venez !

Sword prit chacun d'eux sous ses bras et décolla. Il n'allait pas aussi vite qu'à l'aller, sans doute n'était-il pas encore tout à fait guéri. Arkès se rendit compte à ce moment-là de la force de leur ami. Déjà sans blessure, porter deux personnes était remarquable, mais blessé en plus, c'était un exploit.

Ils survolèrent Nomart, Livend et arrivèrent au temple kNaline. Sword les lâcha brutalement sur le sol avant de s'écrouler. Il respirait fort et Lynhéa entendit à nouveau son cœur battre à se rompre sans même devoir poser son oreille sur son torse. Cela l'impressionnait toujours autant.

— Et maintenant, comment Tempeos va-t-il savoir qu'on doit rentrer ?

— Laisse-le reprendre son souffle, dit Arkès, On verra un peu plus tard.

— Non, ça va. J'ai été moins rapide pour le retour à cause de ma blessure, mais aussi pour garder un peu d'énergie, expliqua Sword. Je vais entrer en contact avec Teleroq pour qu'il sache qu'il doit nous ramener. Mais pour le retour, ce sera un par un.

— Pourquoi ? demanda Lynhéa.

— Teleroq ne nous voit pas. Par contre, il sait sur quelle pierre l'un de nous sera placé. Pour éviter les risques sur la sphère qu'il fera voyager, il nous conseille d'effectuer un voyage par personne. S'il ne définit pas exactement la sphère, une partie de nos membres risque de rester ici. Vous voyez ce que je veux dire ?

— Ok, j'ai rien dit, répondit Lynhéa.

— Une fois revenu dans le présent, le premier indiquera la pierre adéquate pour les suivants.

— Pourquoi ? interrogea Arkès. On ne peut pas tous se servir de la même pierre ? Ce serait plus facile.

— Oui, mais le voyage crée des perturbations, un peu comme des remous dans l'eau. Et pour que le voyage se passe en toute sécurité, il vaut mieux éviter ces remous. Bon, on y va ! Chacun se place sur une pierre et regarde vers la porte du temple. Lynhéa, tu es sur la pierre de départ, tu pars la première. Puis, ce sera au tour Arkès. Ne discutez pas, vous devez partir les premiers car je dois vous maintenir en lévitation.

— Lynhéa dit Arkès, tu dois encore …

—Mémoriser vos pierres, je sais. Six en arrière et trois à gauche pour toi et quatre en arrière et sept à droite pour Sword. Tu me prends vraiment pour une débutante.

—C'est parti, dit Sword.

Elle se souleva du sol tandis qu'une aura lumineuse grandissait autour d'elle pour l'englober totalement. Puis, la boule se rétracta et finit par disparaître complètement avec la jeune fille.

—Arkès, prépare-toi. Quand elle aura repris sa respiration, elle donnera ta position. Et là, ce sera à ton tour.

Les mains d'Arkès étaient moites car il savait ce qui l'attendait. Il se souvenait de cette douleur et de cette sensation d'étouffement. Nerveux, il ne tenait plus en place et ses mains s'ouvraient et se fermaient fébrilement. Puis …

—C'est parti ! s'écria Sword.

Un scénario identique à celui de Lynhéa se déroula. Il voyait à nouveau les gens entrer, sortir, entrer, sortir du temple sans cesse avec une rapidité hallucinante. Son voyage n'était pas encore terminé qu'il ressentit soudain une vive chaleur l'envahir. Sa carapace prenait forme lentement sans qu'il puisse bouger. Soudain, un monde coloré réapparut, son voyage était terminé.

Il s'écroula sur le sol, cherchant son souffle. Il tourna la tête, sa vision était encore trouble, mais il surprit les regards incrédules de Tempeos et de Lamynthe. Il voulut crier pour les mettre en garde mais rien ne sortit de son corps sans oxygène.

Trop tard !

Il était là, immobile, le visage dissimulé sous son capuchon. Il s'approchait des kNalines.

—Attention, derrière vous ! s'exclama Lynhéa.

Elle avait remarqué le regard implorant d'Arkès tourné vers les deux kNalines. C'est là qu'elle l'aperçut.

Lamynthe se retourna immédiatement mais **il** avait déjà saisi la tête de Tempeos et le maintenait serré par la mâchoire. De son autre main, il enleva son capuchon et découvrit, pour la première fois devant eux, son visage terne et ses yeux blancs traversés d'éclairs rouges. Un rictus déformait son sourire et il les fixait d'un regard pénétrant, sadique. Il éclata d'un rire tonitruant.

— Maintenant que vous êtes là tous les deux, je n'ai plus besoin de lui.

D'un coup sec de la main, il tordit le cou de Tempeos. Le craquement de ses cervicales brisées résonna dans le temple et il s'écroula, inerte. Lamynthe s'était mis en position et rassemblait son énergie. Une aura lumineuse l'entoura graduellement. D'un revers de la main, sans même le toucher, il projeta le vieil homme contre le mur où il s'écrasa groggy. Impuissant, encore trop faible, Arkès assistait au supplice de ses amis. Lynhéa s'approcha.

— Cette fois, j'en ai marre que tu fasses ta loi partout. Il est temps que quelqu'un te remette un peu les idées en place, dit-elle menaçante en s'avançant résolument vers lui.

Arkès voulut lui crier de ne rien en faire, mais il en fut incapable et la regarda s'approcher. Il connaissait sa force et fut envahi d'un vif sentiment de panique à l'idée que Lynhéa se fasse tuer. Mais il était impuissant, cloué au sol en attendant de reprendre possession de son corps … et quand bien même, que pourrait-il faire contre lui ? Il se souvenait encore de sa puissance lorsqu'il l'avait plaqué contre une colonne de l'église de Dialène. Il n'était pas de taille, personne ne l'était.

Arrivée à sa hauteur, elle feinta un crochet et lorsque, sûr de lui, Il voulut bloquer le mouvement, elle lui décrocha un violent droit en plein visage. Le choc fut violent, elle se cassa pratiquement la main. Lui, bougea à peine et sourit de plus belle. Elle recula pour prendre de la distance. Soudain, il quitta le sol et un violent courant d'air fit bouger son manteau.

— *Oh non*, pensa-t-elle, *lui aussi est capable de cela.*

Mais c'était autre chose, elle s'en rendit compte lorsque le rictus s'effaça du visage du monstre. Elle vit les deux kNalines de faction à l'entrée du temple tendre les mains vers lui. Elle profita de cet instant de répit pour saisir son pistolet et le pointer vers lui. Sans attendre plus, il se recroquevilla sur lui-même puis se déploya brusquement. L'onde de choc propulsa Lynhéa et Arkès plusieurs mètres en arrière. Concentrée sur les deux kNalines, l'onde mortelle les broya. Ils s'écroulèrent sur le sol, un filet de sang noir suintant au bord des lèvres.

— *Grand dieu*, pensa Lynhéa. *On n'a aucune chance.*

Elle tremblait d'effroi. Une sourde angoisse l'envahissait. Machinalement, elle saisit son arme, pointa et tira salve sur salve sans prendre le temps de se relever. Les détonations résonnèrent dans la montagne, amplifiées par l'écho. Il accusa les coups d'un mouvement sec à chaque balle qui le traversait et mit un genou en terre. Elle en profita, visa et tira une dernière balle en pleine tête qui le fit tomber en arrière. Elle reprit confiance l'espace d'un instant … mais rapidement, il se remit à bouger et commençait déjà à se relever. Paniquée, elle vida le chargeur en hurlant.

— Crèèèève !

Elle déchargeait toute la haine et le dégoût qu'il lui inspirait dans ses cauchemars avançant sur lui en tirant, les yeux emplis de larmes. Il recula à peine sous les coups mais finit par retomber. Elle s'arrêta, le souffle court, pleurant toute sa rage. Ses yeux s'emplirent d'effroi lorsqu'il se releva à nouveau.

Debout devant elle, il souriait sadiquement. Elle voulut reculer, mais ses muscles ne lui obéissaient plus, elle était tétanisée.

Soudain, il fut pris d'une violente douleur.

Lamynthe reprenait peu à peu ses esprits tandis que son aura lumineuse devenue vive grandissait encore. Il s'approchait lentement de leur ennemi.

Mais c'était en pure perte.

En un éclair, comme si les pouvoirs du kNaline n'avaient aucun effet sur lui, il franchit la distance qui les séparait, se retrouva derrière lui et s'arrêta face au mur. L'aura de Lamynthe s'était subitement éteinte.

Une seconde plus tard, une ligne noire entoura doucement son cou avant que sa tête ne glisse lentement vers le sol alors que son corps restait encore debout. Une lumière intense jaillit de son corps et éclata dans le temple. Un sang couleur charbon coulait le long du cou du décapité. Le corps inerte s'étala sur le sol. Il ne s'était pas encore retourné qu'il parla :

—Vous avez compris qu'il ne sert à rien de m'attaquer. On peut discuter maintenant. Toute cette violence n'était pas nécessaire.

Arkès avait récupéré quelques forces et était arrivé à se relever au prix d'un terrible effort. Lynhéa restait statufiée … personne ne pouvait rien contre lui !

—Arkès la rejoignit et l'aida à se relever.

—Qu'est-ce que tu veux de nous ? demanda-t-il.

—De vous, mais rien … pour l'instant en tout cas. Ce sont eux. Ils avaient l'arrogance de croire que leur barrière mentale allait les protéger de moi. Je suis venu leur prouver que rien ni personne ne peut quoi que ce soit contre moi. Je suis désolé d'avoir mis autant de temps pour revenir de mon royaume.

—De ton royaume ? Mais, il y a deux jours, tu nous observais dans le désert, remarqua Arkès.

—Ah, ça !

Il souriait, goguenard.

—Non, juste une image projetée devant vos yeux … histoire de me rappeler à vous.

—Pourquoi les avoir tous tués ? interrogea Lynhéa.

—Ils tentaient de me tuer. C'était de la légitime défense. Je te trouve un peu dure avec moi. Je ne suis pas aussi méchant que ça, j'en ai même laissé un en vie, ajouta-t-il narquois.

Arkès et Lynhéa s'interrogeaient du regard.

» Il est bien ici, dans le temple, mais … dans une autre

époque. J'aurais pu attendre son retour, mais j'aurais dû le tuer également. C'est plutôt charitable de ma part, non ?

—Espèce d'ordure ! Il est bloqué là-bas, sans possibilité de retour, dit Lynhéa écœurée.

—Oh ! Quel dommage, ironisa-t-il. Suffit maintenant ! Ils ont voulu se dresser contre moi. C'était une grave erreur.

D'un mouvement lent, il s'approcha tout près d'eux. Arkès étant épuisé et Lynhéa trop faible, il savait qu'ils ne tenteraient rien et quand bien même, leur insignifiance ne pouvait rien contre lui. Doucement, il laissa glisser ses doigts sur la joue de Lynhéa qui ne broncha pas, paniquée. Arkès, trop faible, devait assister à cela impuissant.

Il sourit ironiquement.

—Tu vois, tu maudissais cette femme qui se laissait faire dans la ruelle, dit-il faisant référence aux cauchemars qu'il provoquait chez Lynhéa. Tu avais honte pour elle. Mais finalement, c'était bien toi. Regarde-toi maintenant. Tu es aussi pitoyable qu'elle.

Elle frappa le bras de son ennemi qui recula d'un pas en éclatant de rire. Une larme coula sur le visage de Lynhéa. Sa mâchoire se serra. Arkès fut envahi d'une profonde tristesse. Ainsi, les cauchemars qui hantaient les nuits de Lynhéa venaient de lui, ce devait être horrible. Pourquoi avait-elle refusé d'en parler ? Que lui faisait-il donc subir de si horrible ? Il se refusa d'essayer d'imaginer.

Il rit de plus belle.

—Les villageois ont été alertés par les coups de feu de cette chère Lynhéa, il est temps que je disparaisse. Je vous laisse expliquer tout cela à vos amis. Surtout toi, Arkès, déguisé comme tu l'es, ils ne te reconnaîtront pas.

Il recula lentement dans l'ombre et disparut.

Arkès ne pouvait pas se présenter aux autres revêtu de sa carapace. Il réfléchit un instant. Il devait trouver les mots qu'il dirait aux kNalines … mais quoi ? Il ne pouvait dire la vérité, ils ne l'auraient pas cru … peut-être.

—Va leur parler, ils savent ce que nous faisons, ils

comprendront, dit-il à Lynhéa.

Il se dirigea rapidement vers le corps décapité de Lamynthe et ramassa le pendentif ensanglanté.

—Je suis vraiment désolé, dit-il alors à voix basse.

Puis, il s'effaça à son tour dans l'ombre d'un mur du temple.

Tant que Lynhéa les occuperait hors du temple, il ne craindrait rien. Il espérait que sa carapace disparaîtrait rapidement. Tristement, Lynhéa expliquait aux hommes qui s'étaient avancés, les évènements passés et la mort des kNalines. Un des hommes la poussa sans ménagement sur le côté en la regardant sévèrement. Il pénétra dans le temple. Arkès se blottit contre le mur. Le kNaline s'agenouilla devant le corps de Lamynthe puis se releva furieux et gagna la sortie. Arkès voulut quitter sa cachette, persuadé que l'homme allait s'en prendre à Lynhéa, mais …

—Elle a dit la vérité.

L'homme avait compris que seule une puissance considérable avait pu accomplir autant de dégâts. En même temps qu'il prononçait ces mots, la carapace d'Arkès se retirait et il put enfin sortir de l'ombre.

—Je suis désolé pour vos amis, murmura-t-il.

Lynhéa entra dans le temple et vint se placer à ses côtés.

—Vous devez partir, dit le kNaline impassible, nous avons des choses à remettre en ordre ici.

—Je comprends, reprit Arkès. J'ai cependant une dernière requête à formuler avant de vous quitter. Je comptais sur Lamynthe pour s'en charger, mais …

—Dis ! Ensuite, partez !

—Puisque vous savez ce qu'il est advenu de Dialène et ce qui vient de se passer ici, pourriez-vous convaincre les habitants de mon village que je n'ai pas tué mon ami ? Sinon, je crains fort de ne jamais pouvoir y rentrer. Dans ce cas, nous ne pourrons pas trouver Mekil et notre ennemi aura gagné une fois de plus, voire définitivement.

—C'est d'accord. Je ne suis pas sûr d'y arriver car

Lamynthe seul avait un pouvoir sur l'esprit des autres. Mais nous le tenterons.

—Merci d'essayer. Adieu, amis, conclut Arkès en prenant le bras de Lynhéa.

Ils sortirent du temple et prirent le chemin de la Torie où ils s'arrêtèrent pour se reposer. Les évènements les avaient meurtris et ils avaient marché toute la journée sans échanger une parole, en proie à leurs pensées. Ils firent du feu et s'installèrent pour le repas.

—Qu'est-ce qu'on est censé faire maintenant ? demanda Lynhéa.

—On le retrouve et on récupère la statue, répondit sèchement Arkès.

—Quoi ! C'est une blague ! Attends, je pense que t'as pas bien zyeuté le match à la télé. On vient de se prendre une branlée de première, et toi, tu veux y retourner. Mais t'es malade !

Arkès n'avait pas compris la plupart des mots mais comprenait très bien ce qu'elle voulait dire.

—Peut-être, mais c'est la seule solution, dit-il tout aussi brusquement.

Ce qu'ils venaient de vivre l'avait affecté profondément et il se refusait toute compromission.

—Mais bon dieu, le massacre des kNalines ne t'a pas suffi ! Pourquoi veux-tu courir derrière ce type ?

—Parce que ! C'est comme ça ! Si cela ne te plaît pas, je ne te retiens pas. J'irai de mon côté et je trouverai bien une solution.

Elle sentait qu'elle n'arriverait à rien en discutant ses projets. Elle n'ajouta rien et attendrait qu'il se calme avant de parler à nouveau avec lui.

Quelques instants plus tard, plus sereinement, Arkès confirma.

—On doit reprendre la statue. C'est le seul moyen de le détruire … et nous *devons* le détruire. Je ne sais pas encore comment. Il faudra bien qu'on trouve seuls. La question est de savoir comment on peut le faire et rester en vie. Et ça aussi, on devra le déterminer sur place.

—Dormons, conclut Lynhéa. On réfléchira mieux demain.

Ils terminèrent leur repas en silence et s'allongèrent sur le tapis de feuilles si confortable.

—Lynhéa ?

—Oui ?

—Merci de rester.

—Dors !

Ce sommeil, pour autant qu'ils arrivent à le trouver, leur serait nécessaire pour mettre leur stratégie au point ... demain.

De son côté, et dans son époque, Sword s'était assis dans le temple. Le lien qui l'unissait à Teleroq avait été rompu. Il l'avait senti.

Le regard sévère, il avait accepté sa situation. Il ferma les yeux. Personne ne pourrait le ramener ...

Les rayons du soleil perçant le feuillage de la Torie les avaient réveillés. Lorsqu'ils ouvrirent les yeux, les troncs d'arbre zébrés de lumière se dressaient autour d'eux. Le calme omniprésent n'était troublé que par quelques oiseaux trillant leurs chants au réveil des deux intrus.

La fatigue d'une nuit agitée, entrecoupée d'une succession de rêves indescriptibles, se lisait sur leur visage aux cernes profonds. Mais pour la troisième fois, Lynhéa passa une nuit sans les cauchemars horribles qu'**il** lui imposait. C'était bel et bien terminé cette fois et elle s'en réjouit. Intérieurement, elle remercia les kNalines.

L'endroit était tellement agréable qu'aucun des deux n'avait l'envie de le quitter et, tout comme à l'aller, ils ressentaient cette impression de plénitude et de paix. Sans doute était-ce dû au mystère de cette forêt insondable.

Ils ne s'étaient pas encore levés, l'envie leur manquait d'effectuer le moindre effort. Assis, ils préparèrent leur bagage et prirent de quoi manger.

Ils avaient à peine connu les kNalines mais ils les regretteraient sûrement. Leur aide avait été inestimable pour la compréhension de leur périple. Ils avaient libéré Lynhéa et découvert un début de solution à leur problème.

Ils avaient rencontré un peuple libre. Ils reviendraient, ils en étaient persuadés, pour les remercier, et les aider à compenser la perte des leurs même s'ils ne savaient pas encore comment ils s'y prendraient.

Mais pour l'heure, l'urgence était de **le** retrouver, lui prendre la statue et rentrer à Gallim. Telles étaient les trois premières étapes indispensables. Pour la suite, ils improviseraient selon la situation. Avec un tel adversaire aucun projet sensé n'était envisageable.

—J'ai peut-être une possibilité pour lui reprendre la statue, dit Arkès.

—Eh bien, tu vois, après un bon sommeil, les idées sont de suite plus claires, dit Lynhéa narquoise.

Arkès sourit. Il était heureux de la voir de bonne humeur à son réveil. Ses cauchemars avaient cessé et il s'en réjouissait pour elle.

—Oui, en effet. Pour toi aussi, insinua-t-il.

Lynhéa comprit immédiatement où il voulait en venir.

—Mes cauchemars sont terminés, confirma-t-elle. Les kNalines m'en ont libérée. C'était lui qui s'insinuait dans ma tête pendant mon sommeil.

—C'est ce que j'avais cru deviner. Et que voulait-il ?

—Ça ne te regarde pas, et plus jamais tu ne poseras cette question, répondit-elle sèchement.

Son ton fut si incisif qu'Arkès comprit qu'il ne servait à rien d'insister.

—Très bien, c'est ta décision et je la respecterai.

Il revint au début de leur conversation.

—Voilà à quoi j'ai pensé pour lui reprendre la statue. Les kNalines nous ont dotés de la capacité de communiquer entre nous par la pensée. On devrait donc pouvoir l'abuser.

—Arkès, arrête. Comment peut-on être sûrs que mon lien avec lui est rompu et qu'il ne nous entend pas, là, maintenant ?

—On ne peut pas, mais on n'a pas d'autre choix que de faire confiance à Lamynthe quand il nous a affirmé que le lien était rompu.

—Oui, sans doute, ajouta-t-elle, peu convaincue.

—Bref, continua Arkès, si l'un de nous parvient à le distraire, l'autre pourrait en profiter pour subtiliser la statue.

On pourra coordonner nos déplacements en pensée. Mais pour ça, il faudrait qu'on s'entraîne. On essaie ?

—Si tu veux.

—*Est-ce que tu m'entends ?* pensa Arkès

—Hééé, dit Lynhéa, pas si fort !

—Oh, pardon, répondit-il.

—Mais non, c'est une blague, imbécile. Concentre-toi, on y va.

—*D'accord. Il nous faudra le distraire suffisamment pour qu'il ignore l'autre un moment. Donc, il faudra une diversion brutale et inattendue.*

—*Ça, c'est pour moi. En plus, j'ai un compte à régler avec lui. Enfin, …, c'est vite dit, … il est quand même trop fort pour nous.*

—*C'est vrai. C'est pour ça qu'il vaudrait mieux que ce soit moi. Normalement, ma carapace devrait me protéger de ses coups, un temps du moins. Pendant ce temps-là, il te faudra trouver la statue, la prendre et disparaître.*

—*Ok, ça peut marcher à condition que ton tatouage ne fasse pas sa mauvaise tête. En plus, si on doit lui échapper, je crois qu'on devrait trouver un endroit pour se cacher pas trop loin de là avant d'aller l'affronter.*

—*Pourquoi ?* demanda Arkès

Lynhéa se prit la tête entre les mains et reprit une conversation à voix haute.

—Désolée, mais ça commence déjà à me faire mal à la tête, on n'est pas encore assez habitués.

—Oui, moi aussi. On devra essayer de temps en temps pour s'habituer.

—D'accord. Je disais donc, trouver une cachette avant de l'affronter, parce qu'il est plus rapide que nous et donc, il nous aura vite rattrapés.

—C'est vrai, tu as raison. C'est un bon début.

Ils discutèrent quelques minutes des grandes lignes de leur plan puis reprirent leur route. La méfiance subsistait avec le doute. Où allaient-ils le rencontrer et dans quelle circonstance ? Bien sûr, le moment venu, il faudrait improviser. C'est sur place qu'ils évalueraient la situation, peaufineraient leurs actions respectives et passeraient à l'attaque. Mais leur laisserait-il le temps de se concerter ? Que d'inconnues !

Pour l'heure, il leur fallait à nouveau traverser le désert vers l'est du continent, vers le pays des glaces éternelles, où **son** royaume se trouvait. Heureusement, Lamynthe leur avait raconté une partie de la légende, sans quoi, ils n'auraient aucune idée de la suite à donner à leur quête.

Ils marchèrent moins de deux heures avant qu'il ne se manifeste à nouveau. Ils l'aperçurent sur l'une des collines de sable, sorte d'immense dune qui laissait déjà présager un changement de paysage. Il ne leur faudrait plus longtemps pour quitter ce désert et retrouver des cieux plus cléments.

—Tu as vu ? demanda Lynhéa qui venait d'apercevoir leur ennemi.

—Oui, ne restons pas là.

Lynhéa regardait dans la direction de leur récent cauchemar et ne voyait pas Arkès légèrement en retrait. Elle ne comprit pas immédiatement son empressement.

—Pourquoi ? demanda-t-elle alors. Comme il l'a dit, ce n'est qu'une image pour nous faire penser à lui.

—Je ne pense pas qu'il ne s'agisse que d'une image cette fois, persista Arkès.

Elle se retourna vers lui, interloquée par son insistance.

Sa carapace l'avait totalement recouvert.

—On y va ! confirma-t-elle en démarrant à vive allure, sachant pertinemment qu'ils n'étaient pas de taille face à lui dans un affrontement direct… mais trop tard.

À une vitesse foudroyante, il les avait rejoints et d'un violent coup d'épaule dont le bruit sourd résonna dans le désert, précipita Arkès plusieurs mètres plus loin. Le jeune guerrier retomba dans une gerbe de sable bientôt emportée par le vent.

Lynhéa était pétrifiée. Rien ne fonctionnait selon leur plan. Ici, aucun endroit pour se cacher, inutile de fuir, et pas de statue en vue. Aucune possibilité de le distraire. Elle recula, le fixant durement. De nouveau, l'affolement la gagnait et paralysait ses mouvements. Elle trébucha dans le sable et s'affala à sa merci. Elle pensa à son pistolet ... vide ! ... et à son couteau de combat ... inutile !

Arkès se relevait péniblement, le souffle court, secoué par la violence de l'impact. Il s'observa un instant, encore groggy et secoua la tête. Après un tel choc, il aurait dû mourir. Ses os auraient dû éclater comme du bois trop sec. Tout son corps était endolori, mais il était indemne. Lorsqu'il eut repris ses esprits, il vit Lynhéa affalée et leur ennemi debout devant elle.

— Alors, ça ne te rappelle rien ? demanda-t-il hilare à la jeune femme.

Lynhéa était tétanisée, à nouveau à sa merci. Ça recommençait ! Le cauchemar, qu'elle pensait avoir enfin laissé derrière elle, la rattrapait. Elle tourna la tête vers Arkès, le regard implorant.

Il courut dans le sable qui le ralentissait et se préparait à porter un coup violent à leur adversaire lorsqu'il fut arrêté net dans sa course, saisi au cou par une main puissante. Il s'était retourné à une vitesse incroyable. Arkès n'avait jamais vu une telle rapidité de réaction et se retrouva soulevé du sol, son corps balançant encore, faible résultat de sa course inutile. Il peinait à respirer. Seule la carapace qui le recouvrait empêchait l'homme de lui broyer la nuque. La résistance de son armure contrait la force inhumaine des doigts autour de son cou et provoquait des arcs lumineux tout autour de la main de l'adversaire.

Lynhéa n'osait pas bouger.

— Mais qu'est-ce que tu nous veux à la fin ? articula péniblement Arkès.

— De vous, rien. De toi, uniquement.

— De moi, mais quoi ?

— J'ai besoin de ton énergie pour ramener mon royaume à la surface.

— Pourquoi justement la mienne ?

— Ça, tu devrais le demander à Dialène. Oh, zut, ajouta-t-il en feignant la surprise, j'avais oublié, … il est mort.

Un grand sourire perfide le défigurait.

— Bête malfaisante ! murmura Arkès.

Le sourire disparut du visage livide de leur ennemi. Il fronça les sourcils et fixa durement Arkès.

— Oooh, tu ne devrais pas me provoquer, dit-il d'une voix morbide.

Il serra plus fort encore la gorge d'Arkès. Les étincelles crépitaient de plus en plus fort. Soudain, telles des lèvres mortelles, la carapace entoura la main qui la serrait. Tous deux furent surpris par le phénomène. Lentement, progressivement, la main disparut, entièrement recouverte. Il voulut se libérer, mais sa main était maintenant emprisonnée à l'intérieur de la gangue.

Soudain, il fut pris d'une douleur intense et hurla de plus en plus fort. D'un effort surhumain, il parvint à extraire son bras dans un bruit d'os broyés. Sa main avait disparu, sectionnée. Pourtant, aucune goutte de sang ne coulait de l'horrible blessure. Il se tenait le bras, courbé en deux, gémissant de plus belle. Alors, la carapace libéra ce qui restait de la main broyée. Elle tomba sur le sable dans un bruit étouffé.

Arkès était soulagé d'avoir repris contact avec le sol. Prostré, accroupi sur ses talons, il se massait la gorge, toussant et crachant, tentant de reprendre son souffle. Mais déjà, **il** ne criait plus et s'était redressé, soutenant son bras. Il souriait à nouveau, contemplant son moignon cicatrisé.

— C'est clair, ironisa-t-il alors, maintenant ce sera moins facile de faire le poirier.

Arkès se releva plein d'assurance. Il se sentait presque invincible, car il avait compris que sa carapace le protègerait quoi qu'il arrive et que rien ne pouvait la traverser.

— Et maintenant, qu'est-ce que tu comptes faire ? dit Arkès en le narguant.

— Rien, attendre.

— Attendre quoi ? demanda fièrement Arkès.

— Attendre que ta protection ait disparu, répondit-il en montrant la main droite d'Arkès.

— Que ? Quoi … ?

Arkès regarda sa main. Face à son assurance orgueilleuse, la carapace disparaissait peu à peu. Bientôt, elle ne fut plus qu'une illusion. En un éclair, il bondit et l'attrapa de nouveau à la gorge. On entendait les os du guerrier souffrir sous la pression.

— Cette fois, ta force est à moi, dit-il en fermant les yeux.

Un violent tourbillon les entoura. Il jeta la tête en arrière, les yeux vitreux, vides et blancs, tandis qu'il recevait la force vitale d'Arkès. Celui-ci ne pouvait même pas crier tellement son corps secoué de spasmes violents était douloureux. Quelques secondes plus tard, il perdit conscience, pendillant au bout du bras de son assaillant.

Il ramena la tête vers l'avant, regardant Arkès inconscient et le jeta sur le sol telle une poupée brisée. Lynhéa se précipita et le prit dans ses bras. Il respirait à peine mais il était vivant.

— Pourquoi ? demanda Lynhéa en criant, Pourquoi maintenant et pas dans le temple ? Ou plus tôt ?

— Parce qu'il me restait quelques préparatifs à accomplir. De plus, je devais attendre que les kNalines remplace sa force vitale par de l'énergie pure, plus puissante et dans le temple, les kNalines auraient été trop nombreux. En groupe, il n'est pas impossible qu'ils soient toujours plus forts que moi … pour l'instant.

Lynhéa ne comprenait pas ce qu'il voulait dire car ni Arkès ni les kNalines ne lui en avait parlé.

» C'est cette nouvelle énergie qui me permettra de terminer mon ouvrage. Dialène savait que les kNalines feraient ça pour lui, c'est la raison pour laquelle il vous a envoyés ici. C'est ironique non. En voulant vous aider, les kNalines vont permettre de me réaliser et de tous vous exterminer. Maintenant tout est prêt, j'ai assez énergie. Je n'ai plus besoin de vous, dit-il en s'avançant pour éliminer la dernière menace à ses projets.

Lynhéa serra encore plus fort Arkès contre elle, le protégeant vainement de son corps. Elle ferma les yeux, se souvenant des courts moments qu'ils avaient vécus ensemble.

Il avait pris soin d'elle si souvent, soignant ses pieds abîmés, massant ses muscles meurtris, adaptant leur marche à son rythme, s'inquiétant d'elle régulièrement. Même si leurs débuts n'avaient pas été aisés, souvent meublés de disputes, leur relation prenait un tout autre tournant. Un lien fort les unissait, bien au-delà du lien mental que les kNalines avait créé entre eux.

Elle le serra un peu plus. Ici, au moment de perdre la vie, elle se rendait compte qu'il comptait beaucoup pour elle … qu'elle ne voulait pas le perdre. Elle avait encore tellement de choses à découvrir avec lui sur ce monde et sur elle-même. Elle ne voulait pas partir maintenant. Elle voulait le revoir encore, l'avoir à côté d'elle … encore.

Mais il était trop tard. Il allait bientôt frapper.

Soudain, elle l'entendit râler de douleur. Elle releva légèrement la tête. Il lévitait quelques centimètres au-dessus du sable, une sphère lumineuse l'entourait et, à l'intérieur, des brasillements le traversaient de toutes parts. Il se tortillait comme pour leur échapper et hurlait sa souffrance. Elle tourna la tête et aperçut des kNalines non loin d'eux, les bras tendus vers lui.

Ils étaient trop nombreux, il ne parvenait pas à contrer leur force et il devait de plus garder son énergie pour un tout autre but. Il devait fuir au plus vite. Ses vêtements volèrent dans tous les sens comme si l'intérieur de la sphère était malmené par un ouragan puis il disparut dans un bruit sourd. Instantanément, le calme revint sur le désert du Ksilm.

Les kNalines s'approchèrent des deux compagnons.

— Vous allez bien ? s'inquiéta l'un d'eux.

— Oui, merci, grâce à votre intervention, dit Lynhéa en esquissant un mince sourire. Pouvez-vous faire quelque chose pour lui, il est inconscient ?

Mikaj s'approcha et posa une main sur le torse d'Arkès.

— Il ne risque plus rien maintenant, il lui faut juste du repos, dans quelques jours il sera sur pied.

— Comment avez-vous su ? s'enquit-elle.

— Lamynthe. Avant de mourir, il a transféré son don de double vue à l'un de nous. Nous avons donc su que l'homme vous attendait ici. Lamynthe aurait voulu que nous vous aidions. Notre mission est accomplie, nous allons rentrer.

— Attendez ! supplia Lynhéa. On ne peut pas rester ici et je ne suis pas assez forte pour le transporter à travers le désert. Ne pourrait-on revenir avec vous ?

— Non, c'est impossible tant que nous ne nous serons pas réorganisés.

— Comment va-t-on faire alors ? demanda Lynhéa.

— Je vais vous emmener dans un village non loin d'ici. Tanim. Vous pourrez vous y reposer.

— C'est mieux que rien. Merci de votre aide, Mikaj.

Il fut étonné qu'elle l'ait reconnu. Les kNalines ayant tous la même apparence, les rares étrangers à les avoir côtoyés mettaient des semaines pour reconnaître certains d'entre eux. D'aucun n'y arrivait même parfois jamais. Il lui renvoya son sourire.

— Comme c'est attendrissant, gronda-t-il en les regardant. J'en verserais bien une larme. N'empêche qu'ils ont failli m'avoir ces abrutis.

Il les observait, quelques dunes plus loin. Il savait où Mikaj allait les conduire. Il n'y avait qu'un seul village non loin d'ici. Il regarda la troupe se séparer en deux. Mikaj s'accroupit à côté des deux jeunes gens. Une aura lumineuse l'entoura, se développant en une sphère qui les enveloppa. Puis, dans un bruit sourd soulevant un peu de sable, ils disparurent. Il ne restait dans le sable que la marque de la base de la sphère.

Il était temps pour lui de rentrer au pays des glaces.

— Arkès, le temps que je fasse mon office, tu seras rétabli mais ce ne sera pas suffisant pour empêcher l'achèvement de mon œuvre.

Il lui fallut quatre jours pour rejoindre le pays des glaces. Dissimulé au cœur des montagnes, il était quasi inaccessible. Aucun chemin n'existait pour se déplacer ou s'orienter. S'y perdre était aisé. Mais soutenu par une force imparable il se sentait capable de vaincre toutes les difficultés. Les montagnes du pays des glaces ressemblaient à un gros bloc de roches taillé à coups de burin, irrégulier, acéré, très accidenté. L'escalade était souvent la seule façon de progresser et, plus on se rapprochait du centre, plus les surfaces planes se raréfiaient. A une certaine hauteur, les neiges éternelles brillaient de tout leur éclat. Passage obligé vers son monde, il devait les emprunter. Sans trop de difficulté, planant à quelques centimètres du sol, il progressait régulièrement, les crevasses ou la neige molle ne le gênaient guère. Il arriverait bientôt là où, déjà, il avait commencé son labeur.

Au sommet d'un pic, une caldeira de glace s'ouvrait devant lui. D'altitude beaucoup plus basse que le niveau des neiges, la vaste plaine ressemblait à un immense lac de glace, plat, d'un blanc immaculé. Ce phénomène anormal le confortait dans l'idée que son monde était bien là. Au centre, un immense cratère de près de cent mètres de diamètre témoignait du travail qu'il avait déjà accompli. Mais pour poursuivre son œuvre, il avait eu besoin de l'énergie d'Arkès en plus de la sienne afin de percer la couche infrangible de glace. Il descendit lentement au centre du cratère et resta immobile plusieurs minutes, en pleine concentration.

Brusquement, un vent violent souleva la neige aux alentours. Ses yeux devinrent lumineux, rougeâtres. Il entrait en transe. Le vent se fit tempête, puis tornade, la colonne d'air s'élevait à plusieurs dizaines de mètres. Des morceaux de glace se détachaient du sol. Propulsés vers l'extérieur, ils en heurtaient d'autres, s'entrechoquant violemment et éclatant dans des gerbes d'écume blanchâtre. Le cratère s'agrandissait dans un vacarme tonitruant tandis qu'il s'enfonçait lentement dans l'immense plaque.

Soudain, la glace se rompit brutalement sous ses pieds. Il chuta dans le vide de plusieurs centaines de mètres et atterrit, un genou sur le sol. La violence de l'impact creva le sol et fit trembler la caverne, soulevant un nuage de poussière.

Il regardait autour de lui. Il était debout, altier, un grand sourire aux lèvres. Dans cette immense salle souterraine, un pic rocheux central se dressait. Une lumière bleuâtre baignait l'ensemble. Bizarrement, elle ne trouvait pas sa source dans le trou qu'il venait de creuser. Aucun rayon de lumière naturelle ne traversait l'endroit. Tout ce paysage interne était éclairé par des flammes bleues, flottant au-dessus de lui. Ces longues traînées arachnéennes serpentaient semblables à la fumée de bougies fraîchement soufflées. Elles semblaient briller depuis l'aube des temps. Toutes convergeaient vers la cime du pic rocheux, immense, noir et inquiétant, au sommet duquel chatoyait une lumière rougeâtre.

Il gravit lentement le chemin escarpé montant vers le sommet. C'est là qu'il puiserait l'énergie nécessaire pour faire remonter son royaume à la surface de la terre. Il y découvrit une masse de colonnes naturelles telles celles d'une immense cathédrale. Elles étaient si élancées qu'on n'en voyait pas le sommet. Elles semblaient monter au-delà de la couche de glace et se perdre dans le noir. Au centre de l'ensemble, un autel sur un socle orné de signes que lui seul pouvait déchiffrer : « En cet endroit la statue rayonnera. »

Il voulut sortir la statue de l'intérieur de son manteau ... mais ne la trouva pas !

Eberlué, il fouilla à plusieurs reprises son vêtement, toujours sans succès. Fou de rage, il poussa un hurlement horrible qui se répercuta dans tout l'hémicycle provoquant l'envol des chauves-souris qui venaient à peine de reprendre leur place. Le regard incandescent, il posa les deux mains sur l'autel. Il ne s'avouait pas vaincu pour la cause, son royaume remonterait à la surface avec ou sans la statue. Une vive clarté emplit soudainement la cavité. Il sourit puis un rire obscène résonna longuement, dont l'écho se répercuta sur les parois de la caverne.

—Seilmar, ramène-nous à la surface ! proclama-t-il, triomphant, en levant les bras.

Le Seilmar, son royaume. Nom surgit directement des légendes anciennes, concrétisé par un vieux prêtre plus terrorisé par le diable que confiant en son dieu. Héritage psychologique d'une doctrine ancestrale.

Tout se mit à trembler dans un vacarme assourdissant. Des blocs de glace se détachèrent de l'ouverture et se fracassèrent sur les flancs du pic rocheux. Soudain, la lumière extérieure perça, comme si une barrière invisible venait de se rompre. Il comprit que son heure était venue, plus rien ne l'arrêterait. Il allait accomplir sa destinée, devenir le maître du monde. Le fracas du tremblement se répercuta dans la montagne. Le rocher tout entier se souleva alors qu'il riait aux éclats. Le pic perça la glace qui, libérée d'une force invisible, se fracassait contre les flancs sombres de la montagne du Seilmar. La lutte colossale des éléments rappelait la création du monde. Finalement, le pic émergea.

Il n'y avait désormais plus de caldeira. Une nouvelle montagne venait de jaillir du centre de la terre. Cet endroit particulier semblait mystérieusement étranger aux lois de la nature. Le lendemain, la glace recouvrirait encore les flancs du pic mais, au milieu des montagnes aux sommets enneigés, un seul pic émergerait, sombre et inquiétant.

Il contemplait son œuvre, visiblement fier et satisfait. Désormais son royaume pouvait renaître, libéré de la glace et du temps. Il leva les yeux vers le ciel bleu parsemé de quelques cumulus. Il vit le temple s'étalant sur plusieurs dizaines de mètres. Au-dessus, une nuit noire sans étoiles se perdait entre les colonnes, comme dans un autre monde. Quelques flammes rouges perçaient l'ombre.

Sans la statue, il ne pouvait créer son armée de monstres comme il la voulait. Il devait dès lors récupérer la statue, aussi convoitée par Arkès, et il devait la trouver avant lui. Il allait donc se mettre à sa recherche.

Repensant aux derniers évènements, il se souvint de la violence qu'il avait dû déployer pour échapper aux kNalines. Sans doute avait-il perdu la statue près du lieu de leur combat. Et il était parti sans vérifier qu'il l'avait toujours avec lui.

— *Quel idiot !* pensa-t-il.

Qu'à cela ne tienne, il pourrait malgré tout former une troupe suffisante, même sans la statue, pour réaliser les premières étapes de son plan.

Il leva les bras en croix.

— Venez à moi ! Il est temps de commencer notre conquête.

Instantanément, des centaines de petits monstres dégringolèrent le long des colonnes. On eut dit, de par leur taille, des enfants, mutilés et défigurés. La plupart marchaient à quatre pattes ou restaient accroupis devant leur nouveau maître. Habillés pour la plupart comme des écoliers, leur aspect suggérait une récente sortie de terre. Leurs vêtements étaient sales, déchirés. Leur tête, démesurée par rapport au reste du corps, les flanquait d'étranges proportions.

— Salut Jack ! C'est bien qu'on puisse enfin sortir de not'trou.

— Ouais, Jack ! T'as raison, j'commençais à en avoir

marre. Hééé, Jack, t'es là aussi !

—Salut Jack ! Of course que j'chui là. Tu sais pourquoi le beau ténébreux nous a rappelés ?

—Qu'est-ce que j'chais moi ? Tant qu'y a des meufs, j'men fou.

—Ouais t'as raison Jack, la soirée ne fait que ... commencer. Préparez-vous, gonflez les pectos, faites vot'plus beau sourire, mesdames, Jack est là !

Il retourna la visière de sa casquette et commença à danser sur place.

—Silence !

Un cri inhumain venait de résonner dans tout le temple. Il y eut un bref, très bref moment de silence puis les petits insolents recommencèrent de plus belle.

—Hé Jack ! Faut pas avoir l'air si sérieux.

—Ouais, Jack ! Jack a raison, décoince-toi mec.

—Eh, Jack ! T'as vu le beau ténébreux ? Qu'est-ce qu'il nous fait, là ? Une crise d'autorité.

Il baissa la tête et croisa les bras. Soudain, il les écarta violemment provoquant une onde de choc qui propulsa ces insolents quelques mètres en arrière. Ils s'écrasèrent, l'un sur l'autre pour la plupart contre des colonnes du temple. On n'entendit plus que des chuchotements.

—Jack ! Tu me marches sur la joue, dit difficilement l'un.

—Pardon, Jack, répondit un autre. Eh Jack ! J'ai ton bras qui me traverse le ventre.

Le choc contre les colonnes avait été si violent que le bras d'un des Jacks avait traversé le corps d'un autre. Nul sang, ni aucune substance comparable, ne s'écoulait de la blessure. Et ce spectacle se répétait dans le temple où plusieurs d'entre eux présentaient des ecchymoses diverses qui ne semblaient pas les gêner outre mesure. Ils se relevèrent l'un après l'autre et revinrent entourer leur maître.

—Maintenant que j'ai votre attention, dit-il en les fixant sévèrement, je vous annonce que j'ai de grands projets et vous allez m'aider. Les humains que j'ai rencontrés ne sont pas comestibles, mais vous feront d'excellents animaux de compagnie, ou des esclaves si vous voulez.

Un silence suivit son allocution. Aucun Jack n'osait plus parler. Puis …

— On pourra avoir des femmes ? demanda timidement l'un des Jacks.

— Oui, autant que vous voudrez, mais il faudra faire attention à ne pas épuiser le cheptel.

— Eh Jack ! T'entends ça ? Oh merde ! Qu'est-ce qui t'es arrivé ?

— Ça ? Oh, c'est rien, dit le Jack concerné, un œil lui pendant le long de la joue, reste de la récente punition. Ce qui m'inquiète le plus, c'est que je ne suis pas sûr qu'il nous laissera faire tout ce qu'on veut.

Il avait parfaitement entendu. Il tendit le bras vers l'auteur de cette remarque qui glissa sur le sol jusqu'à arriver devant lui. Le petit insolent essaya bien de freiner sa progression en plantant les griffes de ses pieds et de ses mains dans les dalles du temple, mais il ne parvint qu'à leur faire émettre un son strident qui agressa les oreilles de ses congénères. Il regardait anxieusement autour de lui, se demandant ce qui l'attendait.

— Et pourtant, c'est le cas, affirma-t-il. Je vous promets que vous pourrez faire tout ce que vous voudrez.

— C'est génial, dit alors timidement le Jack, la voix tremblante.

— Mais uniquement quand je l'autoriserai car si nous voulons réaliser notre plan, il faudra l'exécuter dans l'ordre.

— Je me disais aussi, dit alors le Jack tout bas.

Immédiatement, il quitta le sol et se retrouva, immobile dans l'air, à quelques centimètres de son maître.

— Insolent paltoquet ! dit le maître avec un rictus. Il le projeta sur le sol, au milieu des autres. Maintenant, en route ! ordonna-t-il. Il y a une chose dont nous devons nous occuper en priorité. Les kNalines auront sûrement trouvé la statue. Nous allons donc commencer chez eux.

Les monstres se mettaient en route et il allait les suivre quand il fut interrompu par des applaudissements qui retentirent derrière lui. Il ne s'était pas encore retourné que les Jacks y allaient de leur commentaires.

—Waw, qu'est-ce qu'elle est bonne ! Eh Jack ! T'as vu ça ?

—Ouais, j'ai vu, elle est pour moi !

—Non, pour moi ! intervint un autre Jack.

Et déjà, les indisciplinés petits monstres se marchaient presque les uns sur les autres pour être les premiers à la toucher. Lorsque le premier arriva à sa hauteur, elle tendit la main et le souleva du sol sans même le toucher, une aura blanchâtre entourait sa main. Le Jack pédalait frénétiquement dans le vide, tendant les bras vers elle pour l'agripper, mais elle le gardait à quelques pouces d'elle. Elle lui adressa un large sourire qui fit fondre le Jack.

—Oh ! Par tous les saints du monde ! Veux-tu m'épouser ? dit le monstre en lançant des bisous en l'air.

La femme sourit de plus belle puis elle intensifia son aura pour le faire monter plus haut. A quelques mètres du sol, elle baissa les yeux et fixa son hôte en continuant de sourire.

Soudain, le Jack se mit à hurler de douleur, ce qui provoqua un mouvement de recul chez les autres. Il restait impassible, simple spectateur. Quelques secondes plus tard, le Jack explosa. Les morceaux de son corps séchèrent et se désintégrèrent en poussière avant même de toucher le sol.

Il resta impassible et sourit. Qui était cette femme qui avait tué un de ses fidèles avec tant de facilité et surtout d'indifférence ? … Il l'aimait déjà.

Mais les Jacks commençaient à s'énerver.

—Eh, Jack ! T'as vu ça. Elle a explosé Jack sans raison.

—Oui, je l'adore encore plus.

—Mais non, abruti (il gifla son comparse), elle l'a tué, on doit lui faire payer.

— Ah oui, c'est vrai. A l'attaque !

— Non, attends !

— Faut savoir ce que tu veux.

— Regarde le beau ténébreux, il sourit.

D'un geste de la main, il calma les importuns. Il posa les yeux sur cette femme qui avait osé l'interrompre. Une longue robe légère, quasi transparente, voletait légèrement au rythme de son déplacement vers le centre du temple. Il ne dit rien, attendant qu'elle se présente d'elle-même. Elle souriait gracieusement mettant encore en évidence sa grande beauté ... mais il resta de glace.

— Mon nom est Zahirdena, dit-elle d'une voix douce, je suis venue te dire quelle sera l'apogée de ton règne.

Mikaj venait de se matérialiser aux abords de la Torie après avoir transporté Lynhéa et Arkès à Tanim. Les autres kNalines attendaient son retour pour rejoindre leur pays au cas où leur ennemi serait revenu. Lorsqu'il s'approcha, il vit une lumière bleuâtre issue de l'aura entourant la main d'un des leurs et quelques centimètres au-dessus, la Statue-Dragon flottait en tournant lentement sur elle-même. Mikaj fronça les sourcils.

— Nous ne pouvons pas la garder, cette bataille n'est pas la nôtre. Partez tous les trois vers Tanim, dit-il en désignant trois des kNalines sur la droite, trouvez Arkès et remettez-lui cet objet. Mais préservez vos vies. Je vous le répète, ce combat n'est pas le nôtre.

Les trois kNalines avançaient calmement dans la vaste plaine au sud-ouest de Tanim. Demain, ils arriveraient à destination. Ne voulant pas toucher la statue, l'un deux gardait cette dernière en lévitation quelques centimètres au-dessus de sa main. Malgré l'importance accordée à cet objet, ils n'étaient pas prêts de prendre le risque de la toucher. Aussi, restait-elle bien en évidence à la vue de tous.

Quelques lieues plus loin, ils aperçurent un groupe d'hommes à cheval fonçant vers eux à toute allure. Un peu plus tard, le groupe de soldats du Tmorg était sur eux et les interpellaient aussitôt, intrigués par l'objet à l'aura bleuâtre.

— Nous devons remettre cet objet à quelqu'un, dit l'un des kNalines.

— Ah bon, continua l'un des soldats, et à qui ?

— A un dénommé Arkès. Il se trouve actuellement à Tanim.

Le soldat marqua une légère hésitation puis sauta de cheval. Il s'approcha des trois étrangers, et s'arrêta à deux pas de la statue. Les kNalines restèrent imperturbables.

— Nous connaissons cet Arkès, nous pouvons donc la lui remettre si vous voulez.

Les soldats se rendaient à Livend sur les ordres de leur seigneur après qu'il eut appris le passage d'Arkès dans ce lieu. Cette nouvelle information était donc une aubaine pour eux. Ils allaient ramener plus d'informations pour le seigneur. Ils ne risqueraient plus de se faire couper la tête en revenant les mains vides.

— C'est aimable à vous, répondit le kNaline, mais nous voudrions la lui remettre en mains propres.

A ces mots, le soldat sortit son épée et la brandit à la gorge du kNaline, immédiatement imité par les autres soldats.

— Remettez-nous cette statue ou vous y laisserez la vie !

Les menaces permanentes de leur seigneur en cas d'échec d'une mission étaient un formidable outil de motivation pour ses soldats qui s'avéraient dès lors prêts à tout pour glaner quelques résultats.

Les kNalines se souvenaient de la phrase de Mikaj leur conseillant de ne pas mettre leur vie en danger pour cette bataille qui ne les concernait pas. D'un autre côté, ils ne pouvaient donner la statue qu'à Arkès sans quoi, un autre cataclysme pouvait survenir quand ils la toucheraient. Malheureusement, ils n'avaient pas le choix, les soldats resteraient intraitables. Se concentrant sur la statue, les trois kNalines la firent briller de mille feux, ce qui fit reculer les soldats de quelques pas. L'instant d'après, l'un des kNalines s'évanouit, immédiatement soutenu par les deux autres. La Statue-Dragon roula sur le sol.

—Maintenant, vous pouvez la prendre en main. Mais il vous faudra la remettre à Arkès sans tarder. Le sort que nous avons jeté sur elle ne tiendra qu'une dizaine de jours, pas plus.

Un soldat s'avança et prit la statue, ne quittant pas les kNalines des yeux et tremblant de peur. Les autres soldats n'avaient pas osé avancer. Sitôt la statue en main, il recula rapidement et rejoignit les autres.

Les kNalines savaient qu'ils n'en feraient rien, mais après tout, ils avaient déjà payé assez lourdement le tribut de cette guerre qui n'était pas la leur. Sans rien dire de plus, ils tournèrent les talons et reprirent la route vers leur pays.

Le chef des soldats du Tmorg désigna deux d'entre eux, leur confia la statue et leur donna l'ordre de se rendre à Tanim pour y observer Arkès et la jeune femme. Quand ils auraient quitté la ville, ils se rendraient chez Huldrack, leur seigneur, pour lui rendre compte et lui remettre la statue. Pendant ce temps, le chef et les autres soldats iraient à Livend et à Nomart s'informer sur le passage des deux « Engeraunais ».

La ville de Tanim s'incurvait dans une cuvette entourée de collines verdoyantes. De hauts remparts la fortifiaient sur lesquels des gardes armés de longues lances patrouillaient sur les courtines. À intervalles réguliers des créneaux, des arcs et des carquois remplis de flèches étaient accrochés à la muraille. Aux extrémités des remparts, de chaque côté des hautes tours surplombant la plaine, des armes de toutes sortes étaient entreposées dans d'énormes râteliers : épées dans leur fourreau, baudriers, fléaux, haches simples et doubles, masses d'armes, piques et hallebardes qui devaient servir à défendre la ville. Lors d'une attaque, chacun gagnait la place qui lui était attribuée sur la courtine et prenait ses armes. Pendant ce temps, les gens d'armes tenaient l'ennemi en respect le temps nécessaire avec leurs arcs et leurs flèches.

De forme hexagonale, la ville s'ouvrait par une entrée unique, permettant l'accès aux hommes et animaux bâtés seulement, car aucun charroi ne pouvait pénétrer à l'intérieur de la ville. Le ravitaillement s'effectuait à dos d'ânes ou de mulets ou plus simplement à dos d'hommes. On accédait à la porte fortifiée par une rangée d'escaliers en pierre aux marches hautes, visibles des remparts, ce qui décourageait d'éventuels agresseurs de vouloir la défoncer à coups de bélier mécanisé. Ignifugée par une graisse spéciale, aucune matière enflammée ne pouvait la détruire.

Grâce à la configuration du terrain, l'approche de l'ennemi était signalée suffisamment à temps pour permettre aux paysans des alentours de se réfugier en ville avec leur famille et leur bétail. Meurtrières et mâchicoulis en haut des tours où se tenaient les archers et arbalétriers assuraient une défense efficace. Les murs des remparts étaient pleins à l'exception de quelques endroits, ceci afin d'éviter qu'ils ne puissent être détruits par des armes de jet longue distance. L'accès à ces murs n'était permis que par l'intérieur. Les rares endroits creux servaient à placer des archers ou des arbalétriers supplémentaires en cas d'attaque prolongée. La destruction de ces endroits ne pouvait fragiliser les murs et encore moins permettre l'accès en masse à la ville.

Construite depuis des lustres sur un sol stable par des hommes habiles et entreprenants, la ville était le fruit de leurs longues réflexions. Transportées depuis des dizaines de kilomètres, extraites d'une carrière connue d'eux seuls, les pierres employées pour l'édification de la cité témoignaient de leur sens aigu de la construction et de l'orientation. Pratiquement indestructible, Tanim était leur fierté. Ayant pu admirer la conception très originale et efficace des remparts de la cité, Anthelme avait fait modifier les remparts de son château à l'image de Tanim.

Il était interdit aux habitants de porter une arme dans l'enceinte de la localité. Toutes les armes devaient être remises aux gardes qui les stockaient près des remparts. De cette manière, Ruhpart, le responsable de la ville, évitait les troubles à l'intérieur de sa cité.

Trois jours déjà qu'Arkès dormait sans se réveiller. Fergal, le propriétaire de l'auberge, avait mis gratuitement une chambre à leur disposition. Par ce simple geste, l'hospitalité de Tanim n'était plus à démontrer. Lynhéa restait à son chevet la plupart du temps. Assise sur le bord du lit ou sur une chaise qu'elle avait rapprochée, elle veillait à ce qu'il recouvre la santé. L'assurer d'une présence familière, même s'il était probable qu'il ne la ressente pas, lui semblait important.

Régulièrement, elle humidifiait les lèvres du jeune homme. Elle avait remarqué que sa bouche s'asséchait et qu'il commençait à avoir du mal à respirer. Le plus dur était de lui mouiller l'intérieur de la bouche sans trop d'eau afin qu'il ne s'étouffe pas, mais juste assez pour que sa gorge reste humide.

Elle trouvait très drôle de faire sa toilette en imaginant sa réaction s'il avait été conscient. Au début, elle était un peu gênée, mais très vite, elle n'y prêta plus attention. Puis elle remarqua que certains endroits de son dos et de ses jambes blanchissaient bizarrement. Le sang ne s'y renouvelait pas suffisamment. Elle entreprit de le bouger trois fois par jour. Ce n'était pas tâche aisée mais elle ne voulait pas que quelqu'un d'autre le touche et se débrouillait par conséquent seule.

— Tu pourrais m'aider un peu, dit-elle passant une main en dessous de son épaule et une autre sous sa hanche pour le faire basculer. Il est temps de te placer un peu sur le côté droit.

L'opération était pénible. Le corps inerte d'Arkès se laissant complètement aller, pesait encore plus lourd, comme si sa masse musculaire n'était pas déjà suffisante. De plus, il transpirait abondamment, son corps luttant pour revenir à la vie. Il était dès lors difficile à Lynhéa de le saisir fermement pour le soulever.

C'est lors d'un de ces mouvements que Fergal entra dans la chambre et remarqua les taches blanches signes de futures escarres. Il fournit dès lors une pommade de sa fabrication à Lynhéa et lui conseilla d'en appliquer plusieurs fois par jour. Ça le soignerait et éviterait que son état n'empire. L'odeur nauséabonde dégagée par la mixture lors de l'application incommodait Lynhéa, mais c'était un mal nécessaire.

Au terme du cinquième jour, Lynhéa s'inquiétait de plus en plus. Les technologies médicales du monde d'Arkès n'étaient pas assez évoluées. S'il ne se réveillait pas dans les jours qui suivaient, sans boire et sans manger, il s'affaiblirait trop et pourrait ne plus jamais se réveiller. Un vif sentiment d'impuissance s'emparait peu à peu d'elle mais malgré tout, elle n'abandonnait pas les soins.

Quotidiennement, Fergal venait la voir et l'emmenait prendre l'air. Il lui fit découvrir la ville et lui expliqua son fonctionnement. Il lui offrait également à manger et tentait de la rassurer du mieux qu'il pouvait. Mais ni les visites, ni les mots amicaux n'arrivaient à lui remonter le moral qui plongeait de plus en plus dans la mélancolie.

— Ne vous inquiétez pas de la sorte, disait-il. S'inquiéter ne sert à rien. D'autant que vous ne pouvez rien y changer. Vous faites vraiment tout ce qui est en votre pouvoir. J'aurais même tendance à dire que vous en faites plus qu'il n'en faut.

— Je sais, répondait-elle en soufflant. Mais c'est plus fort que moi. Je reste impuissante … et j'ai horreur de cela.

Face à un tel sentiment, Fergal n'avait aucun argument à présenter. Il préféra dès lors rester silencieux jusqu'à leur arrivée à l'auberge de Ruhpart. La bâtisse arborait une enseigne massive en bois représentant l'enceinte de la ville. Fergal poussa la lourde porte qui grinça légèrement. La poussière stagnante s'illumina dans un rayon de soleil qui osait s'insinuer à l'intérieur et fut immédiatement balayée par un courant d'air furtif.

A l'intérieur, il faisait fort sombre. Leurs yeux mirent quelques secondes à s'habituer. Quelques petites tables carrées entourées de chaises simples accueillaient les habitués. C'est là qu'ils terminaient généralement leur balade pour y boire calmement un verre de bière locale avant que Lynhéa ne retourne au chevet d'Arkès. Ils s'assirent et Ruhpart arriva immédiatement avec deux bières.

— Vous connaissez les deux étrangers dans le fond de la pièce ? demanda-t-il discrètement.

Lynhéa tourna légèrement la tête et nia. Les deux

hommes étaient assis dans un coin sombre où ils espéraient passer inaperçus. Mais dans cette petite ville où tous se connaissaient, c'était chose impossible. A côté d'eux, sur le banc, un sac était posé dont la forme laissait deviner un objet de taille moyenne avec plusieurs pointes.

— Ils sont arrivés dans notre ville peu après vous. La première fois, ils sont entrés ici quelques minutes à votre suite. Mais maintenant, ils arrivent systématiquement un peu avant vous.

— Maintenant que vous en parlez, dit Lynhéa, je les ai remarqués à plusieurs reprises. Mais je n'y avais pas prêté attention. Je pensais qu'ils habitaient ici.

— Eux ! s'offusqua le patron avec humour. Ils sont bien trop laids pour habiter ici.

Lynhéa sourit ainsi que Fergal. Ruhpart était un homme massif, de grande taille, au visage rond et à la barbe hirsute où la bière y séchait volontiers. Un bon vivant mais duquel rayonnait une impressionnante puissance.

— Voulez-vous qu'on les interroge ? Cela pourrait être drôle.

— Pourquoi feriez-vous cela pour nous ? Vous ne nous connaissez pas plus qu'eux.

— C'est vrai, confirma Fergal, mais vous nous êtes bien plus sympathiques qu'eux. Toute la ville vous a déjà adoptés. Notre petit couple meurtri.

— Mais pourquoi ? demanda Lynhéa.

— Nous avons déjà vu des hommes blessés qui mettaient des jours à s'en remettre. Mais votre mari, c'est très étrange. Il n'est pas blessé ! Et pourtant, il est inconscient depuis des jours. En plus, vous, très chère Lynhéa, nous vous apprécions beaucoup, vous semblez quelqu'un de bien et vous êtes d'une compagnie très agréable à plus d'un titre, si je peux me permettre.

— Je vous en prie, dit Lynhéa qui n'était pas en position de s'offusquer, vous nous avez si bien accueillis et aidés alors même que nous n'avons pas d'argent. Nous vous devons beaucoup. Et, pour en revenir à nos deux amis, c'est très aimable à vous, mais évitons les problèmes pour l'instant. S'ils continuent à me suivre de la sorte, il sera encore temps de s'en inquiéter. Mais je vous remercie de votre sollicitude.

—Au fait, comment se porte votre mari ? s'inquiéta Ruhpart.

—Arkès, vous pouvez l'appelez Arkès. C'est son nom, ce sera plus pratique.

—Très bien, alors comment va Arkès ?

—Son état est stationnaire. C'est encourageant dans un sens, mais d'un autre côté, c'est inquiétant.

Ruhpart et Fergal se regardèrent dubitatifs puis Ruhpart poursuivit.

—Je n'ai pas bien compris ce dont vous parlez, mais je présume que cela signifie qu'il n'y a pas d'évolution pour l'instant.

—C'est ça.

—Alors, vous devez continuer et ne pas perdre espoir. Et si vous avez besoin de quoi que ce soit, n'hésitez pas à demander.

—Je vous remercie, c'est vraiment aimable à vous. Dites-moi, j'ai une question qui me taraude l'esprit, puis-je vous la poser ?

—Sans connaître la question, il est difficile de dire si vous pouvez. Mais allez-y ?

—Pendant notre voyage, nous avons traversé quelques villes et villages un peu partout dans le pays. Or, jamais nous ne sommes tombés sur une ville aussi fortifiée et bien gardée. Pourquoi cette exception pour Tanim ?

—Il y a bien longtemps, dit Ruhpart en s'asseyant lourdement, bien avant nous, les aïeux d'Anthelme firent construire Tanim comme un rempart contre les envahisseurs. Envahisseurs qui étaient légions à l'époque. Beaucoup d'entre eux contournaient le Pays Maldor et passaient par le lac du Tmorg pour nous envahir par le nord.

L'accès à la capitale était plus direct, ils espéraient ainsi se voir opposer moins de résistance pour arriver jusqu'à Warbeline. Ce fut en effet le cas au début et après avoir repoussé de justesse quelques attaques, Tanim a vu le jour. Depuis, elle a fait ses preuves et les éventuels envahisseurs ne passent plus que par le sud. Nous sommes donc aujourd'hui relativement tranquilles.

— Pourquoi maintenir un tel dispositif de garde dans ce cas ? s'interrogea Lynhéa.

— Oh, ça, c'est le choix de notre seigneur, Huldrack. Il veut que Tanim reste la fierté du Pays Warkan juste après Warbeline. Alors, il continue à nous entraîner comme si nous allions encore être attaqués.

— C'est inutile, non ?

— Pas si fort ! dit Ruhpart tout bas en s'approchant d'elle. Il n'est pas prudent de faire de telles réflexions. Notre seigneur a des oreilles un peu partout (il indiqua les deux étrangers du regard, se doutant malgré tout qu'il s'agissait de soldats déguisés) et ses réactions peuvent parfois être un peu excessives.

— Je comprends, dit Lynhéa tout bas à son tour en s'approchant de Ruhpart. Je suis désolée.

— Ce n'est pas grave très chère, dit-il alors en élevant la voix comme s'il voulait que toute l'auberge l'entende, laissez-moi vous resservir une bière.

Ils burent leur bière ensemble puis Lynhéa se leva brusquement et cria « Il est réveillé ! » avant de sortir en courant. Elle avait commencé à désespérer qu'il se réveille un jour, mais …

Arkès venait d'ouvrir les yeux. Il regardait tout autour de lui et ne reconnaissait pas l'endroit : une chambre agréable, simple et rustique aux murs de pierre. Un ciel bleu réconfortant s'offrait par l'unique fenêtre. Il s'assit péniblement au bord du lit, et s'arrêta déjà pour reprendre son souffle.

— Lynhéa n'était pas près de lui, il s'en inquiéta.

— *Où es-tu ?* pensa-t-il machinalement.

Il se passa la main dans les cheveux pour les écarter de ses yeux, pensant que cela lui éclaircirait l'esprit. Il bougea la tête de gauche à droite et se massa la nuque engourdie par une longue immobilisation. Caressant sa barbe, il comprit qu'il avait dormi longtemps, plusieurs jours, sans pour autant en déterminer la durée exacte. Il se leva doucement et marcha maladroitement vers la fenêtre.

— *Où es-tu ?*

Il ne savait pas et s'en inquiéta. Il se souvenait de sa lutte contre leur ennemi. Il s'était fait battre avec une facilité qui le terrorisait encore. Il était très fort. Que lui était-il arrivé ? Il s'imagina le pire : elle aurait été tuée et ne l'accompagnerait plus pendant son périple. Son ventre se noua.

— *Où es-tu, sacrebleu ?*

Le ciel clair, lumineux, lui sembla soudain plus terne. Il posa son regard sur la ville qui s'allongeait devant ses yeux et fut pris de vertige.

Et s'il l'avait perdue ?

Sa première pensée était allée vers elle, il s'en rendait compte à présent. Avant même de se demander dans quel état il se trouvait, s'il était blessé ... ou simplement en vie, c'était à elle qu'il avait pensé.

— *Où es-tu ? Réponds-moi !*

Lynhéa avait entendu son premier appel alors qu'elle buvait tranquillement avec Ruhpart et Fergal. Les deux hommes n'avaient pas compris comment elle avait pu savoir ? Elle avait couru, remontant les rues qui la séparaient de l'auberge. Quatre à quatre, elle grimpa les escaliers jusqu'à la chambre d'Arkès. Puis, elle s'arrêta devant la porte. Il l'avait déjà appelée trois fois. Elle attendit quelques secondes pour reprendre son souffle et entra au moment où elle l'entendit l'appeler une quatrième fois.

— Ne t'énerve pas, je ne suis pas loin.

Il se retourna et sourit lorsqu'il l'aperçut dans l'encadrement en vieux bois de la porte, content de voir qu'elle allait bien et infiniment heureux de la revoir. Elle était magnifique, il le confirmait une fois de plus. Son ventre se relâcha d'un coup mais son cœur se serra. La lumière chaleureuse du ciel emplit à nouveau la chambre.

Lynhéa aussi sentit un poids énorme tomber de ses épaules. Si elle ne s'était pas retenue, elle aurait pu verser quelques fines larmes de joie.

— Alors, demanda-t-elle, tu te sens mieux ?

Il revint lentement vers le lit et s'y laissa tomber. Couché sur le dos, il mit un bras devant les yeux et laissa échapper un profond soupir qui ne venait pas uniquement de l'effort qu'il venait de fournir. Il était soulagé de la savoir en vie et en bonne santé.

Elle s'approcha de lui et s'assit sur le bord du lit.

— Oui, ça va mieux merci … enfin, vu la situation. Tu arrives juste au moment où je me réveille.

— Je sais, je t'ai entendu.

— Tu m'as entendu ?

— Oui, dans ma tête. J'ai l'impression que notre lien devient plus fort avec le temps.

— Apparemment, en effet, dit Arkès, distrait.

Elle rougit insensiblement se rendant compte du sens que sa phrase aurait pu prendre et se sentit mal à l'aise. Heureusement, à son grand soulagement, la femme de Fergal entra dans la chambre quelques instants plus tard pour apporter un bol de soupe. Elle la remercia. Elle déposa une main amicale sur l'épaule de Lynhéa et lui sourit, signifiant ainsi qu'elle pouvait souffler un peu, son calvaire prenait fin. Elle lui rendit son sourire et comprit très bien la signification de son geste. Elle faillit en pleurer. Elle quitta la chambre sans dire un mot, ne voulant pas les déranger plus longtemps. Lorsqu'il eut quitté la pièce, Arkès poursuivit.

— Je suis dans quel état ?

— Tu ne courras pas un cent mètres demain, mais tu es hors de danger.

— C'est le principal. Que s'est-il passé ? interrogea-t-il,

ne se souvenant pas de la fin du combat.

—Les kNalines. Ils sont arrivés à le mettre en fuite. Heureusement sans quoi, on ne serait sans doute pas …

—Le mettre en fuite ? Pourquoi ? Ils ne sont pas arrivés à le tuer ? Ça nous aurait facilité les choses.

—C'est vrai, acquiesça Lynhéa, mais non, on n'en est pas encore débarrassés. Il faudra trouver une autre solution. Ce n'est pas tout. Avec l'énergie kNaline qu'il t'a prise, il a apparemment suffisamment de forces pour accomplir ce qu'il veut. C'est donc grâce à nous s'il réussit.

—Il ne manquait plus que ça, dit Arkès, en soupirant.

—Et en plus, insista Lynhéa, puisqu'il t'a pris toute la nouvelle énergie des kNalines, ça ne nous a vraiment servi à rien.

Arkès ne rétorqua rien. Lynhéa était tellement contente de le revoir et avait tellement de choses à lui dire. Elle ne savait par où commencer.

—C'est quoi cette énergie dont il parle ?

La question lui brûlait les lèvres depuis qu'il en avait parlé mais elle avait dû attendre le réveil d'Arkès. Il lui expliqua tout et, surtout, pourquoi ils n'avaient pu l'en faire profiter. Puis, il s'interrogea.

—Comment a-t-il fait pour savoir ? demanda-t-il en tournant la tête vers Lynhéa.

—Dialène, se contenta-t-elle de répondre.

—Evidemment.

Il dirigea son regard vers la fenêtre et resta un moment silencieux. Lynhéa ne l'interrompit pas dans ses pensées. Il mènerait la discussion à son rythme et en fonction de son état de fatigue même si elle mourait d'envie de lui parler pendant des heures.

—Où sommes-nous ? demanda-t-il.

—À Tanim, une sorte de ville fortifiée. Ils sont sympas, tu verras. Vu leur armement, je pense qu'ici on ne craint rien. J'ai même l'impression qu'ils s'entraînent plus que vous.

—Tu as dû me porter jusqu'ici, …, je suis désolé.

—Ne dis pas de bêtises ! Je n'avais pas la force de te porter du désert jusqu'ici. C'est Mikaj qui nous a téléportés jusqu'aux portes de la ville. Là, j'ai dû te soutenir sur quelques mètres, le temps que quelqu'un vienne m'aider.

—Décidément, continua Arkès, sans l'aide des kNalines, on serait certainement déjà morts. Et ici, ils t'ont aidée ?

—Oui, heureusement ! Ici, on trouve facilement des hommes galants pour aider une pauvre femme portant son mari inanimé.

—Son quoi ?! hurla-t-il.

—Tais-toi, imbécile ! murmura Lynhéa en lui posant la main sur la bouche. J'ai dû improviser à l'entrée pour qu'ils n'aient pas trop de soupçons. Et j'ai pensé qu'un couple marié attaqué par des bandits serait considéré plus inoffensif que deux personnes seules. Alors il vaut mieux que tu joues le jeu si tu ne veux pas qu'on ait des ennuis.

—Ok, j'ai compris … mais t'aurais pu trouver autre chose ?

Elle haussa les épaules en souriant.

—J'ai dormi pendant combien de temps ? demanda-t-il, préférant changer de sujet de conversation.

—Sept jours.

—Sept jours ! Bon sang !

Il réalisa alors ce que cela avait dû être pour elle de rester à le veiller si longtemps. Il la regarda tendrement, avec un léger sourire.

—Merci.

Sans qu'il eût besoin d'en dire plus, elle comprit toute la portée de ce simple mot. Elle lui rendit son sourire sans rien dire. Ils perçurent ce moment avec beaucoup d'intensité, sentant leur cœur battre. Cet étrange sentiment les mit mal à l'aise.

—Bon, comme je ne sais pas encore marcher, je vais me reposer encore un peu. On est le matin ou l'après-midi ?

—Fin de matinée, répondit-elle.

— Tu veux bien me réveiller ce soir pour aller manger, je meurs de faim.

— C'est compréhensible, mais bois d'abord ce potage, ça t'aidera à reprendre des forces.

Il but le bol de soupe malgré l'élancement que ce simple geste lui occasionnait dans la gorge, se recoucha et se rendormit presque immédiatement. Lynhéa resta à côté de lui encore une petite heure, souriante cette fois, puis partit se promener dans la ville, le visage radieux.

Les rues pavées et les maisons en bois et en pierre la fascinaient toujours autant. Elle déambulait distraitement dans ce monde d'un autre âge auquel elle s'habituait peu à peu. Les passants la saluaient gentiment, désormais habitués à sa présence. De bonne humeur et heureuse de savoir Arkès enfin hors de danger, elle leur rendait volontiers leur salut … peut-être pour la première fois, elle n'aurait su le dire. Tout le monde semblait heureux à Tanim mais l'imposant dispositif de garde laissait malgré tout planer une ombre permanente.

— *Peut-être était-ce le prix de la tranquillité ?* se dit-elle.

Elle s'arrêtait parfois pour discuter avec les habitants. Des discussions temporelles, mais apaisantes. A la vue de son visage serein, les Tanimais devinaient immédiatement que son *mari* avait repris ses esprits et se portait beaucoup mieux. Elle n'avait même pas besoin de le dire.

Passant devant une boulangerie, elle s'arrêta et décida d'acheter un gâteau en attendant qu'Arkès se réveille et qu'ils puissent ensembles aller manger quelque chose de plus consistant.

La pièce était sombre, éclairée seulement par quelques chandelles, mais cela donnait un aspect pittoresque aux aliments étalés fièrement. La bonne odeur de pain lui ouvrit l'appétit. Rapidement, le boulanger entra dans la pièce et lui adressa un « bonjour » très amical, légèrement exagéré. Elle se prêta au jeu.

— Bonjour, répondit-elle trop fort.

— Que puis-je pour vous, ma p'tite dame ?

— Je voudrais un gâteau aux pommes, bien frais.

— Mais tous mes gâteaux sont de ce matin, rétorqua-t-il avec un large sourire.

— Je ne voulais pas vous offenser, c'était juste une formule.

— Je sais ma p'tite dame, ne vous inquiétez pas. Je suis heureux de voir que votre homme se porte mieux. (Elle sourit que cela se voit tant dans son attitude) Et lequel désirez-vous ?

Lynhéa parcourait l'étal attentivement. Tous avaient l'air si appétissant qu'elle avait du mal à se décider. Finalement, elle pointa l'un d'eux au hasard en regardant le boulanger. Celui-ci se pencha et empoigna le gâteau choisi pour le placer sur la table épaisse devant lui. Lynhéa mit la main à la bourse qu'elle avait prise à Arkès. Ils n'avaient pas de quoi payer l'hébergement et les repas, mais elle pouvait au moins s'acquitter du prix d'un gâteau.

Soudain, non loin de là, on entendit des cris et une femme pleurer. Immédiatement, le sourire s'effaça du visage du boulanger. Lynhéa se retourna et voulut sortir pour aller voir ce qui se passait, mais le boulanger l'arrêta.

— Non, madame, il vaut mieux rester à l'intérieur.

— Pourquoi ? demanda-t-elle encore plus intriguée.

— Croyez-moi, restez ici le temps que ça se passe.

Mais Lynhéa n'était pas du genre à abandonner une idée avec si peu d'explications et voulut quand même sortir. Dans l'entrebâillement de la porte, elle fut bloquée par Ruhpart qui l'invita à renter.

— N'y allez pas ! C'est mieux, dit-il alors froidement.

Si chaleureux d'habitude, il affichait une mine sévère, empreinte d'une profonde tristesse. Un fort sentiment d'impuissance transpirait de son regard.

— Pourquoi ? demanda-t-elle à nouveau.

— Ce sont des soldats du roi. On ne veut pas de problème avec eux.

— Que veulent-ils pour faire pleurer ainsi une pauvre femme ?

— Son enfant.

— Son enfant ! s'exclama-t-elle. Ils veulent lui prendre son enfant ! Mais c'est odieux. Qu'a-t-il fait pour se faire ainsi emmener ?

— Rien, il est juste … différent.

— Différent ? Que voulez-vous dire ? Expliquez-vous à la fin ! s'impatienta-t-elle.

— Cet enfant a des problèmes. Il est physiquement différent, n'arrive pas à parler et présente encore d'autres traits particuliers.

— Et c'est une raison suffisante pour l'emmener ?

— Pour le Roi, oui, rétorqua Ruhpart.

— Et vous allez laisser faire ? s'offusqua Lynhéa.

Ruhpart ne répondit pas à cette question, et fixa Lynhéa.

— Ne nous attirez pas d'ennuis alors que vous n'êtes que de passage. Je vous en prie.

Lynhéa rumina intérieurement ces paroles puis accepta à contre cœur. Ils avaient fait tellement pour eux qu'elle ne pouvait aller contre leurs souhaits.

— C'est d'accord, je ne m'en mêlerai pas.

— Merci.

— Savez-vous où ils l'emmènent ?

— Non, personne ne sait, répondit Ruhpart un peu gêné de devoir lui aussi laisser les soldats exécuter cette sale besogne. Venez avec moi, éloignons-nous de ces cris. Je vous invite à ma taverne.

— Je vous suis, confirma Lynhéa à contrecœur.

Ils marchèrent lentement en direction de la taverne. A chaque lamentation de la femme, à chaque cri perçant de l'enfant, Lynhéa serrait plus fort le gâteau qu'elle venait d'emporter. Ses doigts s'enfonçaient dans la mie bien fraîche et encore tiède. Elle sentait la colère monter en elle.

Ruhpart se dirigea immédiatement vers le comptoir, en fit le tour et demanda à Lynhéa si elle souhaitait boire. Elle prit un hydromel, en but une gorgée bien fraîche avant d'interpeler à nouveau l'homme.

— Vous m'avez suivie, je me trompe ?

Ruhpart releva doucement la tête en continuant d'essuyer une chope en grès.

— Oui, en effet.

— Pourquoi ?

— On m'a prévenu que les soldats du roi venaient effectuer leur sale besogne et nous savions que vous vous baladiez en ville.

— Et ?

— Si jamais quelqu'un s'interposait, c'est toute la ville qui serait l'objet de représailles. Par le roi, bien sûr, mais avant lui, notre seigneur nous le ferait également payer.

— Je comprends, admit Lynhéa.

— Si nous arrêtions de discuter de tout cela. Prenez un autre verre puis profitez un peu, dit Ruhpart retrouvant un sourire généreux.

Lynhéa acquiesça mais elle savait que derrière son sourire commercial, Ruhpart était autant affectée qu'elle. Elle respecta cela et n'insista pas.

Le sommeil d'Arkès fut très agité de violents cauchemars dont un le perturba particulièrement. Des centaines, voire des milliers de monstres envahissaient une vallée traversée par un fleuve serpentant vers des montagnes.

Le pays kNaline !

À leur suite, **il** avançait, silencieux. Dans une confusion totale, ses troupes progressaient malgré tout dans la direction indiquée, volubiles et distraites. Très vite, ils arrivèrent devant la falaise rocheuse des kNalines. Les monstres s'arrêtèrent, attendant les ordres. Il les traversa lentement et commença à progresser dans le vide. Au fur et à mesure de son avancée, le voile surnageant le passage se levait et ses troupes le suivaient. Le subterfuge visuel des kNalines ne lui avait pas résisté longtemps. La masse des monstres dut se resserrer car le passage, bordé de vide, ne faisait que quelques mètres de large.

L'alerte fut très vite donnée chez les kNalines et les hommes se rassemblèrent près du temple. Chacun utilisait au mieux son pouvoir pour combattre à distance cette meute d'enragés. Certains les soulevaient à distance et les projetaient sur les autres ou dans le vide. D'autres leur infligeaient une douleur atroce dans la tête qui finissait par exploser. D'autres encore les retournaient les uns contre les autres. Mais l'utilisation de leurs pouvoirs les affaiblissait rapidement et lorsque les Jacks furent sur eux, ils étaient déjà trop faibles pour se défendre.

Les kNalines n'étaient pas assez nombreux et leurs adversaires l'étaient beaucoup trop. Ils furent très vite rejoints par la masse anarchique des Jacks et malheureusement, au corps à corps, non armés, ils n'étaient pas de taille à pouvoir se défendre. La nuée de Jacks se répandit dans tout le village à flanc de montagne. De partout, des Jacks et des kNalines tombaient. Les rues du village n'étaient plus que sang et cadavres éviscérés. Les quelques kNalines qui tentaient de fuir pour reprendre une position plus avantageuse trébuchaient et glissaient sur les victimes.

Mikaj, submergé par une dizaine de Jacks vociférant, se recroquevilla sur lui-même. Alors que les dents et les ongles de ses ennemis pénétraient sa chair dans une douleur atroce, il trouva encore la force de libérer son énergie. Des rayons de lumière vive jaillirent de son corps et les Jacks se désintégrèrent. Il mourut peu après à bout de forces, piétiné et déchiqueté.

Dans son lit à Tanim, Arkès se souleva à quelques vingt centimètres du matelas et une puissante aura lumineuse l'entoura quelques secondes. Son corps fut alors secoué par des spasmes violents avant de redescendre.

Partout dans les chemins étroits, de puissants flashes de

lumière scintillaient dans la montagne, témoins de la libération d'énergie des kNalines avant la mort.

Les Jacks avaient gagné le combat. Les kNalines avaient succombé malgré leur courage.

— Fouillez le reste du village, trouvez les femmes. Elles seront votre récompense, dit-il d'une voix goguenarde.

Pendant ce temps, il chercherait la statue en questionnant les rares survivants.

— T'entends ça, Jack !

— Ouais, Jack ! C'est bien, le beau ténébreux tient sa parole et nous laisse faire ce qu'on veut.

— T'as raison, Jack ! cria-t-il. Allons-y !

Ils se dispersèrent dans la montagne telle une nuée d'insectes malfaisants. Ils envahirent rapidement chaque recoin et découvrirent sans difficulté le cantonnement des femmes. Les enfants s'étaient mis devant leurs mères pour les protéger.

— Génial, enfin des meufs, on va pouvoir s'éclater un peu. Jacks! Occupez-vous d'abord des enfants, qu'on soit tranquilles pour prendre un peu de bon temps après.

Il eut à peine fini sa phrase que sa tête gonfla lentement et finit par exploser. L'un des enfants avait tendu la main vers lui. Les autres enfants et les femmes firent de même, le visage empreint de peur.

— Dommage pour Jack ! J'aimais bien ses blagues salaces et il avait une bonne tête. Mais j'aimais encore plus son bandana rouge ! Je crois que je vais lui prendre. Vu l'état de sa tête, il n'en n'aura plus besoin et c'est trop grand pour en faire une ceinture.

— Et merde ! s'exclama l'un des Jacks. Elles sont toutes enceintes. J'aime pas les femmes enceintes !

— Moi non plus.

Il baissa la tête, leva les yeux, fronça les sourcils et dans un grand sourire sadique, gueula.

— Alors, pas de pitié, on les liquide comme les autres. Aaaaah !

Ils foncèrent tous ensemble. Leur armée s'étant séparée pour fouiller le village, les femmes et les enfants, d'une seule voix, vinrent à bout de la centaine de Jacks qui les avaient trouvés. Peu après, alertés par le bruit de nouveaux combats, tous les autres se rassemblèrent aux portes du cantonnement alors que les femmes et les enfants fatiguaient progressivement.

C'était un vrai capharnaüm. Des Jacks sautaient sur les murs, les toits et les rochers environnants. Les femmes et les enfants se battaient avec courage. Les monstres volaient dans tous les sens, propulsés par les pouvoirs des kNalines tandis que d'autres s'écrasaient sur eux-mêmes pour finir par imploser. Mais leurs ennemis étaient trop nombreux et surgissaient de tous côtés. Les kNalines n'étaient pas entraînés au combat et encore moins les femmes et les enfants. Lorsque les Jacks donnèrent l'assaut final à plusieurs centaines encore, les infortunés n'étaient plus qu'une poignée et leur résistance fut très vite annihilée.

Dans un dernier effort, l'un des enfants, se recroquevilla sur lui-même et libéra son énergie. Les Jacks à proximité furent immédiatement désintégrés.

De son côté, leur maître avait obtenu les réponses qu'il voulait. Nulle part dans le village, il ne ressentit la présence de la Statue-Dragon. Il savait à présent où il devait se rendre pour la récupérer. Si elle n'était pas ici, elle ne pouvait être qu'avec Arkès ... à Tanim.

— Non !

C'est à ce moment qu'Arkès se réveilla, transpirant abondamment.

— Cornes de bœuf ! C'est pas vrai ! Pas les kNalines !

Il prit quelques secondes pour retrouver son souffle et ses esprits. Il ne savait quoi penser. Rêve ou réalité ? Il avait le sentiment qu'un lien venait d'être rompu. Il sentait avec certitude que ce n'était pas un rêve. Le nœud qu'il avait à l'estomac et le vide dans son cœur confirmaient ce sentiment. Il fut envahi d'une profonde tristesse. Il ne les avait pas connus longtemps, mais un lien fort s'était créé entre eux.

Une profonde culpabilité l'accabla. Une fois de plus, cette statue qu'il avait saisie avait semé le malheur. Un peuple tout entier, un peuple qui ne voulait de mal à personne, avait été décimé parce qu'ils avaient accepté de l'aider, lui qui était la cause de tout cela. Il s'assit sur le lit et se prit la tête entre les mains. Plus que jamais il devait agir inflexiblement. Il **le** trouverait et mettrait fin à ses agissements barbares.

Dehors, la nuit tombait. Lynhéa n'était pas venue le réveiller. Il se leva et commença à s'habiller. Puis, soudain, il s'arrêta.

— Je ne suis plus fatigué ! J'ai certainement récupéré un peu, mais tout de même pas au point de me sentir aussi bien. Qu'est-ce qui a bien pu se passer ?

Il continua de s'habiller et chercha ses armes, mais ne les trouva nulle part. Lynhéa les avait-elle prises ou leurs hôtes les avaient-ils confisquées pour la durée de leur séjour ? Il éclaircirait ce point plus tard. Il sortit de la chambre, descendit deux étages d'escaliers en pierre et se retrouva dans la rue.

— Maintenant, retrouver Lynhéa.

Soudain, il entendit des éclats de rires et un bruit de bois fracassé.

— Merci, dit-il pour lui-même.

Il se dirigea vers la taverne d'où venaient les bruits et les rires. Le décor y était chaleureux, intime. Les poutres apparentes se distinguaient bien des murs blanchâtres. La lumière n'était fournie que par quelques bougies au mur et des chandeliers se balançant au plafond. L'ambiance de fête était bruyante et dénotait par rapport au décor. Les hommes criaient, riaient et applaudissaient.

Il vit alors Lynhéa aux prises avec trois hommes. Deux étaient déjà sur le sol au milieu de débris de chaises et de tables en bois, l'un se tenant le poignet et l'autre l'épaule. Lynhéa et le troisième homme se jaugeaient, tournant dans le cercle formé par les spectateurs. Elle respirait fort et ses cheveux en bataille témoignaient des actions précédentes.

Arkès s'appuya contre une colonne en bois et profita du spectacle, sourire aux lèvres en hochant la tête.

— *Elle ne peut quand même pas s'en empêcher.*

Il la trouvait sûre d'elle. Soudain, l'homme donna un direct du droit. Son allonge lui permit de toucher Lynhéa en plein visage. Un léger filet de sang coula de sa lèvre fendue qu'elle essuya du revers du poignet. Arkès fronça les sourcils, toujours le sourire aux lèvres.

— Oh, là ! Ça doit faire mal, dit-il à son voisin de spectacle.

— Oui, elle n'a aucune chance. T'as vu le molosse. Les deux autres étaient des pantins et elle a eu de la chance, mais celui-ci ... Il fait deux têtes en plus qu'elle et il a des bras comme des troncs d'arbres.

— Moi, je parie quand même sur elle. Un repas ?

— Pari tenu.

Lynhéa se remettait en garde. L'homme tenta le même coup. Elle esquiva en pliant les jambes, effectuant, dans le même temps un retourné pour venir faucher son adversaire aux tibias. Il s'écrasa sur le sol. Elle n'eut qu'à lui asséner un violent coup à la mâchoire pour le calmer. Elle se releva, lança ses cheveux en arrière et aperçut Arkès.

— Tiens, t'es là ... chéri.

Tout le monde se retourna vers lui. Arkès regarda l'homme avec qui il venait parier.

— Plus grand, plus costaud, on tombe de plus haut et ça fait plus mal. Merci pour le repas, dit-il en lui tapant amicalement dans le dos.

Il s'avança pour rejoindre Lynhéa. Sur son passage, les hommes le félicitaient chaudement. Certains lui tapaient sur l'épaule, d'autres se contentaient de chuchoter.

— Sacré bout de femme !

— Fameux morceau !

— Oh là ! Heureusement qu'il est costaud.

Il arriva près d'elle … tout près d'elle.

— Alors, tu ne peux pas t'en empêcher, … chérie ? lui dit-t-il en essuyant du pouce la goutte de sang qui perlait encore au coin de sa lèvre.

— Eh non ! Ils ne me croyaient pas. Il a bien fallu que je le leur prouve, répondit-elle en mettant les bras autour de son cou … pour jouer le jeu.

Ils échangèrent encore quelques mots d'une banalité déconcertante, sentant leur cœur subitement s'accélérer et battre la chamade puis, avec un peu d'hésitation, ils finirent par s'embrasser, timidement d'abord puis plus langoureusement. Le jeu entamé par Lynhéa les servait bien, effaçant leur timidité et leur hésitation. Le plaisir prit rapidement le pas sur le jeu. Lorsqu'elles entrèrent en contact, leurs lèvres fourmillèrent de milliers de minuscules aiguillons. Le baiser s'éternisant, le fourmillement se transforma en une intense chaleur qui envahit rapidement tout leur corps. Ils définissaient enfin ce lien qu'ils avaient ressenti jusqu'ici. Séparant leurs lèvres à regret, ils sourirent tous les deux, encore surpris de cette intimité, en gardant chacun leurs yeux dans ceux de l'autre. Un court moment passa encore avant qu'un des deux n'osât rompre le silence.

— On passe à table ? suggéra Arkès. Je meurs de faim.

— Volontiers, ils m'ont ouvert l'appétit, acquiesça-t-elle en pointant ses trois victimes du pouce par-dessus son épaule.

Ils se séparèrent. L'homme qui avait perdu le pari s'approcha d'eux et héla le patron.

— Ruhpart, un repas copieux pour nos deux amis !

Il se tourna ensuite vers Arkès.

— Chose promise, chose due.

— Merci, répondirent Arkès et Lynhéa d'une seule voix.

— Tu m'expliques ? demanda Lynhéa.

— J'ai parié sur toi.

— Bon choix, confirma Lynhéa en souriant.

— Mais dites-moi, ajouta l'homme en s'asseyant avec eux pendant que quelques personnes rassemblaient les tables et les chaises encore entières et entassaient les morceaux dans un coin, vous nous venez d'où comme ça ?

— Moi, je viens de très loin et de nulle part en particulier, j'ai beaucoup voyagé, répondit Lynhéa pour rester vague.

— Et moi, de Gallim, de la Seigneurie des Engeraux.

— Ah ! Bon ! De bons soldats aux Engeraux. Vous nous ravissez la coupe chaque année aux joutes inter-seigneuries.

— Oui mais ceux du Tmorg ne sont jamais loin derrière nous, dit Arkès qui sauta sur l'occasion pour l'éloigner de la conversation de départ. Il n'est pas impossible que vous nous battiez un de ces jours.

— C'est certain, l'année prochaine, nous serons les vainqueurs, sans doute possible.

— Je vous le souhaite … mais il faudra vous entraîner un peu plus, dit Arkès en souriant, car nous n'avons pas la réputation de nous laisser faire.

— Au contraire ! Une victoire trop facile n'aurait aucune valeur. Battez-vous au mieux, nous n'en serons que plus fiers.

— Aetus, ça suffit maintenant, intervint Ruhpart en apportant les deux repas. Arrête d'importuner nos deux amis. (Il déposa les deux assiettes qui dégageaient une agréable odeur de viande marinée et de pommes sautées) Excusez-le, il ne peut jamais s'empêcher d'ennuyer un peu les nouveaux venus à Tanim.

— Ce n'est rien, dit Arkès, c'est plus sympathique comme cela. Vous nous direz combien on vous doit pour les dégâts.

— C'est pas grave, ne vous tracassez pas pour ça. Vous avez mis un peu d'ambiance, on n'est pas à quatre bouts de bois près. Mon beau-frère m'en fabriquera rapidement de nouvelles à un bon prix et après votre petite prestation, ils vont vite consommer plus, ce qui paiera rapidement votre dette. Mais c'est honnête de votre part de demander.

—C'est vous qui voyez, ajouta Lynhéa.

—Bon appétit. Vous m'en direz des nouvelles.

—Merci, dit Arkès.

Affamé, il se jeta littéralement sur son assiette et parvint à en engloutir deux fois autant. Son appétit l'arrangeait finalement bien, à l'instar de Lynhéa. Ce qui venait de se passer entre eux les mettait un peu mal à l'aise et aucun ne savait trop quoi dire. Ils se jetaient quelques regards furtifs en souriant un peu gênés puis détournaient rapidement le regard. Mais finalement, le silence les dérangea tout autant et Arkès se décida à reprendre la parole.

—Il a attaqué le village des kNalines.

—Quoi ? hurla Lynhéa.

Puis, plus calmement, regardant autour d'elle.

—Comment tu sais ça ?

—J'en ai rêvé. Ou plutôt, cauchemardé.

—Comment peux-tu en être aussi sûr si tu as rêvé ? dit-elle dubitative.

—C'était plus qu'un rêve, j'en suis certain. Tu te rappelles que Lamynthe nous a expliqué qu'à partir du moment où on est venu chez eux, un lien psychique s'est créé entre eux et nous.

—Je te rappelle que je n'étais pas en position de vous entendre et Lamynthe ne m'a pas forcément transmis toutes les informations.

—Oui, c'est juste. Bref, c'est ce qu'il m'a expliqué. Et c'est sans doute pour cela que j'ai eu cette vision pendant mon sommeil. J'ai vu leur bataille contre eux et c'était étrangement réel.

—Contre eux ? demanda Lynhéa paniquée. Ils sont plusieurs comme lui maintenant ?

—Non, pas comme lui, heureusement. Mais il est accompagné par des petits bonshommes hideux et agressifs. Pas très grands, apparemment, mais très nombreux, des milliers. Les kNalines en ont tués beaucoup, mais ils sont certainement encore quelques centaines.

—Ça va encore compliquer notre tâche. On n'aurait déjà pas eu trop de facilité contre lui tout seul, mais si en plus il dispose d'une armée, on va vraiment en baver. (Elle afficha un air dépité) Je ne suis même pas sûr que nous ayons encore la moindre chance.

—Oui. Je pense qu'on ne doit plus traîner pour aller chercher la statue, dit Arkès. Sinon, on risque de ne plus pouvoir rien faire.

—Ok, on part demain matin alors.

—C'est encore un peu tôt. On partira directement pour le Pays des Glaces où est sensé se trouver son royaume. Et il vaut mieux que je sois complètement rétabli. Je propose d'attendre malgré tout deux ou trois jours.

—Tu proposes ? demanda Lynhéa.

—Oui, pourquoi demandes-tu cela ? dit Arkès ne voyant pas où sa compagne voulait en venir.

—C'est la première fois que tu me demandes mon avis quant à la marche à suivre pour notre mission. Je suis surprise, voilà tout.

—Pardon, je ne m'en étais pas rendu compte. Qu'en dis-tu ?

—Ça me parait plus raisonnable en effet. On s'entraînera un peu tous les deux. Il vaut mieux être sûr de notre condition physique car nous n'aurons qu'une seule chance contre lui.

—Je le pense aussi, confirma Arkès.

Leur conversation fut interrompue par Ruhpart qui venait débarrasser la table et leur proposer un autre verre de vin. Du moins, ce fut ce qu'il proposa à haute voix. Car, penché sur la table, parlant à voix basse, il leur tint un tout autre discours :

—Les deux hommes sont toujours là, fit-il remarquer. Mais ne vous retournez pas tout de suite.

—As-tu une idée plus précise de qui il s'agit ? demanda Lynhéa.

— Non, pas très précise. Mais j'ai demandé à des amis de les suivre. Ils n'ont rien acheté et ne dépensent de l'argent que pour manger, boire et payer leur chambre ... dans la même auberge que vous !

— Comme par hasard, s'exclama Lynhéa.

Arkès restait silencieux, se concentrant en fixant Lynhéa et Ruhpart afin que son regard ne le trahisse pas. Il s'était bien rendu compte que ce n'était pas la première fois qu'ils en discutaient et Ruhpart semblait avoir pris leur parti.

— Oui, confirma Ruhpart, comme par hasard. En plus, ils t'ont suivie dans tous tes déplacements et ne rejoignaient leur chambre que lorsque tu regagnais la tienne.

— Bande d'amateurs, fit-elle remarquer.

— En effet. Je pense que ce sont des soldats de la garde personnelle d'Huldrack, notre seigneur.

— Tiens, tiens ! proféra Lynhéa. Et d'après ce que j'en sais, il n'est pas commode.

— Non, confirma une fois de plus Ruhpart, pas vraiment, c'est vrai.

— Et qu'est-ce qui vous fait penser cela ? intervint Arkès.

— Tu peux me tutoyer, dit alors Ruhpart, on vous a adoptés ici ... surtout Lynhéa bien sûr.

— Bien sûr ! ajouta Arkès en toisant Lynhéa avec humour.

En un haussement d'épaules et un large sourire, elle signifia à Arkès qu'elle n'y était pour rien. Arkès lui rendit son sourire tandis que l'aubergiste continuait son explication.

— Ils ne sont pas de Tanim et pourtant, ils connaissent la ville. C'est donc qu'ils sont de notre seigneurie car personne ne s'aventure aussi loin au Nord. Leur corpulence nous fait penser qu'ils sont très entraînés ... et leur sale tête nous confirme qu'ils ont l'arrogance des soldats de notre bon seigneur.

— Dans ce cas, l'encouragea Lynhéa, vous devez certainement avoir raison. Mais, pourquoi nous suivraient-ils ?

— Bien sûr ma p'tite dame, je vous apporte cela tout de suite, s'écria soudain Ruhpart.

Les deux compagnons comprirent immédiatement que Ruhpart ne voulait pas éveiller les soupçons et pour ce faire forçait une interruption. Il lui faudrait cependant une bonne excuse pour rester auprès d'eux lorsqu'il apporterait les verres de vin. Lynhéa l'interpela dès lors à mi-chemin en parlant suffisamment fort.

— Je vous en prie, Ruhpart, prenez aussi un verre pour vous et joignez-vous à nous. Nous vous devons bien cela pour la casse.

— J'accepte volontiers votre invitation, répondit-il en criant sans se retourner, un léger sourire aux lèvres.

Lynhéa expliqua en détails le manège des deux hommes pendant le coma d'Arkès et ses conversations avec Ruhpart. Plus elle rentrait dans les détails, plus Arkès sentait la colère l'envahir. Que des inconnus se soient autorisés à la suivre le révoltait. Malgré tout, il parvenait à ne pas tourner le regard dans leur direction.

Peu après, Ruhpart vint s'asseoir à leur table, demanda à l'un de ses amis, Aetus, de prendre sa relève quelques instants et ils reprirent leur discussion discrète dans le brouhaha.

Aetus s'affairait au comptoir et servait les clients avec la même dextérité que Ruhpart. Il l'avait remplacé à de nombreuses reprises et connaissait bien l'endroit.

Lorsqu'un des deux inconnus leva la main, il alla directement prendre leur commande et vint rapidement les servir. Connaissant les racontars au sujet des deux hommes, il se fit plaisir et voulut les provoquer un peu.

— Alors, messeigneurs, comment trouvez-vous notre bonne ville ? demanda-t-il en se plaçant entre eux et la table où Ruhpart avait rejoint les deux compagnons.

— Ecarte-toi ! répondit sèchement l'un des hommes se penchant sur sa chaise.

—Oh, allons ! Vous avez bien une petite appréciation à faire. Comment trouvez-vous l'accueil ?

—Ecarte-toi si tu ne veux pas avoir d'ennuis ! Le menaça l'autre homme.

—Eh bien, vous n'êtes pas très courtois. Vous a-t-on dit que nous n'aimons pas beaucoup cela chez nous quand des étrangers se montrent agressifs avec un habitant de Tanim ?

L'homme se leva d'un geste et bouscula Aetus en l'insultant. Pour ce faire, il s'identifia en tant que soldat du Tmorg afin de justifier sa légitimité. Toute l'auberge se retourna pour les regarder. Leur couverture percée à jour, ils décidèrent de ne pas s'attarder plus longtemps et quittèrent l'auberge sous les regards désapprobateurs des habitants.

Arkès et Lynhéa se regardèrent. Aucun mot ne fut nécessaire, seulement un signe de la tête. Immédiatement, ils se levèrent pour suivre les deux hommes.

—Voulez-vous que l'on vous accompagne ? demanda Ruhpart avec un large sourire.

—Non, répondit Arkès, si nous y allons seuls, il n'y aura pas de représailles contre vous. Il y a déjà eu assez de victimes par notre faute. Mais c'est aimable à toi de nous le proposer.

—Avec plaisir, conclut Ruhpart.

—Ne va-t-on pas vous attirer des ennuis ? demanda Lynhéa.

—Ils ont échoué dans leur mission, quelle qu'elle fut. Ils risquent bien plus que nous s'ils l'ébruitent. Nous ne risquons pas grand-chose. Allez-y vite !

Les deux compagnons sortirent immédiatement à la suite des deux soldats. Ils les virent disparaître furtivement au coin d'une rue et coururent pour les rattraper. Lorsqu'ils arrivèrent au coin de la rue, les deux soldats s'ensauvaient.

—On est repéré, dit Lynhéa. Ne m'attends pas. Je te suis.

Arkès accéléra et quelques rues plus loin, il était à leur hauteur. D'une frappe du plat de la main en pleine oreille, il déstabilisa un des soldats qui trébucha et s'affala sur le sol, le souffle coupé. L'autre soldat s'arrêta immédiatement et menaça Arkès.

—Sais-tu qui nous sommes ?

—Parfaitement ! lui répondit Arkès. Des sales types qui profitent de leur statut pour maltraiter des gens. Je suis soldat moi aussi et à ce titre, cela me donne également le droit de rosser des gens. J'ai malheureusement peur que cette fois ce ne soit vous.

—Mais, nous sommes des soldats !

—Ça, je n'en sais rien, vous ne portez pas les couleurs de votre seigneur et personne ne sera là pour dire que vous vous êtes identifiés. Et de toute manière, je ne suis pas obligé de vous croire.

Le soldat au sol se relevait doucement se tenant l'oreille ensanglantée et reprenait peu à peu son souffle.

—Ce n'est pas grave, dit-il alors en regardant sa main maculée de sang. On va s'occuper de toi. De toute façon, maintenant il est trop tard pour essayer de trouver une échappatoire.

—Entretemps, Lynhéa était arrivée.

—Alors, chéri, tout se passe bien ?

—Très bien, je te remercie. Ces deux jeunes hommes venaient de me dire qu'ils allaient s'occuper de nous.

—Non, sans blague !

—Sans blague, je t'assure !

Les soldats ne connaissaient pas Arkès, mais ils avaient vu Lynhéa facilement venir à bout des trois hommes à l'auberge. Leur assurance se transforma vite en hésitation. Lorsque les deux compagnons s'avancèrent sur eux leur discours changea radicalement.

—Ça va, ça va. Pas la peine. Que voulez-vous savoir ?

—Qui vous envoie et pourquoi ?

—C'est notre seigneur qui nous envoie. On devait se contenter de vous observer si vous arriviez en ville et faire un rapport quand vous l'auriez quittée.

—Un rapport sur quoi ?

—Sur tout ce qui sortirait de l'ordinaire.

—Comment ça ? demanda Lynhéa.

—On n'a pas plus d'information. Il a juste dit de lui rapporter tout ce qui sortirait de l'ordinaire.

—Y en a-t-il d'autres comme vous ? demanda Arkès.

—Pas ici, non. Mais notre seigneur en a dépêchés dans chaque ville de la seigneurie.

Arkès se retourna vers Lynhéa.

—Que penses-tu qu'il nous veuille ?

—Aucune idée. Mais j'ai l'impression que tout le royaume est à notre recherche. Elveblas d'abord qui nous fait venir jusque chez lui. Et maintenant eux. Ce n'est certainement pas pour moi, je ne suis pas là depuis assez longtemps. Alors que peuvent-ils te vouloir ?

—Je ne sais pas … et eux non plus visiblement.

Il se tourna alors vers les soldats.

—Quand vous a-t-il demandé de venir ici ?

—A son retour de sa visite chez le roi avec les autres seigneurs du royaume.

Arkès en avait assez entendu et constatait que les deux hommes n'en savaient pas plus. Il les chassa et leur enjoignit de quitter la ville au plus vite. Ce qu'ils firent immédiatement sans demander leur reste. L'un des soldats tenait fermement le sac à la forme bizarre pour être sûr qu'il ne tomberait pas de sa ceinture.

—Le seigneur va nous étriper, dit l'un.

—Non, car nous n'arrivons pas les mains vide. Nous avons encore cette statue et comme elle a un lien avec cet Arkès, cela devrait compenser. En plus, on a des informations sur sa compagne.

—Alors prions pour que cela suffise.

—Oui, prions.

En retournant vers l'auberge de Ruhpart, Arkès s'interrogeait.

—Donc, tu avais raison. Il semblerait bien que tout le royaume soit à ma recherche. Mais pourquoi ?

— C'est une bonne question, dit Lynhéa. Je n'en sais rien. Moi, la question qui me vient à l'esprit, c'est comment ont-ils fait pour nous reconnaître ? Aucun des soldats ne nous connaissait.

Arkès ne dit rien et se contenta de regarder les vêtements de sa compagne en souriant. Le reste du trajet s'effectua silencieusement.

— Alors, vous les avez rattrapés ? s'enquit Ruhpart lorsqu'il vit le jeune couple entrer dans son auberge.

— Oui, mais cela ne nous a pas aidés. Ils devaient juste nous observer et faire un rapport à votre seigneur. Mais ils ne savaient pas pourquoi.

Ne connaissant pas encore bien Ruhpart, Arkès ne rentra pas dans les détails et ne dit pas que tout le royaume le recherchait. Il ne voulait pas prendre de risque ni le mettre dans l'embarras.

— Ah bon ! s'étonna Ruhpart. C'est étrange.

— Oui, en effet, conclut Lynhéa. Chéri, il se fait tard, si nous terminions nos verres et allions nous reposer, dit-elle en souriant.

Arkès ne se fit pas prier et ils quittèrent rapidement l'auberge.

Dans leur chambre, ils s'enlacèrent avec fougue en s'embrassant longuement comme s'ils attendaient ce moment depuis une éternité. Arkès laissait ses mains découvrir le corps de sa compagne, petit à petit, de plus en plus insistant. Toute à sa joie, Lynhéa acceptait ce plaisir nouveau monter en elle. Avec empressement, ils retirèrent leurs vêtements sans cesser de s'embrasser. Arkès renversa Lynhéa sur le lit et maladroitement, sinon sans brutalité, la pénétra. Lynhéa se recroquevilla en poussant un cri puis se cabra. Les soupirs, les murmures, les appels de chacun excitaient l'autre et le plaisir les envahissait peu à peu. Ils jouirent hâtivement, d'inexpérience, de conserve. La brièveté du moment les satisfaisait, ils étaient trop heureux d'être ensemble, apaisés. En un flash, Lynhéa évoqua d'autres instants, pénibles ceux-là, mais ce ne fut qu'un flash. Arkès s'étendit à côté d'elle et la prit dans ses bras. Ils restèrent ainsi, sans dire un mot, jouissant de l'instant et s'endormirent. Plus rien au monde n'existait, que l'autre.

Au matin, le souvenir de la veille était encore présent dans leur esprit et ils n'eurent aucune envie de briser l'instant. La décision qu'ils prirent de rester quelques jours à Tanim pour permettre à Arkès de se rétablir leur permit de flâner encore.

La journée était bien avancée lorsqu'ils décidèrent de quitter la chambre. Dans la grande salle de l'auberge, Fergal s'affairait à la tâche. Lorsqu'il leva les yeux et aperçut le jeune couple, il les accueillit chaleureusement et leur proposa à manger. Ils s'assirent à table et profitèrent encore de ces instants de calme. C'était la première fois depuis leur départ qu'ils pouvaient réellement rester dans un endroit, l'esprit tranquille et se laisser un peu vivre. Le repas fut dégusté dans le calme, avec sérénité.

Ils remercièrent Fergal pour son accueil, une fois de plus et promirent encore de venir le rembourser un jour … ce dont il n'était bien sûr pas question pour l'aubergiste, « je le fais avec plaisir » répétait-il à chaque fois.

Ils rejoignirent ensuite Ruhpart.

Lynhéa, lors de ses balades pendant le coma d'Arkès avait remarqué une zone d'entraînement, proche de l'enceinte nord de la ville. Ils voulaient lui demander s'ils pouvaient en faire usage.

—Bonjour les amoureux, la nuit vous fut-elle agréable ?

—Oui, merci, répondit Arkès un peu gêné.

—Lynhéa rougit.

—Désirez-vous quelque chose à boire ?

—Non, merci, répondit Arkès, nous venons de nous restaurer chez Fergal. Et au fait, merci beaucoup de nous loger et de nous nourrir gratuitement sans rien demander en contrepartie.

—Allons, comme je l'ai déjà dit à Lynhéa … mais il est

vrai que tu dormais à ce moment-là … vous êtes nos petits protégés. Vous nous avez paru tellement sympathiques tous les deux lors de votre arrivée. Un pauvre couple attaqué par des bandits.

Lynhéa se sentit extrêmement coupable. Ils étaient tous si attentionnés envers eux, même face aux soldats de leur propre seigneur, elle ne se sentit pas l'âme de continuer à mentir plus longtemps.

— Ruhpart, lâcha-t-elle avec hésitation, nous ne sommes pas mariés.

— Non !? s'exclama-t-il. Sérieusement ?

— Non, confirma-t-elle. J'ai inventé cette histoire car je devais aider Arkès et je n'étais pas sûre d'obtenir l'aide nécessaire si je vous disais la vérité … surtout à cause de mes vêtements. J'avais peur que vous ne soyez suspicieux. (Elle regardait Ruhpart qui commençait à sourire) Mais vous le saviez déjà n'est-ce pas ?

— Oui, en effet.

— Et comment ?

— J'ai une bonne faculté à cerner les gens. J'ai bien vu que nos deux amis étaient des soldats. Tu ne te comportais pas comme une épouse à proprement parler, dans tes propos surtout. Mais cela n'a rien changé pour nous. Nous avons très bien compris pourquoi tu le faisais, et nous t'apprécions trop pour t'en vouloir. Tu avais la meilleure des raisons pour justifier ton mensonge. Et nous ne voulons pas savoir d'où vous venez. Cela ne nous regarde pas.

— Merci.

— De rien. Et en plus, cela vous a profité, dit-il avec un large sourire.

Le jeune couple sourit et rougit.

— Allons, les rassura-t-il, faites comme chez vous. Et au fait, c'est oui.

— Oui pourquoi ? demanda Arkès surpris.

— Oui pour utiliser notre zone d'entraînement. D'ailleurs, je pense qu'Aetus y est pour l'instant. Voyez avec lui, il vous aidera.

Arkès et Lynhéa en restaient bouche bée.

— Allons, ne faites pas cette tête-là, je vous ai entendus hier quand vous avez dit vouloir rester quelques jours de plus pour vous entraîner avant d'aller affronter je ne sais qui.

— Vous êtes donc d'accord ? demanda Lynhéa.

— Bien sûr, restez le temps que vous voudrez.

— Mais dans ce cas, intervint Arkès, nous voulons travailler un peu, pour vous dédommager.

— C'est cela, bien sûr. Bon entraînement ! conclut Ruhpart retournant derrière son bar en signant non de la tête.

Comprenant qu'il était inutile d'insister, ils se dirigèrent immédiatement vers la zone nord de la ville. Aetus s'entraînait en effet avec trois autres. Ne voulant pas les interrompre, ils demandèrent simplement à pouvoir se mettre sur le côté. Mais Aetus ne les laissa pas s'isoler et leur proposa immédiatement de s'entraîner avec eux. Ils acceptèrent.

— Nous avons déjà vu Lynhéa à l'œuvre, nous sommes curieux de voir ce que toi tu vaux, nargua Aetus.

Arkès acquiesça et prit l'une des épées de bois. Devant lui, Aetus se dandinait de droite à gauche en agitant son épée. On eut dit qu'il tenait un serpent dans ses mains. Il affichait une certaine assurance et semblait manifestement très agile au combat.

Pour la première fois, Arkès avait l'occasion de tester ses nouvelles capacités en réfléchissant à ce qu'il faisait. Jusqu'ici, il n'avait eu qu'à affronter des situations critiques. Il se concentra sur son adversaire.

Soudain, il éprouva une sensation étrange. Son adversaire ralentissait, comme si le temps s'écoulait moins vite. Or, Aetus fonçait sur lui en hurlant ! Pourtant, Arkès le voyait progresser lentement, l'épée de bois pointée sur lui, comme quelqu'un qui attaquerait un enfant en lui laissant une chance. Mais il pouvait lire toute sa détermination sur son visage. Il ne simulait pas. Arkès se déplaça sur la gauche. Sa vitesse à lui lui paraissait normale ! Il leva son épée et l'abattit sur celle de son partenaire d'entraînement qui la lâcha. Le bois émit un bruit sourd en s'écrasant sur le sol en terre. Arkès se relâcha et vit soudain Aetus reprendre une vitesse normale, rapide, pour terminer sa course. Ce dernier regarda sa main vide ne comprenant pas ce qui s'était passé. Il fixa ensuite Arkès, subjugué.

Arkès tourna son regard vers les autres personnes présentes. Tous le considéraient fixement, interloquées, sauf Lynhéa qui s'y attendait un peu même si elle devait admettre que sa vitesse avait été surprenante. Elle l'avait à peine vu se déplacer.

— Bon, dit-elle pour rompre le silence avec un large sourire, le niveau est-il si bas ici qu'un petit mouvement rapide vous surprenne ? Allons, messieurs, reprenons-nous !

Elle s'approcha d'Arkès et ajouta tout bas :

— Essaie d'être moins rapide la prochaine fois.

Arkès ne dit rien.

Le reste de l'entraînement se déroula calmement, Arkès souriait à l'attaque de tous ses adversaires et ralentissait exprès ses mouvements pour qu'ils restent visibles aux yeux de tous.

Le soir venu, il raconta à Lynhéa la sensation qu'il avait eue lors des combats. Elle en fut jalouse. Alors qu'elle devait entraîner ses réflexes à plus de rapidité, lui devait s'entraîner à ralentir.

Ils avaient dit à demain à leurs compagnons d'entraînement. Ils décidèrent que, le lendemain, il leur faudrait passer un cran au-dessus. Arkès devait s'entraîner à être le plus rapide possible pour pouvoir l'affronter lui, car ils le savaient véloce.

Le jour suivant, après un bon repas servi par Fergal, Arkès invita Ruhpart à se joindre à eux. Il accepta avec plaisir.

En route vers la zone d'entraînement, Arkès lui expliqua certains détails sur ses nouvelles capacités en évitant de parler de leur ennemi. Il demanda simplement à Ruhpart de ne pas chercher à savoir d'où cela venait car il ne voulait pas lui mentir. Ruhpart toujours aussi respectueux de la vie privée de ses invités accepta.

Aetus était déjà présent à l'aire de combat avec trois de ses compagnons et ils s'entraînaient avec acharnement. Pas question pour eux de perdre une nouvelle fois contre Arkès. Ils avaient même tenté de développer de nouvelles techniques d'attaque pour le surprendre. Lorsqu'ils virent que Ruhpart s'était joint à eux, ils en furent fort heureux et l'encouragèrent par de petites moqueries sur son âge et sa bedaine de bon vivant.

A la demande d'Arkès, ils acceptèrent d'engager un combat à plusieurs contre lui. Aetus et ses trois compagnons commenceraient. A un contre quatre, Arkès se concentra sérieusement tandis que ses adversaires rigolaient, visiblement assurés de la victoire.

Par surprise, Arkès attaqua le premier. Stupéfaits, alors même qu'il n'utilisait pas sa vitesse prodigieuse, Arkès mit le premier au sol avant qu'il ait le temps de réagir. Le deuxième essaya bien un coup de poing désespéré car Arkès était déjà sur lui, mais son coup manqua la cible et tandis qu'il sentait Arkès dans son dos, il se retrouva à terre d'une légère pression dans le creux du genou. Alors que son troisième adversaire lui sautait sur le dos, Arkès roula sur la droite, vers le dernier combattant et le balaya d'un violent coup de tibia. Se relevant immédiatement, Arkès fonça sur le seul adversaire encore dans la course et d'un bon, l'envoya valser plusieurs mètres plus loin d'un coup du plat du pied en pleine poitrine.

Le combat fut terminé en quelques secondes.

Ruhpart et Lynhéa aidèrent Arkès à relever les malheureux en les félicitant avec humour. Les quatre victimes reconnurent l'agilité du jeune homme et demandèrent immédiatement quelle serait l'étape suivante de l'entraînement. Arkès sourit de leur motivation et les en remercia.

Il proposa la même configuration mais cette fois, il attendrait leur attaque afin qu'ils soient prêts. Il leur proposa même de se concerter afin de mettre une tactique d'attaque au point. Jugeant mieux les capacités de leur adversaire, ils acceptèrent très volontiers.

Arkès se trouvait face aux quatre hommes. Très vite, il constata que leur tactique d'attaque était relativement simpliste … ils attaquèrent en même temps. Afin de casser l'effet de masse, il se décala sur l'extérieur du groupe et bloqua un des quatre hommes dans sa course, le plaquant violemment au sol. Le reste du combat se déroula de manière sensiblement égale au premier round.

Ruhpart, Lynhéa et Arkès aidèrent à nouveau les malheureux à se relever en les félicitant avec encore plus d'humour.

Intérieurement, Arkès était très heureux. Ses capacités au combat s'étaient réellement améliorées. Et pourtant, un doute persistait. Il sentait au fond de lui que ce ne serait pas suffisant pour le vaincre. Il lui fallait donc monter encore la barre de plusieurs crans.

Alors que Ruhpart le félicitait sur ses talents, Arkès n'entendait rien. Il réfléchissait si profondément que peu d'informations du monde extérieur lui parvenaient encore. Emmuré dans ses pensées, il revoyait les deux tentatives de combat qu'il avait perdues si rapidement contre lui. Il l'avait maitrisé sans difficulté, avec le sourire. Arkès sentait la rage remonter en lui. Il l'avait épargné à plusieurs reprises pour lui voler son énergie mais il n'aurait peut-être pas la même chance une fois de plus.

Lynhéa le voyait réfléchir et sentait qu'il n'entendait absolument pas ce que lui disait Ruhpart.

— Arkès ? Ça va ?

Il ne répondit pas, toujours absorbé dans ses pensées.

Elle lui mit la main sur l'épaule et reposa sa question. Il releva la tête, réintégra son environnement, et sans répondre à Lynhéa, interpela Ruhpart.

— Je dois augmenter la difficulté. Sinon, je n'ai aucune chance face à lui.

Lynhéa fut stupéfaite qu'il parle de leur ennemi alors qu'ils voulaient éviter cela à tout prix. Mais elle se rendit vite compte que cela lui avait échappé. Elle comprit alors que si son compagnon s'était enfermé dans ses pensées aussi profondément, c'était parce qu'il repensait à leur défaite.

— Alors nous y voilà, dit Ruhpart, je me disais aussi que ce n'était pas des bandits qui avaient pu te mettre dans un état pareil. D'autant plus que tu n'étais pas blessé.

— En effet, répondit Arkès. Un homme extrêmement puissant cherche à nous tuer. Un homme aux pouvoirs extraordinaires.

— Il existe un tel homme en pays warkan ? s'inquiéta Aetus.

— Oui, mais ce n'est pas un Warkan, répondit Lynhéa, il vient d'un autre monde, ce qui explique ses pouvoirs. A deux reprises déjà, il nous a surpassés. Ça ne doit plus arriver.

— D'un autre monde ?

— Oui, mais on pourrait difficilement en dire plus.

— Je comprends, confia Ruhpart qui n'insista pas devant leur discrétion, et que proposez-vous alors ?

— Je vais vous affronter tous les cinq, lança Arkès, et vous allez prendre vos armes.

— D'accord, dit immédiatement Aetus en se dirigeant vers les armes d'entraînement en bois entreposées sur le côté.

Mais Arkès se tourna vers Ruhpart pour lui adresser une requête.

— Ruhpart, pouvons-nous avoir l'autorisation d'utiliser de vraies armes ?

— De vraies armes ? Mais tu es fou.

— Non. ECOUTE. Si je ne suis pas capable de vous battre tous les cinq alors que vous êtes armés, je n'ai aucune chance contre lui.

— Avec les armes en bois, le résultat sera le même et au moins tu ne seras pas blessé.

— C'est vrai, admit-il, mais je serai moins concentré. Et j'ai besoin de connaître la limite de mes capacités. Je dois me donner à fond pour me mettre dans des conditions les plus réelles possibles.

— Je suis désolé, s'excusa Ruhpart, mais les armes sont interdites dans l'enceinte de la ville.

— Je sais, mais je te demande de faire une exception. Vous avez déjà fait énormément pour nous et cela m'ennuie de vous mettre encore à contribution, mais l'homme que nous poursuivons n'est pas un simple petit voyou, il pourrait faire beaucoup de mal dans tout le pays.

Ruhpart se souvenait de tout ce qu'Arkès et Lynhéa lui avait expliqué et il leur fit part d'un doute.

— Est-ce lui qui cherche à vous tuer ou vous qui le poursuivez ? Car c'est légèrement contradictoire.

— Les deux en fait, répondit Lynhéa. Il cherche à nous tuer et nous devons le trouver pour récupérer un objet qui nous permettra de l'éliminer avant qu'il ne fasse du mal à beaucoup de gens. C'est un peu compliqué à comprendre sans avoir tous les éléments mais nous te demandons de nous faire confiance.

Elle s'avança tout près de lui afin de mettre plus d'intensité dans ses paroles.

» Si nous vous expliquions tout en détails, il y a de fortes chances que vous ne nous croyiez pas … et que vous nous preniez pour des fous.

— Bien sûr ! s'exclama Ruhpart. Alors je dois m'empresser d'organiser un entraînement à armes réelles pour risquer de vous tuer. C'est logique.

— Je comprends ta réaction, dit Lynhéa, mais je t'assure que nous ne sommes pas fous.

Ruhpart se tourna vers Arkès et le regarda fixement. Les yeux sérieux d'Arkès ne mentaient pas, il le sentait. Mais jusqu'ici, il n'avait jamais dérogé à la règle et il savait que faire une exception l'obligerait à se justifier à l'avenir. Hésitant, ne sachant trop que faire, il se tourna vers ses compagnons. Aetus le regardait fixement et lui fit un signe d'approbation de la tête, directement imité par les trois autres.

Ruhpart poussa un profond soupir de résignation puis accepta. Il partit avec Aetus prendre des armes sur la tour la plus proche et revint quelques minutes plus tard.

Arkès s'était isolé dans un coin et se concentrait. Plus sa concentration s'intensifiait, plus des phénomènes visuels étranges se produisaient. Il pouvait fixer un point au loin et le voir nettement. Les petits animaux qui se baladaient aux alentours, même s'ils se déplaçaient très rapidement, semblaient bouger au ralenti. Sa perception des choses se précisait, tout devenait plus limpide autour de lui. Il ressentait son corps comme jamais, chaque muscle, chaque veine, chaque battement de cœur, et il entrevoyait mieux les pouvoirs que la statue lui avait offerts.

Ruhpart et Aetus distribuèrent les épées et les cinq hommes se tournèrent vers Arkès. Ils étaient nerveux.

Lynhéa s'approcha d'eux.

— Ne retenez pas vos coups, battez-vous comme si vos vies en dépendaient.

— A cinq hommes armés contre un désarmé, ça paraît compliqué.

— Ne le sous-estimez pas. Ne le prenez pas comme un homme normal.

— Ça c'est sûr ! s'exclama Aetus. Il ne faut pas être normal pour demander un tel entraînement.

— N'ayez aucune hésitation, il n'en aura pas. Je vous en prie, faites-le ! Même si ça peut paraître paradoxal, notre survie au final en dépend.

Ruhpart la regardait, le regard sombre.

— Et si nous le tuons ? demanda-t-il solennellement.

Elle hésita un instant, s'imaginant la pire des issues. Mais malgré la tristesse qui s'emparait d'elle, elle reprit avec assurance.

— Ça voudra dire que celui que nous recherchons l'aurait tué sans difficulté et ce combat n'aura fait qu'avancer l'échéance. Nous en acceptons le risque.

— Vous êtes complètement cinglés. Mais bon, allons-y ! conclut Ruhpart froidement, la voix grave.

Arkès était debout, immobile face aux cinq hommes, les épaules relevées, la tête baissée, les toisant sévèrement, le regard sombre, comme absent. Pourtant, il était bien présent. Il était même bien plus présent que jamais, appréhendant son environnement avec une exactitude peu habituelle. Le moindre mouvement était perçu, le moindre bruit était analysé et disséqué.

Soudain, il sentit son corps s'alourdir. Ses pieds s'enfoncèrent dans la terre de près d'un centimètre. Ce phénomène n'était pas perceptible par ses adversaires, mais Arkès sentait que son corps fusionnait d'une certaine manière avec le sol pour lui permettre des déplacements plus précis.

Il ne rejetait pas toutes ces nouvelles sensations, au contraire, il les acceptait et se sentait prêt à les utiliser au mieux. Cette fois, dans un sens, il ne s'agissait plus d'un entraînement. Il était prêt.

Les cinq hommes foncèrent sur lui en hurlant de toutes leurs forces. Leur course, au début rapide, passa subitement au ralenti dans les yeux d'Arkès. Sans attendre, il fonça sur le premier adversaire, le désarma, planta l'épée dans le sol et l'assomma d'un coup de coude. Pas question pour lui de prendre une arme. Contournant l'adversaire suivant, il le fit tomber en arrière d'une forte pression sur les épaules. L'homme s'immobilisa sur le sol, le souffle coupé. Arkès ramassa la deuxième épée et la projeta pour qu'elle vienne se planter à côté de la première. Les trois autres, bien que surpris par la vitesse de leur adversaire, s'étaient déjà retournés et le premier s'apprêtait à frapper. Arkès l'évita de justesse, saisit le poignet tenant l'épée et, dans un rapide pivot, souleva l'homme du sol qui s'écrasa deux mètres plus loin. Dans son mouvement, Arkès lui avait subtilisé son épée et la planta à côté des deux autres. Sans plus attendre, le quatrième adversaire piquait sur Arkès, son épée prête à se planter dans son dos. Terminant son pivot, Arkès dévia l'épée de son avant-bras et frappa en même temps de son autre main un violent coup de poing qui s'écrasa sur la tempe du Tanimais. Ce dernier s'écroula d'une masse sur le sol. Son épée finit plantée à côté des trois autres. Alors que le dernier, Ruhpart, fonçait sur lui l'arme bien haute, Arkès avança de deux pas vers lui à une vitesse prodigieuse et ne s'arrêta que pour le pousser violemment des deux mains en plein sternum avant même que le bras de l'homme n'ait commencé sa course de descente. Il fut propulsé plusieurs mètres en arrière et s'écrasa contre la barrière qui vola en éclats. La violence du choc lui fit lâcher son épée. Arkès la rattrapa au vol et lentement, marchant à son aise, il vint la planter à côté des quatre autres.

C'était terminé.

Il se relâcha et regarda autour de lui. Ses adversaires étaient éparpillés aux quatre coins de la zone, trois d'entre eux inconscients. Il respirait fort. La rapidité de ses déplacements, outre le fait de soulever beaucoup de poussière, l'avait fatigué rapidement. Il ne tiendrait sans doute pas un long combat à ce rythme. Il prit alors conscience qu'il devrait encore s'entraîner pour acquérir plus d'endurance.

Il se tourna vers Lynhéa venue le rejoindre. Lorsqu'elle fut à sa hauteur, elle lui décrocha un violent coup de poing en pleine mâchoire qui le déstabilisa et le fit tomber en arrière. Assis sur le sol, se tenant le menton, il ne comprenait pas ce qui venait de se passer.

— Mais qu'est-ce qui te prend ?

—Il est évident que tu es d'une rapidité phénoménale quand tu es bien concentré. Je n'ai jamais vu quelqu'un se déplacer aussi vite. Tu étais encore plus rapide que quand tu as échappé à la police. Je pouvais à peine te suivre du regard … et les autres non plus apparemment, dit-elle en regardant tout autour. Mais tu as dû te concentrer pendant plusieurs minutes. Maintenant, il faut que tu arrives à cela sans délai de concentration.

—Tu as raison, j'ai compris la leçon. Merci, dit-il en se frottant le menton en souriant.

Elle l'aida à se relever, l'embrassa en s'excusant puis ils aidèrent les cinq combattants qui reprenaient lentement conscience.

—Impressionnant, dit Ruhpart. On te voyait à peine bouger tellement tu allais vite. On peut même voir les sillons de tes déplacements dans la terre comme si tu les avais creusés de tes mains. Tu es quasi imbattable.

—Merci, je commence à croire qu'on a peut-être une petite chance contre notre ennemi.

Ruhpart fut abasourdi de la réaction d'Arkès.

—Tu 'commences' à 'croire' que vous avez 'peut-être' une 'petite' chance ! Mais c'est qui ce type ?

—Tu n'as pas idée, dit Arkès pour toute réponse.

—Non, manifestement pas. Allons boire une bière, on en a bien besoin. Je ne suis pas prêt d'oublier ce que je viens de voir.

Il se retourna vers ses compagnons.

—Vous êtes aussi mes invités, vous l'avez bien mérité.

Arkès s'entraîna encore pendant trois jours aussi intensivement, augmentant à chaque fois le nombre de ses adversaires jusqu'à une dizaine. Au soir du dernier jour, il n'avait quasiment plus besoin d'un délai de concentration.

Ruhpart avait même organisé des attaques surprises dans les rues de Tanim, lorsque le jeune couple se baladait ou rentrait à son auberge. Arkès s'en était bien sorti à chaque fois.

De son côté, Lynhéa combattait avec d'autres soldats, améliorant aussi ses techniques de lutte. Ses connaissances dans les arts martiaux étaient très efficaces et elle pouvait se défaire à mains nues de cinq adversaires non armés. Arkès s'entraîna également avec elle pour améliorer les réflexes de sa compagne. Il savait que même s'il était très fort, il n'arriverait à rien s'il était seul. Lynhéa, plus douée au combat que tous les Warkans pris individuellement, lui serait d'une aide précieuse et il voulait qu'elle soit le plus à même de se défendre face à leur ennemi. En combinant leurs connaissances, ils avaient énormément appris en quelques jours, laissant les Tanimais pantois. Jamais ils n'avaient vu pareil couple.

Ayant annoncé leur départ pour le lendemain dans la journée, Ruhpart organisa une fête en leur honneur le soir même. Ceux qu'ils connaissaient le mieux à Tanim les rejoignirent à l'auberge pour leur tenir une dernière fois compagnie.

—Merci à tous pour votre aide, dit solennellement Arkès. Et désolé pour les bleus, ajouta-t-il avec humour en regardant les quelques combattants qui avaient eu le courage de s'entraîner avec lui.

Un large éclat de rire secoua toute la salle et une flopée de pots se leva d'un geste vers les malheureux qui s'inclinèrent pour rendre ce salut particulier. Puis, sur un ton beaucoup plus sérieux et solennel, Arkès continua.

—Vous avez tous été merveilleux avec nous. Vous nous avez accueillis, hébergés, soignés et nourris sans rien demander en échange. Je connais peu d'endroits en pays warkan où cela aurait été le cas. Nous vous sommes à jamais redevables et sachez que si un jour vous avez besoin de nous, nous serons heureux de risquer nos vies pour vous aider. Notre loyauté est à l'égal de votre serviabilité. Nous ne nous connaissions pas, il y a encore quelques jours, aujourd'hui j'aime à croire que nous sommes amis. Merci à tous.

Un long silence suivit le discours d'Arkès. Tous se regardaient. Il fallait absolument dire quelque chose pour désamorcer ce moment qui avait ému tout le monde.

— Et je rosse le premier qui ose en douter ! hurla Lynhéa en levant son pot.

Un brouhaha emplit la salle et ils profitèrent de cette diversion pour se relâcher. Lynhéa s'approcha d'Arkès et le prit dans ses bras pour lui glisser à l'oreille :

— Tu veux faire pleurer tout le monde ou quoi ?

— Sûrement pas, mais c'est la vérité.

— Je sais, mais tu n'es pas obligé d'être aussi solennel. Ajoute un peu d'humour et ça passera beaucoup mieux.

— J'y penserai la prochaine fois.

Avant même qu'ils ne se séparent, la salle scanda le nom de Ruhpart en rythme jusqu'à ce qu'il prenne la parole. Comme ils n'avaient manifestement pas l'intention de s'arrêter avant qu'il ne s'exécute, il dut céder.

— Vous serez toujours les bienvenus chez nous. Je bois à votre santé et à votre voyage !

La foule hurla sa joie face à un discours aussi court et efficace puis tout le monde se mélangea dans la salle pour profiter de la soirée. Des chants paillards résonnèrent dans l'auberge, vite appris et répétés par Lynhéa, au grand bonheur des hommes. Les tables devinrent rapidement des estrades sur lesquelles des convives avinés s'exprimaient dans un charabia incompréhensible à la grande joie des autres qui les écoutaient en levant leur verre.

Tout se passait à merveille, Arkès et Lynhéa ayant presque oublié la menace qui pesait sur leurs épaules. Leurs nouveaux compagnons leur avaient offert un réel répit après les horreurs dont ils avaient été témoins malgré eux, et face aux nombreuses questions qu'ils se posaient alors qu'ils savaient que le pire était encore à venir.

Tard dans la nuit, ils quittèrent leurs amis pour se reposer. Le lendemain ils devraient repartir et endosser à nouveau leur lourd fardeau. A maintes reprises, ils auraient pu tout abandonner mais cela n'aurait arrangé personne. Pas à long terme en tout cas. Ils étaient condamnés à réussir ou du moins, à essayer.

Quelques heures plus tard, au petit matin, ils furent réveillés brutalement par une cacophonie de cloches agitées frénétiquement. Arkès bondit à la fenêtre. Des gens couraient dans tous les sens et criaient, tentant de se faire entendre dans le bruit assourdissant.

— Aleeeerte ! Aux armes !

— Rappelez les extérieurs et fermez les portes !

— Chacun à son poste !

Il se retourna et fonça sur ses vêtements.

— Lynhéa, habille-toi, il se passe quelque chose. Où sont nos armes ?

Lynhéa se leva d'un bond et chercha ses vêtements dans le tas au pied du lit. Ils s'habillèrent en vitesse, pressés d'aller prêter main forte.

— Elles sont sur le râtelier de la tour nord.

— Bien, on commence par les récupérer.

Une fois habillés, ils dévalèrent les escaliers et remontèrent au pas de course les quelques rues qui les séparaient de leurs armes.

— Que se passe-t-il ? demanda Lynhéa à l'un des hommes de l'auberge qui courait à côté d'elle.

— On est attaqué !

— On peut vous aider ?

— Tous les bras sont les bienvenus.

Ils gravirent quatre à quatre les escaliers vers les râteliers. Lynhéa attrapa son couteau de combat et attacha l'étui à sa ceinture. Tout deux saisirent leur katana et coururent quelques mètres plus loin pour scruter les environs entre les créneaux de la muraille.

Rien.

— C'est de l'autre côté ! leur cria un des hommes.

— Alors pourquoi restez-vous ici ? demanda Lynhéa.

— Chacun doit rester au poste qui lui est attribué pour surveiller et tenir en cas d'attaque, le temps de répartir les forces suivant le besoin.

— Lynhéa, on y va ! cria Arkès courant déjà vers l'autre côté des remparts.

Ils quittèrent le mur nord. Les gens se précipitaient en grand nombre sur le flanc sud-ouest. Ils couraient à travers les rues en suivant le flux. Au loin, une masse noire, compacte s'approchait d'eux. Ils seraient là dans moins d'une demi-heure.

— Ce sont eux ! dit Arkès.

— Qui ? demanda Lynhéa.

— Lui et les nains, affirma-t-il.

— Merde ! Là, on a un problème, constata-t-elle.

— Oui, mais quelque chose m'étonne. Après leur attaque des kNalines, il n'en restait que quelques centaines. Or, ici, ils paraissent des milliers. Comment a-t-il fait pour en recruter autant aussi rapidement ?

— Vous savez qui c'est ? demanda l'un des hommes à côté d'eux.

— Oui, enfin, je crois, répondit Arkès.

— Alors, vous devez voir Ruhpart. Avec vos informations, il pourra mieux organiser notre défense.

Ils descendirent les escaliers des remparts quatre à quatre et coururent jusqu'à l'auberge. Ruhpart était en train de s'équiper. Lui seul apparemment disposait de ses armes chez lui. Arkès et Lynhéa haletaient, essoufflés par leurs courses à travers la ville. Arkès s'adressa rapidement à l'homme.

— Ruhpart, on nous a dit de nous adresser à toi. On connaît l'ennemi.

— C'est cet homme dont vous ne m'avez pas parlé je suppose ?

— Je crois, oui.

— Si on veut s'organiser comme il faut, vous devez m'en dire plus cette fois. Il ne s'agit plus de vous seuls, toute la ville est concernée.

—C'est compliqué, et difficile à croire, mais en résumé, c'est un malade qui se prend pour le diable et qui a levé une armée de nains pour conquérir le monde.

Ruhpart les regarda tous les deux, perplexe.

—Ok, on va s'en occuper quand même.

—Attends ! L'homme a des pouvoirs particuliers et il est très puissant. On s'est déjà battus plusieurs fois contre lui en pure perte.

—Il vient pour vous en fait, constata Ruhpart très calme.

—Oui, peut-être. Peut-être pas. Il serait venu de toute façon un jour ou l'autre, donc il vaut mieux conjuguer nos efforts.

—Je ne disais pas ça pour vous condamner. Même s'il vient pour vous, il va être reçu. Allons évaluer la situation.

Ils sortirent de l'auberge et se dirigèrent vers le flanc sud-ouest. Ils gravirent rapidement les escaliers et regardèrent entre les créneaux. Ruhpart stoppa, figé sur place, balayant du regard la masse qui fondait sur eux.

—Bon Dieu, dit-il encore, impressionné par ce qu'il découvrait.

—Non, répondit Arkès, **il** se prend pour le diable.

—Il peut aussi se prendre pour un prophète, on va le recevoir, nous. Où sont mes communicateurs ? Ah, vous voilà !

Trois hommes accouraient. De petite taille, agiles, rapides, ils avaient été choisis comme messagers pour passer les informations d'un flanc à l'autre des remparts dans le chaos d'une bataille.

—Danert, Tornac, on laisse cinquante hommes sur chacun des flancs nord, nord-est et sud-est. Le reste se répartit sur les autres flancs. Ceux qui changent de place maintenant se répartiront en fonction des mouvements de l'ennemi pendant la bataille. C'est parti !

Il se tourna ensuite vers Arkès et Lynhéa.

» Ça nous fera environs trois cents hommes pour chacun

des trois flancs principaux.

Il interpela le troisième messager.

» Toupal, tu fonces avec soixante hommes vers les caves pour chercher le reste des flèches, on aura besoin de tout. Et tu les distribues de manière égale entre les six flancs.

—Tous les hommes des dix premiers créneaux, cria Toupal, avec moi aux caves !

Aucun d'eux n'émit le moindre son et suivit immédiatement l'estafette. Leur système bien rôdé depuis longtemps fonctionnait sans accroc. Ruhpart se retourna alors vers leurs ennemis.

—Ils sont au moins dix mille, constata-t-il gravement. Ça nous fera du un contre dix. On n'a pas intérêt à rater notre coup. Il faudra viser juste du premier coup sinon, on risque d'être submergé.

—Vu d'ici, remarqua Arkès, ils n'ont aucun moyen d'attaque en hauteur, pas de tour mobile, rien. Donc, ils auront probablement des échelles pour gravir les murs. On devrait pouvoir maintenir un léger avantage, en tout cas au début de l'assaut. Mais pourquoi répartis-tu les flèches de manière égale entre les six flancs ? C'est ici que ça va barder le plus.

—Les guerriers seront ici en protection des archers. A l'arrière, même s'il y a moins d'ennemis, les archers seront seuls et donc les flèches seront quasiment leur unique défense. On doit s'assurer qu'ils ne tomberont pas à court même si on risque d'en manquer ici.

—Compris, dit Arkès. D'après ce que j'ai vu dans mon rêve, les nains sont très agiles et vont escalader les remparts facilement et rapidement.

Ruhpart se retourna brusquement vers lui, un éclat dans le regard.

—Ça me donne une idée. Tautal, Goudyir, Ailphe, venez ici ! Prenez dix hommes forts chacun avec vous et allez chercher les cuves d'huile. Renversez-les ensuite sur les murs. Tu t'occupes du mur nord, toi du mur nord-ouest et toi du mur sud-ouest. Allez !

Il dit ensuite à Arkès.

» De cette manière, ils n'arriveront pas à nous déborder par l'arrière et on concentrera leurs forces sur nos trois flancs principaux. Prenez tous les deux un arc et un carquois. Pour information, puisque vous ne connaissez pas notre implantation, (il regarda l'horizon) la première ligne d'arbres donne à peu près la distance à laquelle les arcs peuvent tirer de manière efficace. La deuxième ligne ne sera pas pour vous mais pour les arbalètes qui tirent à partir des meurtrières à l'intérieur des murs. Il faut faire vite, ils seront là dans moins de trente minutes.

—On va vous donner un coup de main, dit Lynhéa. Arkès, va aux cuves d'huile, moi, je vais aider aux flèches.

—Non, coupa Ruhpart, ils sont assez nombreux et connaissent leur travail. Par contre, vous semblez bien connaître notre ennemi, non ?

—C'est exact, certifia Arkès, et nous possédons quelque chose qui pourra nous aider pendant la bataille quand le bruit empêchera de nous entendre. Les messagers sont rapides, je n'en doute pas, mais nous avons un moyen efficace de communication. Lynhéa et moi pouvons communiquer par la pensée. C'est un don reçu d'amis et je ne doute pas que vous pourrez l'utiliser dans votre organisation. C'est à vous d'en décider, nous ne voulons pas interférer.

—Vous n'êtes vraiment pas communs, dit Ruhpart décidément de plus en plus étonné par le jeune couple. Si je ne vous appréciais pas, je vous ferais brûler pour sorcellerie. (Il sourit pour les rassurer) On va utiliser votre don. Arkès, tu gèreras le flanc nord-est, Lynhéa, le flanc sud. Je reste sur le flanc principal au sud-est. Vous êtes de bons guerriers, je vous fais confiance. Mes hommes vous suivront. Si on se trouve débordés par l'arrière, toi, Arkès tu iras les organiser. Je prendrai la tour est et Lynhéa, tu prendras la tour sud-est, dit-il en pointant les tours du doigt. C'est Arkès qui te donnera les informations critiques et tu me les communiqueras. J'aviserai ensuite.

— Quoi qu'il arrive, on restera sous tes ordres, dit Arkès.

Lynhéa acquiesça.

— Merci, répondit Ruhpart.

Ils discutèrent encore de quelques points de détails tandis que les flèches arrivaient des réserves en grand nombre. Ruhpart, Arkès et Lynhéa partirent ensuite vers les flancs arrière pour vérifier les stocks d'huile et essayer de les répartir le plus efficacement possible. Les hommes avaient déjà commencé à la déverser sur les murs mais Arkès proposa de les arrêter.

— Ruhpart, il vaudrait mieux en mettre un maximum au niveau des tours.

— Pourquoi ? questionna Ruhpart.

— Si les tours sont submergées, l'ennemi disposera d'un point haut pour nous tenir en respect s'ils ont des flèches. Cependant, si nous gardons les tours, nous gardons un certain avantage. Si un rempart est perdu, les deux tours adjacentes peuvent faire pas mal de dégâts en attendant les renforts.

— Tu as raison.

Ruhpart donna les ordres dans ce sens.

— Allez les gars, il ne faut pas traîner. Après les tours, versez-en un minimum sur les murs, mais versez-en partout, c'est très important. Vous serez peu nombreux ici et donc, il faut mettre un maximum de chance de votre côté pour les ralentir. Il nous reste peu de temps.

A ce moment, une corne retentit dans toute la ville, signal de l'arrivée des ennemis à portée des tirs des arbalètes.

— Fichtre, ils sont rapides ! Allez, vous deux, on retourne à nos postes, ils arrivent.

Ils coururent tous les trois vers leur position. Les arbalétriers avaient commencé à tirer. Comme les meurtrières et les mâchicoulis n'étaient pas nombreux, la puissance de tir était nettement insuffisante pour infliger des pertes conséquentes dans les troupes ennemies. Déjà, l'armée du Seilmar arrivait à portée des arcs.

— Préparez-vous ! clama Ruhpart.

La masse compacte des troupes du Seilmar approchait rapidement dans le bruit assourdi d'un pullulement d'araignées.

— Attendez ! cria-t-il.

Il voulait infliger le plus de dégâts possibles dès la première attaque. Un silence stressant régnait sur les coursives et la sueur coulait du front des combattants attentifs. Les yeux fixes, le front plissé, les bras tendaient les arcs au maximum, une flèche prête à la détente.

— Tirez ! hurla Ruhpart.

Un nuage de flèches s'élança de la ville vers la vallée. Leurs opposants tombèrent par dizaines dès la première salve. Rapidement, l'arc fut bandé et un deuxième tir s'élança vers le ciel dessinant un arc de cercle mortel. A nouveau, des dizaines d'attaquants furent touchés, arrêtés net dans leur course. Le choc était parfois si brutal, que certains d'entre eux décollaient du sol l'espace d'un instant. Les archers, bien entraînés et sûrs d'eux, ne précipitaient aucun mouvement mais agissaient avec une précision métronomique.

Arkès commençait à croire à leur chance de s'en sortir. Soudain, la surprise arrêta son tir. Il remarqua qu'aucun des nains n'avait d'armes. Son attention se porta alors sur un Jack qui, une flèche en plein cœur, avançait régulièrement, un sourire narquois aux lèvres. Il lui décocha une flèche en pleine tête. Le nain s'écroula et sécha sur place à l'instant. Arkès réprima une grimace de dégoût. Il en visa un autre qu'il atteignit en pleine gorge. Il tomba sous le choc, se releva aussitôt et reprit sa course comme si rien ne l'avait arrêté.

— *Inouï*, pensa-t-il. *Lynhéa ?*

— *Oui, quoi ! Je suis un peu occupée là.*

— *Il faut viser la tête, sinon, ça n'a aucun effet sur eux.*

— *Et merde ! Ok, je passe le message sur mon flanc.*

— Danert ! cria alors Arkès. Passe le message sur les flancs arrière qu'il faut viser la tête pour les tuer !

Danert partit sans attendre tandis que Lynhéa informait Ruhpart.

— D'accord ! Vous avez entendu. Décapitez-les !

Arkès retourna à son poste. Les archers et les arbalétriers, efficaces, précis, ne gaspillaient que peu de flèches.

Les troupes du Seilmar arrivaient sous les murs de la ville … sans échelle. A cet instant précis, Arkès et les autres combattants attentifs constatèrent que d'autres monstres accompagnaient les nains. Des roqus, sorte de gros reils à tête de dragon recouverts d'une cuirasse en écailles dressées, couraient au milieu des Jacks. A quelques mètres du mur, en un bond, ils sautaient à mi-hauteur de la muraille et escaladaient le rempart avec une facilité déconcertante tels des Sirucs, petits animaux extrêmement agiles et rapides qui vivaient dans la cime des arbres et pouvaient d'un bond passer d'un arbre à l'autre. Les flèches ricochaient sur leur cuirasse naturelle sans les blesser.

— Gardez vos flèches pour les nains, cria Ruhpart. Un homme sur deux abandonne son arc et prend son arme personnelle !

La moitié des hommes du flanc sud-est accrochèrent leur arc et leur carquois et prirent leur arme. Pour certains, il s'agissait d'une simple épée, pour d'autres, des armes plus impressionnantes telles des masses d'armes, des fléaux, des francisques. Lynhéa ordonna de même pour son secteur.

— Il y a moins de toutous chez nous, un homme sur trois prend son épée, cria Arkès. *Moi, je suis meilleur au corps à corps*, pensa-t-il ensuite.

Ils s'exécutèrent. Lui, prit son katana après avoir déposé son arc et les flèches à l'endroit prévu pour que les archers puissent les utiliser en cas de besoin. Les défenseurs de la ville maintenaient un léger avantage et avaient pu infliger de lourdes pertes à leurs ennemis. Les choses changèrent avec l'arrivée des roqus au-dessus des remparts. Les archers contenaient l'escalade des nains, tandis que les monstres grouillaient le long de la base des murs telle une nuée d'insectes.

Le spectacle était hallucinant.

La bataille prit une nouvelle tournure avec le combat au corps à corps. Arkès et Lynhéa se sentaient enfin dans leur élément. Agiles, ils maniaient prestement leur katana.

—Visez la gueule ou le ventre ! cria Arkès sur son mur.

Un roqu s'élançait vers lui depuis un des créneaux.

—Attention ! cria un soldat en montrant du doigt le roqu avant de se faire happer violemment par un autre.

Arkès jeta un rapide coup d'œil par-dessus son épaule et bondit brutalement sur le côté. Le roqu tenta encore un coup de gueule et le manqua. Il s'aplatit sur le sol, glissant sur plusieurs mètres, fauchant tout sur son passage, il blessa quelques soldats. Arkès se releva et fonça vers lui. Hurlant de détermination, il plongea sa lame dans la gueule du monstre jusqu'à la garde.

Les pertes dans le camp allié s'alourdissaient à chaque seconde. Les archers étaient les plus durement touchés. Occupés par la défense extérieure de la ville, ils ne pouvaient se concentrer sur les menaces venant des remparts. Peu d'archers, malgré leur rapidité et leur précision, parvenaient à décocher à bout portant une flèche dans un œil ou dans la gueule des roqus trop nombreux. Assaillis de toutes parts, ils finissaient par succomber. À chaque perte, un homme surgissait de la ville et prenait la place pour continuer le combat. Mais les réserves s'amenuisaient peu à peu …

Les Jacks bondissaient sur les archers et les mettaient hors d'état de se battre. Toutes les méthodes leur convenaient : mordre la tête et broyer la boîte crânienne, crever les yeux, lacérer le cou pour arracher la chair. Malgré leur petite taille, ils développaient une force incroyable.

Une partie des troupes du Seilmar avait contourné la ville pour attaquer par un autre flanc. Leur escalade était interrompue à la moitié du mur par l'huile qui les faisait aussitôt retomber. Les nains étaient massacrés par les archers et les roqus rebroussaient chemin après quelques lourdes chutes sur la terre sèche des abords de Tanim, soulevant un épais nuage de poussière.

Le combat se prolongeait. Les hommes fatiguaient mais ils sentaient la victoire proche. Les pertes des envahisseurs étaient colossales.

Il était temps pour **lui** d'intervenir. Il s'avança au milieu de ses troupes et s'approcha de la porte de la ville. Il concentra son énergie puis la relâcha violemment. La porte fortifiée accusa le choc dans un impressionnant fracas de bois. Les imposantes charnières tinrent bon, mais déjà, des morceaux de pierre se détachèrent. A plusieurs endroits, le bois pourtant massif s'était craquelé. Souriant, il se concentra une nouvelle fois et dans un cri effrayant, relâcha une nouvelle fois son pouvoir. Cette fois, la grande porte vola en éclats dans un bruit assourdissant, tuant les habitants et les blessés réfugiés dans ce coin où ils se croyaient à l'abri. Les murs de la ville s'étaient fissurés sous la violence de l'attaque. Une brèche béait dans la poussière et les gravats.

Lynhéa, témoin la plus proche de la scène, cria :

— Archers ! Concentrez toutes vos flèches sur lui.

Une multitude de flèches l'atteignit de plein fouet. Il accusa le coup et s'écroula. Des roqus lui firent protection de leur corps et des nains le saisirent et le traînèrent hors de portée des flèches.

— Arkès ! Il n'est pas invincible. Je crois qu'on l'a eu avec une bonne centaine de flèches.

— Bonne nouvelle ! Tu es sûre qu'il est mort.

— Je ne sais pas, ils l'ont emmené.

— D'accord, on termine ici et on ira voir.

Nains et roqus s'engouffraient dans la brèche. Les hommes de réserve les combattaient en les cantonnant dans l'entrée de la ville. Trop peu nombreux, ils furent vite dépassés. En un bond, les roqus perçaient leurs défenses, les dispersant aisément.

— Une épée sur deux avec moi ! s'égosilla Lynhéa. On descend leur filer un coup de main. *Arkès, on va avoir besoin d'aide, préviens Ruhpart.*

— *On arrive, tiens bon !*

Arkès courut vers Ruhpart et lui fit part de la situation.

La majeure partie de leur force est concentrée sur nous. Je ne peux pas me déforcer. Pars avec quelques-uns de tes hommes et va les aider. Faites pour un mieux. Toupal ! Va aux murs arrière. S'ils n'ont pas besoin de tous leurs hommes, demande-leur d'apporter de l'aide dans la ville et sur le rempart nord-est.

Il partit immédiatement, se frayant un passage à travers les cadavres, amis et ennemis, et les hommes qui se battaient encore. Arrivé sur le mur nord, Toupal constata la situation. La proximité avec le mur défendu par Arkès augmentait le risque, il décida de ne pas le déforcer. Une partie des guerriers tirait vers l'extérieur, l'autre vers le mur d'Arkès. Il se dirigea vers le mur nord-ouest. Aucun ennemi n'arrivait à escalader les remparts et peu de nains téméraires restaient pour se faire massacrer par les archers. Tout le tour de la ville grouillait de monstres. Il décida de ne laisser que les défenseurs des tours et enjoignit aux deux tiers des hommes des créneaux de descendre pour supporter les défenses dans la ville et au reste de renforcer le secteur d'Arkès après avoir fait amener tous les arcs et toutes les flèches en haut des tours.

Il rejoignit ensuite Ruhpart pour lui expliquer sa décision. Ruhpart acquiesça et reprit immédiatement le combat. Toupal retourna dans son abri, attendant les ordres suivants et se contentant de lancer une flèche ou l'autre sur des nains présentant un danger pour ses compagnons.

Pendant ce temps, Arkès arrivait à proximité de la zone de combat où se tenait Lynhéa.

—Oh ! Misère, maugréa-t-il en serrant les poings.

Un spectacle apocalyptique se présentait à ses yeux incrédules. On ne discernait plus ni assaillants ni défenseurs. Ils combattaient en marchant sur les cadavres accumulés parmi des rigoles de sang. Les gémissements des mourants lui donnaient la chair de poule, à lui qui se croyait aguerri. Il courut vers sa compagne.

—Service de nettoyage ! essaya-t-il avec humour. Vous nous avez appelés ?

Dans le même temps, il décapita un roqu qui tentait de sauter sur lui.

—Salut chéri, non, à peine quelques ordures, rien de conséquent, répondit-elle en ferraillant.

Et sûrs de leur force, ils progressèrent côte à côte à travers les lignes ennemies, provoquant l'hécatombe. Ils ne se rendirent compte de leur grave erreur stratégique qu'en se retrouvant encerclés, seuls, pratiquement submergés.

Soudain Arkès sentit une force hors du commun l'envahir. Elle le brûlait dans tout son corps, l'immobilisant presque. Il sentit que cette force voulait sortir mais attendait d'abord d'avoir atteint un point critique. Ses yeux rougirent comme la braise. Il hurla à Lynhéa de se coucher sur le sol. Brutalement, nains et roqus à proximité, furent repoussés plusieurs mètres en arrière. Lynhéa était stupéfiée. Arkès regardait ses mains avec surprise et sans trop savoir pourquoi, il repensa immédiatement à son rêve de l'extermination des kNalines.

—Mikaj, tu as libéré ton énergie avant de mourir, m'aurais-tu fait ce cadeau ? Voyons voir.

Il tendit le bras vers l'un des nains. Sa main s'entoura immédiatement d'une aura lumineuse qui souleva le minus dans les airs. Arkès le lança sur ceux qui tentaient de franchir la porte éclatée.

—Strike ! cria Arkès ne sachant même pas d'où lui venait ce mot.

— Arkès ! le rabroua Lynhéa. Ce n'est pas le moment de te croire au bowling.

—C'est sorti tout seul ! Je ne suis même pas sûr de savoir ce que ça veut dire.

—Oui, ben, arrête de t'amuser, ça ne les tue pas et tu vas t'épuiser à ce petit jeu. Alors, il vaut mieux … (elle se débarrassa de deux nains qui l'approchaient de trop près en les coupant en deux de son sabre) … que tu te limites à ton katana.

—T'as raison ! Retour aux bonnes vieilles méthodes mais c'est quand même très drôle.

Il recommença alors à couper tous azimuts, mais de manière précise et méthodique. Pourtant, la situation leur échappait, ils n'arrivaient plus à contenir leurs assaillants trop nombreux.

Soudain, la carapace d'Arkès se réveilla et la brûlure qu'il ressentit était très forte. Une fois déployée, la chaleur continuait à monter en lui, l'énergie de Mikaj semblait décupler la force de sa carapace.

— Ah, enfin tu te réveilles ! dit-il en regardant ses mains se couvrir de gomme noire.

Arkès eut alors le sentiment qu'elle voulait sa propre part de vie tant le sentiment de colère qu'il ressentait devenait puissant et douloureux.

—Lynhéa, couche-toi ! eut-il juste le temps de dire.

—Encore ? dit-elle en s'exécutant.

Des dizaines de tentacules noires jaillirent de son corps dans un sifflement aigu et puissant. Elles s'étendirent à une vitesse vertigineuse pour aller empaler les monstres du Seilmar semant la mort dans leurs rangs. Tous les combats dans cette zone s'arrêtèrent net. Les hommes de Tanim n'en croyaient pas leurs yeux. Pris de panique, les nains s'enfuirent comme un seul homme.

—C'est un vrai malade, Jack, viens, on se casse.

—T'as raison, Jack, on n'a aucune chance.

Seuls les roqus à l'intelligence primaire, restaient pour … manger. En sous nombre, ils furent vite anéantis. Les autres nains disséminés autour de la ville décampèrent rapidement à la suite des premiers sans se poser de questions, la panique était contagieuse. Les hommes de Tanim déposèrent leurs arcs et prirent leur arme de poing pour achever les derniers roqus assez téméraires pour résister.

Le combat s'acheva rapidement.

Le calme revint peu à peu. Tout le versant sud-ouest de la ville était couvert de cadavres du Seilmar et de Tanim. De nombreux blessés tanimais gémissaient et appelaient à l'aide, bientôt secourus par des hommes et des femmes venus de la ville.

Pour les combattants épuisés, l'heure de la relâche était enfin arrivée. Ils s'assirent contre les murailles, la tête entre les mains et évacuèrent leur stress dans des larmes bienvenues. D'autres, affalés, comme groggy, se taisaient ou murmuraient entre leurs dents des phrases incompréhensibles. Dans leurs yeux se lisait l'incrédulité de ce qu'ils avaient vu, de ces monstres venus d'ailleurs qu'il leur avait fallu anéantir pour préserver leur liberté. Auraient-ils eu le courage de les affronter en d'autres occasions ? Aussi longtemps qu'ils vivraient, ils n'oublieraient pas ces heures tragiques entres toutes.

—Je suis désolé, dit l'un d'eux en essuyant ses larmes devant Lynhéa.

—Ce n'est rien, répondit-elle réconfortante, Il vaut mieux ça que de péter les plombs.

—Quoi ?

—Euh, c'est rien, pleure, ça fait du bien, c'est ce que je voulais dire.

Elle rejoignit Arkès. Sa carapace s'était retirée. Seuls les trous dans ses vêtements en lambeaux témoignaient encore de ce qui lui était arrivé. Personne n'osait réellement venir le remercier d'avoir mis leurs ennemis en déroute. Chacun préférait rester à distance, intrigué et effrayé par un tel pouvoir.

— Ne vous inquiétez pas, c'est juste pour les méchants, dit Lynhéa bien fort pour essayer de détendre l'atmosphère. 'jour chéri, ajouta-t-elle pour Arkès.

— 'Jour. T'as vu ça ?

— Ouaip, plutôt pas mal, mais tu ne trouves pas ça un peu expéditif pour quelque rats d'égout ?

— Je pense que c'est Mikaj qui m'a donné une partie de son énergie avant de mourir. Et j'ai eu l'impression que ma carapace était vivante. C'était incroyable, je n'avais jamais ressenti une telle sensation.

— Merci pour moi.

— Mais non, je ne parlais pas …

— Je sais ce que tu voulais dire, murmura-t-elle en le prenant dans ses bras.

— Je viens d'essayer à nouveau de soulever des objets, mais ça ne marche plus.

— Sans doute n'était-ce que pour une seule utilisation. Tu sais, utiliser et puis jeter.

Ils s'embrassèrent longuement avant de rejoindre Ruhpart, heureux d'être intacts. Ils le retrouvèrent sur son rempart, fatigué mais calme. Sa démarche lente, pénible et son épée traînant sur le sol témoignait de son état d'accablement.

— Eh bien, votre spectacle a déjà fait le tour de la ville.

— Oui, je vais vous …

— Rien du tout ! l'interrompit Ruhpart. Je ne veux rien savoir. Ça vous regarde et ça nous a aidés. Pour moi, c'est suffisant.

— Merci de votre confiance.

— Merci de votre aide, sans vous, nous serions sans

doute morts.

— Ecoutez, nous voudrions essayer de rattraper ce démon donc, nous allons …

— Pas la peine, intervint Ruhpart, ils l'ont emmené loin dans les bois, je les ai vus. Vous ne les retrouverez pas.

— Dommage. Pour une fois, on avait une chance, regretta Arkès.

— Par contre, continua Ruhpart avec un léger sourire, je vous invite à fêter notre victoire avec nous ce soir, lorsque nous aurons nettoyé ce merdier. Et nous vous procurerons d'autres vêtements.

— Avec plaisir, répondit Arkès en regardant l'état de son accoutrement.

Le reste de la journée fut consacré à enterrer les morts et à déblayer l'entrée de la ville. Les monstres du Seilmar furent enfouis dans une fosse commune à l'écart de la ville. Aucun signe de mémoire ne témoignerait de leur présence. Les victimes de la ville allaient être emmenées par un groupe de chariots vers les montagnes du Désert du Ksilm comme tout soldat warkan mort au combat. Aucun mot ne fut prononcé, aucun discours d'adieu, seules les larmes et les lamentations des femmes troublaient le pesant silence qui accompagnait le départ du convoi.

Un peu à l'écart de la ville, à l'orée des bois, les Jacks traînaient leur maître dans une cacophonie de commentaires et d'injures en tous genres. Puis, sachant qu'il se rétablirait plus vite s'ils lui enlevaient les dizaines de flèches plantées dans son corps, ils s'arrêtèrent et l'allongèrent sur le sol. Une à une, ils extirpèrent de sa chair les pointes aiguisées tant qu'il était inconscient. Lorsque la dernière fut enlevée, les plaies se refermèrent rapidement et il ouvrit les yeux.

— Saisissez-les ! ordonna-t-il immédiatement en pointant les deux soldats qui observaient la scène depuis la forêt.

Les Jacks mirent un certain temps à réagir mais très vite ils avaient rattrapés et immobilisés les deux infortunés sur le sol. Quelques secondes plus tard, il les avait rejoints. Face à l'homme qui était devant eux en pleine forme alors qu'on venait de lui enlever des dizaines de flèches du corps, les deux soldats furent pris de panique et implorèrent sa pitié en pleurant. Mais il n'était pas du genre à se laisser attendrir par une telle preuve de faiblesse. Il se pencha lentement sur eux, les faisant se crisper un peu plus et fermer les yeux, attendant leur châtiment, et saisit le sac posé sur le sol à côté d'eux. Il l'ouvrit lentement. Son visage s'illumina et un sourire sadique s'y imprima.

— La Statue ! La vie est vraiment magnifique.

Il partit dans un rire éclatant qui transperça la plaine jusqu'aux murailles de Tanim.

Au même moment, Arkès et Lynhéa, montés sur les remparts, observaient l'horizon. Le rire qu'ils entendirent provoqua un frisson qui leur parcourut l'échine. Ils se regardèrent, dubitatifs.

Il referma le sac et le lança à son épaule. Puis, regardant en riant les deux soldats, il s'accroupit à côté d'eux.

— Rentrez chez vous et prévenez vos amis. Bientôt, ce sera la fin du monde !

Le soir venu, harassés et courbaturés, les hommes organisèrent une grande fête publique sur la place. Hydromel et hypocras coulaient à flot et les viandes rôties à la broche parfumaient l'air ambiant. Un petit orchestre s'était formé dans un coin. Cromorne et rebec, chalemie et tambourin et même une cornemuse tentaient de faire oublier les instants difficiles de la journée. Ruhpart circula quelque temps parmi la foule bruyante puis demanda le silence avant de prendre la parole.

— Chers habitants de Tanim, nous devons une explication à nos amis. Qu'ils ne se choquent pas de cette fête alors que nous avons perdu près de la moitié des hommes de notre cité. C'est ainsi que chacun d'entre nous voudrait qu'on leur dise merci et au revoir.

La foule lui répondit en levant son gobelet.

—Chers amis, je sais que vous regardez Arkès avec un peu de méfiance à cause de ce qui s'est passé. C'est vrai, il possède un don particulier, mais cela ne nous regarde pas. Il l'a mis au service de notre ville et ça, ça nous concerne. Ils auraient pu partir tous les deux et nous abandonner. Ils ne l'ont pas fait respectant ainsi leur promesse. Grâce à eux, nous sommes encore en vie aujourd'hui. Je vous demande donc de le voir comme un ami et non comme une bête curieuse. Maintenant, levons nos verres à la mémoire de nos défunts.

—Hourra ! s'exclama la foule d'une seule voix.

Les mots sincères et persuasifs de Ruhpart firent leur effet sur les hommes rassemblés autour d'eux. Plus personne ne regarda Arkès d'un air suspicieux et beaucoup venaient même le remercier.

Peu à peu, l'ambiance fléchit et chacun regagna son domicile, exténué mais heureux d'être en vie. En passant parmi les gens qui lui souriaient, Lynhéa aperçut un homme, solitaire, assis sur les escaliers d'un perron. Elle s'arrêta net. L'homme ôta son capuchon. Il était parmi eux ! Il ne manquait pas d'audace ! Elle chercha frénétiquement Arkès. Il bavardait avec quelques hommes. Elle se tourna mais il avait disparu.

En forçant un sourire pour ne pas inquiéter les villageois, elle prit le bras d'Arkès et lui chuchota à l'oreille :

—Il est là !

—Quoi ! Mais ce n'est pas possible ! dit-il en sursautant.

—Je te dis que je viens de le voir, là, à l'instant. Quand il m'a vue, il a découvert son visage et a souri comme un sadique, … comme à son habitude.

Ils s'éloignèrent un peu pour discuter sans alerter la communauté. La musique favorisait leur échange.

—Ça veut dire qu'il est en vie.

—Oui, il rôde peut-être encore parmi eux. Il faut prévenir Ruhpart et le chasser.

—Je doute que ce soit lui en personne. Je crois que ce n'est qu'une image qu'il nous a envoyée comme l'autre fois pour nous rappeler qu'il est toujours là. Comme si on pouvait l'oublier !

—Ça veut dire que notre voyage n'est pas encore terminé.

—Tu en doutais ? demanda Arkès en la prenant dans ses bras.

—En tout cas, j'aimais assez les moments calmes qu'on a passés ici.

—Dis-toi seulement qu'avec l'humiliation qu'il vient de subir et le fait de constater que ses armées ne sont pas aussi invincibles qu'il le croyait, nous avons pu venger, en partie du moins, la mort des kNalines.

—Peut-être, soupira-t-elle. Mais la vengeance ne sera totale qu'avec la mort de ce salaud.

Elle se blottit contre lui.

Ils s'éclipsèrent discrètement ne voulant pas que quelqu'un les retienne. Ils souhaitaient être seuls. Dans la chambre d'Arkès, ils s'allongèrent sur le lit. Lynhéa posa la tête au creux de l'épaule de son amant.

—Ils vont revenir, énonça Arkès.

—Je sais.

—S'ils reviennent trop rapidement, on ne sera plus assez pour leur résister.

—C'est vrai. Il va falloir qu'on s'en aille, affirma Lynhéa. Si on reste, il reviendra pour détruire la ville. En allant le chercher sur son terrain pour récupérer la statue, on arrivera peut-être à le distraire de Tanim. Mais au minimum, si on part, il nous suivra peut-être, dit-elle en bâillant.

—Je pense aussi. Dès demain nous partirons, conclut Arkès.

Ils se turent, l'esprit perturbé par trop de questions. Comment venir à bout de ce diable ? Quels moyens efficaces pour prendre la statue et rentrer en vie à Gallim ? Quels mots convaincants pour expliquer la mort de Dialène ? Que deviendra la statue lorsqu'ils l'auront remise à Mekil ? Autant d'énigmes sans réponse. Ils finirent par sombrer dans un profond sommeil.

Ils partirent tôt le matin avant le réveil de la ville. Ils préféraient éviter les questions ... et les mensonges. Ils espéraient leur assurer la paix en quittant ces lieux trop empreints de douleur par leur faute.

Le noir de la nuit n'avaient pas encore fait entièrement place à la lumière et l'ambiance grisâtre de l'aube envahissait la plaine. Arkès aimait cet instant de la journée, où tout est suspendu, où le calme règne, où seuls quelques oiseaux matinaux lancent leurs trilles. Il se souvenait avoir quitté Gallim dans les mêmes conditions ... avec autant discrétion.

Ils longèrent les rues jusqu'à la porte éventrée de la ville. Il faudrait certainement plusieurs jours pour reconstruire cet imposant ouvrage. Des guetteurs les saluèrent en levant leur arc. Il n'y avait presque plus de traces de la bataille de la veille hormis le sang séché, les gravats et les morceaux de bois de la porte entassés contre l'enceinte.

— Arkès, Lynhéa, entendirent-ils dans leur dos.

— Ruhpart ? s'étonnèrent-ils en cœur.

— Vous comptiez partir comme des voleurs ? sourit-il. Je comprends. Moi non plus je ne veux rien dire pour ne pas créer la panique. Mais je sais qu'**il** reviendra ..., ajouta-t-il l'air résigné, ... un jour ou l'autre. Vous avez permis de sauver la vie de beaucoup de gens hier. Dès lors, avant de nous quitter, je tiens à vous offrir ceci.

Il tendit à Arkès une épée magnifique, frappée dans un métal inconnu du guerrier. La lame courbe était ciselée de nielles et ne faisait qu'un avec la poignée damasquinée. L'objet était destiné à un bretteur expérimenté. Arkès était subjugué.

— Une telle épée a exigé des mois d'un patient travail, dit-il, ému, en regardant Ruhpart. C'est une vraie merveille ! Quelle perfection !

Il la maniait rapidement de tous côtés.

» Même les sabres japonais n'ont pas cette qualité.

—Je ne connais pas ceux dont tu parles, dit Ruhpart, mais j'ai vu les vôtres à l'œuvre.

—Ruhpart, je ne peux accepter un tel cadeau. Il te revient de droit, toi qui as tellement bien préparé la ville à se défendre, toi qui as combattu comme personne, en ayant l'œil à tout.

—Non, cette épée fut forgée dans un métal inconnu en des temps immémoriaux par un peuple aujourd'hui éteint. Elle est l'héritage de la ville que vous avez sauvée. C'est la ville qui te l'offre, pas moi, et je te crois le plus capable de l'utiliser à bon escient. Peut-être son métal si particulier te sera-t-il utile un jour. Prends-là, elle t'appartient désormais.

—Merci, j'y ferai honneur, affirma Arkès les lèvres tremblantes d'émotion.

—Pour toi, Lynhéa, j'ai cet arc. J'ai vu avec quelle maîtrise tu maniais celui des archers et tu y prenais visiblement beaucoup de plaisir. C'est un bon arc, solide et puissant. Je ne doute pas que tu en feras également un bon usage.

Il lui tendit un arc en bois noir taillé et vernissé, à la tige marquetée finement d'un bois plus clair.

—Merci infiniment, dit-elle.

Dans un élan spontané, elle lui plaqua deux baisers retentissants sur les joues. Ruhpart rougit, pas habitué à une telle attention.

—Ruhpart, nous devons … tenta de dire Arkès.

—Je sais, je ne vous retiens pas plus longtemps. Merci pour votre courage, ajouta-t-il en serrant vigoureusement les mains d'Arkès. Merci pour tout. J'espère vous revoir.

—À bientôt, répondirent-ils ensemble avant de s'éloigner.

Ils longèrent les remparts par le sud et se dirigèrent vers l'est, vers les montagnes de glace. À chacune des tours, les gardes les saluaient à leur manière. L'un d'eux planta même une flèche à quelques centimètres de leurs pieds. Ils l'entendaient rigoler gentiment. Les deux voyageurs leur rendaient leur salut en levant leur arme.

Au pied des remparts, la terre était remuée par les assauts des monstres et des restes de flèches parsemaient encore le sol par endroit. Arkès voyait la ville de l'extérieur pour la première fois et les remparts lui paraissaient si hauts. Tanim avait eu de la chance. Leurs ennemis n'avaient pas utilisé d'armes de destruction et les avait largement sous-estimés.

Toute la ville était encore presqu'intacte et ne garderait aucune cicatrice. Arkès évoqua l'avenir, quand cet affrontement serait devenu une légende où les monstres et les nains provoqueraient la panique parmi les enfants suspendus aux lèvres du narrateur. A moins que, trop sceptiques, ils ne jugent que l'aïeul témoignait d'une imagination très fertile.

A l'aube du même jour, juste après le départ d'Arkès et Lynhéa, Ruhpart se mit en route pour Viadolve où résidait son seigneur. Il connaissait les conséquences de son acte mais il savait ne pas avoir d'autre choix. Son seigneur allait faire rechercher ses deux amis et sans doute les torturer s'ils refusaient de répondre à ses questions ; ce qu'ils feraient certainement. Après quoi seulement, il les livrerait au roi.

Sans compter que les deux soldats chassés de Tanim avaient sûrement fait leur rapport et il y avait fort à parier que cela ne lui avait pas plu. Il décida donc de prendre les devants avant que son seigneur ne décide des représailles contre la ville.

Fin de la journée, son cheval bavant de fatigue, il se présentait aux portes de la demeure d'Huldrack, seigneur du Tmorg. Comme il le supposait, ce dernier l'attendait de pied ferme.

Connaissant la demeure de son seigneur de l'extérieur mais n'y étant jamais entré, il fut stupéfait de constater la taille de la pièce centrale. Elle était immense. Grâce aux murs construits de plusieurs épaisseurs de solides rondins de bois comblées par de l'argile, l'intérieur jouissait d'une agréable fraîcheur en été et l'immense foyer devait suffire à la chauffer en hiver.

Ses architecte et bâtisseurs avaient fait montre d'une grande ingéniosité lors de la construction car, malgré la grande taille de la pièce principale, aucun pilier n'avait été nécessaire pour soutenir le premier étage. Mais rapidement ses contemplations architecturales furent interrompues par Huldrack.

—Eh bien, Ruhpart, je m'attendais bien à ta visite, mais j'espérais celle-ci plus tôt.

—J'en suis navré, Seigneur, mais j'ai dû faire face à une situation urgente avant de pouvoir venir faire mon rapport.

—Quelle situation urgente peut bien t'avoir retenu si longtemps ?

La ville a été assiégée.

Huldrack le savait et afficha un large sourire. Les deux soldats épargnés avaient déjà fait leur rapport.

—Continue, dit alors Huldrack avec désinvolture.

Ruhpart lui raconta tout, des explications approximatives d'Arkès à l'attaque de la ville en n'omettant pas les extraordinaires pouvoirs du jeune homme, l'agilité et la fermeté de la jeune femme et leur don de télépathie. Lorsqu'il eut fini son récit, un moment de silence baigna la grande salle. Le seigneur du Tmorg ne disait rien et fixait Ruhpart. Dans ses yeux, on pouvait lire à la fois l'amusement d'un récit peu probable et la colère envers l'homme qui osait se moquer de lui. Il hésitait encore sur le châtiment qu'il allait lui infliger puis finalement :

—Faites-le pendre à l'entrée de Viadolve ! ordonna-t-il en se levant, faisant mine de quitter la pièce.

—Seigneur ! intervint Ruhpart avec vigueur et assurance.

Il savait qu'il devait se montrer sûr de lui et cacher sa crainte s'il voulait avoir une chance de rester en vie. Son seigneur n'était pas du genre à s'apitoyer mais il avait une chance de sauver sa vie s'il se montrait fort, sans faiblesse et convaincant.

Il se souvenait d'un des passages du seigneur à Tanim. A ce moment, Huldrack avait découvert l'auteur d'un vol et s'apprêtait à le juger. Il savait pourquoi l'homme avait volé ces quelques fruits et n'avait pas l'intention de le punir sévèrement. Son enfant avait besoin de fruits spéciaux apportés de temps en temps par les marchands d'où leur prix élevé. Mais ce pauvre père n'avait pas les moyens de les payer. Il aurait pu les quémander et la générosité de la plupart des habitants de Tanim lui aurait permis de les recevoir. Il n'osa pas, de peur d'avouer sa situation pourtant connue de tous dans cette petite ville. Même le tenancier de l'échoppe où il vola les fruits ne désirait aucune sanction à son égard et le sermon que Ruhpart lui adressa ne suffit pas à Huldrack. Un vol restait un vol et il ne tolèrerait aucune faiblesse dans son royaume.

Huldrack était craint et sa stature n'en était pas la seule raison. Très grand pour un Warkan, les épaules larges et une mâchoire que l'on savait carrée et forte derrière sa barbe hirsute, il était un redoutable guerrier. Son statut de seigneur et son absence absolue de pitié en faisait un homme parfaitement insensible.

Il demanda dès lors à ce qu'on lui coupe une main.

Ruhpart tenta bien de suggérer que cela n'était pas nécessaire, mais le regard de son seigneur le remit immédiatement à sa place. Aucun mot ne fut nécessaire.

Si le pauvre malheureux avait accepté son sort avec honneur et bravoure, cela aurait pu s'arrêter là. Mais il implora à genoux la pitié du seigneur et l'assura que jamais il ne recommencerait. Huldrack confirma qu'il ne recommencerait jamais … et le fit pendre.

— La faiblesse n'est pas de mise dans mon royaume, ajouta-t-il alors que le pauvre homme se balançait au bout de la corde.

Mais Huldrack avait un problème plus sérieux que ces souvenirs. Il fixa dès lors fermement le seigneur et continua.

— Tanim vous a servi dans toutes les batailles et avec honneur et nous n'avons jamais failli à nos engagements envers vous. Dès lors, pourquoi vous mentirais-je ?

» De plus, vos deux soldats vous ont certainement raconté ce qui s'est passé et vous avez donc une idée assez exacte de la véracité de mes dires.

Huldrack marqua une hésitation et se tourna vers son chef de la garde.

— Allez me chercher ces deux idiots ! ordonna-t-il sèchement.

En attendant que ses hommes reviennent, le seigneur resta muet. Le silence s'appesantissait sur toute la salle. Ruhpart n'osait pas bouger de peur de le briser. Les secondes se transformaient en minutes et paraissaient des heures.

Ruhpart sentait la transpiration couler dans son dos et des gouttes perlaient sur son visage trahissant son angoisse. Il espérait au plus profond de lui que la pénombre de la pièce ne permettait pas au seigneur de le remarquer. Il n'aurait pas accepté cette faiblesse.

Il sursauta lorsque la grande porte s'ouvrit à la volée. Les deux soldats étaient suivis par le chef de la garde et leur visage trahissait leur peur grandissante. Huldrack prit immédiatement la parole.

— Alors, soldats, n'avez-vous rien oublié dans votre rapport au sujet des deux étrangers ?

Les deux hommes se regardèrent, inquiets, ne sachant trop que répondre. Finalement, la voix tremblante, l'un d'eux osa quelques mots après s'être profondément raclé la gorge.

— Comme nous vous l'avons dit, nous nous sommes fait repérer et les deux étrangers nous ont chassés de la ville. Ils étaient plus forts que nous.

— Ruhpart ? s'enquit le seigneur.

Ruhpart se tourna vers les deux hommes et les fixa sans rien dire. Puis, au moment où il voulut prendre la parole pour les interroger, un des soldats avoua.

— Il est vrai que l'homme courait très vite.

— Vite à quel point ? demanda le seigneur, se prenant la tête entre les mains tant l'incompétence de ses hommes lui martelait le crâne.

— Au point de rattraper un retard d'une rue … en moins de deux rues.

— Et cela ne vous a pas semblé un détail important ?

— Euh, non.

— Fouettez-les ! jugea-t-il d'un revers de la main.

Les protestations de pitié des deux hommes changèrent cependant la décision.

— Pendez-les !

Ils furent emmenés par les gardes et quelques minutes plus tard, le bruit sec de la trappe qui s'ouvre résonna dans la grande salle. Ruhpart ferma les yeux, outré de cette justice expéditive. Mais au moins était-il toujours en vie et de cela il se réjouissait.

A présent, le seigneur prenait les paroles de Ruhpart plus au sérieux.

— Je commence à mieux comprendre les questions du roi, réfléchissait-il à haute voix. S'il est au courant de cela mais n'a rien demandé, sans doute ne veut-il pas qu'on intervienne.

A ces mots, Ruhpart se sentit soulagé pour ses deux amis. Si le seigneur allait les faire surveiller, au moins les laisserait-il en vie.

— Sais-tu où ils sont partis après avoir quitté Tanim ?

Malheureusement, comme je vous l'ai dit, Arkès est resté très discret sur leur voyage. Je peux juste vous dire qu'ils sont partis vers l'Est et ont emporté beaucoup de nourriture.

— Hummm, s'ils allaient réellement vers les montagnes du Ksilm pour chercher des plantes comme Lacneol l'affirme, réfléchissait Huldrack à haute voix, que seraient-ils venus faire à Tanim pour repartir ensuite vers l'Est ? Je crois en fait qu'il ne sait absolument pas où ils se trouvent ni pourquoi. Par contre, Elveblas semblait en savoir beaucoup plus. Au moins, aujourd'hui, j'en suis au même point que lui et nous avons une longueur d'avance sur Lacneol. C'est une très bonne chose.

Ruhpart restait silencieux pendant le monologue de son seigneur. Il n'avait cure de ces élucubrations politiques. Maintenant qu'il était certain de rester en vie, il aspirait juste à rentrer chez lui.

—Tu peux disposer, Ruhpart. Il est temps pour moi d'aller voir le roi pour lui exposer les faits. Comme il est visiblement très intéressé par les déplacements de ce jeune couple, c'est le moment de gagner ses faveurs.

Il se leva d'un air décidé et ordonna au chef de sa garde de préparer son cheval.

Ruhpart n'insista pas et prit congé.

Après quelques jours de marche harassante, le décor changea imperceptiblement sous les pieds du jeune couple. Les montagnes du pays des glaces se dessinaient à l'horizon. Le sol des prairies et des champs céda la place à la rocaille, ralentissant leur progression. Moins d'animaux à chasser et ils savaient que d'ici peu, ils devraient entamer leurs réserves de turback. En fin de journée, ils arrivèrent devant un immense lac qui s'étendait à perte de vue et rejoignait les montagnes : le lac du Tmorg.

Le ciel était noir au lieu de virer à l'orange en ce début de soirée. Le soleil n'était plus qu'un disque pâle entouré d'une fine auréole au travers de ce drap sombre. Par contre, la lumière sur le sol et les reflets des montagnes dans l'eau témoignaient encore de la lumière du jour. La sensation était bizarre et les deux compagnons comprirent que **son** pouvoir augmentait.

Ils se regardèrent brièvement puis déposèrent leur sac. Arkès suggéra à Lynhéa de ramasser du bois et d'allumer un feu pendant qu'il chercherait des Sehcs.

— Des Sehcs ? Ça se mange ces machins-là ?

— Oui, ce sont des serpents d'eau, mais nous ne les mangerons pas. J'espère déjà en trouver deux qu'il faudra garder en vie, on en aura besoin demain. Je t'expliquerai plus tard, je veux les trouver avant la nuit, conclut-il en regardant le ciel noir inquiétant.

Il partit le long de la berge du lac, retroussa ses braies et s'enfonça dans l'eau jusqu'aux genoux. Lynhéa le suivit du regard un instant puis alla chercher du petit bois pour le feu. Lorsqu'elle revint une heure plus tard traînant une couverture remplie de bois mort, Arkès, allongé près des bagages, dormait profondément, couché en chien de fusil. Elle l'invectiva.

—Espèce d'abruti ! Y sont beaux mes serpents ! Venez voir mes serpents rares ! Je vais t'en foutre moi, tu voulais juste te la couler douce !

Elle avait gardé un bois qu'elle levait sur lui. Arkès s'était mis sur les genoux surpris par les cris qui l'avaient réveillé. Lorsqu'elle menaça de frapper, il fit un écart, attrapa son bras, pivota sur lui-même et l'amena doucement, mais fermement, sur le sol. Furieuse, elle se débattait. Il l'immobilisa en plaçant son genou sur l'articulation du coude.

—Et m… ! Ça fait deux fois ! jura-t-elle sèchement.

—Tu l'as dit. Je croyais que tu apprenais plus vite que ça.

—Oh ! Ça va, hein. Tu fais le malin parce que t'es au-dessus.

Immédiatement, il lâcha le bras et s'assit à côté d'elle.

—Mais je n'ai aucun problème à ce que tu sois au-dessus, ajouta-t-il avec un large sourire.

—J'ai faim ! dit-elle vexée.

Il rassembla le bois et alluma le feu pendant que Lynhéa essayait de récupérer son honneur froissé … une fois de plus. Il fit cuire deux morceaux de reil sur les pierres disposées autour du feu. Accroupi près des flammes, il remuait les braises de temps en temps pour les activer. Elle arriva derrière lui et s'appuya sur ses épaules, les bras autour de son cou.

—Ce n'est pas sympa, tu pourrais parfois me laisser gagner. Tu as été dopé par la folle toi, pas moi.

—Je ne sais pas ce que dopé veut dire, mais tu ne dois pas te sentir inférieure. Si je n'avais pas eu ce don, tu serais probablement plus forte que moi, tout comme tu es plus forte que tous les soldats que je connais. Quant à te laisser gagner, j'y ai pensé, mais je croyais que tu serais encore plus vexée si je faisais semblant.

— Un point pour toi. C'est bientôt prêt ?

— Encore quelques minutes, les pierres sont humides au bord des lacs. Elles mettent plus de temps à sécher, et surtout à chauffer.

— C'est quoi ces poissons que tu as pêchés ?

— Ce sont des Sehcs, des serpents d'eau. Le lac est trop large pour le traverser à la nage avec nos sacs à dos. Par contre, les courants sous-marins très forts qui le traversent vont nous aider.

— Ça tombe bien.

— Ils le traversent en suivant plus ou moins les failles terrestres du fond du lac.

— Mais comment tu sais tout ça ? demanda-t-elle énervée. Tu n'as jamais quitté Gallim.

— Je ne sais pas.

— Non, sérieusement. Tu sais plein de trucs qui n'existent même pas. Ce n'est pas norm…

— Je ne sais pas ! la coupa-t-il sèchement. Comment ça se fait que je connais ton monde alors qu'il a été créé par … l'autre là ? Comment ça se fait que je parle parfois comme toi ? Comment ça se fait que je sais ce qu'est un avion ? Je n'en ai jamais vu. Encore une fois, merci la folle tordue !

— Ok ! Je ne demanderai plus rien.

— Non, ça va, dit-il en reprenant son calme, je ne disais pas ça méchamment. Mais je n'ai jamais été préparé à cela, personne ne l'est. Comment dois-je réagir ? Certains jours, j'ai envie de prendre cela comme une bénédiction mais la plupart du temps, je pense à toutes les vies reprises contre ces dons.

— Euh, il n'y a pas de réel lien de cause à effet, tu vas un peu vite là.

— Je sais, mais tout est quand même de ma faute et ça, tu

ne pourras pas dire le contraire.

— Tout cela ne me dit toujours pas à quoi nous serviront ces serpents, dit-elle pour changer de sujet.

— Les courants marins du lac sont … dans le fond du lac ! Il nous faudra donc un moyen pour respirer et les serpents seront là pour ça. On se les collera sur les lèvres. Ils enfonceront leur langue dans notre bouche et se nourriront de notre salive, ils adorent ça. En échange, ils rejetteront de l'air par l'extrémité de leur langue, ce qui nous permettra de respirer. Quand on expire, le serpent rejette notre air … naturellement, si tu vois ce que je veux dire.

— Je vois très bien ! Et il n'est pas question que je me mette un de tes … Seph … je ne sais pas quoi, dans la bouche. Non mais ça va pas ? Oublie ça tout de suite !

— Malheureusement, on n'a pas le choix. On n'arrivera pas à nager avec nos sacs et nos armes. Tu préfères tout abandonner ici ?

— Non … évidemment ! Il n'y a pas de pont chez toi ?

Arkès la regarda du coin de l'œil, histoire de lui faire comprendre qu'à son époque, à part un pont au-dessus d'un ruisseau ou d'une rivière, il ne fallait pas trop rêver.

— Brrrr, laissa-t-elle échapper lorsqu'un frisson lui parcourut l'échine. C'est dégueulasse. Il ne faudra pas m'en vouloir si je vomis au milieu du lac.

— Tiens, mange, ça te changera les idées.

Ils s'endormirent rapidement l'un contre l'autre après quelques câlins. Lynhéa jeta un dernier coup d'œil au sac d'Arkès qui frémissait.

— Quelle horreur !

Au petit matin, le ciel avait repris des couleurs normales. L'ombre noire qui masquait le soleil en fin de journée s'était levée pour faire place à un ciel bleu immaculé. Arkès se réveilla. Lynhéa se baignait au bord du lac.

— Viens, l'eau est bonne, cria-t-elle en lui faisant signe.

Il ne se fit pas prier et courut la rejoindre. C'était

probablement leur dernier moment de détente avant longtemps, et ils voulaient en profiter. Leur petit déjeuner se limita à quelques morceaux de viande séchée, surtout pas de turback pour ne pas s'assoiffer, les sehcs auraient besoin de leur salive. Ils burent beaucoup.

Quelques minutes plus tard, sortis de l'eau et séchés, ils préparèrent leur sac et Arkès sortit le premier sehc pour le tendre à Lynhéa. Elle le prit à pleines mains pour l'empêcher de s'échapper, le serpent se tordit, elle frémit de dégoût. Arkès saisit le second et le déposa sur son bras où il s'enroula pour ne plus bouger.

— Ils ne partiront nulle part tant qu'ils sont à notre bras. Le fait qu'ils s'enroulent comme ça est la preuve qu'ils savent ce qu'on va faire et ça leur plaît.

— Quoi ? cria Lynhéa. Tu veux dire en plus que ce n'est pas la première fois pour eux. Ça veut dire que quelqu'un d'autre l'a déjà mis en bouche. Aaaargh, je vais mourir !

Arkès sourit, signant non de la tête et termina de ranger ses affaires. Il s'approcha d'elle et vérifia les attaches de son sac. Il s'exprima calmement mais sérieusement pendant qu'il resserrait les sangles du sac de sa compagne.

— Quand tu le mettras sur tes lèvres, ne panique pas. Au début, c'est un peu difficile de respirer, mais on s'y fait très vite. Si tu paniques, le sehc le sentira et s'enfuira. Si on est dans le fond, tu n'auras peut-être pas le temps de remonter à cause des courants.

— C'est clair.

— Les courants forts vont peut-être nous séparer. Ne t'inquiète pas, on remontera de toute façon tous les deux à peu près au même endroit. Si tu y es avant moi, attends un peu, je te suivrai.

— Compris.

Arkès évitait de montrer son anxiété à Lynhéa. Pour lui aussi cette expérience était une première malgré ses affirmations réconfortantes. Elle n'était pas dupe cependant, elle commençait à bien le connaître mais n'en montra rien. Ils collèrent le serpent contre leur bouche. Le sehc frétillait déjà. Il engouffra sa langue dans leur gorge.

Surpris, les jeunes gens se contrôlèrent assez pour ne pas les effrayer. Quelques secondes plus tard, ils pendaient à leur bouche jusqu'à leur nombril et ils respiraient normalement. Arkès hocha la tête vers Lynhéa pour vérifier que tout allait bien. Elle répondit le pouce levé. Arkès supposa que ça voulait dire qu'elle était prête. Ils plongèrent.

La première étape franchie, ils commencèrent à respirer sous l'eau. Petit à petit, ils s'enfoncèrent vers les courants dans une eau cristalline. Régulièrement, ils soufflaient en se bouchant le nez pour régulariser la pression dans leurs oreilles. Cela fit prendre conscience à Arkès d'un point capital.

— *Lynhéa ?* pensa-t-il.

— *Ça va, ne t'inquiète pas.*

— *D'accord, mais il faut que je te dise autre chose que j'ai oublié.*

— *Génial.*

— *Lorsque les courants s'arrêteront, ne remonte pas en une fois, le sehc t'abandonnerait et tu pourrais en mourir. Laisse le sehc te guider. Quand tu sens qu'il tire, stabilise-toi à la hauteur où tu es pendant quelques minutes. Quand il veut remonter, nage. Et ainsi de suite jusqu'à la surface du lac. Si on ne fait pas ça, on se tuerait certainement.*

— *D'accord, notre vie dépend de deux serpents, tout va bien.*

Ils poursuivaient leur lente descente en se surveillant l'un l'autre. L'eau devenue très froide engourdissait leurs membres. A présent, ils apercevaient le courant d'eau à quelques mètres … plus bas. Il était si rapide qu'il formait un clair tunnel sous-marin. Arkès le pointa du doigt et Lynhéa acquiesça du pouce.

Arrivés à proximité, ils furent happés brutalement par le courant. L'espace d'un instant, ils perdirent tout repère tant ils étaient malmenés. Bientôt, le courant les entraîna. Ils sentaient le serpent dans leur gorge à la recherche de leur salive. Des spasmes secouaient Lynhéa. Elle devait penser à autre chose pour ne pas vomir et continuer de nager sinon elle n'arriverait pas assez vite en surface. Ce cap franchit, elle se prit au jeu des montagnes russes et trouva cela plutôt drôle. Elle en oublia presque le serpent et le froid.

Dès que le courant d'eau s'arrêta, ils se stabilisèrent et Lynhéa leva le pouce. Tel un enfant, elle aurait volontiers recommencé. Arkès lui fit signe et ensemble ils entamèrent la remontée, lentement, palier par palier, selon les mouvements des sehcs. A la surface, ils libérèrent les serpents.

—Merci les amis, bon voyage ! cria Lynhéa.

Ils nagèrent jusqu'à la berge tant bien que mal, leurs bagages alourdis d'eau. Malgré la rapidité de la traversée, ils étaient exténués et déshydratés. Ils burent à satiété puis se reposèrent le temps de sécher leurs vêtements. De là où ils étaient, ils verraient arriver n'importe qui à des centaines de mètres à la ronde.

Le soleil matinal un peu voilé ne permit pas un séchage rapide. Vérifiant leurs victuailles, ils firent la grimace en voyant les turbacks désagrégés, et durent les jeter.

A cette heure de la journée, le spectacle était sublime. L'eau émeraude frémissait sous les rayons ardents du soleil. L'endroit invitait au repos mais les armes posées non loin d'eux leur rappelaient sans cesse leur mission. Ils se levèrent dans l'après-midi et partirent droit devant eux, guidés par une voix inaudible leur rappelant le vrai but de leur présence en ces lieux.

Ils avançaient dans la montagne. Il leur fallut deux jours pour atteindre le premier sommet. Ils parlaient peu afin d'économiser leur souffle. L'escalade était rude et plus ils grimpaient plus l'air se raréfiait. Par manque d'habitude, leur respiration s'accélérait et ils marchaient posément à pas réguliers. Au sommet, la route à suivre devint évidente. Dans la chaîne de montagnes, un seul pic n'était pas enneigé et un étrange halo noir flottait au-dessus.

—Arkès ! appela Lynhéa en s'appuyant contre un rocher pour reprendre son souffle. On n'est pas équipé pour affronter le froid et la neige. Si on veut arriver jusque-là, il faudra trouver quelque chose. Qu'est-ce que tu proposes ?

—Je n'en ai aucune idée, répondit-il. Si on parvient à suivre les chemins en dessous du niveau de la neige, on devrait y arriver.

—L'avantage, c'est que maintenant, au moins, **il** ne sait pas où on est.

—Pourtant, il nous a trouvé à Tanim.

—Tu parles, dit Lynhéa, c'était pas difficile, il savait qu'on serait dans la ville, et avec la fête, il n'a pas dû mettre longtemps à nous retrouver. Mais maintenant que mon lien est rompu, il ne peut plus rien, même pas sentir si on est là. On devrait en profiter pour le prendre par surprise.

—Es-tu sûre que le lien est rompu ? demanda-t-il plus sceptique qu'elle.

—N'aurais-tu plus confiance en Lamynthe ? Non, sérieusement, je pense que c'est en effet le cas. Mes cauchemars ont disparu. Je crois que c'est la meilleure preuve que l'on puisse avoir. Fais-moi confiance, termina-t-elle d'un ton professoral.

—Quoi qu'il en soit, dans un premier temps, on doit trouver un endroit pour dormir et s'arranger pour être au chaud car il n'est pas question d'allumer un feu.

—J'y ai déjà pensé, dit-elle en se retournant et en tendant le doigt. Tu vois la fumée, là, plus bas sur la droite.

—Oui, qu'est-ce que c'est ?

—Quoi ? Attends, tu veux dire que tu ne sais pas ce que c'est ? Je croyais que tu savais tout.

—Peut-être, mais je ne sais pas comment ça fonctionne et ce n'est pas moi visiblement qui décide ce que je connais ou non. J'ai un nom qui me vient à l'esprit, mais je ne sais pas ce que c'est.

—Un geyser ?

— Oui, c'est ça.

— C'est de l'eau chaude qui jaillit de la terre. Là, on devrait être bien, dit-elle en se mettant en marche.

— Tu as raison, il doit y faire chaud. On y va !

Ils descendirent calmement vers les geysers. Le sol tremblait sous leur pas chaque fois que la vapeur d'eau jaillissait vers le ciel en bouillonnant puis retombait brusquement en glougloutant. A proximité, un plan d'eau émeraude, translucide, s'étalait devant une grotte. Ils s'approchèrent prudemment. Lynhéa s'accroupit et trempa sa main.

— Oooh, c'est pas vrai, je dois rêver !

Arkès sourit et s'enfonça dans la caverne. Il y faisait doux, l'entrée de la grotte profitait de la chaleur dégagée par les geysers. Quatre ou cinq geysers se dispersaient devant eux sur le flanc de la montagne. Ils éclataient vers le ciel l'un après l'autre dans un sifflement caractéristique et l'air sentait le soufre. Le spectacle était éblouissant.

— Tu as raison, dit Arkès, c'est ici que nous allons passer la nuit.

Il avait à peine terminé sa phrase que Lynhéa s'était déjà déshabillée complètement et plongeait dans cette piscine naturellement chaude.

— Une baignoire de cette taille ! Je ne veux plus jamais partir d'ici, dit-elle en se mettant sur le dos.

Ses seins pointaient de la surface de l'eau. A chacun de ses mouvements, l'eau s'infiltrait entre eux et les recouvrait puis disparaissait pour les mettre en valeur. Le reste de son corps se dessinait en aquarelle sous la mince couche d'eau.

— *Elle est magnifique !* pensa Arkès.

Il se déshabilla à son tour et plongea la rejoindre en quelques mouvements. Arrivé à sa hauteur, il la prit dans ses bras et l'embrassa.

— Quand même ! dit-elle à voix basse. J'ai bien cru que tu ne viendrais jamais me rejoindre.

— Je profitais du spectacle depuis la rive.

— Et bien maintenant, si tu en profitais de plus près, dit-elle malicieusement.

L'espace d'un instant, ils oublièrent les risques qu'ils couraient si proches de leur ennemi. Leurs armes n'étaient même pas déposées à proximité, restées attachées à leurs bagages dans la grotte. Plus rien ne comptait que ces moments délicieux de tranquillité dans la nature sauvage. Ils jouèrent dans l'eau pendant plus d'une heure avant d'émerger, relaxés, heureux, et de rentrer dans la caverne tiède pour se nourrir et dormir l'un contre l'autre alors que le soleil avait à peine disparu.

Il leur avait fallu trois jours de marche harassante dans la neige compacte pour franchir les cinq sommets qui les séparaient encore de leur but.

Ils avaient croisé la route d'un labnidem et l'avait tué sans qu'il ne pousse le moindre rugissement. Arkès avait été satisfait de leur prise. Cet animal massif, à l'épaisse fourrure blanche, de la taille de deux hommes, se déplaçait en rampant tel une grosse chenille, ce qui en faisait une proie facile. Ils l'avaient dépecé tant bien que mal et avaient nettoyé soigneusement sa peau. Puis, ils avaient creusé un trou dans la neige, y avaient disposé la fourrure et recouvert le tout. Après quelques heures, l'odeur de l'animal avait disparu, ils l'avaient fait sécher au soleil et Arkès avait découpé la peau pour en tailler deux vêtements étant donné l'apparent manque d'expérience de Lynhéa dans le domaine. L'attente leur avait paru une éternité dans le froid et le vent, même s'ils avaient trouvé un abri momentané contre une paroi. Porter cette peau à peine dégrossie dégoûtait un peu Lynhéa mais après l'épisode des serpents, elle ne redoutait plus rien. De toute façon, mieux valait un polarlabnidem que le froid glacial des montagnes.

Cette fourrure était un atout supplémentaire aux yeux d'Arkès. Elle leur permettrait de rester bien camouflés depuis leur point d'observation. Leur approche en serait d'autant facilitée.

De leur abri improvisé, ils constataient leur petitesse face à la hauteur qu'il leur restait encore à grimper. Alors que déjà leur respiration s'accélérait du fait du manque d'oxygène, ils redoutaient de devoir grimper encore. Le froid les tétanisait et ils voyaient le vent s'acharner sur la neige des sommets et l'emporter en un brouillard blanc qu'il leur faudra bien affronter. Ils ne s'étaient pas rendus compte, d'en bas, que ces sommets étaient si hauts.

Quelques heures plus tard, ils s'approchaient d'un col à franchir pour passer de l'autre côté de la montagne sans monter jusqu'au sommet. Ils avaient l'impression de marcher enneigés jusqu'aux genoux tant chaque pas les essoufflait et leurs muscles endoloris les faisaient souffrir.

N'ayant pas eu le temps de s'acclimater à l'altitude, les premiers symptômes alarmants apparurent rapidement. Maux de tête et nausées étaient devenus leurs compagnons de voyage quasi permanents. Chaque arrêt se complétait généralement par des vomissements. Poser un pied devant l'autre ralentissait encore le mouvement suivant. Ils se décourageaient d'arriver un jour de l'autre côté. Se motivant l'un l'autre par des phrases les plus courtes possibles, économisant au maximum leur souffle, ils parvenaient à avancer. Ils sentaient de plus qu'ils ne tiendraient de toute façon pas longtemps à cette altitude et qu'ils devaient redescendre au plus vite.

Une fois le col passé, Lynhéa prit un grand coup au moral en voyant une nouvelle chaîne de montagnes les séparer encore de leur but. Mais elle se rassura un peu en constatant que ce nouvel obstacle était beaucoup moins haut que celui qu'ils franchissaient. De la glace collait à ses cheveux qui dépassaient de la capuche en peau de labnidem et à la barbe naissante d'Arkès. Les lèvres bleuies par le froid limitaient singulièrement la longueur de leur discussion.

S'asseyant un instant à la crête du col et à l'abri du vent, ils récupérèrent un peu d'énergie en mangeant lentement et contemplèrent le magnifique paysage qui s'offrait à eux.

Lynhéa s'appuya sur l'épaule d'Arkès, profitant de ce moment de calme et de repos. Il aurait voulu la prendre dans ses bras, mais il n'en avait plus la force. L'endurance de sa compagne le surprit.

Pour ne pas mourir de froid, ils ne tardèrent pas à se remettre en route et à la fin du jour suivant, ils redescendaient à des altitudes plus clémentes. Maux de tête et nausées disparurent aussi vite.

Ils sentaient qu'ils approchaient ; une prescience mystérieuse et effrayante les gagnait peu à peu.

La végétation, pourtant déjà rare à cette altitude, périssait de la présence maléfique du royaume du diable. Son pouvoir grandissait encore. S'il l'avait voulu, il aurait sans doute pu simplement attendre où il était que tout le pays soit contaminé. Peut-être était-ce ce qu'il faisait finalement. Après, la désolation se serait étendue comme un mal ardent à tout le pays warkan puis au reste du monde. Le pays des glaces en devenait effrayant.

Soudain, Lynhéa s'accroupit derrière un rocher et héla Arkès à voix basse. Il jeta un rapide coup d'œil alentour mais ne vit rien. Faisant confiance à sa compagne, il vint se cacher avec elle. Elle lui indiqua de ne faire aucun bruit puis pointa le doigt légèrement sur leur droite.

A une centaine de mètres, il aperçut l'objet de l'attention de Lynhéa. Se déplaçant lentement, dressés sur deux pattes à l'impressionnante musculature, deux monstres approchaient dans leur direction. Ils avaient du mal à les identifier, mais il sembla à Arkès voir le haut d'un hognar, sorte de reil à la peau aussi dure que des écailles de dragons, posé sur des jambes humaines démesurées. Ils faisaient près de dix pieds de haut. Malgré leur masse, ils se déplaçaient sans bruit et si Lynhéa ne les avait pas vus, ils auraient certainement été attaqués par surprise.

Le jeune couple ne désirait pas engager de combat. Ils devaient éviter à tout prix de se faire voir pour arriver jusqu'à lui et garder l'effet de surprise. Leur progression déjà éprouvante allait encore se compliquer s'il avait infesté les montagnes de monstres.

Ils s'écrasèrent encore derrière leur rocher mais soudain, alors que les monstres approchaient, ils s'arrêtèrent net. L'un d'eux reniflait l'air à l'affût d'une proie. Le jeune couple l'entendait respirer par à-coups et savait qu'il avait repéré quelque chose mais ils n'osèrent pas bouger, espérant encore qu'il s'agissait d'un animal quelconque.

Leur cœur s'accéléra, les secondes paraissaient des heures. Puis ils entendirent les pas lourds des monstres qui chargeaient. Etait-ce sur eux ? Leur espoir de passer inaperçus s'envola lorsque la carapace d'Arkès le recouvrit entièrement. Arkès se leva d'un bond pour les attaquer de front et protéger ainsi Lynhéa qui saisit son arc.

Mais les habors étaient plus proches qu'il ne le pensait. L'un d'eux baissa la tête et heurta Arkès comme un bélier meurtrier, l'envoyant heurter un rocher plusieurs mètres plus loin.

Lynhéa décocha sa première flèche, en pleine bouche du deuxième monstre, qui s'effondra sans un cri.

Pendant ce temps, le premier continuait sa course vers Arkès. Elle décocha une deuxième flèche qui glissa simplement sur la cuirasse naturelle du habor. Il approchait encore et s'apprêtait à écraser violemment Arkès contre le rocher. Le choc avait été d'une telle violence qu'Arkès n'arrivait pas à reprendre assez de souffle. Le monstre baissait la tête, il allait le heurter.

Soudain, Arkès sentit une intense chaleur monter en lui. Sa carapace semblait prendre vie. De fins filaments s'en échappèrent et pénétrèrent dans le sol. Il ne savait pas ce qu'elle prévoyait mais ne pouvait que lui faire confiance vu son état.

Le monstre chargeait, faisant trembler le sol de plus en plus fort, semblait-il à Arkès. La peur s'insinua en lui, l'immobilisant plus sûrement que le souffle coupé. Jamais il n'avait eu peur de la sorte. Il sentait la fin approcher. Mais que faisait sa carapace ?

Brusquement, le monstre hoqueta dans sa course et s'écroula lourdement sur le côté propulsant des morceaux de rochers tous azimuts. Arkès se protégea le visage. Lorsqu'il osa regarder, le monstre se relevait, il avait une flèche plantée dans la jambe. Il se retourna et grogna en direction de Lynhéa. Puis son grognement s'interrompit, son corps bascula vers l'arrière et s'écrasa sur le sol ... une flèche plantée en pleine bouche.

Lentement, la carapace d'Arkès se rétracta pour reprendre sa place.

Devant lui, Lynhéa regardait, d'un air sérieux mais satisfaite, l'arc encore dressé devant elle. Elle baissa doucement le bras et s'approcha d'Arkès. Elle lui tendit la main pour l'aider à se relever.

— Merci, dit Arkès.

— On l'a échappé belle.

— Oui, c'est le moins qu'on puisse dire. On sait maintenant qu'avec eux, le corps à corps risque d'être difficile.

— Cachons les corps avant que d'autres monstres ne les trouvent. Jusqu'ici, on peut espérer ne pas s'être fait repérer.

Ils dissimulèrent les corps derrière des rochers, hors du chemin de passage présumé d'autres patrouilleurs. Heureusement pour eux, il semblait s'agir d'une patrouille isolée.

Tout leur plan étant basé sur l'effet de surprise, ils décidèrent de progresser à l'abri des rochers et de ne se découvrir que lorsqu'ils seraient certains que personne ne pouvait les voir ... même si cela allait considérablement retarder leur arrivée à la statue.

Les rochers de grande taille étaient leur couverture et, plus ils avançaient, plus le décor s'accidentait. Les arêtes coupantes des rochers les meurtrissaient à chaque chute. Après des heures de progression, leurs jambes et leurs bras étaient entaillés en plusieurs endroits, rendant leur progression plus douloureuse et plus laborieuse encore.

— *Arkès*, pensa Lynhéa, *je n'en peux plus. Mes blessures me brûlent avec la transpiration et je trébuche de plus en plus souvent.*

— *Moi aussi, je suis fatigué. Trouvons un endroit où nous allonger à l'abri des regards et reposons-nous un peu.*

Lynhéa acquiesça.

Une heure plus tard, ils trouvaient une anfractuosité où ils purent se dissimuler pour dormir un peu. Le froid ambiant ne leur permit pas de se déshabiller pour s'occuper de leurs blessures, ce qui handicapa considérablement leur repos. Imaginer qu'ils devraient attendre d'être revenus en territoire warkan pour pouvoir se soigner leur pesa fortement sur le moral.

Quelques heures plus tard, le froid les empêchant de dormir, ils émergèrent péniblement de leur anfractuosité et se redressèrent doucement pour replacer leur sac à dos.

Relevant la tête après avoir aperçu une ombre s'étendre sur eux, Arkès tomba nez à nez avec un échilk, monstre à forme humaine, mais sans peau dont les muscles suintaient une substance verdâtre malodorante et visqueuse. Une forte mâchoire abritait de longues dents acérées et les mains terminées par des griffes démesurées l'exemptaient d'armes.

D'une poigne ferme, le monstre saisit Arkès par le sac et avec une force incroyable, sans fournir le moindre effort, il souleva le jeune homme pour l'envoyer plusieurs mètres au loin. Arkès retomba lourdement sur les roches coupantes mais heureusement sa carapace le protégea.

Sans la moindre hésitation, Lynhéa empoigna son sabre et le planta en pleine bouche du monstre. Elle y mit tant de force qu'elle traversa sans difficulté le crâne du monstre. Lorsqu'elle retira la lame visqueuse, une giclée verdâtre l'éclaboussa. Elle fit une grimace de dégoût et sauta sur le rocher pour chercher Arkès. Elle n'eut pas le temps de l'apercevoir qu'un autre échilk se tenait devant elle. Elle tenta de parer le coup de griffes avec son sabre, mais la force du monstre lui arracha le katana des mains. D'un coup de pied en pleine poitrine, elle le fit tomber en arrière. Sa tête s'écrasa sur l'arête tranchante d'un rocher dans un bruit d'os brisés. Une coulée rougeâtre se mêla à la substance visqueuse.

Arkès se redressait péniblement.

—J'en ai marre, ça fait deux fois que je me fais avoir. Lynhéa s'en sort mieux que moi. Sans ma carapace, je serais déjà mort depuis long…

Il n'eut pas le temps de terminer sa phrase qu'il était happé du sol et retombait à nouveau plusieurs mètres plus loin. Lorsqu'il releva la tête, une sorte de gros loup aux yeux incandescents se redressait sur ses pattes arrière et avançait vers lui.

—Un loup qui marche debout. J'aurai tout vu.

Il se préparait à la confrontation quand, à nouveau, un choc violent l'arracha du sol. Il se retrouva plus loin, couché sur le dos, le souffle coupé.

—Peste vérolée ! C'était quoi encore, ça ? dit-il en toussant.

Pour la deuxième fois, il n'avait rien vu venir. Il releva doucement la tête. Deux loup-humains s'approchaient de lui. Il n'avait pas d'armes. Il aurait voulu que sa carapace les décime comme les monstres à Tanim, mais elle se contentait de le recouvrir. Il s'en satisferait.

Il tourna légèrement la tête pour voir si aucun autre monstre n'allait le prendre par surprise et aperçut Lynhéa, debout sur un rocher, son arc à la main.

D'une flèche, elle blessa l'un des deux monstres. La seconde suivante, l'autre bondit dans les airs et d'un saut se retrouva près d'elle. En un éclair, il avait parcouru la vingtaine de mètres qui les séparait.

Cela rappela à Arkès que lui aussi pouvait se déplacer rapidement. En une seconde, il fut à son tour près de Lynhéa pour y prendre un sabre.

Lynhéa avait déjà encoché une nouvelle flèche et tirait

… mais le loup évita le coup tiré à bout portant avec une dextérité incroyable. Elle laissa tomber son arc et prit son sabre à ses pieds.

—Viens ! cria-t-elle au monstre.

Arkès bondit au-dessus du rocher pour y prendre son épée, mais, en plein vol, il fut happé par le deuxième loup. Ils s'écrasèrent tous les deux contre la paroi de la montagne. Le loup se redressa immédiatement et bondit sur Arkès qui le bloqua de justesse avec ses mains en le saisissant à la gorge. Le loup déployait une force incroyable. Il grognait et bavait à quelques centimètres de la tête d'Arkès qui pouvait sentir son haleine fétide. Ses dents claquaient par à-coups pour essayer de l'atteindre. Le loup était trop fort, Arkès ne tiendrait pas longtemps. Ses griffes s'enfonçaient dans la carapace qui résistait.

Dans un accès de rage folle, Arkès serra plus fort les mains et commença à tourner la tête du monstre. Il y mettait toute sa force en hurlant. Finalement, un craquement se fit entendre et le monstre émit une plainte étouffée. Dans un cri puissant, Arkès tourna un coup sec … le monstre s'écroula sur lui. Il le poussa difficilement sur le côté, empoigna son épée et se releva immédiatement pour aller prêter main forte à Lynhéa. Il bondit sur le rocher et aperçut sa compagne retirant sa lame du poitrail de l'animal. Ils s'en étaient sortis de justesse cette fois encore. Arkès jeta un coup d'œil aux quatre monstres inertes sur le sol. Il respirait fort.

Dans les minutes qui suivirent, ils camouflèrent comme ils purent les corps entre de grosses pierres et reprirent leur route.

—Tu as drôlement assuré, avec les quatre monstres, dit Arkès. Mieux que moi, en fait.

—Tu as été pris par surprise. J'ai eu un peu plus de temps pour réagir.

—Je ne voulais pas comparer. Je voulais juste te féliciter. Tu m'étonnes tous les jours.

—Merci, ça fait plaisir.

Une chose était évidente : leur ennemi tirait les leçons de ses erreurs et créait une armée beaucoup plus forte. Leur victoire à Tanim, s'ils s'en réjouissaient, n'était que le résultat d'un « brouillon » de bataille engagée par leur ennemi, un test en quelque sorte, et ils prévoyaient que des combats plus compliqués allaient advenir.

Ils arrivèrent finalement à proximité de la montagne du Seilmar. Même s'ils ne l'apercevaient pas encore, ils sentaient sa présence. Le pays devenait de plus en plus désolé et sombre. La flore était inexistante. Les arbres épars avaient perdu leur éclat verdâtre. Les conifères étaient dépouillés de leurs épines. Les troncs morts pourrissaient sur place. La faune locale avait depuis longtemps déserté les lieux pour laisser place aux monstres du Seilmar.

— Lynhéa, cache-toi ! On y est, dit Arkès en se courbant.

Ils venaient d'atteindre le dernier sommet avant la montagne du Seilmar. Ils restèrent là, observant à la lumière tombante du soir les flancs sinistres de la montagne. Ils semblaient recouverts de coulées de lave refroidie. Un frisson leur parcourut l'échine.

Aucun mouvement n'était visible sur le flanc, pas un monstre ne rôdait. Les avait-il fait se disperser pour l'une ou l'autre raison ? Le sommet était noyé dans l'obscurité du cercle noir et, de là où ils se trouvaient, leurs yeux ne distinguaient rien d'autre.

Baissant le regard pour dénicher un chemin suffisamment discret, ils remarquèrent la surface blanche et plane qui séparait le Seilmar des autres montagnes.

— *On dirait de la glace*, pensa Arkès.

Lynhéa observait et ne disait rien. La faible lumière illuminant encore les environs ne leur permit pas de distinguer avec certitude de quoi il s'agissait.

— *On n'apprendra rien de plus aujourd'hui*, pensa-t-il. *Attendons la venue de la nuit. On se faufilera jusque-là dans le noir, le plus près possible. Dès qu'on pourra y voir quelque chose, on observera et on avisera.*

— *Ok, dormons un peu. Je prends le premier tour*, pensa Lynhéa.

Le ciel s'avérait inquiétant. Composé de diverses tonalités de rouge, il semblait s'effondrer dans le temple. Les nuances se superposaient en courbes diverses qui se mélangeaient au-dessus du temple et s'écoulaient comme dans un gigantesque entonnoir sombre.

Rien ne troubla leur position d'attente et, dès que l'obscurité s'étendit dans la montagne, ils se mirent en route, lentement, sans faire le moindre bruit.

Arrivés prudemment au pied de la montagne, ils s'approchèrent de la surface blanche uniforme qu'ils n'avaient pu identifier jusqu'ici. L'endroit était calme. Aucun bruit ne venait briser le silence omniprésent. L'ambiance était pesante, effrayante même.

S'approchant toujours plus près de ce qu'ils pensaient être au départ un lit de glace, ils remarquèrent que la surface n'était pas uniforme. Elle était composée d'une multitude de fins filaments entremêlés formant une masse opaque. Ils n'avaient aucune idée de ce dont il pouvait s'agir.

Délicatement, poussée par la curiosité, Lynhéa tendit le bras et posa deux doigts sur l'une des cordes. La texture était très solide, chaque corde faisant près de deux centimètres d'épaisseur. Elles étaient recouvertes d'une substance visqueuse et collante.

— *On dirait une immense toile d'araignée.*

Arkès recula instinctivement de deux pas, immédiatement imité par Lynhéa. La toile reliant les deux montagnes formait un pont infranchissable d'environ cinq cent mètres et s'étalait sur des lieues et des lieues à perte de vue. Elle semblait entourer toute la montagne du Seilmar. Çà et là, des arbres morts émergeaient du réseau de fils.

Pourtant, ils devraient trouver un moyen de traverser. Marcher dessus était impossible, ils seraient immédiatement immobilisés. Il leur faudrait progresser à l'épée. Arkès s'avança tout doucement et sortit silencieusement l'épée qui lui avait offert Ruhpart. Mais au moment où il leva le bras pour frapper, Lynhéa lui saisit le poignet et baissa délicatement son sabre.

— *Et si c'était effectivement une immense toile d'araignée.*

— *Tu rigoles. C'est impossible*, répondit Arkès par la pensée.

— *Ah bon, et nos amis dans les montagnes, c'est possible ça ?*

— *Non, tu as raison*, dut-il avouer. *Que fait-on dans ce cas ?*

— *Comme pour les autres, on les trouve et on les tue.*

— *Pour faire une toile pareille, tu imagines la taille de l'araignée !*

— *Oui*, souffla Lynhéa, *mais a-t-on vraiment le choix ?*

— *Non …*

— *Pour la trouver*, continua Lynhéa, *on n'a qu'à jeter quelque chose sur la toile pour la faire vibrer. Elle sortira pour venir voir.*

— *Oui*, pensa Arkès, effrayé à l'idée de réveiller un tel monstre. *Faisons cela puis mettons-nous rapidement à l'abri.*

Ils reculèrent de quelques pas et se blottirent derrière un gros rocher suffisamment proche de la toile pour l'observer sur toute sa longueur. Arkès saisit une grosse pierre et la jeta vivement. Immédiatement elle se colla à la toile et les fils vibrèrent dans un tremblement sourd. Le cœur du jeune couple battait à vive allure et ils regardaient frénétiquement dans tous les sens, essayant de capturer le moindre mouvement.

Soudain, l'arbre qui émergeait de la toile juste à côté d'eux se mit en mouvement. Comme si le tronc se pliait en plusieurs parties, il se courba afin que ses huit branches reposent sur la toile. Prenant précautionneusement appui sur les fils, l'araignée-phasme fonça sur la pierre à une vitesse folle.

Arkès et Lynhéa étaient subjugués. Cette araignée, aussi grande qu'un jeune arbre était depuis le début à quelques mètres d'eux. Elle aurait pu à n'importe quel moment les attaquer et ils n'auraient rien pu faire. Observant autour d'eux, ils remarquèrent que les trois arbres suivants, émergeant eux aussi de la toile, se mettaient en mouvement et se tournaient vers eux … ou plutôt vers l'araignée-phasme proche. A la lueur de la pleine lune, ils ne distinguaient que des spectres noirs effrayants.

Un profond dégoût et une peur indescriptible s'emparèrent des deux compagnons. En un instant, accablés, ils sentaient s'envoler tout espoir de vaincre un jour leur adversaire. Jamais ils n'arriveraient à franchir un tel obstacle, jamais ils ne récupèreraient la statue … et la résignation s'insinuait lentement en eux. Rien ne pourrait plus arrêter leur ennemi.

L'araignée-phasme ne trouva pas la proie venue se prendre dans la toile, alors elle fit demi-tour. Elle marchait lentement. Arkès et Lynhéa aperçurent ses six yeux noirs brillants reflétant la lune. Elle reprit sa position d'attente.

Dans un accès de découragement et de colère, Lynhéa prit son arc et décocha une flèche au milieu des six yeux avec une violence inouïe. L'araignée-phasme s'écroula de toute sa masse sur le tapis blanc, morte instantanément. Surpris, ils se regardèrent, l'espoir revint subitement. Scrutant les alentours, ils virent à gauche et à droite, les trois araignées suivantes qui se remettaient en mouvement et avançaient rapidement dans leur direction. Arkès saisit immédiatement son katana en même temps qu'ils se dissimulaient derrière le rocher.

Quelques secondes plus tard, parfaitement synchronisées, les araignées-phasmes s'immobilisèrent à côté de leur congénère. Sans la moindre hésitation, elles commencèrent à la dévorer à même la toile, s'attaquant entre elles de leurs pattes immenses pour se réserver la meilleur part. Le claquement de leurs charges brusques résonnait dans la plaine. En position d'attaque, campées sur leurs pattes avant pour impressionner les autres, elles émettaient un sifflement strident. Malgré leur taille, leurs assauts étaient d'une impressionnante rapidité. Finalement, l'une des trois prit le dessus et les autres reculèrent de quelques pas avant de rejoindre leur emplacement habituel. Plusieurs minutes lui furent nécessaires pour engloutir totalement le cadavre puis elle reprit sa place comme si rien ne s'était passé. Ne percevant plus aucune vibration dans la toile, elles finirent par retourner à leur position et se métamorphosèrent à nouveau en arbres, parfaitement immobiles. L'illusion était parfaite.

— *Cette fois, on a peut-être une chance,* avança Lynhéa.

— *Tu penses à quoi ?* s'enquit Arkès.

— *Les toiles d'araignées ne s'accrochent pas au sol, elles sont tendues entre deux supports. On devrait donc pouvoir traverser en dessous.*

— *Oui, à condition que ce ne soit pas infesté de ces sales bêtes.*

— *Bien sûr,* continua Lynhéa. *Donc, si on découpe la toile sur le bord jusqu'à arriver en dessous, c'est gagné. Vu la grosseur des fils, ce n'est pas un petit trou qui devrait la fragiliser. Et si on prend suffisamment de précautions, on pourra limiter au mieux les vibrations pour ne pas réveiller les amies de notre monstre.*

— *Et si on allait jusqu'à l'endroit où notre amie était plantée ?*

— *Si tu veux, mais tu fais comment pour marcher jusque-là sans rester collé ?* demanda Lynhéa en le regardant du coin de l'œil.

— *On découpe !* accepta Arkès, abandonnant immédiatement son idée pour rejoindre celle de Lynhéa.

Lentement, le plus silencieusement possible, ils s'approchèrent du bord de la toile. Armés chacun de leur épée, ils entamèrent une corde. La première cassa dans un très faible bruit de corde de viole. Aucune des araignées environnantes ne bougea. Les deux compagnons s'adressèrent un large sourire et reprirent leur travail de découpe. Minutieusement, en moins d'une heure, ils parvinrent à ouvrir un passage assez grand pour un humain.

S'enfonçant sous la toile, ils s'arrêtèrent un instant. Le plafond était à peine à un mètre cinquante au-dessus d'eux et ils devraient progresser à quatre pattes. Cette sorte de tunnel était extrêmement sombre, on n'y voyait pas à quelques mètres. S'ils étaient attaqués, ils n'auraient aucune possibilité de se défendre. Le risque était énorme et ils décidèrent de ne pas le courir. Ils attendraient le jour pour traverser espérant que la toile translucide laisse pénétrer assez de lumière.

Ils restèrent assis à l'abri de la toile et en profitèrent pour essayer de dormir un peu. Un froid piquant les envahit et ils se blottirent l'un contre l'autre sous les peaux de labnidem qui leur serviraient en plus de camouflage. Etant données les circonstances et leur probable incapacité à pouvoir réagir en cas d'attaque, ils décidèrent de récupérer un maximum de forces. Les dernier jours de leur infiltration dans les montagnes, ils avaient dormi à tour de rôle, montant chacun la garde, ce qui avait fortement réduit leur temps de sommeil. Les patrouilles de monstres dispersées un peu partout ne leur avaient pas permis de dormir à satiété.

Au matin, voyant la lumière traverser les peaux qui les avaient protégés durant la nuit, ils sortirent doucement la tête, la main sur leur sabre pour observer les environs. Tout était calme. L'endroit où ils étaient leur paraissait irréel. Jusqu'à la montagne du Seilmar, ce n'était qu'un immense lac de glace. Ils se rappelèrent alors d'où venait le froid. Un mètre cinquante plus haut, un immense drap blanc servait de ciel. Il n'y avait rien, pas un animal et pas la moindre plante. A intervalle régulier, ils apercevaient le pied des arbres posés à même la glace … les araignées-phasmes.

Les deux compagnons revêtirent leurs peaux de labnidem, et se mirent à quatre pattes, les mains sur le sac. Poussant le sac sur la glace, ils avancèrent lentement, évitant à tout prix de faire le moindre bruit ni de toucher la toile. C'était épuisant de marcher ainsi, courbés en deux alors que la glace leur gelait les genoux et les pieds et pourtant, ils ne pouvaient pas s'arrêter car ils auraient succombé au froid intense. Ils devaient arriver de l'autre côté en un seul voyage.

Il leur fallut près de deux heures pour traverser le lac,

luttant contre les courbatures et l'engourdissement de leurs membres. S'avançant dans les rochers pour éviter le froid de la glace, toujours sous la toile, ils s'allongèrent un court moment pour reprendre des forces et soulager leur dos endolori. Ils attendirent la fin du jour et l'obscurité pour recommencer leur travail de découpe de la toile mais cette fois avec beaucoup moins d'inquiétude, les araignées-phasmes étaient de l'autre côté du lac. Ils travaillèrent cependant avec autant de minutie que la veille. Une fois le passage libéré, ils reprirent enfin leur progression vers le sommet de la montagne du Seilmar.

Au milieu de la nuit, ils se dissimulèrent derrière un rocher surplombant le temple. Ils étaient proches du but, la tension montait et leur cœur battait fort. Les flammes bleues flottant au-dessus du sol facilitaient leur progression et leur permettaient d'éviter les crevasses et autres pièges. Ils furent d'abord surpris de ces flammes sans mèche ni support, puis s'y habituèrent. Lynhéa s'amusa même à passer dessous.

Ses soldats étaient là près du temple, pas plus d'une vingtaine et uniquement des Jacks. Arkès s'en étonna. Pourquoi envoie-t-il ses monstres les plus importants se balader dans les montagnes et ne garde-t-il que ces petits gnomes insolents à ses côtés ? Il n'y avait pas de roqus et ils n'en avaient même pas croisés dans les montagnes. Puis, il réfléchit. Et s'il ne les envoyait pas se promener mais qu'il était déjà en train de créer des équipes ? Les deux compagnons n'y avaient pas prêté attention, mais peut-être que les monstres empruntaient toujours les mêmes sentiers. Comme ils avaient dû beaucoup louvoyer pour rester cachés, ils avaient peut-être, sans s'en rendre compte, croisé leurs différents chemins à plusieurs reprises. Si tel était le cas, ils devaient se dépêcher d'intervenir car plus ils attendraient, plus son armée serait imposante. Il fallait le provoquer pour qu'il passe rapidement à l'action.

Ils furent tout deux surpris de la lumière typique des flammes rougeâtres qui, après quelques secondes d'accommodation, facilitait finalement leur analyse de la situation en accentuant les contrastes.

— *La statue est là, sur l'autel*, pensa Arkès, *tu la vois ?*

— *Oui, mais on n'y est pas encore. Elle est au milieu du temple et ça m'étonne quand même qu'il y ait si peu de gardiens.*

— *Exact, sans doute n'imagine-t-il pas que nous puissions venir jusqu'ici mais on ne pourra pas le vérifier avant de passer à l'attaque.*

— *Attaquer ? Je croyais que tu voulais faire ça en finesse ?*

— *L'attaque ne sera qu'une diversion, j'ai une idée.*

Il recula silencieusement et descendit quelques mètres. Lynhéa le rejoignit, il lui transmit son idée. Ils préparèrent soigneusement leur tactique puis retournèrent vers leur point d'observation.

— *Qu'est-ce qu'il attend ?* s'impatienta Lynhéa.

— *Je ne sais pas.*

— *Ils sont tous là à tourner en rond. Ils attendent un ordre ?*

— *Oui, on dirait. Tant mieux, au moins ils ne sont pas très attentifs.*

— *Ce n'est pas pour ça que ce sera facile*, soupira-t-elle.

— *Tu es pessimiste, hein ?*

— *Pardon, c'est vrai.*

— *Je vais me glisser dans l'axe des colonnes du temple. Attends mon signal avant d'agir.*

— *Fais gaffe*, pensa-t-elle inquiète. *Attends !* pensa-t-elle ensuite en le retenant par la manche au moment où il se levait.

Elle pointa une des colonnes du temple du doigt, différente des autres. De la colonne descendit lentement un échilk, ces monstres sans peau à la force incroyable qui, une fois au sol, se dirigea vers son maître. Il lui parla dans une langue étrange inconnue des deux compagnons. Immédiatement, le monstre répondit par un rugissement effroyable, tordant la tête, et quitta le temple. Il partit dans la direction opposée au jeune couple, ce qui assurait leur position d'observation. Ils comprirent alors pourquoi ils n'avaient vu aucun monstre de ce côté de la montagne. Ceux qu'ils avaient tués ou évités s'étaient sans doute égarés ne trouvant pas le point de rendez-vous.

Observant un peu mieux le temple, Lynhéa remarqua que quatre des colonnes étaient différentes des autres. Les runes qui y étaient gravées différaient des autres. Elle fit directement le lien avec les types de monstres. Les colonnes identiques les plus nombreuses devaient servir à faire apparaître les jacks, premiers monstres qu'il avait créés. Une autre était destinée aux roqus et les quatre dernières pour chacun des types de monstres qu'ils avaient rencontrés dans les montagnes. Elle remarqua également que l'une des colonnes était beaucoup plus épaisse que les autres et étrangement fissurée.

Soudain, un grondement sourd fit trembler le sol. Perturbés dans leur guet, des corbeaux perchés sur des rochers s'envolèrent en coassant leur mécontentement dans la nuit. Leur cri se répercuta dans la montagne, donnant l'illusion d'un plus grand nombre. Une série de tremblements accompagna le grondement sourd ... comme des pas d'une impressionnante lourdeur. Arkès et Lynhéa regardèrent tout autour d'eux sans rien remarquer d'anormal.

Puis, s'accrochant avec lenteur et difficulté, une araignée-phasme descendit de l'épaisse colonne fissurée. Elle était énorme, à l'instar de ses congénères, et occupait une grande partie du temple. Sur l'ordre de son maître, elle partit rejoindre ses sœurs, faisant trembler la pierre à chaque pas. Comment un monstre de cette taille et de cette masse pouvait-il se déplacer avec autant d'aisance sur sa toile ?

Arkès attendit qu'elle eût disparu avant d'embrasser Lynhéa, de descendre prudemment et faire le tour du temple. Il sentait l'anxiété monter en lui et ne déclencha pas les hostilités tout de suite. Il resta encore un instant à observer le temple et ses environs pour éviter toute surprise. L'endroit où il était lui offrait un nouveau point de vue, mais la situation était la même. Au moment où il voulut se lever, un étrange malaise s'empara soudain de lui, il s'agenouilla un instant.

Il **le** voyait debout devant lui, encapuchonné et immobile. Il se sentait fixé par une étrange force qui lui broyait l'estomac. Il avançait sur lui, en flottant à quelques centimètres du sol, de plus en plus vite. Son pouls s'accélérait alors même qu'il n'arrivait pas à bouger. Il voulut se relever, mais n'y arriva pas, paralysé. Au prix d'un effort considérable, forçant sur ses muscles, sentant ses os à la limite de se briser, il parvint malgré tout à se relever. Alors qu'il était proche de lui, Arkès, toujours paralysé, ne pouvait ébaucher le moindre geste. Le manteau sombre s'approchait toujours, et lorsqu'il fut très proche, un visage se dessina sous le capuchon, un visage de mort, un squelette effrayant riant aux éclats.

C'est à ce moment qu'il reprit ses esprits et entendit Lynhéa l'appeler.

— *Qu'est-ce que tu fous ?*

Lynhéa s'inquiétait, il prenait trop de temps et ils devaient attaquer tant que la nuit dominait encore. Transpirant abondamment, le souffle bruyant, Arkès reprit contact avec la réalité.

Il ne comprit pas d'où lui venait cette vision et quel en était le but, mais elle l'affectait profondément. Il hésitait. Était-ce une mise en garde ? Si oui, de qui venait-elle ? De lui-même, de son ennemi … de quelqu'un d'autre. Ne devait-il pas faire marche arrière ? … Non, il ne pouvait pas reculer, l'avenir des Warkans et des kNalines dépendait de la réussite de sa quête. Il ne pouvait pas les abandonner pour se mettre à l'abri. Il devait foncer, sans réfléchir, sans hésiter. Il se leva d'un bond en criant de toute sa voix. Il courait vers l'autel en menaçant son adversaire.

— Viens, si tu as le cran de m'affronter ! Tu ne me fais pas peur. J'aurai ta peau. Ahhhh !!

Il atteignait les premières colonnes quand les Jacks

l'entourèrent. Les autres affluaient des quatre coins du temple.

— Jack, viens, on y va !

— Ouais, Jack, enfin un peu d'action !

— Tu parles, j'm'ennuyais tellement qu'j'étais en train de m'arracher les ongles pour passer l'temps.

Aidé de son épée, cadeau de Ruhpart, Arkès les décapitait les uns après les autres, se repositionnant à chaque frappe par de légers pivots pour porter le coup suivant efficacement. Comme il s'y attendait, il était arrivé à les focaliser autour de lui. Lorsqu'il s'éloigna enfin de l'autel où trônait la statue pour venir s'occuper d'Arkès, Lynhéa se prépara à intervenir.

La carapace d'Arkès se déclencha. Il provoquait une véritable hécatombe dans les rangs du Seilmar. Bizarrement, aucun monstre ne venait rejoindre les rangs des Jacks. Sans doute était-il trop surpris par l'intervention inopinée d'Arkès pour penser à en appeler d'autres ou peut-être était-il trop sûr de lui.

Arkès fonça sur lui. Il leva son épée au-dessus de sa tête. Comme il l'abaissait pour frapper, il fit un léger écart, pivota sur lui-même en saisissant le manche de l'épée de sa seule main valide et pivota à nouveau pour ramener le sabre sur la gorge d'Arkès. Celui-ci lâcha prise, se courba pour éviter la lame tranchante et asséna un violent coup de poing en pleine mâchoire de son adversaire. Il y mit toute sa force et, grâce à sa carapace, sa main ne se brisa pas. Il recula de plusieurs pas sous la violence de l'impact. Dépourvu d'épée, Arkès saisit rapidement son katana attaché dans son dos et se mit en position de garde basse. Il attendait. Son adversaire, confiant dans sa force, s'approcha.

— Laissez-le-moi ! ordonna-t-il d'un ton bref au reste des Jacks.

Sa voix résonna dans le temple alors même qu'il avait donné l'ordre à voix basse. Il tenta une frappe descendante. A la seconde où l'épée sifflait, Arkès, en pleine concentration, avança rapidement en protégeant son flanc gauche. Il vit l'épée de son adversaire s'abattre au ralenti. L'épée glissa le long du katana dans une gerbe d'étincelles. Arkès frappa son adversaire en ramenant le sabre vers l'avant. Le katana siffla sèchement avant de s'abattre sur le genou de son ennemi qui s'écroula de douleur, la jambe coupée.

Arkès s'approcha de lui, récupéra l'épée de Ruhpart, remit son katana dans son dos puis se pencha, approchant sa tête très près de la sienne.

—Tu es très fort, mais ce n'est pas suffisant, lui souffla-t-il dans l'oreille.

Arkès s'apprêtait à l'achever, saisissant l'opportunité qui s'offrait à lui, mais une dizaine de Jacks bondirent sur lui et l'empêchèrent de décapiter leur maître. Il se débarrassa difficilement de ces collants petits monstres, protégé par sa carapace mais d'autres arrivaient déjà en nombre, descendant des colonnes telle une nuée d'insectes. Il n'y arriverait pas. Il se redressa et s'enfuit vers l'extérieur du temple à une vitesse prodigieuse, laissant les Jacks pantois. Il se maudit de ne pas l'avoir tué plutôt que de lui parler.

Ce n'est qu'avec la fuite d'Arkès qu'il réalisa qu'il avait été floué.

—Où est la femme ? beugla-t-il.

Il se retourna, pris d'un pressentiment. La statue avait disparu de l'autel.

—Elle a pris la statue ! Suivez-le et retrouvez-les ! hurla-t-il dans un accès de rage froide.

Une centaine de Jacks descendirent des colonnes et se lancèrent à la poursuite d'Arkès. Il se releva, récupéra sa jambe et la présenta à son genou. Comme la coupure était nette, instantanément des liens organiques ressoudèrent les deux parties blessées. Ce qu'il n'avait pu faire avec sa main broyée. Après une ou deux flexions de jambes pour s'assurer que tout était bien en place, il se lança à la suite des Jacks. Il était déchaîné, il avait clairement sous-estimé Arkès. Son adversaire s'était nettement amélioré. Il était plus rapide, disposait de bien meilleurs réflexes et faisait preuve d'une réelle maîtrise. Comment avait-il pu en aussi peu de temps progresser ainsi ? Cela devenait prometteur pour la suite. Leur combat final serait palpitant … il en sourit en ricanant.

Arkès courait aussi vite qu'il le pouvait et sa vitesse augmentait sans cesse. Les Jacks arrivaient en suivant les traces, l'ayant perdu de vue depuis longtemps dans l'obscurité.

— Par ici, Jacks !

— On te suit, Jack

— Oh, regardez, ils ont rejoint quelqu'un !

Venant de deux directions différentes, les traces de pas d'Arkès et Lynhéa rejoignaient une troisième piste avant de s'arrêter quelques dizaines de mètres plus loin. Il ne restait que quelques traces de pas où la neige avait été aplatie. Dans la neige, là où les pas s'évanouissaient, un cercle s'étendait comme la base d'une grande sphère qui aurait été posée là. Les Jacks tournaient autour de ces traces en regardant vers le ciel lorsqu'il arriva.

— Hé, Jack, ils ont disparu !

— Ouais, Jack, volatilisés.

— Je dirais même qu'y sont fortiches les mômes.

Reconnaissant la trace pareille à celle laissée dans le désert lorsque les kNalines avaient transporté le couple vers Tanim, il conclut.

— Alors comme ça, il y a encore des kNalines vivants, murmura-t-il. Ils les ont téléportés. Il faut les retrouver. Jacks, à moi ! cria-t-il en levant les bras au ciel.

Il hurlait à en faire trembler la montagne. Aussitôt, une multitude de Jacks et autres monstres descendirent des colonnes. Quelques minutes plus tard, des milliers de monstres se rassemblèrent autour de lui. Les flancs de la montagne grouillaient de l'armée constituée par leur ennemi. Un brouhaha infernal retentissait partout.

— Alors, Jack, qu'est-ce qu'on envahit aujourd'hui ?

— Tais-toi, Jack, laisse-le parler.

— Fermez-la les gars, il est en train de bouillir.

Tous les Jacks y allaient de leurs commentaires. Il n'arrivait pas à se faire entendre dans ce tintamarre.

— Vous ! fit-il en haussant encore la voix et en désignant un groupe de Jacks, Vous retournez chez les kNalines et vous me les retrouvez, vifs de préférence, morts … c'est bien aussi. Je n'ai plus besoin d'eux maintenant. Et vous prenez le premier groupe déjà constitué qui attend nos ordres à la frontière.

Sans attendre, ils se mirent en route telle une armée de fourmis. Il désigna quatre autres groupes et les envoya vers Livend, Nomart, Gallim et Tanim.

— Détruisez ces villes et villages s'il le faut, mais retrouvez-les et ramenez-moi la Statue-Dragon.

Le flanc de la montagne grouillait. La neige était piquetée de ces petits êtres hargneux et rieurs. Telle une armée d'invasion, ils fonçaient vers la destination qui leur avait été assignée.

— Quant à moi, dit-il, je vais aller voir chez les kNalines, c'est l'endroit le plus probable.

Il partit en se déplaçant très rapidement, comme s'il flottait dans l'air à quelques centimètres du sol. À cette vitesse-là, il ne lui faudrait que quelques jours pour arriver chez les kNalines et, s'ils n'étaient pas là, encore quelques autres pour visiter tous les villages.

Arkès et Lynhéa attendirent une bonne heure, pour être certains qu'il n'y avait plus personne et sortirent de leur cachette.

Lors de sa fuite du temple, et hors de vue des Jacks, Arkès s'était jeté sur le sol en dessous de la peau de Labnidem où l'attendait déjà Lynhéa. Recouverte de neige, la peau était tendue entre deux branches et le flanc de la montagne. Emportant les deux branches au bout de sa glissade, il fit tout s'effondrer sur eux et la neige les recouvrit. Le va et vient des Jacks autour de leurs fausses traces de pas effaçaient toutes les traces imparfaites qui auraient pu être laissées au moment de la conception de l'illusion.

Ils avaient entendu l'ordre de bataille de leur adversaire et savaient les milliers de morts que cela allait encore coûter. Ils ne pouvaient agir contre cela et, la mort dans l'âme, se concentrèrent sur leur but. Ils repensèrent alors à leurs amis de Livend incapables de se défendre. Ils seraient massacrés sans même pouvoir ralentir l'armée des monstres. Tanim avait peut-être une chance. Il avait dû diviser son armée pour écumer le pays. Avec un peu de chance, ils viendraient à bout des affreux. C'est le seul espoir qu'ils gardaient. Nomart était condamné. Quant à Gallim, ils espéraient bien y être avant eux. Ils le devaient pour trouver Mekil, leur seule chance de vaincre leur ennemi.

Arkès connut un vif sentiment d'abandon en pensant à tous ceux qui allaient mourir. Mais il devait se ressaisir. Même s'il ne pouvait sauver tout le monde, il devait au moins en sauver le plus possible. Et il savait être le seul espoir du monde warkan ... et peut-être même du reste du monde.

Cette responsabilité-là, il s'en serait bien passé, elle lui pesait trop lourd sur les épaules. Voici peu de temps, il n'était encore qu'un simple soldat et sa vie d'avant lui manquait. Quand tout ceci serait terminé, il reviendrait à nouveau à Gallim, où il avait ses amis ... et à sa simple vie de soldat.

Ils revinrent au temple, désert et silencieux. Personne n'avait aperçu la flèche tombée à côté de l'autel. Enrobée dans plusieurs couches de tissu, la pointe n'avait fait aucun bruit en heurtant la statue. Elle était tombée à l'ombre d'une colonne et personne n'avait rien remarqué, tous très absorbés par leur combat contre Arkès. Comme prévu, elle avait pris ses jambes à son cou vers l'abri de fortune invisible. Le piège d'Arkès, basé sur les apparences, avait bien fonctionné. Il ne s'était pas douté du subterfuge. Arkès s'empara de la statue au pied de la colonne.

Pendant ce temps, Lynhéa observait l'autel. Une grande carte y était dessinée de tout le Pays warkan et du Pays kNaline ... avec le passage à travers la Torie. Cela expliquait comment il était arrivé si facilement jusqu'à eux. Elle comprit également d'où venait cette carte. Le Pays warkan était très détaillé ainsi que le Pays kNaline alors que le Pays maldor et Outremonde n'étaient que des pays vierges. Tout ce qu'il connaissait venait de Dialène. Elle montra cela à Arkès qui l'écouta sans rien dire, puis :

—Tu ne dois jamais la prendre en main, dit-il à la jeune fille en brandissant la statue.

—Oui, papa. Ne t'inquiète pas, je n'ai pas envie de déclencher l'apocalypse.

Arkès la plaça dans son bagage et ils partirent sans plus traîner.

Dès qu'ils eurent quitté le Seilmar en repassant sous la toile et entamé l'ascension d'une autre montagne, un tremblement de terre violent se déclencha. Ahuris, ils virent le Seilmar s'enfoncer lentement entre les cols dans un bruit assourdissant. A l'abri derrière une falaise, ils observèrent la disparition du royaume maudit, le sourire aux lèvres, s'imaginant déjà la réaction de leur ennemi. Paniquées par le tremblement de terre, les araignées-phasmes se réfugièrent sur la montagne du Seilmar et furent englouties avec elle. En quelques minutes, plus rien ne subsistait de ce royaume éphémère, un nouveau lac s'était reformé. On eut dit que jamais rien ne s'était passé dans ces montagnes.

—Incroyable, s'exclama Lynhéa. On a rêvé, tu crois ?

—Rêvé ou pas, ça avait l'air bien réel. Je me demande d'ailleurs par où ils sont tous passés. Ils peuvent marcher sur la toile tu crois ?

—Je n'en sais rien.

—Quoi qu'il en soit. On y va ! On ne doit plus traîner.

L'armée du Seilmar était en route. Destructrice et implacable, rien ne semblait pouvoir l'arrêter. Tout homme, toute femme, tout enfant qui se trouverait par malheur sur son chemin n'en réchapperait pas. Ce serait un massacre systématique et impitoyable, un génocide à ciel ouvert. Aucun village, aucune récolte sur leur route n'y survivrait. Seules les grandes villes, comme Tanim ou Warbeline avaient une chance. Tanim pourrait les vaincre et il éviterait certainement Warbeline sachant qu'Arkès ne s'y trouvait pas. Il ne prendrait pas le risque de s'attaquer au château alors que le temps pressait pour lui aussi.

Les seuls qui pouvaient encore limiter les dégâts venaient de commencer leur course effrénée contre la mort. Une course qui ne s'arrêterait qu'à Gallim, sans repos ou presque, courant sans cesse, au-delà de la résistance physique, au-delà de la douleur.

Dans le ciel, la réfraction du soleil dans l'atmosphère provoquait d'étranges phénomènes qui semblaient les accompagner dans leur course folle. Un croissant de lumière orange, apparu dans l'axe du soleil, était pour eux un présage favorable quand l'espoir d'arriver à temps les portait, mais néfaste lorsque la fatigue les contraignait à stopper leur course. Quelle que fût leur motivation du moment, ils n'oubliaient jamais le but à atteindre au plus vite.

Ils couraient encore et encore. Trois jours déjà, presque

sans s'arrêter. Arkès maîtrisait parfaitement leur itinéraire, faisant les détours nécessaires pour trouver de l'eau et éviter les soldats pour ne pas se faire arrêter … ils n'en avaient pas le temps. Chaque seconde était comptée. Ils s'arrêtaient le moins souvent possible et chaque arrêt était l'occasion de se masser les muscles soumis à rude épreuve et de se nourrir. Pour ne pas perdre de temps, ils ne mangeaient qu'une fois par jour, de la nourriture froide et insipide, ils n'avaient pas le temps de s'arrêter pour faire un feu.

Trois jours qu'ils couraient sans prendre le temps de se reposer. Cette fois, hébétés de fatigue, ils décidèrent de dormir quelques heures en plein jour. Après avoir mangé jusqu'à plus faim les petits animaux qu'Arkès avait chassés en s'autorisant exceptionnellement un feu à l'abri des regards, ils s'allongèrent à l'orée d'une forêt et s'endormirent instantanément.

Puis, au petit matin, ils reprirent leur course haletante. Lynhéa n'en pouvait plus, ils étaient au tiers seulement de leur trajet et le moindre muscle de son corps la faisait déjà souffrir. Mais il fallait continuer, pas question d'abandonner !

Soudain, en arrivant au sommet d'une colline, elle aperçut Arkès en train de discuter avec des soldats. Il prenait régulièrement de l'avance pour sonder le terrain et s'assurer que la route était libre. Mais cette fois, il s'était visiblement fait surprendre. Elle en profita pour ralentir et marcha pour les rejoindre.

—Je vous en prie, leur expliquait Arkès, vous ne comprenez pas, je me moque de votre village, nous avons une mission urgente et prioritaire sur tout le reste.

Manifestement, les soldats ne voulaient rien entendre.

—Que se passe-t-il ? demanda Lynhéa encore essoufflée lorsqu'elle les rejoignit.

—Apparemment, on s'est trop approché d'un village interdit et ils veulent nous emmener. J'ai beau leur dire qu'on ne peut pas se permettre de perdre du temps, ils ne veulent rien entendre.

—La loi de notre roi est parfaitement claire, toute personne qui …

—« La loi de notre roi est parfaitement claire », répéta Lynhéa sur un ton dédaigneux. Qu'est-ce qu'il a votre village pour être si secret ?

—Nous n'avons pas le droit d'en parler.

—Eh bien ! N'en parlez pas et laissez-nous passer. Si vous ne nous aviez pas arrêtés, on n'aurait même jamais su qu'il y avait un village à proximité. Votre loi est donc ridicule.

—La loi est la loi !

—« La loi est la loi », répéta-t-elle encore plus dédaigneuse, tellement fatiguée que toute notion de diplomatie l'avait désertée. Il a un nom au moins votre village ?

—Johd, répondit un des cinq soldats avant de recevoir un coup de coude d'un comparse et de se rendre compte qu'il avait commis une erreur.

Arkès ferma les yeux et laissa sa tête tomber en arrière. Maintenant, il était sûr que les soldats ne les lâcheraient pas. Ils n'allaient pas avoir le choix, l'affrontement semblait inévitable. Pourtant, il tenta une dernière manœuvre.

—Ecoutez, comme je vous l'ai dit, il est nous est impossible de vous suivre. Alors je vous le demande une dernière fois, laissez-nous passer s'il vous plaît.

—Sinon quoi ?

—Sinon, nous devrons passer quand même.

Le soldat regarda ses compagnons avec un large sourire.

—Nous sommes cinq et vous n'êtes que deux, dont une femme, vous n'espérez pas réussir à passer en force tout de même.

Arkès ferma les yeux et se cacha le visage.

—Oh non, pourquoi avez-vous dit cela !

Lynhéa s'avança pour les provoquer, mais Arkès ne la laissa pas faire. Si elle se battait, elle s'épuiserait inutilement.

Lui profitait manifestement du don de la statue et se sentait bien moins fatigué qu'elle. Il la retint donc par le bras et … en un éclair, il avait désarmé les cinq soldats qui ne comprirent pas ce qui leur arrivait. Pris de panique, ils s'enfuirent à toutes jambes.

—Tu as encore amélioré ta vitesse, constata Lynhéa.

—Ne traînons pas, dit seulement Arkès en laissant tomber les armes.

Dans un long soupir de découragement, Lynhéa reprit la course à la suite d'Arkès.

Plusieurs jours plus tard, ils étaient à bout de forces. Leurs pieds meurtris les faisaient souffrir atrocement. Leurs jambes tétanisées refusaient d'encore les porter et ils s'effondraient continuellement sur le sol. Malgré cela, ils se relevaient toujours, n'abandonnant jamais.

Mais un jour …

—Arkès, il faut qu'on s'arrête, souffla Lynhéa pliée en deux.

—Ok, on s'arrêtera au-dessus de cette colline.

Il savait que là-haut, Gallim était en vue. Ils stoppèrent, les mains sur les genoux, ahanant péniblement. Lynhéa voulut s'asseoir mais Arkès la retint par le bras.

—Ne t'arrête pas. Marche lentement. Tu récupèreras plus vite.

Mais Lynhéa n'en pouvait plus.

—Non, je ne peux plus … désolée.

Elle s'effondra sur le sol et se coucha sur le dos, pleurant les dernières forces qui lui restaient sachant qu'enfin ils étaient arrivés. Arkès la regardait pleurer, conscient de l'effort qu'elle avait fourni pendant tous ces jours. Lui-même n'était pas certain qu'il aurait tenu le coup aussi bien s'il n'avait pas reçu un tel don de la Statue-Dragon. Il s'assit à côté d'elle. Elle respirait fort par à-coups dans ses sanglots. Son visage était noyé de larmes et de transpiration, elle avait formidablement atteint, puis repoussé ses limites physiques pour tenir le coup et arriver à destination. Il reconnut sa bravoure. Il posa délicatement sa main sur son épaule et la félicita.

— Merci, répondit-elle.

Cette fois, elle n'était pas gênée de se laisser aller, elle n'avait plus aucune force et était bien consciente de l'exploit qu'elle venait d'accomplir. Arkès était attristé de l'avoir poussée au-delà de ses limites. Mais aujourd'hui, il était extrêmement fier d'elle. S'il avait pu, il lui aurait fait cadeau du don reçu mais il ne savait pas si c'était permis et encore moins comment procéder. Il s'avança un peu et d'une main, légèrement distrait, il commença à lui masser les cuisses pour la soulager. Elle se crispa sous la douleur avant de ressentir un indéniable soulagement.

Ils contemplèrent Gallim qu'ils avaient l'impression d'avoir quitté depuis une éternité. Soixante jours qu'ils étaient sur les routes, jamais Arkès n'avait quitté son village aussi longtemps. Ils avaient découvert les autres seigneuries ainsi que le combat fourbe et hypocrite auquel se livraient les seigneurs. Ils avaient découvert un peuple inaccessible à tout autre … et avait causé sa perte. Ils s'étaient aventurés dans un pays inhabité où aucun Warkan n'avait jamais mis le pied. Ils avaient combattu des monstres incroyables … et s'apprêtaient à les combattre à nouveau.

— On se repose deux heures ici, dit Arkès absent.

— Pourquoi est-ce qu'on n'y va pas plutôt maintenant en marchant ?

— Je ne suis pas sûr que les kNalines aient pu les prévenir pour le meurtre de Dialène. S'ils ne sont pas informés, ils voudront nous capturer et nous aurons besoin de forces pour nous défendre.

— Je vois ! Est-ce qu'il y a encore dans ce monde quelqu'un de notre côté qui soit toujours en vie ?

Arkès scrutait le village. Le pont surplombant la rivière derrière les hautes palissades de bois, les habitations groupées, les champs et les prairies à gauche et à l'arrière du village, le camp d'entraînement, rien n'avait changé depuis son départ. Son tour d'horizon se termina sur la colline avec, en arrière-plan, l'église. Il repensait à Dialène, son fidèle ami, mort dans d'atroces circonstances par sa faute. Il éprouva un vif sentiment de nostalgie de sa vie d'avant. Simple soldat, la vie était facile. S'entraîner et se battre. Pas de contraintes, pas de décisions lourdes de conséquences à prendre, il suffisait d'obéir. Aujourd'hui, tout avait changé. Chacune de ses décisions pouvait entraîner des réactions en chaîne catastrophiques.

Il resta silencieux, inquiet et impatient à la fois de retrouver ses compagnons.

Soudain, il se figea. Une sensation étrange, pesante, l'engourdissait. Il se voyait désarmé, aux prises avec plusieurs Jacks qui le submergeaient. L'un d'eux, accroché sur son dos, lui mordait la base du cou. Quatre autres immobilisaient ses bras tandis que trois autres s'accrochaient à ses jambes et tentaient de lui faire perdre l'équilibre. Il étouffait … et sa carapace ne réagissait pas !

— Arkès ? s'inquiéta Lynhéa

Il ne pouvait plus respirer. Il tentait de lutter, mais c'était peine perdue. La force des petits monstres était surhumaine et il ne parvenait plus à se dégager.

— Arkès ! cria Lynhéa en le secouant.

— Hein quoi ? Que se passe-t-il ? dit-il paniqué en reprenant ses esprits.

— Que t'arrive-t-il? Tu as senti quelque chose ?

— Oui, ils sont sur nos traces. Hâtons-nous ! répliqua-t-il sèchement.

Sans autre forme d'explication, il se leva. Lynhéa ne comprenait pas et n'osait pas le questionner. Arkès avait peur de ce qu'il venait de ressentir et ne savait pas pourquoi cela s'était produit maintenant, comme devant le temple du Seilmar.

— *C'était horriblement réel*, pensa-t-il.

A l'approche du village, ils usèrent de prudence. Ils

s'étaient engagés sur le pont, les grandes portes des palissades restant ouvertes en ces temps calmes, quand un villageois les aperçut. Arkès reconnut Lucal. Son ami avançait vers eux, les yeux plissés, les sourcils froncés et les épaules relevées. Des guerriers s'approchèrent tandis que d'autres habitants préféraient observer à distance.

—Attendez, je peux tout expliquer, cria Arkès. *Même si ça va être compliqué*, pensa-t-il ensuite.

Ils continuaient à avancer, lentement et sur leurs gardes.

—Je ne crois pas qu'ils vont t'écouter, dit Lynhéa en portant la main à son katana.

Arkès l'arrêta des yeux. Elle laissa tomber le bras. Il ne faudrait pas les blesser ou du moins, le moins possible … une fois de plus. Elle se mit en garde.

—Ecoutez ! Nous ne sommes pas responsables pour Dialène.

Devant leur apparente surdité, Arkès se mit également en garde. Quand soudain …

—Ça, ils le savent déjà.

Arkès connaissait cette voix familière entre toutes. Celle qui lui prodigua tant de conseils et l'écouta si attentivement lorsqu'il doutait de lui. Il ferma les yeux. C'était impossible. Son ventre se serra, son cœur exécuta un bond si désordonné qu'il fut persuadé que tout le monde l'avait entendu. Il sentit les larmes lui monter aux yeux. Ses bras retombèrent, pesant une tonne. Il aurait été incapable de les relever. Il ne savait toujours pas par quel miracle …Ses jambes tinrent bon, il ne s'effondra pas. Il rouvrit les yeux, tourna la tête et l'aperçut.

—Dialène ?

—Alène, répondit-il avec humour comme il l'avait fait des semaines auparavant dans l'église alors qu'Arkès venait de recevoir le don de la Statue-Dragon.

—Mais tu ne peux pas …

—… être vivant ? Et pourquoi donc ? dit Dialène en fronçant les sourcils, les yeux grands ouverts comme pour l'avertir.

Arkès n'insista pas ... pour l'instant. Lynhéa observait tout cela sans mot dire et n'y comprenait plus rien.

— Mais alors, pourquoi nous en veulent-ils ? demanda-t-elle tout bas.

Arkès souleva les épaules pour lui signifier qu'il n'en savait rien.

— Tu nous as abandonnés pour la bataille ! dit alors Lucal.

— Abandonnés pour la ba ... mais ... quoi, c'est tout ?

— Vieux brigand, va ! T'as raté une fameuse occasion de te distinguer ! dit Lucal avec un grand sourire aux lèvres. Ça a été un vrai massacre, ils n'ont pas eu la moindre chance. Même leur roi est parti en courant avant le début de la bataille.

Arkès se relaxa mais son visage trahissait encore toutes les interrogations qui l'habitaient.

Lucal prit dans ses bras un Arkès encore perturbé qui ne lui rendit pas son accolade. Il laissa tomber sa tête sur l'épaule de son ami et pleura toutes les larmes de son corps. Tous les doutes, les peurs, les questions, accumulés ces derniers jours venaient de s'évanouir d'un coup. Il se retrouvait sans force, sans énergie, fragilisé comme il ne l'avait jamais été. Il sentait dans son sanglot la fin d'un périple, un chapitre qui se clôturait. Il ne serait plus seul avec Lynhéa à lutter. Il aurait voulu aller près de Dialène, mais les habitants se pressaient pour les accueillir.

— Ah ! Mon vieux, dit Lucal, volubile. Ça fait longtemps. Si tu savais ce qui t'attend à la taverne. On a mis une cervoise de côté à chaque fois qu'on en buvait une à ta santé.

— J'imagine ... répondit Arkès en pleurant.

— Eh ! Ça va aller mon vieux ! Pas la peine de te mettre dans des états pareils.

— Je sais, pardon, c'est la fatigue.

Il se frotta les yeux du dos du poignet.

— Et toi, ... euh ..., dit Lucal en regardant Lynhéa.

— Lynhéa

— Linya !

— Ly-nhé-a ! insista-t-elle.

— Ça va, t'énerve pas, j'ai eu mon compte la dernière fois, dit Lucal en mettant ses deux mains devant son visage. Je peux ? ajouta-t-il en tendant ensuite les bras vers elle.

— Non ! répondit-elle sèchement.

— Bon, je n'insiste pas. On peut essayer, non ?

Pendant toutes ces accolades, Dialène s'était rapproché. Arkès, abandonna ses compagnons auprès de Lynhéa et se dirigea vers lui. Lynhéa les regardait tout en refusant sèchement les avances des hommes et en répondant par monosyllabes aux femmes. Son attention était ailleurs.

— Ne dis rien, commença Dialène, je t'expliquerai … en privé.

Arkès le prit dans ses bras et se remit à pleurer, libérant d'un coup toute la tristesse et toute la tension de ces dernières semaines concernant son ami. Sous le coup de l'émotion et d'une intense fatigue, ses jambes se dérobèrent. Ses nerfs étaient à bout, il y avait trop de questions auxquelles il avait dû tenter de répondre seul. Une trop grande responsabilité s'était abattue sur ses jeunes épaules. Après tout, il n'avait que vingt ans. Dialène héla Lucal et ils le transportèrent dans ses quartiers suivis de Lynhéa. Les villageois retournèrent à leurs occupations en commentant l'évènement.

Arkès reprit ses esprits allongé sur sa paillasse. Seuls Lynhéa et Dialène étaient à son chevet. Dialène prit une flasque d'eau dans son bagage.

— Tiens, bois.

Il but goulûment. Une question lui brûlait les lèvres. Il lui fallait rapidement une réponse.

— Par quel miracle ?

Dialène s'assit sur un tabouret. Les coudes sur les genoux, il regardait Arkès et prit un temps avant de répondre.

— Je ne suis pas Dialène. Ou du moins, pas celui que tu

as connu.

Arkès resta sans voix. Lynhéa ne cherchait même plus à comprendre, levant les yeux au ciel.

— Attends, dit alors Dialène, je vais tout t'expliquer. Je suis bel et bien mort dans l'église. Tu n'as pas rêvé. Mais Pitroc m'a, en quelque sorte, ramené à la vie.

— Qui est Pitroc ? demanda Lynhéa.

— C'est un enfant kNaline. Lors de l'attaque par les Jacks, il a libéré son énergie. T'en souviens-tu ? dit-il en regardant Arkès. Comme tu étais lié mentalement avec eux, tu as dû le sentir.

— Oui, en quelque sorte. J'ai fait un rêve. Il y a deux personnes qui ont libéré leur énergie, Mikaj et … Pitroc.

— En fait, Pitroc s'en est servi pour me matérialiser.

— Mais comment ?

— Hum, comment répondre à cela ? Disons que mon âme n'était pas encore passée de l'autre côté, je ne peux malheureusement pas t'en dire plus pour l'instant. Il m'a retrouvé et m'a donné un corps.

— Pourquoi ? demanda Lynhéa pour éviter qu'Arkès n'insiste.

— Les kNalines avaient fait la promesse de prévenir notre seigneur que vous n'étiez pas mes meurtriers. Ils ne pouvaient plus le faire, mais ils voulaient toujours tenir leur promesse … et me voici. Ça vaut toutes les explications, non ?

— Mais, s'étonna encore Arkès. Tu es Dialène ou non ?

— Mon esprit, oui. Physiquement, ce n'est pas le même corps, juste une matérialisation. Mais finalement, celui-ci est très bien, beaucoup plus en forme que le précédent.

— Mais c'est impossible ! s'exclama Arkès.

— Si tu veux, on peut aller voir ma tombe, tu verras que mon corps y est toujours. Mais je voudrais d'abord que tu me présentes cette charmante damoiselle.

Ils discutèrent encore tous les trois pendant un long moment, racontant tout ce qui s'était passé depuis la mort de

Dialène et expliquant qui était, selon eux, Lynhéa.

Peu après, alors qu'il restait tant à dire, la jeune femme interrompit ces retrouvailles émouvantes et les ramena à la dure réalité. Il restait peu de temps avant l'arrivée de l'armée du Seilmar.

— Dépêchons-nous, on doit encore trouver la clé, dit-elle précipitamment.

— En effet, dit Arkès en se levant péniblement, allons chercher Mekil.

Ses muscles le faisaient atrocement souffrir. Il marcha lentement pour calmer la douleur. Les deux autres le suivirent à la recherche de celui qui résoudrait leur problème avec la Statue-Dragon.

Ils avaient à peine mis un pied dehors qu'Arkès vit une ombre s'échapper à toute vitesse hors du village. Il était là et les avait épiés. Arkès se retourna et rentra chercher son épée.

— Lynhéa, prends tes armes, **il** est là et maintenant, à cause de nous, il sait ce que nous cherchons et il sait que c'est ici.

Elle courut prendre son katana et son arc sans poser de questions et suivit Arkès.

— Dialène, tu restes ici ! dit Arkès fermement en partant. Je n'ai pas envie de te perdre une seconde fois.

— D'accord, répondit le prêtre, je ne bouge pas d'ici.

Ils coururent tous les deux vers le centre du village.

— Comment peut-il être déjà ici ? demanda Lynhéa pendant leur course.

— C'était un piège. À mon avis, dès qu'il s'est rendu compte qu'on détenait la statue, il a compris qu'il devait risquer de nous laisser dévoiler nos plans. C'était le seul moyen pour lui d'éliminer tout obstacle à ses projets.

— Oui, mais comment va-t-il trouver Mekil ? Il ne le connaît pas.

— Il ne va pas le trouver. En nous exterminant tous, il solutionne son problème. Il devait juste attendre d'être certain de l'endroit où était la clé.

Il interpela Lucal qui se dirigeait vers la taverne.

—Lucal, nous devons aller voir Lacneol. Je dois tout lui expliquer.

Devant l'apparente nervosité d'Arkès, Lucal acquiesça immédiatement sans poser de question.

—Ne devrait-on pas d'abord trouver Mekil ? proposa Lynhéa.

—Non, d'abord lever l'armée. Il arrivera au mieux dans deux jours. Ça nous laisse un peu de temps.

—Comment peux-tu savoir cela ?

—S'il était plus près, on aurait vu son armée, ils sont certainement plusieurs milliers. Pour nous suivre et ne pas se faire voir, il a dû rester à trois jours de marche de nous. Maintenant qu'il sait, on peut supposer qu'il va accélérer l'allure et dans deux jours au mieux il pourrait être ici avec toute son armée. Il s'est bien joué de nous. Il a exposé son plan pour qu'on l'entende et nous obliger à nous dévoiler. On a foncé tête baissée.

Lynhéa n'insista pas, il savait certainement ce qu'il disait.

Arrivés chez leur seigneur, ils furent bien accueillis, comme toujours. Sa maison était modeste en comparaison de celle des deux autres seigneurs warkans. Il était impatient d'avoir les explications d'Arkès sur les interrogations du roi et sur ce qui s'était passé avec Elveblas. Il s'avança vers eux avec un large sourire et les invita à entrer. Les trois amis s'assirent à table face à Lacneol et son épouse.

—Alors, Arkès, peux-tu enfin m'expliquer ? J'ai beaucoup de questions sans réponses.

—Le plus simple je crois est que je commence par le début. Ça prendra un peu de temps, mais c'est nécessaire pour vous convaincre de rassembler un maximum de soldats en moins de quarante-huit heures.

—Tu vas en effet tout me raconter, dit Lacneol, mais pour les soldats, ne t'inquiète pas. Dialène nous as déjà expliqué certaines choses et nous avons levé l'armée. Tu es d'ailleurs rentré juste à temps, car me fiant uniquement aux dires de Dialène, je ne pouvais la maintenir très longtemps rassemblée. Deux jours plus tard et cela aurait été trop tard. Mais vas-y, explique-moi tout !

Arkès était embarrassé. Lacneol savait certainement déjà beaucoup de choses. Devait-il éviter certains détails ou tout raconter ? Devait-il lui parler de la mort de Dialène ? Devait-il lui expliquer d'où venait Lynhéa ? Devait-il lui parler des soldats du Tmorg au risque de le mettre dans une mauvaise position vis-à-vis des autres seigneurs ? Mais c'était déjà le cas quoi qu'il arrive. Arkès savait que les deux autres seigneurs, et l'un d'entre eux en particulier, voulaient s'approprier ses terres. Lacneol avait toujours été honnête et juste avec eux. Il décida dès lors de tout raconter, sans rien omettre.

Mais à la fin de son histoire, il lui demanderait de ne rien révéler à la population, elle ne comprendrait pas tout et jugerait sans doute mal.

Durant toute son explication, ses interlocuteurs restaient bouche bée. Ils n'avaient jamais rien entendu de pareil. Même Lacneol, qui pour une raison qu'il ignorait ne mettait pas les paroles des deux compagnons en doute, était stupéfait.

Certains éléments leur semblaient difficiles à comprendre. Arkès avait-il ou non participé à la bataille de Tahlmein ? Mais ils n'interrompirent pas le jeune couple tant leur histoire les fascinait. Et c'est surtout lorsqu'ils arrivèrent à la fin du récit que leur visage changea.

Il avait bien levé l'armée, mais il n'était pas du tout préparé à ce qu'ils allaient affronter. Aucun de leurs adversaires ne serait soldat … ou du moins pas au sens qu'ils l'entendaient. Ils devaient mieux se préparer et renforcer les fortifications. La tactique de défense de Gallim qu'ils avaient mise au point s'effondrait comme un château de carte. Ils devraient repenser tout leur système.

—… et aujourd'hui, il nous reste au maximum deux

jours pour nous préparer à la plus terrible bataille que nous ayons jamais livrée, termina Arkès.

Un long silence suivit leur récit bientôt brisé par Lacneol.

— Eh bien, il est sûr que ce n'est pas banal. Je commence à mieux comprendre certaines choses. Etant donné tes pouvoirs, je présume que c'est à cela que le roi faisait allusion en parlant de choses étranges. Même si on ne sait toujours pas exactement pourquoi, au moins sait-on qu'il s'intéresse à toi. Il vaudrait donc mieux que tu restes discret à l'avenir si tu ne veux pas avoir de problème avec lui.

On leur apporta du vin et de d'eau. Ils buvaient tous énormément. Lacneol, sentant que la discussion allait durer et que d'autres interlocuteurs étaient nécessaires, fit mander Dialène pour leur en dire plus sur celui qu'il a créé, et Albote, le chef de son armée, pour réorganiser leurs défenses. Autour de la table, les sept convives mangèrent à leur faim. Surtout Arkès et Lynhéa qui n'étaient pas encore remis de leur formidable course.

— Et vous avez traversé le pays tout entier en moins de sept jours ! s'exclama encore une fois Lacneol. C'est un exploit formidable.

— Merci, Seigneur, répondit Arkès.

Même s'il savait son seigneur convivial, c'était la première fois qu'il mangeait à sa table. Il se sentait nerveux. Lynhéa par contre semblait parfaitement dans son élément une fois de plus, mais parlait peu. Elle était terrassée par la fatigue et le fait de se détendre, de relâcher toute cette tension qui l'avait tenue éveillée pendant toute sa course, plus la chaleur de la nourriture dans son corps endolori, tout cela la rendait somnolente.

Ensemble, ils organisèrent le travail pour les deux jours à venir et n'oublièrent pas d'inclure Mekil dans la discussion même s'ils ne savaient pas encore ce qui allait se produire et si cela leur apporterait vraiment la solution. Pour cela, ils devraient faire confiance aux kNalines.

Lors de leurs nombreuses discussions à propos des monstres qu'ils allaient devoir affronter, Arkès remarqua que Dialène restait plongé dans un silence pesant. L'homme d'église voulut d'abord éluder la question, mais devant l'insistance d'Arkès et de l'assemblée, il finit par expliquer ce qui lui pesait sur le cœur. Tous les monstres que décrivait Arkès, il les connaissait. Ils avaient peuplé ses cauchemars pendant de nombreuses années. Arkès n'en fut pas étonné et rassura son ami.

—Tu ne dois pas t'en inquiéter. Il est sorti de ton esprit. En fait, nous devons nous estimer heureux. Il n'improvise pas et fait exactement tout ce que tu avais imaginé pour lui. Cela le rend prévisible. C'est un avantage pour nous.

—Oui, dit Dialène qui n'en retrouva pas le moral pour autant. Tu as sans doute raison, mais cela n'enlève rien à ma responsabilité.

Arkès ne releva pas ses propos. Il avait déjà essayé à maintes reprises de lui expliquer que ce n'était pas sa faute et que lui-même était responsable d'avoir pris cette maudite statue, que les Maldors n'auraient jamais dû créer un tel objet. A qui la faute ? Les Maldors l'avaient créé pour améliorer leur quotidien mais les Warkans l'avaient mal utilisé ou du moins n'étaient pas prêts à contrôler un tel pouvoir. Cela ne changeait rien aujourd'hui. Personne n'était responsable et il leur fallait maintenant se concentrer sur la solution et non sur le problème.

Mais expliquer tout cela une fois de plus à Dialène n'aurait servi à rien et Arkès le savait, d'autant qu'il n'en était pas convaincu lui-même et s'attribuait toujours une part de responsabilité. La discussion prit rapidement une autre direction.

Arkès et Lynhéa étaient fourbus et le groupe n'avait plus besoin d'eux pour organiser les défenses. Ils leur avaient tout expliqué sur les ennemis qu'ils allaient devoir affronter.

Il était temps pour eux de passer la main … à leur grand soulagement.

Pour la première fois depuis longtemps ils ne devaient plus porter ce fardeau à eux seuls. Ils en furent soulagés même s'ils savaient que les jours qui suivraient seraient sombres et apporteraient encore leur lot de malheurs. Ils rejoignirent donc la maison d'Arkès et y tombèrent de sommeil.

La matinée était bien avancée quand Arkès émergea de son sommeil. Il fut réveillé par les bruits de hache fendant à tout va. Il tourna doucement la tête, la nuque douloureuse d'une bonne nuit de sommeil, la première depuis longtemps, et posa les yeux sur Lynhéa. Elle dormait encore profondément. Il admirait la force et la détermination dont elle avait fait preuve à l'approche de la montagne du Seilmar et plus encore durant la course effrénée qui avait suivi.

Du doigt, il redressa la mèche qui tombait dans sa bouche ouverte et pouvait la gêner. Il la trouvait très mignonne … « lorsqu'elle dort » pensa-t-il avec humour. Amoureusement, il laissa voyager ses yeux sur le reste de son corps que la couverture avait abandonné depuis longtemps. Son cœur se serra.

— Tu es vraiment magnifique.

Il resta quelques minutes à l'observer, profitant de ce moment de calme.

Mais dehors, il entendait les villageois s'affairer en préparation de l'attaque et il devait trouver Mekil. Sur la cheminée, la Statue-Dragon trônait bien en évidence. Ils avaient réussi. Il sentait l'espoir revenir peu à peu.

Ecartant le bras de Lynhéa posé sur son ventre, il se leva doucement pour ne pas la réveiller. Elle pouvait encore se reposer, il trouverait bien Mekil seul. Il s'habilla en silence, luttant contre son corps endolori et sortit.

Ebloui par le soleil, il eut besoin de quelques secondes pour distinguer les villageois à l'œuvre. Ils avaient dû commencer très tôt le matin voire en fin de nuit car les travaux étaient déjà bien avancés et, à en juger par la position du soleil, il ne devait pas être plus de midi.

Les soldats montaient une deuxième palissade, aidés par les villageois. Il était impressionnant de voir tout le monde, hommes, femmes, enfants à pied d'œuvre. Dans la deuxième palissade, des ouvertures avaient été laissées desquelles montaient des passerelles encore en construction. Un plancher robuste s'accrochait entre les deux murs de bois.

Il s'avança sur la passerelle qui menait à la rue principale du village. Il entendit immédiatement Lucal et Albote crier leurs ordres à tout va. Lorsque le premier l'aperçut, il accourut vers lui pour le saluer.

— Alors, tu as bien dormi ?

— Oui, merci, j'en avais besoin.

— Je m'en doute. Viens vite voir ce que nous mettons en place, Albote a eu des idées formidables.

— Ça ne m'étonne pas de lui, il a toujours été très fort en tactique militaire.

— Ah oui, mais là, il s'est surpassé, dit Lucal en emmenant Arkès vers la sortie du village. Regarde, on construit une deuxième palissade pour les canaliser au maximum quand ils arriveront à gravir la première. Comme elle est construite beaucoup plus haute que la deuxième, ils auront tendance à emprunter les passerelles et nos archers les cibleront beaucoup plus facilement. Avant cela, bien sûr, les passerelles nous serviront à renforcer les endroits les plus démunis. Les monstres qui voudraient sauter par-dessus seront reçus par … des pieux, dit-il en montrant les pieux de bois pointant vers le ciel au pied de la palissade.

— Ingénieux, le complimenta Arkès.

— Merci Albote, dit Lucal.

— Mais vous ne continuez pas la double enceinte plus loin, remarqua Arkès.

— Non, on n'aura pas le temps de faire tout le tour. Alors, sur le reste, on va insérer en nombre des pieux taillés directement à travers la palissade pour leur enlever l'envie d'escalader. S'ils passent quand même, ils seront ralentis et beaucoup moins nombreux. Nos soldats se chargeront de ceux qui survivraient aux archers. Le but est de canaliser au maximum l'attaque sur l'avant du village. Et pour ça …

Lucal emmena Arkès au-delà de la palissade, à l'extérieur du village pour lui montrer les pieux entrecroisés par groupe de quatre ou cinq qu'ils allaient disséminer un peu partout autour du village.

Ça leur ôtera l'envie de passer par là ou du moins, cela les ralentira pour que nos archers puissent les clouer au sol.

—Tu comptes beaucoup sur les archers manifestement.

—Oui, d'après ce que tu nous as expliqué sur ces monstres, il vaut mieux qu'on en tue un maximum avant d'être au contact car rien n'est moins sûr que nous fassions le poids.

—En effet, c'est plus prudent.

—Pour le reste, nous ne pourrons compter que sur nous et sur notre habileté au combat. Mais à Gallim, on est les meilleurs, c'est connu. On remporte tous les ans les joutes inter-seigneuries.

—C'est vrai, vu comme cela, ils n'ont aucune chance, dit Arkès, sceptique.

—Exactement ! cria Lucal en le frappant amicalement dans le dos.

—Lucal, il faut que je trouve Mekil, tu sais pourquoi et je ne veux plus trop traîner avec cela.

—Je sais, ne t'inquiète pas et de toute manière, j'ai encore beaucoup de travail, alors arrête de me distraire et va-t'en. Il est chez le seigneur. Il l'a fait mander pour qu'il soit à ta disposition dès que tu te réveilleras. Il était fier comme un reil de pouvoir entrer chez le seigneur. Tu le connais !

—Oui, en effet, confirma Arkès en souriant. À bientôt.

—Oui, à bientôt.

Chez Lacneol, il ne trouva aucun des soldats qui assuraient sa garde habituellement. Un peu inquiet, il gravit les quelques marches qui menaient à la grande porte et y frappa du poing. La porte n'était pas fermée et elle s'entrouvrit dans un léger grincement. Il la poussa un peu plus avec prudence et aperçut le seigneur en discussion avec Mekil.

—Entre, Arkès! cria le seigneur en se levant pour venir l'accueillir. N'aie pas peur, sois le bienvenu.

—Vos soldats ne sont pas là ? demanda-t-il immédiatement.

—Bien sûr que non, nous avons besoin de tous les bras pour organiser notre défense. Vingt soldats peuvent faire la différence lors de la construction des fortifications.

—Merci.

—Merci de quoi ? De faire tout ce que je peux pour notre survie … ne soit pas ridicule ! Mais viens ! Mekil t'attend. Je lui ai tout raconté … ou presque, ajouta-t-il à mi-voix.

Le jeune homme sourit à son seigneur. Il l'appréciait de plus en plus, c'était vraiment un homme bien et un seigneur généreux, il s'en rendait encore mieux compte aujourd'hui qu'il connaissait les autres.

Ils s'avancèrent vers Mekil qui tremblait de tout son long, le regard paniqué à l'approche d'Arkès. Le seigneur lui avait expliqué ce qu'il allait devoir faire, jusque-là rien de bien effrayant. Mais lorsque Mekil fit le lien avec leur ennemi, créé par Dialène, il ne vit plus du tout les choses de la même manière. Il ne voulait pas être responsable d'autres malheurs. Arkès tenta de le rassurer, lui expliquant qu'il avait confiance dans les kNalines et qu'ils n'avaient pas d'autres solutions pour survivre. Mais le jeune homme ne connaissait pas les kNalines. Comment pouvait-il avoir confiance en eux ?

Au fur et à mesure de leur discussion, Lacneol trouva les mots justes, comme à chaque fois. Mekil accepta finalement de prendre la Statue-Dragon en main.

Arkès la sortit de son sac et la déposa délicatement sur la table. Le seigneur, sa femme et Mekil, qui la voyait pour la première fois, s'extasièrent devant l'artefact comme devant un trésor. Un si petit objet, cause d'autant de malheurs.

Mekil s'approcha doucement, regardant à tour de rôle la statue et Arkès. Il hésitait encore.

Finalement, il osa la saisir.

L'instant d'après, il ôtait brutalement ses mains et s'assit, tremblant et transpirant abondamment. Il continuait à fixer la statue sans rien dire, mettant la patience des autres à rude épreuve. Puis, finalement, il balbutia quelques mots.

— Qu'est-ce que … C'était quoi … j'étais où ?

— Tu étais dans ta tête, ne t'inquiète pas, lui dit Arkès, je suis passé par là aussi, il n'y a aucune raison de paniquer. Qu'est-ce que tu as vu ?

— Un homme.

— Un homme ! Tu as plus de chance que moi, moi c'était une femme, dit Arkès avec humour pour essayer de le détendre un peu.

— Et tu trouves ça drôle ? poussa une voix dans son dos.

Lynhéa venait d'entrer et attendait sur le seuil.

— Entre donc, lui adressa Lacneol. Nous allions justement en savoir plus, Mekil vient de saisir la statue.

— C'est ce que je vois. Bonjour … euh … excusez-moi, mais je ne sais pas très bien quel titre je suis sensé vous donner en vous saluant. Je ne suis pas très habitué à cela.

— Lacneol sera parfait, ne te formalise pas.

Elle salua de la tête le seigneur et la châtelaine en signe de respect. Ils lui rendirent son salut avec un petit sourire.

— Bonjour, mon amour, lui dit Arkès.

— Oui, oui, c'est ça, essaie de te racheter, dit-elle en l'embrassant. Alors, qu'est-ce que ça dit ?

— Je ne sais pas encore, il n'a encore rien dit.

Tous se retournèrent vers Mekil qui commençait à se relâcher. L'arrivée fortuite de Lynhéa était tombée à pic.

— Un homme que je ne connaissais pas m'a parlé. Il semblait savoir pourquoi j'étais là, un peu comme s'il m'attendait. Il a dit que je connaîtrai la vérité en réfléchissant, ou quelque chose comme cela.

— Comment ça ? demanda Arkès. C'est tout ?

—Oui.

—Non, attends, dit Lynhéa. D'après ce qu'Arkès m'a raconté sur son expérience du même type, la statue travaille par des sortes d'énigmes. Es-tu sûr que c'est ce qu'elle a dit ?

—Il, intervint Arkès. C'est un homme.

—Oui, si tu veux, es-tu sûr que c'est ce qu'il a dit ? Mots pour mots ?

—Il a dit : « De la réflexion naîtra la vérité. »

Arkès s'assit, dépité.

—Réfléchir ? On doit réfléchir ! Mais on ne fait que ça. Ce n'est pas cela qui va nous aider.

Arkès s'énervait, perdant le contrôle, il tremblait de tous ses membres. Il avait mis tellement d'espoir dans les dires des kNalines … en vain.

—C'est impossible ! hurla Lynhéa dépitée, elle aussi. Il a certainement dit autre chose.

Elle tournait autour de Mekil l'agressant verbalement. Le jeune homme n'osait plus parler, il était terrifié.

La tournure que prenaient les évènements ne plaisait pas à Lacneol. Il autorisa donc Mekil à disposer. Mekil ne se fit pas prier et quitta la demeure après avoir salué respectueusement Lacneol et sa femme et les avoir remerciés pour leur accueil.

Arkès restait prostré. Le peu d'espoir qu'il avait ressenti en se levant venait de s'évanouir en quelques secondes. Lynhéa elle-même s'était assise et pleurait.

—On n'a pas la moindre chance.

Lacneol et sa femme vinrent s'asseoir également, non qu'ils soient dépités n'ayant pas vécu les mêmes horreurs que le jeune couple, mais pour compatir à leur tristesse. Un long silence s'en suivit que les hôtes ne voulurent pas briser … ou n'osèrent pas briser.

Lynhéa revit chacun de leurs affrontements avec lui et la facilité avec laquelle il les avait battus. Elle se souvint de la bataille à Tanim où il fut percé de plusieurs dizaines de flèches et s'en était sorti sans une égratignure. Tanim avait survécu de justesse alors que c'était une ville fortifiée et qu'il n'avait pas des monstres aussi puissants que ceux qui allaient attaquer Gallim. Tout cela lui rappela ses cauchemars qu'elle croyait disparus à jamais.

Plus rien ne pouvait les sauver.

Arkès revit son sourire sadique à chaque fois qu'il prenait aisément le dessus sur eux. Il se souvint du massacre des kNalines.

—Ils se sont bien trompés, Mekil n'est pas la clé. Et d'ailleurs, existe-t-il une clé ?

Plus rien ne pouvait les sauver.

Ils avaient vu trop de choses. Ils avaient enduré trop d'épreuves. Ils n'avaient plus le courage de se battre.

Mais Lacneol, qui n'était pas dans le même état d'esprit, y voyait toujours une possibilité. Les soldats warkans étaient forts et pouvaient se battre pour gagner.

—Vous avez raison, répondit Arkès, vous battrez peut-être tous les monstres, mais lui pas. Il est invincible. Je vous rappelle que je lui ai coupé une jambe et qu'il lui a suffi de la remettre en place. Il peut tous nous battre à lui seul s'il le veut.

—Il peut se remettre la jambe … soit ! persista Lacneol. Comment fera-t-il quand il n'aura plus de bras ? Ça ne repousse pas. Si on ne peut pas le tuer, on peut le démembrer et éparpiller les morceaux aux quatre coins du pays. Le résultat sera le même. On n'aura qu'à les enterrer si profond que personne ne les trouvera jamais.

—C'est bien d'y croire encore, dit Lynhéa, alors qu'Arkès retombait dans son mutisme.

—C'est tout ce qu'il nous reste ! dit le seigneur plus sèchement. Alors on va s'y accrocher comme un mortig à un morceau de viande. Et je crois qu'il vaut mieux ne parler de cela à personne. Nos hommes vont avoir besoin de tout leur courage. Alors, gardez cela pour vous. Vous m'entendez !?

Le ton que prit Lacneol surprit Arkès et Lynhéa. Jamais il n'avait haussé le ton et n'avait donné d'ordre de manière aussi péremptoire. Arkès acquiesça d'un signe de tête, immédiatement imité par Lynhéa.

— Bien ! poursuivit-il. Maintenant, retournez auprès des autres. Ils ont besoin de tous les bras possibles. Demain soir, les villageois qui ne se battent pas ainsi que les femmes et les enfants partiront se mettre à l'abri dans les villages voisins. Et le lendemain, on ne sait pas encore quand, ce sera une longue attente jusqu'à ce qu'il arrive.

Le jeune couple s'exécuta.

Les travaux continuèrent toute la journée et la nuit suivante. Alors que les soldats allaient se reposer pour garder des forces, les villageois continuaient à travailler. Ils se reposeraient une fois à l'abri. Le village n'avait jamais été éclairé par autant de torches qui permettaient la poursuite des travaux.

Le lendemain à l'aube, tout le monde était de nouveau à pied d'œuvre. Il ne restait qu'un jour avant l'arrivée des armées du Seilmar. Toutes les fortifications extérieures étaient terminées en milieu de journée mais ils devaient encore achever certaines fortifications intérieures qui leur permettraient de canaliser l'ennemi s'il franchissait la palissade.

Arkès et Lynhéa travaillaient avec les autres, essayant de cacher leur découragement du mieux qu'ils pouvaient et répondant aux blagues de Lucal toujours motivé et optimiste. Il avait déjà participé à nombre de batailles et s'en était toujours sorti. C'était un excellent guerrier mais ses victoires lui avaient donné un sentiment d'invincibilité qui finirait par lui coûter cher. Et il n'avait jamais affronté pareils monstres. Il fallait espérer qu'il ne tomberait pas de trop haut à leur vue et qu'il arriverait à se battre en possession de tous ses moyens.

Quand, soudain.

— Nom de … ! Arkès, regarde derrière toi ! jura Lynhéa

en le tirant par le bras alors qu'ils participaient aux dernières consolidations de la palissade.

Des milliers de monstres surgissaient du haut de la colline face à l'entrée du village, fondant sur eux. Là-bas, le sommet noircissait de l'armée du Seilmar. La colline grouillait d'une marée noire compacte qui coulait rapidement vers le village. Il fallait se hâter.

— Ils sont là beaucoup plus tôt que prévu, on n'a pas encore fini les préparatifs.

— Pas grave ! dit Lucal. On fera au mieux. Au moins arrivent-ils du bon côté pour notre dispositif. Je vais mettre tout le monde en place.

— D'accord ! Que les archers visent la tête et que les épées les décapitent, c'est la seule solution contre eux, rappela Arkès.

— Tout le monde est déjà au courant, confirma Lucal en lui tapant sur l'épaule.

Le village entra en effervescence. Les villageois s'affairaient à rassembler tous ceux qui devaient partir s'abriter dans les villages voisins. Dans quelques dizaines de minutes, les monstres seraient là et il serait trop tard. Plus le temps de tergiverser dans ses choix. Il fallait quitter les lieux rapidement en emportant le minimum, prêt depuis la veille.

Les soldats se mettaient en place. Une bonne partie d'entre eux s'installa sur la palissade frontale, principalement des archers, puis des soldats se fixèrent en deuxième ligne, en masse, derrière chaque passerelle. Les autres soldats se répartirent dans le village pour assurer une défense de tout le périmètre de la palissade.

Quand tous les villageois furent évacués et les soldats prêts à leur poste, commença l'attente. L'armée du Seilmar faisait trembler le sol à son approche. Elle allait s'abattre sur le village, compacte, impressionnante et des soldats, plus pessimistes, pensaient que la palissade ne tiendrait pas le coup, qu'ils la traverseraient aisément, comme au travers d'un parchemin. Ils maudissaient le fait qu'ils n'avaient pu demander l'aide des autres seigneuries et du roi. Ils étaient livrés à eux-mêmes pour cette bataille hors du commun.

La tension montait. Alors que le combat n'avait pas encore débuté, tous transpiraient déjà abondamment. Aucun n'osait regarder son voisin, fixant l'armée qui fondait sur eux. Ils ne voulaient pas voir la peur, la panique peut-être, dans les yeux des autres et surtout, ne voulaient pas montrer la leur.

Arkès et Lynhéa étaient sereins. Ils fixaient leur ennemi. Etrangement, le désespoir qui les avait gagnés depuis deux jours s'était subitement envolé à son arrivée. Pas question de lui faciliter la tâche. Arkès l'avait battu dans le temple. Il recommencerait aujourd'hui. Lynhéa ressentait le regain d'espoir d'Arkès et partageait son sentiment. Si elle savait ne pas pouvoir le battre, elle comptait bien faire des monstres son affaire personnelle. Elle dégaina son katana, imitée peu après par Arkès. Ils se regardèrent une flamme dans les yeux et s'insufflèrent l'un l'autre un souffle nouveau d'espoir qui devrait les mener à l'issue de ce combat, d'une manière … ou d'une autre.

Les premières flèches venaient de fendre le ciel dans un arc de cercle sombre et mortel. Ils virent nombre de leurs ennemis tomber en masse.

— *Ils ne sont pas invincibles !* pensèrent tous les soldats en reprenant confiance.

La peur qui les tenaillait disparut, balayée d'un coup et une grande rumeur se propagea dans le village, donnant espoir à tous. Finalement, à part l'apparence insolite de leur ennemi, c'était un combat comme un autre.

Arkès et Lynhéa avaient déjà assisté à pareil spectacle, mais cette fois, ils y voyaient les monstres qu'ils avaient affrontés dans les montagnes … et surtout les araignées-phasmes, encore plus impressionnantes en plein jour. Ils se souvenaient de la difficulté avec laquelle ils avaient battu les monstres isolés … et ici, ils étaient des centaines : des hommes sans peau, des loups avançant sur deux pattes et ces hybrides mi-homme mi-reil.

Les monstres poursuivaient leur course sans ralentir. Ils avaient manifestement l'intention de renverser la palissade, confiant dans leur puissance. Les affreux les plus puissants avaient pris la tête, araignées-phasmes et loups. Leur cri rauque s'intensifia à l'approche des murs.

Les pieux disposés tout autour du village dissuadaient l'approche et les monstres se concentraient sur l'entrée principale. Les premiers rangs, rétrécis par la configuration du lieu, ralentirent leur charge. Arkès fixa Lucal qui lui sourit.

Les archers continuaient leur tir, mais ce ne serait pas suffisant, les assaillants étaient trop nombreux. Concentrant leur tir sur les araignées-phasmes, suivant les conseils d'Arkès, ils parvinrent à en tuer beaucoup avant leur arrivée devant les murs. La cohue des monstres vint heurter la palissade qui trembla sous le choc. Les soldats juchés sur le plancher perdirent l'équilibre. Ils eurent l'impression qu'elle allait se renverser, les emportant avec elle. Mais elle tint bon.

Ils se relevèrent dans un cri de victoire et de rage qui se répandit dans toute la plaine et les archers s'encouragèrent de plus belle, plus motivés que jamais.

En priorité, ils achevèrent les quelques araignées-phasmes qui tentaient encore de renverser la palissade à grands coups de pattes. Lorsqu'elles s'effondrèrent, écrasant les autres monstres, un nouveau cri de victoire fendit l'air. Les monstres les plus impressionnants avaient rapidement été vaincus ce qui augmentait la confiance des soldats.

Dans l'amalgame des monstres, un groupe d'échilk se faufila jusqu'à la porte à l'insu des Warkans. Arrivés devant celle-ci avec l'énorme bélier qu'ils avaient dissimulé, ils commencèrent leur travail de sape. Le bois et les chaînes qui la consolidaient tremblèrent sous la violence des impacts.

—Retardez-les au maximum, cria Albote, visez les porteurs du bélier !

Les archers étaient si efficaces que les monstres ne

parvenaient pas à avancer. Ils abattaient systématiquement les porteurs du bélier, et leurs remplaçants avaient bien du mal à frapper efficacement et devaient enjamber les cadavres. Dès lors, certains d'entre eux contournèrent le village. Ralentis par les pieux et bloqués devant les murs, ils se faisaient massacrer par les archers avant même d'escalader les palissades.

— *Il est très puissant*, pensa Arkès, *mais ce n'est pas un fin stratège militaire. Ses monstres n'ont pas d'échelles ou de tours mobiles pour pénétrer à l'intérieur. Tant mieux, ils ne passeront pas !*

Pensant à **lui**, Arkès se demanda où il était. Il le chercha des yeux, mais ne le trouva nulle part. Lynhéa ne l'avait pas encore aperçu non plus. Mais où pouvait-il bien être ? Ce n'était pas son genre de rester à l'écart.

Arkès fut soudain envahit d'un puissant doute. A toute allure, criant à Lynhéa de l'accompagner, il courut vers la maison de Lacneol. Le seigneur était resté chez lui avec Mekil, observant la bataille du haut du deuxième étage. Même si le contact de Mekil avec la statue n'avait rien donné, il restait potentiellement la clé de l'énigme et devait donc rester à l'abri. Lorsque Lacneol aperçut Arkès courir vers lui, il descendit pour l'accueillir. Il fut surpris de découvrir Dialène dans la grande salle, la statue à la main.

— Que faites-vous, mon ami ? demanda-t-il en s'avançant vers lui.

— N'approchez pas ! hurla le vieil homme en brandissant une épée en direction du seigneur.

Le seigneur recula d'un pas montrant ainsi qu'il obéissait afin que Dialène se calme. Sur ces entrefaites, Arkès pénétrait dans la maison.

— Dialène ? s'étonna-t-il. Mais qu'est-ce que tu fais ici ?

— On n'a pas le choix, il faut lui donner ce qu'il veut. On n'a aucune chance contre lui. Tu as vu son armée ? Nous sommes perdus ! bredouilla-t-il.

— Mais qu'est-ce que tu racontes ? Tu es devenu fou, dit

Arkès déconcerté.

—Non, réfléchis ! articula Dialène en lui agrippant le col, la folie dans les yeux.

Des larmes de panique coulaient de ses yeux hagards.

—J'ai bien écouté ce que tu m'as raconté. J'ai vu son armée, là, dehors. Si on lui donne l'assurance qu'on ne peut rien faire contre lui, il nous épargnera peut-être.

—Mon pauvre Dialène, tu n'as plus toute ta raison, s'apitoya Arkès. Jamais il ne nous épargnera, tu devrais le savoir mieux que quiconque.

—Mais tu ne comprends pas, il est le diable !

—Il n'est rien ! cria sèchement Arkès. Il est juste le fruit de ton imagination. Par contre, tous les morts, par sa faute, eux, sont bien réels. Et pour eux, nous nous devons de réagir !

Arkès réfléchissait très vite. Il fallait ramener Dialène à la raison et chercher une solution pour mettre Mekil plus à l'abri encore car il sentait que son ennemi n'était pas loin. Il se souvint brusquement du passage souterrain qui menait directement dans la forêt et que le seigneur faisait remettre en état lors de son départ du village, il y avait quelques semaines.

—Emmène Mekil dans la forêt à l'autel des animaux, dit-il péremptoire à Lynhéa qui les avait rejoints.

Il se tourna vers le seigneur.

—Avez-vous pu terminer la restauration du souterrain ?

—Oui, il y a peu.

Arkès regarda Mekil.

—Guide-la !

Ils partirent en courant. Arkès se tourna vers Dialène. Il avait pitié de lui et ne voulait pas lui faire de mal.

—Si tu tentes encore quoi que ce soit contre nous, je devrai te tuer de mes propres mains. Ne m'y oblige pas, dit-il fermement même s'il n'en pensait pas un mot.

Dialène pleurait à genoux, la tête dans les mains. Il se

releva doucement et tourna un visage dément vers Arkès.

— Tu ne sais pas ce que tu fais. Je ne peux pas te laisser faire.

Il hurla en brandissant l'épée et se jeta sur Arkès qui l'immobilisa sans bouger d'un violent coup de poing à l'estomac. Dialène se plia en deux, la respiration coupée et toussant à en vomir.

— Il faut que tu te calmes ! dit froidement Arkès, le regard fixe tandis que son ami s'écroulait lentement, essayant de se retenir à aux vêtements du jeune homme.

Il se recula un peu et le regarda avec tristesse.

— *Arkès, viens vite, il nous suit*, entendit-il Lynhéa l'appeler par la pensée.

A la palissade, les combats faisaient rage. Les archers de la première ligne de défense manquaient de flèches et les premiers monstres arrivaient à pénétrer dans le village mais étaient immédiatement stoppés par la masse de soldats warkans les attendant de pied ferme.

Soudain, sous les assauts répétés du bélier, la porte finit par voler en éclats, libérant un raz de marée de monstres dans le village. Les soldats des palissades abandonnèrent leur poste selon les directives d'Albote pour assurer la sécurité de l'intérieur du village. Seuls les archers restaient pour assurer le plus de dégâts possible dans les rangs des monstres avant leur arrivée dans Gallim mais l'essaim des assiégeants s'insinuait peu à peu dans les rues du village.

Arkès avait rejoint Lynhéa et Mekil en quelques secondes et aussitôt, il **le** vit. Il avait contourné les lignes de défense et les avait vite repérés. Il marchait lentement, sûr de lui, vers ses deux prochaines victimes. Arkès l'interpella, levant haut la statue.

— Hou ! Hou ! C'est par ici l'enjeu ! dit-il en le fixant gravement.

Il se retourna d'un bloc et lui fit face.

— Oh ! Il est devenu hardi le guerrier ! La statue et la clé au même endroit ! Tu me facilites décidément les choses, dit-il narquois.

Arkès abaissa le bras.

— Tu as perdu, assura Arkès, tu n'arriveras à rien. Pour qui te prends-tu donc ?

— Eh bien, tu devrais demander à ton ami Dialène, mais, ah, ah, ah, c'est vrai, il est mort ! Condoléances !

— C'est bien ce que je disais, dit calmement Arkès, même ça tu n'en es pas capable. Dialène est bien vivant, un peu traumatisé, mais il s'en remettra. *Lynhéa*, pensa-t-il alors, *dirigez-vous doucement vers la gauche et prépare-toi à attraper la statue.*

Lynhéa fronça les sourcils en regardant Arkès.

— *Tu as oublié ? Je ne peux pas.*

Sans quitter son ennemi des yeux, il insista.

— *On n'a pas le temps ! Tant pis, fais-le !*

Il réfléchissait très vite. Il savait qu'une confrontation forcée avec son adversaire n'avait que peu de chance d'aboutir. Il devait trouver un moyen plus subtil pour le confondre.

— Mais tu es plein de surprise, dit l'homme au manteau.

Au loin, résonnaient les bruits de lutte et les cris des combattants.

Arkès prenait de plus en plus d'assurance.

— De toi, par contre, aucune surprise. Tu t'es jeté en plein dans la gueule du loup, tenta-t-il.

— Allons, allons, rétorqua-t-il. Ton dieu même ne pourra te sauver cette fois et je vais en finir définitivement avec toi. Je n'ai de toute façon plus besoin de toi.

— Ah, oui, c'est juste. Si tu m'as pris mon énergie en me laissant pour mort, c'était pour terminer de ramener ton royaume à la surface. Mais … (Arkès s'interrompit pour regarder Lynhéa) Tu ne lui as pas dit ?

Lynhéa fit non de la tête en souriant. Arkès fixa son ennemi avec un large sourire.

—Hum, comment dire … ton royaume … est retourné sous la glace. J'en suis affreusement désolé, dit-il d'un ton sarcastique.

Il essayait de montrer le plus d'assurance possible pour déstabiliser son adversaire, mais au fond de lui, son ventre se tordait d'anxiété et son cœur battait à tout rompre.

Sentant qu'Arkès ne mentait pas, il accusa cette révélation sans marquer le moindre dépit mais Arkès le voyait décontenancé. Il ne lui laissa pas le temps de réfléchir et surenchérit.

—Et Dieu ? De quoi parles-tu ? Il n'y a pas de dieu. Ah, mais c'est juste, tu as ta propre version, qui est façonnée par les pensées de Dialène. Ce qui explique que la seule carte que tu aies été capable de dessiner sur ton autel ne pouvait rien représenter du Pays maldor et d'Outremonde. J'oubliais que tu ne pensais pas par toi-même. (Il affichait une mine de plus ne plus sévère) Mais revenons-en à Dieu, qu'as-tu à me dire le concernant ?

La perte d'assurance de l'homme s'effaça et il se mit à déambuler lentement devant Arkès.

—Dieu ? Eh bien, tu vois, quand tu te mets à penser très fort à quelque chose que tu souhaites ardemment, en joignant tes mains ?

—Oui, quand on prie, confirma Arkès.

—Eh bien, c'est celui qui n'y prête pas attention ! dit-il en fonçant sur Arkès avant même de terminer sa phrase.

Mais Arkès se tenait sur ses gardes. Il se déplaça légèrement pour éviter le choc de l'attaque et lança la statue à Lynhéa. Elle plongea pour la rattraper, s'écrasant durement sur le sol en soulevant un nuage de poussière. En un éclair, **il** fonça sur elle mais Arkès, aussi rapide que lui, le heurta à mi-course et le projeta contre un arbre. Sous la violence de l'impact, l'arbre massif se fendit et s'abattit sur lui alors qu'il tentait de se relever.

Les trois autres reculèrent prestement pour éviter le mastodonte brisé. Mekil était tétanisé, incapable de bouger.

Il ne comprenait plus rien. Qui étaient ces personnages qui pouvaient se déplacer aussi rapidement et qui avaient une telle puissance ? Que lui voulaient-ils ? Une terreur grandissante se lisait dans ses yeux.

Arkès se tourna vers leur adversaire. Il fronça les sourcils et dit, résigné :

—Cette fois, on est foutu.

Il se relevait, encore groggy par le choc. Arkès reculait lentement, s'apprêtant à un nouvel assaut. Pendant ce temps, Lynhéa réfléchissait Elle ne pouvait intervenir, elle n'était pas assez forte, elle s'obligea dès lors à trouver rapidement une solution. Elle repensait à ce que Mekil avait dit, la solution était là, elle le sentait mais ils étaient tellement occupés depuis deux jours qu'ils n'avaient plus pris le temps d'y réfléchir.

—Attends une minute ! dit Lynhéa.

Elle regarda Arkès.

—Repense à ce que la statue a dit à Mekil.

—Tu crois vraiment que c'est le moment, s'énerva Arkès.

—La solution est là, dans ce que Mekil nous a dit. On n'a pas voulu y réfléchir parce qu'on a baissé les bras, mais là, je n'ai vraiment pas envie de mourir. Alors on va se triturer les méninges. Retiens-le encore un peu, je réfléchis.

Arkès leva les yeux au ciel.

—Ben voyons, c'est vrai que ça va être facile, souffla-t-il.

Il se retourna vers son ennemi et se prépara au combat. Le tronc bougeait, poussé par la force surhumaine de l'homme. Pour gagner du temps, Arkès décida de profiter de la position de faiblesse de son adversaire. Courant vers l'arbre, il sauta à plusieurs mètres de hauteur. Sur la durée du saut, la carapace d'Arkès se développa et le recouvrait entièrement au moment où il retomba les deux genoux en avant sur l'arbre. Il accusa le coup et s'enfonça un peu plus dans le sol. Sous la violence du choc, le tronc vola en éclats sur toute sa partie supérieure.

Arkès se releva et descendit de l'arbre. Mekil, le voyant recouvert de sa carapace, paniqua et se mit à pleurer. Lynhéa l'interpella agressivement.

—Tu pourrais m'aider quand même ! Je suis la seule à réfléchir ici. Réagis bon sang !

Il ne réagissait pas et Lynhéa ne trouvait pas de solution. Elle avait besoin d'aide et la léthargie de Mekil l'énervait.

—Alors ! hurla-t-elle, tu vas réagir ! Merde, regarde-toi dans un miroir, tu es pathétique !

Soudain, elle repensa à la phrase de Mekil : « De la réflexion naîtra la vérité. »

—C'est ça ! Arkès ! cria-t-elle. Elle avait enfin compris ! La réflexion peut avoir deux sens, mental ou physique. Un miroir, la clé est un miroir !

—Oui, c'est ça, dit Mekil en se reprenant, l'homme a ajouté que seul ce qui existe réellement se réfléchit.

Arkès se tourna vers Mekil, laissa tomber ses épaules et le regarda fixement.

—Tu ne pouvais pas …

—On n'a pas le temps, l'interrompit Lynhéa, il faut trouver un miroir.

—Il y en a un sur l'autel des animaux, dit immédiatement Mekil en désignant la petite construction en pierre couverte de lichens.

Arkès courut, attrapa le miroir cassé par les intempéries et s'approcha de son ennemi, envahi à nouveau d'une certaine assurance.

—Tiens, je te croyais plus solide que ça ! Une petite bousculade et tu mets trois heures à te relever.

Il le regarda, furibond, et se préparait à réagir quand Arkès l'arrêta.

—Attends, j'ai quelque chose à te montrer. Après, on se massacrera tant que tu voudras.

—Non, finies les discussions, je ne te laisserai plus le temps de t'opposer à moi.

Il leva un pied et aussitôt atteignit une vitesse incroyable, bien déterminé à se débarrasser d'Arkès une fois pour toute. Arkès se mit en mouvement aussi vite que lui en s'écartant, lâchant le miroir. Ce dernier n'eut pas le temps de tomber sur le sol que, surpris, il regarda …et s'arrêta net. Son manteau, poussé par l'air qu'il avait déplacé, semblait vouloir continuer seul sa course. Arkès sortit lentement son épée et se prépara au combat. Il se retourna. Arkès plaça son épée horizontalement devant son visage, tenant l'arme à deux mains, le regard sévère et déterminé. Un rayon de soleil s'anima sur le tranchant de la lame acérée. Lentement, sa carapace prit plus de volume, décuplant ses forces pour ce qui serait l'ultime combat pour l'un des deux. Il semblait statufié.

—Comment ? balbutia-t-il.

—Ceux qui ont la foi disent que la plus grande réussite du diable fut de convaincre de sa non-existence. Tu as voulu convaincre que tu es le maître alors que tu n'es rien ! Tu n'es rien et c'est pourquoi tu n'as pas de reflet. Tu n'existes pas et c'est également pourquoi tu n'as pas de nom et que personne ne t'en a jamais donné. Maintenant que tu en es conscient, tu viens de perdre tout ce que Dialène t'avait attribué. Tu viens de perdre ton invincibilité. Tu n'es plus qu'un homme comme les autres … et tu vas mourir !

—Et tu crois pouvoir me battre ? dit-il en se précipitant sur Arkès.

Arkès marqua un léger écart et porta un rapide coup d'épée. Dans un réflexe inouï, il l'évita en se baissant. Se redressant immédiatement, il porta un violent coup de coude à Arkès en plein sternum et le propulsa plusieurs mètres en arrière. Dans l'énergie du combat, Arkès exécuta une pirouette avant même de retomber sur le sol et s'écrasa brutalement sur les genoux, faisant trembler le sol dans un bruit sourd et soulevant un nuage de terre. La frappe de son ennemi avait été si violente qu'Arkès en avait laissé choir son épée.

Déjà, **il** était sur lui, lui assénant une pluie de coups qu'Arkès éludait avec dextérité. Reprenant rapidement ses esprits, il put éviter un coup en se positionnant sur le côté et saisit le bras de son adversaire. Dans un large pivot, l'emportant avec lui, il le projeta violemment contre un arbre. Profitant de la faiblesse de son adversaire choqué, Arkès fonça sur lui l'empêchant de se relever. Il se protégea des coups avec ses deux bras. De ses genoux, Arkès lui bloqua les bras, s'appuyant sur ses côtes pour l'empêcher de respirer et lui asséna une série de coups en plein visage. Dans un effort désespéré, il porta un coup de pied à Arkès en pleines côtes et l'envoya valser au loin. Ecrasé au sol mais protégé par sa carapace, il se releva immédiatement. Les deux adversaires foncèrent l'un sur l'autre et se heurtèrent à mi-chemin. Le choc fut si violent qu'une onde de choc se propagea plusieurs mètres à la ronde, renversant Lynhéa et Mekil. Juste avant l'impact, Arkès avait plié les jambes et put ainsi soulever son adversaire pour l'envoyer voleter dans les airs à plusieurs mètres de hauteur.

Lynhéa et Mekil qui s'étaient relevés assistaient au combat, apercevant à peine les deux hommes se déplacer tant le duel allait vite. Ils étaient effrayés par la violence des attaques qui faisaient trembler l'air et le sol.

Prévoyant la chute, Arkès se positionna instantanément sous lui. Au moment où il tombait, Arkès posa une main sur sa cage thoracique et l'écrasa violemment sur le sol, l'enfonçant dans la terre de plusieurs centimètres. Le sol trembla à nouveau.

Sans attendre qu'il reprenne ses esprits, Arkès le saisit par le bras et le lança avec rage contre un rocher. Le heurt fut d'une telle violence que la pierre se fendit. Contrairement à Arkès, il n'était pas protéger par une carapace et accusait un à un les coups. Il commençait à fatiguer et la douleur des impacts l'affaiblissait visiblement.

Arkès était déjà sur lui, l'agressant d'une pluie de coups. Dans un mouvement désespéré, il arriva cependant à frapper Arkès une nouvelle fois en pleines côtes. Le jeune homme s'écrasa plus loin sur un rocher. Il se releva péniblement, le souffle lourd et regarda Arkès. Le jeune guerrier fit de même. Sentant l'avantage qu'il prenait sur **lui**, Arkès fonça sans attendre. Il voulut se protéger, mais Arkès frappa à deux endroits en même temps. Alors que la paume de sa main l'atteignait en plein sternum, le coude de son autre bras lui arrivait en pleine face. Il ne parvint pas à éviter les deux, l'attaque d'Arkès avait été trop rapide. Décollant du sol, il décrivit un nouveau vol plané et Arkès l'attendait à la réception. Une nouvelle fois, il attrapa son ennemi en plein sternum et le plaqua violemment au sol. Il y mit toute sa force en poussant un cri de rage. Le sol se souleva sur plusieurs mètres, suivant l'onde de choc, tant l'impact avait été profond.

Couché sur le sol, enfoncé de plusieurs centimètres, il ne bougeait plus. Lentement, essoufflé et à bout de force, Arkès récupéra son katana et se retourna vers son ennemi. Il était parvenu à se relever, un fin filet de sang coulant du coin de ses lèvres, et bondissait déjà sur Arkès à une vitesse prodigieuse, dans une dernière tentative désespérée. Arkès ne bougea pas, ce qui surprit son adversaire. Il déplaça simplement son épée et il vint brutalement s'embrocher sur la lame tranchante. Le choc fut tel qu'Arkès, poussé par l'élan de son ennemi, recula en freinant le sol de ses pieds sur plusieurs mètres. Il ouvrit grands les yeux et, dans la douleur atroce, se plia en deux pour tomber à genoux. Arkès ôta lentement l'épée du corps de son ennemi au fur et à mesure qu'il s'écroulait, le regardant avec mépris.

Il exécuta ensuite un large cercle et la lame termina sa course en sifflant, décapitant le vaincu. La tête boula sur le sol.

En un instant, le corps de celui qui se croyait un conquérant invincible se désintégrait dans un grondement sourd, secouant la terre sur plusieurs kilomètres. Seules quelques poussières volèrent encore un court moment dans l'air calme. Soudain, comme emportées par un violent coup de vent, ces particules tombèrent sur Lynhéa qui balaya des bras dans le vide devant elle en criant.

— Ah non ! C'est pas vrai. Pourquoi vers moi ? C'est dégoutant.

Arkès recouvrait lentement une apparence normale. Epuisé par un combat aussi violent, il s'affala à même le sol dans un profond soupir et releva doucement la tête pour regarder Lynhéa et Mekil. Il transpirait abondamment et l'on pouvait voir ses yeux emplis de larmes.

C'était la fin du long combat mené par le jeune guerrier. Il avait affronté des aventures que personne n'avait connues avant lui et que personne ne devrait jamais plus endurer. Une trop grande responsabilité s'était abattue sur ses épaules pendant toutes ces semaines. Trop de gens étaient morts dans sa quête de justice dont beaucoup de ses amis. Et tout cela l'avait aigri, l'avait révolté.

Mais aujourd'hui, tout rentrait dans l'ordre. Il avait réparé son erreur.

— Cette fois, ça y est ! On l'a eu pour de bon.

L'assaut des monstres contre le village s'était intensifié. Les corps de nombreuses victimes teintaient de leur sang les rues du village.

Soudain, tous les monstres disparurent comme par enchantement, désintégrés en pleine action dans d'éphémères nuages de poussière grise rapidement soufflés par le vent.

Incrédule, les soldats terminaient leur frappe dans le vide. Rien ne leur était parvenu du combat titanesque qui s'était déroulé à quelques pas d'eux, ni les tremblements de terre, ni les ondes de chocs des adversaires s'écrasant l'un contre l'autre.

Ils prirent alors conscience de leur victoire et de grands cris de libération éclatèrent partout dans le village déchiré. Ils se jetaient dans les bras les uns des autres, certains pleuraient leur délivrance, d'autres, trop meurtris dans leur chair, souriaient silencieusement.

Arkès, Lynhéa et Mekil entendaient le vacarme joyeux et souriaient. Mekil, enfin rassuré tendit la main vers Arkès.

— Tu m'as sauvé la vie.

— Non, Mekil ! C'est toi qui nous as tous sauvés.

Lynhéa arrivait également près d'eux.

— Comment as-tu deviné qu'il était devenu mortel ? demanda-t-elle à Arkès.

— Je l'ignorais. J'avais simplement besoin d'un prétexte pour me motiver et je devais trouver un moyen de le déstabiliser. Ce qui me donnerait une chance contre lui.

— Pas bête. Totalement inconscient et absurdement téméraire, mais pas bête.

Arkès s'approcha d'elle en souriant et la prit dans ses bras.

— Merci, je savais que tu apprécierais.

Ils échangèrent un long baiser avant que Mekil n'intervienne légèrement embarrassé.

— Euh, on ne rejoindrait pas les autres ?

— Si, c'est une bonne idée, dit Lynhéa en se détachant d'Arkès.

— Mekil … la statue, dit Arkès, la main tendue.

— Oh, oui, débarrasse-moi de cette engeance !

— Va rejoindre les autres, on arrive.

Mekil partit tandis que le jeune couple pénétrait plus profond dans la forêt.

— Comment se fait-il que je n'ai pas disparu avec lui ? questionna Lynhéa.

— Je crois que tu dois remercier Lamynthe qui t'a libérée du lien qui t'unissait à ce monstre. Et je t'avoue que c'était ma plus grande préoccupation. Pourtant, je n'avais guère le choix, j'espère que …

— Je comprends, le coupa Lynhéa, pas la peine de te justifier. Au fait, je pense à autre chose. Comment se fait-il que rien ne se soit passé quand j'ai saisi la statue ?

—Il ne s'est rien passé quand il l'a prise et tu as été créée par lui, donc …

—Donc, c'est comme si je n'existais pas réellement. Ça va, pas la peine d'insister.

—Je suis désolé.

Arkès s'approcha d'elle et la reprit dans ses bras.

—Pour nous tous, et surtout pour moi, bien entendu, murmura-t-il le menton dans ses cheveux, tu existes bel et bien et ça, tu ne peux le nier.

—Hum, t'es un vrai chou, répondit-elle en lui caressant la joue. Mais tu sais, je connais ma situation et je l'accepte très bien. Par contre, c'est un sacré risque que tu as pris en me la lançant. Comme on ne sait jamais ce qui peut arriver, c'était peut-être stupide.

—Oui, peut-être et j'espère que nous ne le regretterons pas mais sur le moment, je n'ai rien trouvé de mieux. Je te fais confiance pour ne pas avoir une pensée qui pourrait provoquer des catastrophes.

Ils se regardèrent longuement en souriant.

Arkès plaça la statue sur le petit autel moussu. Il fit un pas en arrière, saisit l'épée cadeau d'Huldrack forgée dans un métal millénaire, l'éleva au-dessus de sa tête et se concentra pour frapper de toutes ses forces.

—Es-tu sûr de vouloir la détruire ? l'interrompit Lynhéa en lui prenant le coude. Pense à ce qu'elle a fait pour toi. Elle peut être une arme de première importance.

—Ceux qui l'ont créée, répondit-il, avaient sans doute la sagesse nécessaire pour la contrôler. Si les kNalines existaient encore, nous pourrions la leur confier sans crainte. Mais ce n'est pas le cas. Et pour nous, elle est trop dangereuse. On ne peut pas contrôler une telle force. Imagine qu'elle cause à nouveau autant de dégâts. Dialène est quelqu'un de bien et pourtant, as-tu vu ce qu'il a créé ? Comment choisiras-tu ceux à qui tu la donnerais ?

—Tu as raison, dit Lynhéa convaincue en s'écartant de

quelques pas.

D'un coup sec, il trancha la statue en deux. Une lumière surnaturelle jaillit quand l'épée heurta le dragon au cœur de la statue. Arkès, projeté plusieurs mètres en arrière, se redressa, étourdi par son vol plané. Il fixa l'autel où la statue s'était volatilisée en des milliers d'éclats puis ses yeux tombèrent sur sa main. De son épée, il restait juste une poignée et sa garde.

Lynhéa s'approcha et l'aida à se relever.

—Eh bien, dit-elle narquoise, tu ne fais pas les choses à moitié.

—Tu me connais, répondit-il avec humour. Ruhpart ne va pas apprécier, ajouta-t-il en jetant les débris de l'épée au loin.

Il prit Lynhéa par les épaules et ils se dirigèrent vers le village où les bruits de victoire résonnaient encore.

Lucal les aperçut et remarqua qu'ils se tenaient tendrement enlacés. Il s'avança en souriant.

—Eh bien, je vois que ton voyage n'a pas été inutile, Arkès, dit-il gentiment.

—On peut voir les choses comme ça, répliqua son ami.

—Je crois que quelqu'un voudrait te parler, dit le jeune homme en fixant un point dans le dos d'Arkès.

Dialène était là, manifestement gêné de sa récente attitude.

—Arkès, dit-il penaud, je suis désolé, j'ai failli tout gâcher et...

—Oublie tout cela, l'interrompit Arkès en le prenant par les épaules. Tu m'as aidé des années durant, lorsque j'étais un jeune inconscient et que j'accumulais les bêtises. C'était à mon tour de pouvoir te rendre la pareille.

Dialène sourit imperceptiblement. Oublier ? C'était impossible. Il se rendait bien compte de tous les morts que sa peur avait causés. Ses plus grands amis, les kNalines, avaient été exterminés par sa faute et il avait mis les autres gravement en danger. Comment pourrait-il un jour oublier ? Comment pourrait-il un jour réparer ? Il devrait vivre avec cela, quoi qu'en dise Arkès. Sans plus rien ajouter, il s'éloigna du groupe, évitant de croiser leur regard. Il réfléchirait à ce qu'il allait faire à partir d'aujourd'hui. Arkès le laissa partir sans insister.

Il était temps de rendre au village son aspect d'antan. Les femmes, enfants et vieillards dispersés avant le combat revenaient peu à peu reprendre leur place, angoissés mais soulagés d'être encore en vie. C'était à eux qu'incombait maintenant le soin de s'occuper des guerriers blessés ou morts et de les soigner. Les morts furent disposés dans des chariots et un petit groupe d'hommes valides les conduisirent dans les montagnes du Désert du Ksilm où ils seraient enterrés aux côtés des autres soldats warkans. Les blessés furent remis à leur famille et les guérisseuses préparaient infusions, onguents et potions nécessaires. Elles envoyaient leurs gamines cueillir les plantes adéquates le long des chemins et en forêt.

Des hommes démolissaient les restes des palissades qu'ils brûleraient loin de la rivière. Les cendres serviraient à engraisser les champs. De nouvelles palissades seraient reconstruites dans les semaines à venir. D'autres nettoyaient les rues à grandes eaux, effaçant toute trace de sang des combats. Une intense activité régnait dans le village meurtri. A la fin de la journée, chacun rentra chez soi, fourbu mais serein, pour récupérer et pleurer les disparus.

Arkès et Lynhéa, épuisés, profitèrent pleinement de leur première nuit au calme. Plus aucune ombre ne planait au-dessus de leur tête. Libérés, ils jouirent enfin de repos et de paix.

Aux aurores, Dialène vint frapper à leur porte, la mine abattue, un baluchon à l'épaule et un lavoch, harnaché du reste de son paquetage, l'attendait un peu plus loin sur le chemin.

—Dialène ? … Que se passe-t-il ? demanda Arkès le

regard encore brumeux.

—Je pars.

—Comment ça, tu pars ? dit le guerrier en se frottant le crâne pour retrouver ses esprits.

—Je dois aller au Pays kNaline afin de voir ce qu'il en reste. S'il reste quelqu'un.

—Dialène, ne …

—Non, ne me contredis pas. Tout ce qui est arrivé est ma faute. Je veux me rendre compte par moi-même du désastre de mes amis.

—Très bien, dit Arkès. Mais pense à une chose. Qui a trouvé la statue à cause de laquelle tout a commencé ?

Dialène sourit, conscient de ce que son ami essayait de faire.

—Je dois le faire, tu comprends ?

Arkès acquiesça.

—Attends, j'ai quelque chose pour toi.

Il rentra, fouilla dans ses vêtements et retrouva rapidement le pendentif de Lamynthe.

—Il avait énormément de respect pour toi. Je pense qu'il aurait voulu que tu le portes.

Dialène regarda Arkès déposer le médaillon dans sa main. Son regard se brouilla. Il ferma la main, fixa tristement son ami puis partit sans mot dire, d'un pas lent, le dos courbé. Arkès le vit disparaître puis, résolu, il rejoignit Lynhéa.

—Dialène est parti, dit-il alors simplement.

—Je m'en doutais un peu, ajouta-t-elle pour toute conclusion.

Quelques jours plus tard, une fête fut organisée à l'occasion du mariage de Lucal. La cérémonie se déroula dans la forêt et le petit autel, ressuscité par les soins vigoureux des femmes, avait retrouvé un aspect neuf … et une seconde vie. Les parents, les villageois et les deux invités d'honneur s'étaient rassemblés autour, attendant les mariés.

Les fiancés s'avancèrent lentement portés par la musique de leurs compagnons. Lucal était vêtu de beige et de brun, une ceinture neuve enserrait sa taille et retenait son épée rutilante. Dolcina avait la tête ceinte d'un diadème de fleurs des champs et des guirlandes s'entrelaçaient dans ses longs cheveux blonds. Vêtue d'une longue robe en laine vive rehaussée de perles en verre, elle avait grande allure. Sous leur sourire crispé, on devinait une grande émotion. Lucal avait tout naturellement choisi Arkès pour être son témoin et ce dernier se plaça à sa droite. Dolcina, qui appréciait beaucoup Lynhéa, profitait de l'occasion pour l'intégrer au mieux dans leur mode de vie et la choisit pour être à ses côtés lors de la cérémonie. Le chef du village s'adressa aux fiancés.

—Lucal et Dolcina, vous donnez-vous l'un à l'autre librement et sans contrainte?

—Oui, je me donne à Dolcina librement et sans contrainte.

—Oui, je me donne à Lucal librement et sans contrainte.

Ils étaient unis devant leurs témoins et toute la société villageoise. Ils saisirent ensemble la coupe de vin que Dolcina poussa immédiatement vers Lucal pour qu'il boive le premier. Il s'exécuta en souriant puis tendit la coupe vers Dolcina. Elle but, tremblante d'émotion. Une fine goutte de vin perla entre ses lèvres et tomba sur la robe.

—Ça porte malheur, dit Lucal.

—Au diable le malheur, il peut venir, il sera reçu.

Des ovations éclatèrent de toutes parts et des fillettes lancèrent des poignées de fleurs en l'air afin que leur union soit féconde. La fête pouvait commencer.

Tout le monde avait remarqué le changement de tenue de Lynhéa. Elle avait abandonné ses vêtements étranges pour adopter une tenue traditionnelle, qui lui allait très bien au goût d'Arkès. La robe en laine beige moulante tombait gracieusement sur ses mollets. Une ceinture de laine ornée de perles et de cabochons entourait sa taille fine et les pans noués lâchement retombaient sur sa hanche gauche. Comme toutes les paysannes, elle avait chaussé ses pieds de cuir brut à lacets larges en tissu enserrant les chevilles.

—Tu es splendide, dit Arkès qui n'avait cessé de la reluquer discrètement derrière le dos des mariés.

Il la prit tendrement dans ses bras et l'embrassa.

—Je me suis dit qu'il était temps de m'adapter à ton siècle, dit-elle fière du compliment. Et tu sais, mes vêtements commençaient à ne plus ressembler à rien. Malgré tout, vivement qu'on me fasse les mêmes en cuir.

—N'exagère pas dans l'autre sens, quand même, dit-il un peu perturbé.

—T'inquiète, je ne suis pas encore prête pour devenir femme au foyer. Et quelques-uns de tes compagnons ont encore besoin d'une bonne correction.

Arkès sourit et l'emmena faire la fête. Hôtes privilégiés et témoins de la cérémonie, ils arrosèrent généreusement le mariage de leurs amis. Lorsqu'ils quittèrent la fête, la ligne droite ne leur semblaient plus tout à fait le plus court chemin vers leur maison.

—C'est quand même bon l'hydromel, articula Lynhéa péniblement.

—Tais-toi, tu es saoule, répondit Arkès en hoquetant.

Ils ne mirent qu'un instant pour sombrer dans un profond sommeil.

Arkès se réveilla alors que les premiers rayons de soleil se glissaient sous la porte. Il se leva péniblement mais doucement, ne voulant pas réveiller Lynhéa. Ils avaient fêté comme il se doit le mariage de leur ami.

Leurs vêtements étaient éparpillés autour du lit dans un beau désordre. Une plaque de branchages obstruait la seule fenêtre de son trente mètres carrés. Il attrapa la gourde d'eau qui traînait près de l'âtre où les cendres étaient refroidies depuis longtemps. Un souffle lourd sortit de ses joues gonflées.

— *Elle va être dure cette journée.*

Il jeta un coup d'œil à Lynhéa qui dormait paisiblement. Le drap ne recouvrait plus que ses hanches. Arkès sourit tendrement.

— *Il vaut mieux que je la laisse dormir sinon la journée sera encore pire*, pensa-t-il avec tendresse.

Il sortit après avoir enfilé un pantalon et s'accouda au garde-main de la passerelle qui longeait toutes les cases de ce côté du village. Quelques mètres plus bas, la rivière coulait paisiblement. La fraîcheur qui en émanait le revivifiait. Il se frotta le visage. Regardant son tatouage, il sourit. Désormais, cette étrange carapace l'accompagnerait dans la vie, ange gardien énigmatique. Plusieurs minutes s'écoulèrent dans le calme de l'aube.

Puis, un bourdonnement confus s'étendit peu à peu dans le village. Quelques femmes amenaient leur lessive au bord de l'eau et discutaient des évènements. Des paysans partaient aux champs. Des enfants guidaient des troupeaux de moutons vers les pâturages tandis que des petites filles conduisaient des oies cancanant vers la rivière. Aujourd'hui, à part les gardes du camp, les soldats se reposeraient, ayant dignement fêté le mariage de Lucal.

— *Le retour au calme … ça fait du bien.*

Soudain, un cri retentit quelques mètres plus loin. Arkès tourna lentement la tête, les sourcils froncés.

— *Silence, vous allez la réveiller*, pensa-t-il égoïstement.

Une dizaine de personnes s'encouraient vers l'intérieur du village. Il se redressa, interpelé par tant d'agitation.

— Qu'est-ce que c'est que ça !

Une des femmes près de la rivière se relevait vivement, laissant tomber le linge qu'elle frottait. Le drap s'en alla au fil de l'eau. Elle regardait le ciel, paralysée. Arkès leva les yeux puis se figea, reculant d'un pas.

Un immense dragon volait en direction du village. Sa

taille était telle que de lents battements d'ailes suffisaient à le maintenir en l'air.

— Lynhéa ! Viens voir ! cria-t-il.

— Ouais, quoi, laisse-moi dormir !

— Lynhéa ! insista-t-il.

— Quoi ? cria-t-elle exaspérée.

— Est-ce que tu aurais peur des dragons par hasard ?

— Tu crois que c'est le moment de me parler de ça ? Oui, j'en ai une peur bleue.

— Alors, viens voir !

— Pourquoi ? Ils n'existent pas, de toute façon.

— Maintenant si !

Lynhéa se leva d'un bond et, lovée dans la couverture, rejoignit Arkès. Le dragon passa au-dessus d'eux si près qu'ils se baissèrent alors même qu'il ne pouvait les atteindre.

— La statue ? demanda-t-elle.

— Je ne vois pas d'autre explication. Sans doute quand tu l'as prise en main.

— Mais ça veut dire que j'existe alors !

— Tu en doutais ? demanda Arkès en souriant.

— Alors, on fait quoi ? s'inquiéta-t-elle en levant les yeux vers le ciel où le dragon formait des cercles au-dessus du village.

— Je ne vois pas un dragon être sympa avec nous. On va devoir s'occuper de lui.

— Génial ! Allons-y ! s'exclama Lynhéa.

www.ingramcontent.com/pod-product-compliance
Lightning Source LLC
Chambersburg PA
CBHW070307040726
47501CB00018B/235